die Versuchung des Vampyrs

Ein Roman der ALTEN VÖLKER

THEA HARRISON

Übersetzt von Maike Hallmann

Die Hölle ist leer,
Und alle Teufel sind hier.

–William Shakespeare, *Der Sturm*

Kapitel 1

Vampyrball, Neujahrsabend

VORSICHTIG SPÄHTE TESS durch eine seitliche Bühnentür und betrachtete die Menge. Auch wenn sie sich zusammenriss und sich ganz normal verhielt, ihr Körper verriet sie. Ihr Mund war trocken, das Herz schlug ihr bis zum Hals, und ihre Handflächen waren schweißnass.

All diese Monster waren wunderschön. Vampyre liebten die Schönheit, und sie waren eins der Alten Völker, die am meisten bewundert wurden.

Der riesige Bankettsaal war voller Vampyre, charismatisch und elegant in ihren dunklen Anzügen und exquisiten Abendkleidern. Manche saßen an den großen runden Tischen in der Mitte, aber viele standen auch in gemischten Grüppchen beisammen. Menschliche Diener eilten zwischen den glanzvollen Erscheinungen hin und her und führten Aufträge ihrer Herren aus. Die meisten waren diskret gekleidet, aber es gab ein paar auffällige Ausnahmen, zum Beispiel die dunkelhaarige Frau mit dem diamantbesetzten Halsband, dessen Steine immer wieder gleißend aufblitzten. Sie war barfuß und trug ein seidenes, champagnerfarbenes Etuikleid. Der Stoff war hauchdünn und das Kleid so kurz, dass es kaum ihren Hintern bedeckte. Die Leine, deren Ende sich ihre Vampyrherrin nachlässig ums schmale Handgelenk geschlungen hatte, war mit Saphiren übersät.

Die rothaarige Vampyrin trug ein Abendkleid aus schwarzem Samt, und ihr Gesicht zeigte einen hochmütigen Ausdruck. Sie würdigte ihre angeleinte Dienerin, die sich wie ein gut erzogener Hund durch die Menge schlängelte, um mit ihr Schritt zu halten, keines Blickes. Als sie so nah waren, dass Tess ihre Gesichter erkennen konnte, sah sie das leichte, stille Lächeln der angeleinten Frau. Sie machte nicht den Eindruck, als ob sie misshandelt wurde, ihre glatte Haut war makellos. Es wirkte im Gegenteil, als würde sie es genießen, zur Schau gestellt zu werden.

Sowohl an den Seiten des großen Raumes als auch auf der Empore befanden sich private Logen, wo es sich die Einflussreichsten und Mächtigsten gemütlich gemacht hatten. Jeder Vampyr, der unter den Nachtwesen Rang und Namen hatte, ließ sich auf dem jährlichen Vampyrball sehen, sogar der König der Nachtwesen Julian Regillus höchstpersönlich.

Tess warf einen Blick auf die Nummer ihres Tickets. Als sie sich den Kandidaten angeschlossen hatte, hatte die Schlange bereits hinter dem Gebäude entlang die ganze Straße hinunter gereicht, aber am Ende hatte sie es doch endlich nach drinnen geschafft. Jetzt waren nur noch drei Leute vor ihr dran.

Eine neue Kandidatin betrat die Bühne, eine typische kalifornische Schönheit, groß und langbeinig mit langen, blonden Locken, die ihr in dichten Wellen um das perfekt geschnittene, herzförmige Gesicht und über die schmalen Schultern fielen. Als sie den kurzen roten Bademantel abstreifte, funkelten ihre grünen Augen mutwillig. Splitternackt wirbelte sie auf den zwölf Zentimeter hohen Absätzen ihrer hautfarbenen Stilettos herum, nahm von dem menschlichen, nicht mehr ganz jungen Moderator das

Mikrofon entgegen und stolzierte beim Sprechen über die Bühne wie über einen Laufsteg.

„Hallo miteinander, ich hoffe, ihr alle habt einen ganz zauberhaften Abend! Mein Name ist Haley, und ich bin so aufgeregt, dass ich heute hier sein darf! Ich bin einundzwanzig Jahre alt und studiere in Berkeley Soziologie …"

Das Ganze erinnerte an eine nicht jugendfreie Version von *America's Got Talent*, nur mit Vampyren als Publikum.

Spannungskopfschmerz pochte hinter Tess' rechtem Auge. Sie hielt sich nicht für prüde … aber die andere Frau hatte sich so selbstverständlich ausgezogen, als wollte sie gerade zu Hause in die Badewanne steigen. Ihre Haut war gleichmäßig honigfarben gebräunt. Nichts schwabbelte, nirgendwo gab es Dellen. Ihre Brüste waren perfekte, der Schwerkraft trotzende Halbkugeln, die an ihrem schlanken Leib zu kleben schienen.

Echt waren die sicher nicht.

Tess schaute an sich selbst hinunter. Nicht, dass sie vorhatte, sich gleich auf der Bühne vor aller Leute Augen auszuziehen, aber auch wenn sie bekleidet war, bemerkte man sofort, wie furchtbar durchschnittlich sie aussah. Im besten Fall konnte man über ihren Körper sagen, dass sie fit war, und trotzdem hatte sie hier und da ein paar Pölsterchen. Ihr glattes, dunkles Haar war zu einem praktischen Bob geschnitten, aber der nächste Friseurtermin war schon seit zwei Wochen überfällig. Sie trug ausgeblichene Jeans, schwarze, flache Schuhe und einen schwarzen Pullover – vor allem deshalb, weil es die einzigen sauberen Klamotten waren, die sie noch bei sich hatte.

Die Vampyre unterbrachen ihre Gespräche nicht. Keiner von ihnen warf Haley auch nur einen Blick zu. Niemand bot auf sie.

Tess wandte ihre Aufmerksamkeit den Logen auf der Empore zu. Sie erkannte das markante, raue Profil des Königs der Nachtwesen, der sich mit dem Monster unterhielt, das ihm gegenübersaß. Der Vampyr, der bei ihm war, wirkte wie ein junger Mann. Das kastanienbraune Haar war zu einem einfachen Pferdeschwanz zusammengebunden, sein Gesicht sah angenehm und freundlich aus, wenn auch etwas nichtssagend.

Der äußere Eindruck hätte nicht trügerischer sein können. Xavier del Torro war berüchtigt, ein gefürchteter Jäger und eine Berühmtheit unter den Wesen der Alten Völker – wie auch unter den Menschen –, und außerdem Julians rechte Hand. Weder del Torro noch der König schenkten dem, was auf der Bühne geschah, auch nur die geringste Aufmerksamkeit.

In den zwei Minuten, die ihr zugestanden wurden, rackerte sich Haley tüchtig ab. Ihr Auftritt war ausgefeilt, professionell und ziemlich heiß und ließ bei den Zuschauern keinen Zweifel offen, dass sie alles dafür geben würde, Dienerin eines Vampyrs zu werden. Als der Summer ertönte, hob sie ihren Bademantel auf und verließ die Bühne mit strahlendem Lächeln und einem fröhlichen Winken in Miss-Universum-Manier.

Der nächste Kandidat trat mit schnellen, ruckartigen Bewegungen auf die Bühne. Ein Mann in den Vierzigern, der einen billigen Anzug von der Stange trug. Als sie sah, wie nervös er war, zog sich Tess' Magen vor Mitgefühl zusammen. Sie wusste, wie er sich fühlte.

Der Moderator reichte dem Kandidaten das Mikrofon, und er räusperte sich, zog ein Foto hervor und hielt es hoch. Seine Hand zitterte sichtlich. Auf dem Foto lächelte ein Mädchen mit schräg gelegtem Kopf in die Kamera.

„Mein Name ist Roberto Sanchez, und ich bin wegen meiner wunderschönen Tochter Cara hier. Sie ist vierzehn und liegt mit Leukämie im Krankenhaus. Sie war drei Jahre lang in Remission, aber jetzt ist der Krebs zurückgekehrt. Ich flehe Sie an … Bitte, es muss doch jemand Mitleid haben! Wenn sich jemand bereit erklären würde, sie aufzunehmen, als ihr Herr, könnte er sie heilen. Wenn es ihr erst besser geht, kann sie hart arbeiten …"

Tess zuckte zusammen. Allen Kandidaten, die das Glück gehabt hatten, ein Ticket zu bekommen und jetzt hier in der Schlange auf ihren Auftritt zu warten, waren Teilnahmeregeln ausgehändigt worden, und Sanchez brach gleich mehrere davon. Alle Anträge mit medizinischem Hintergrund mussten bei der Einwanderungsbehörde der Nachtwesen ein Visumverfahren durchlaufen.

Auf dem jährlichen Vampyrball wurden Anträge anderer Art gestellt: Es war eine Art gewaltige Stellenbörse, auf der hoch angesehene Vampyre auswählen konnten, welche menschlichen Diener sie in ihren Haushalt aufnehmen wollten.

Angeblich gereichte die Beziehung zwischen einem Vampyr und seinen menschlichen Dienern beiden Seiten zum Vorteil. Die Diener erledigten alle möglichen Aufgaben im Haushalt und standen als Quelle für frisches Blut zur Verfügung. Im Gegenzug bot der Vampyr ihnen Schutz, ein warmes, sicheres Zuhause und ein langes, gesundes Leben. Es bestand sogar die winzige Chance, dass ein Diener eines Tages selbst zum Vampyr wurde.

Beide Gelegenheiten boten sich jedoch nur ausgesprochen selten. Laut der FAQs auf der Homepage, die Tess gelesen hatte, wurden in den Vereinigten Staaten jährlich über zehn Millionen Visumsanträge an die Nachtwesen gestellt, aber verwandelt wurde nur ein winziger Bruchteil all dieser Menschen. Der Vorgang wurde von den Nachtwesen und dem CDC-Hauptquartier in Atlanta peinlich genau überwacht.

Wahrscheinlich hatte sich Sanchez für seine Tochter bereits um ein Visum beworben und war abgelehnt worden. Es war offensichtlich, dass ihn die blanke Verzweiflung auf die Bühne getrieben hatte.

So wie es auch bei Tess sein würde, wenn sie dran war.

Die nächsten Augenblicke waren qualvoll, nicht nur wegen der Eindringlichkeit, mit der Sanchez um Hilfe bettelte, auch wenn das schon schlimm genug war.

Das Schlimmste war, dass die Vampyre nicht auf ihn reagierten.

Niemand machte Anstalten, Sanchez zu unterbrechen. Der Moderator wies das Sicherheitspersonal nicht an, ihn zu entfernen. Niemand wandte sich auch nur um, um den Flehenden anzuschauen oder gar das Bieterschild zu heben. Sie alle benahmen sich, als gäbe es ihn gar nicht.

Tess' Magen verkrampfte sich, ihr wurde übel vor Zorn. Das alles kam ihr widerwärtig und erniedrigend vor, auch wenn die kühle Logik ihr sagte, dass es keine gute Art und Weise gab, um mit Kandidaten wie Sanchez umzugehen, und sein Anliegen von vornherein zum Scheitern verurteilt gewesen war. Die Zahl der Visumsanträge war überwältigend hoch. Gaben die Vampyre auch nur einem solchen Sanchez nach, der die Regeln missachtete, würde eine unaufhaltsame Flut von Nachahmern folgen.

Sie wusste nicht, was schlimmer war: die demonstrative Gleichgültigkeit der Vampyre oder die Menschen, die sich freiwillig auf der Bühne erniedrigten.

Und ich bin eine davon, dachte sie. Sie wischte sich mit einer zitternden Hand übers Gesicht. *Wie in Gottes Namen konnte ich je denken, dass das eine gute Idee sei?*

Blödsinn. Ich habe nie gedacht, dass die Idee gut sei. Es war nur die einzige Idee, die ich hatte.

Der Grund dafür lag auf der Hand. Wer dem Teufel ans Bein pisst, dem bleiben nicht mehr viele Möglichkeiten.

Der Summer ertönte. Quälend höflich geleitete der Moderator Sanchez von der Bühne, und der nächste Kandidat war an der Reihe.

Jemand hinter Tess stieß sie zischend mit dem Ellbogen an, und sie zog behutsam die Tür zu und rückte weiter vor. Das Blut rauschte ihr in den Ohren, und sie bekam keine Luft mehr. Es war viel schlimmer als normales Lampenfieber. Zorn, Ekel und Angst mischten sich darunter.

Wie aus weiter Entfernung hörte sie den Summer. Und noch einmal.

Als sie dran war, ging sie bis direkt hinter den Vorhang und wartete auf ihr Stichwort. Wenn sie sich noch ein wenig krampfhafter aufrecht hielt, würde sie in Stücke brechen.

Mit routiniertem Lächeln und scharfem, aber gleichgültigem Blick kam der Moderator auf sie zu und winkte sie mit einer Hand näher. Sie trat in das heiße, grelle Licht, hielt an dem X an, das auf den Boden geklebt war, und drehte sich zum überfüllten Saal. Ihre kalten Finger umklammerten wie von selbst das Mikrofon, das man ihr in die Hand drückte.

Das Bühnenlicht verwandelte die Vampyre in nur schemenhaft erkennbare Umrisse, was sie noch bedrohlicher wirken ließ. Am liebsten hätte sie sie angeschrien oder wäre angesichts der Absurdität dieser ganzen Situation in lautes Gelächter ausgebrochen.

Stattdessen zersplitterte die unerträgliche Anspannung, und reiner, kühler Zorn hüllte sie von Kopf bis Fuß ein. Es würde ihr ohnehin keiner von denen dort vor der Bühne zuhören.

Ohne sich damit aufzuhalten, das Mikrofon an die Lippen zu heben, sagte sie ruhig und fast ausdruckslos: „Niemand erinnert sich daran, wie ich aussehe, und ich bin klüger als nahezu alle anderen hier."

Zum Henker mit ihnen, wenn sie nicht begriffen, welche Vorteile beides haben konnte. Zum Henker mit ihnen allen.

✧   ✧   ✧

IN EINER DER Logen unterbrach ein Vampyr seine Unterhaltung und schaute zu ihr hinunter.

Er hielt sein Schild in die Höhe.

✧   ✧   ✧

DAS GLEISSENDE LICHT der Scheinwerfer, die ihr ins Gesicht leuchteten, blendete Tess. Sie konnte nicht erkennen, ob ihre Worte irgendeine Reaktion hervorgerufen hatten. Sie wollte nichts anderes, als so schnell wie möglich von der Bühne wegzukommen und sich in eine stille Ecke zurückzuziehen, wo sie sich ihren nächsten Schritt überlegen konnte. Auf dem Absatz machte sie kehrt, lief auf den Moderator zu und fragte: „Wo ist der Ausgang?"

Er sah sie eigenartig an und führte sie zum anderen Ende der Bühne. Dort übergab er sie an eine junge Frau in der Uniform einer Saaldienerin, pflückte ihr das Mikrofon aus der Hand und machte sich auf den Weg zur nächsten Kandidatin.

Vor Verzweiflung schienen ihre Arme und Beine immer schwerer zu werden, es war, als liefe sie durch Wasser. Knapp fragte sie die Helferin: „Wie komme ich hier raus?"

Alle Diener und Servicekräfte auf dem Ball waren menschlich. Die Frau bedachte sie mit demselben eigenartigen Blick wie zuvor der Moderator, einer Mischung aus Unglauben und Neid, dazu eine kaum wahrnehmbare Prise Feindseligkeit. „Ich weiß, auf der Bühne sieht man nichts, aber du wurdest für ein Bewerbungsgespräch ausgewählt."

Tess blinzelte überrascht. Sie musste sich verhört haben, das konnte nicht sein. „Was?"

„Jemand will sich mit dir unterhalten." Die Saaldienerin warf einen Blick auf ihr iPad und tippte blitzschnell mit einem Eingabestift darauf herum. „Du gehst den Gang hinunter bis zum hinteren Treppenaufgang und dort hoch ins Obergeschoss. Denk an die Empore, du musst zwei Treppen hoch, nicht nur eine. Das Gespräch findet in Raum 219 statt. Er kommt gleich."

Er.

So langsam gewöhnte sie sich an die übelkeiterregende Anspannung, die ihr den Magen zusammenschnürte. „Wer ist es?"

Noch ehe sie zu Ende gesprochen hatte, wandte sich die Frau bereits ab und winkte der nächsten Kandidatin zu, die gerade von der Bühne kam. Als die Frau die Seitenbühne erreichte, ergriff sie die Hand der Saaldienerin. „Das ist das sechste Jahr, in dem ich es versuche. Wie war ich? Hat sich jemand nach mir erkundigt?"

Tess wandte sich ab. Sie würde nur erfahren, wer mit ihr sprechen wollte, wenn sie nach oben ging. Benommen lief sie durch den Gang und zwei Treppen hoch.

Das Gebäude war alt. Während des kalifornischen Goldrausches war es eins der besten Hotels in San Francisco gewesen, aber in den 1920ern hatte man es teilweise entkernt und renoviert, um es für den Vampyrball umzubauen.

Abseits der funkelnden Eleganz des Hauptsaals merkte man dem Gebäude das hohe Alter an. Im Obergeschoss sah es allerdings besser aus als im Gang hinter der Bühne. Hier und da sah sie einen schwachen Abglanz vergangener Pracht: das einstmals vergoldete Treppengeländer, von dem jetzt die zerkratzte Farbe abblätterte, der abgenutzte Teppich, die Zierleisten unter der Decke.

Die Räume im ersten Stock waren früher Hotelzimmer gewesen. Als ihr das einfiel, ballte sie die Hände zu Fäusten.

Nicht viele Vampyre waren einflussreich genug, um einen Haushalt mit großer Dienerschaft zu führen, aber wer es so weit brachte, stellte eigene Regeln für seinen Herrschaftsbereich auf. Sie hatte die Gerüchte gehört, nach denen die Bediensteten einiger Häuser ihren Herren mehr gaben als nur Blut und Arbeitskraft. Als Gegenleistung für den Lebensstandard, den ein wohlhabender Vampyr ihnen bieten konnte, standen sie ihm auch in sexueller Hinsicht zur Verfügung.

Die meisten Diener wurden zwar nicht in Vampyre verwandelt, aber auch die regelmäßigen Bisse ihres Herrn verbesserten das Immunsystem erheblich, und ihre Lebenserwartung kletterte auf über hundertdreißig Jahre. Haley hatte gute Gründe dafür, sich auf der Bühne auszuziehen, und einer davon war die Möglichkeit, mehr als anderthalbmal so lange zu leben wie ein gewöhnlicher Mensch und eines Tages in hohem Alter friedlich im Schlaf zu sterben.

Raum 219 befand sich auf halber Höhe des Flurs. Sobald Tess die Hand auf den Türgriff legte, verkrampften sich ihre Muskeln. Sie stand wie festgefroren da und brachte es weder fertig, einzutreten, noch, einfach fortzugehen. Ihre Gedanken rasten.

Vielleicht war dieses *Bewerbungsgespräch* eher eine Art Matratzentest.

Wenn in diesem Zimmer ein Bett steht, dachte sie, *bin ich hier raus.*

Glaub ich zumindest.

Sei nicht so theatralisch. Sex ist nicht mehr als eine biologische Grundfunktion. Seit Tausenden Jahren erkaufen sich Menschen das Überleben mit Sex. Du bist keine vierzehnjährige Jungfrau mehr. Du hattest schon Sex, und stell dir nur vor: Auch wenn keiner deiner Partner etwas so Besonderes war, dass du immer noch mit ihm zusammen bist, war es nicht das Ende der Welt. Der Tod ist das Ende der Welt.

Denk daran, welch einem Teufel du entkommen bist. Wenn du jetzt abhaust, ohne alle Möglichkeiten auszuloten, musst du einen anderen Weg finden, dich vor ihm zu schützen. Und du bist hier, weil dir nichts anderes mehr eingefallen ist.

Aber denk dran: Wenn du dich dafür entscheidest, dir seinen Schutz mit Sex zu erkaufen, dann vereinbare vorher *die Bedingungen mit ihm.*

Plötzlich wütend über ihr eigenes Zögern, stieß sie die Tür auf und marschierte hinein. Es war ohnehin nicht sehr wahrscheinlich, dass es um Sex ging. Nicht, wenn sie die Vorliebe der Vampyre für Schönheit bedachte, die zahllosen unglaublich attraktiven Menschen dort draußen, die bereit waren, jeden erdenklichen Appetit zu stillen — und im Vergleich dazu ihr eigenes durchschnittliches Aussehen.

Der Raum war leer bis auf einen schlichten, klappbaren Konferenztisch, auf dem zwei geschlossene Flaschen Evian standen.

Kein Bett, keine Monster. Noch nicht.

Zitternd atmete sie aus und trat ein. Der abgenutzte Teppichboden war der gleiche wie der im Flur, die Zierleisten an der Decke sahen rissig aus und hätten eine Reparatur vertragen können. Der Wandschrank war leer, und das Bad wirkte, als sei es seit Ewigkeiten nicht benutzt worden.

Bei geschlossener Tür kam ihr die Luft stickig vor, das Zimmer schien zu klein für all die Dämonen in ihrem Kopf. Viel zu viele Phantome bevölkerten ihre Fantasie, zu viele Albträume suchten ihre Erinnerungen heim. Sie zog einen Klappstuhl heran, um damit die Tür aufzuhalten. Dann setzte sie sich an den Tisch, das Gesicht dem Eingang zugewandt.

Traditionellerweise gebührte dieser Platz der mächtigsten Person im Raum. Es war nur eine kleine Genugtuung, und sie machte sich keine Sekunde lang Illusionen darüber, wie wenig Einfluss sie auf das bevorstehende Gespräch hatte. Sie hatte *keinerlei* Macht in *irgendwelcher* Hinsicht, was einer der Gründe war, weshalb sie überhaupt in diesem gottverdammten Schlamassel steckte.

Sie öffnete eine Wasserflasche und trank sie mit raschen Zügen zur Hälfte aus. Als sie gerade den Deckel wieder zuschraubte, betrat ein schlanker, elegant gekleideter Mann lautlos das Zimmer.

Xavier del Torro.

Die Flasche entglitt ihren plötzlich kraftlosen Händen und fiel zu Boden.

Der Killer, der vor ihr stand, war nicht besonders groß, vielleicht eins achtundsiebzig. Sein langer, schlanker Körperbau, die aufrechte Haltung und sein selbstsicheres Auftreten ließen ihn jedoch größer wirken. Von Nahem betrachtet schätzte sie, dass er mit Mitte zwanzig verwandelt worden war. Er konnte noch immer die Illusion der Jugend verkörpern mit diesen Augen, deren Farbton irgendwo zwischen Grau und Grün lag, der makellosen Haut und den fein geschnittenen Zügen, die aus irgendeinem Grund weder auf herkömmliche Weise anziehend wirkten noch zart.

Seine Verwandlung war ein bekanntes geschichtliches

Ereignis. Als jüngerer Sohn eines spanischen Adligen war er Priester gewesen, bis zu dem Tag, als das Tribunal des Heiligen Offiziums der Inquisition eine friedliche Vampyrgemeinschaft in der Nähe seiner Wohnstatt in Valencia folterte und auslöschte. Del Torros einzige Schwester und ihr Mann hatten in dieser Gemeinschaft gelebt.

Nach dem Massaker, zumindest erzählte man es sich so, hatte sich del Torro von der katholischen Kirche losgesagt und an Julian gewandt, der ihn in einen Vampyr verwandelt und gegen die Inquisitoren ausgesandt hatte. Die darauf folgenden zehn Jahre gehörten zu den blutigsten in der gesamten Geschichte Spaniens.

„Guten Abend", sagte der Vampyr. Er sprach leise, aber als der Klang seiner wunderschönen, melodiösen Stimme das Schweigen brach, war es trotzdem ein Schock für sie. „Sie sind Tess Graham, richtig?"

Er griff nach dem Stuhl, der die Tür blockierte.

„Wenn es Ihnen nichts ausmacht", sagte sie, „würde ich es bevorzugen, wenn sie offen bleibt."

Augenblicklich richtete er sich auf, ließ den Stuhl stehen, wo er war, und trat an den Tisch. Alles, was er tat, war präzise. Es gab keine überflüssige Geste. Er bewegte sich mit der geschmeidigen Anmut eines Tiers, was deutlich machte, was für eine sinnlose Vorsichtsmaßnahme die offene Tür war und wie albern und zerbrechlich ihre Illusionen, dass sie ihr irgendeine Sicherheit bot.

Offene Tür hin oder her, nichts würde ihn daran hindern, zu tun, was immer er wollte. Er konnte sie vergewaltigen und foltern und ihr bis zum letzten Tropfen das Blut aussaugen. Keiner der anderen Vampyre würde auch nur einen Finger rühren, um ihn aufzuhalten. Ganz nebenbei hätte kaum einer von ihnen ihn aufhalten *können*, selbst wenn er es versucht hätte.

Ihr brach der kalte Schweiß aus. Ein Lüftungsschlitz in der Nähe blies ihr warme Luft in den feuchten Nacken. Selbst diese schwache Berührung fühlte sich an wie ein Angriff.

Del Torro zog sich den zweiten Stuhl auf seiner Tischseite heran und setzte sich. Reglos saß er da – tatsächlich vollkommen unbeweglich, nicht so, wie man das bei einem Menschen erwarten würde. Er atmete nicht, blinzelte nicht. Sein eleganter schwarzer Anzug schien das Licht zu absorbieren, und das Hemd war so weiß, dass es beinahe blau wirkte.

Er war in jeder Hinsicht makellos. Es hätte ihn leblos wirken lassen müssen wie eine Schaufensterpuppe, aber das tat es nicht. Seine Präsenz war so intensiv, dass selbst die Luft auf seine Gegenwart zu reagieren schien. Tess nahm alles überdeutlich wahr, nicht nur ihn, sondern auch ihren eigenen Körper – die leichte Bewegung ihres Brustkorbs, als sich die Lungen mit Luft füllten, wie die Muskeln ihres Halses sich spannten, als sie schluckte, die geballte Faust, die sie unter einem Arm verbarg, um das entspannte Raubtier, dem sie sich gegenübersah, nicht zu provozieren.

Die Wasserflasche fiel ihr ein, und sie bückte sich, um sie aufzuheben. Angesichts des schweigenden, gleichmütigen Wesens, das vor ihr saß, kam ihr selbst diese alltägliche kleine Bewegung viel zu auffällig und grobmotorisch vor.

Wie alt mochte er sein? Sie war keine Historikerin und wusste so gut wie nichts über die Spanische Inquisition, aber sie war ziemlich sicher, dass sie schon einige Jahrhunderte zurücklag. Er war mindestens vierhundert Jahre alt, vielleicht noch älter. Wie viele Menschen mochte er wohl in dieser langen Lebensspanne getötet haben?

Sie wusste nicht, was sie sagen würde, ehe es aus ihr

herausbrach: „Was vorhin mit Mr Sanchez passiert ist, war unsäglich."

Del Torros graugrüne Augen musterten sie ernst. „Sie sprechen von dem Kandidaten mit dem kranken Kind, richtig? Bedauerlicherweise ist sie viel zu jung, um eine Dienerin zu werden, und für ein Visum kommt sie noch viel weniger infrage. Es verstößt gegen das Gesetz, das Blut von Kindern zu trinken oder sie in Vampyre zu verwandeln. Solche Situationen sind immer schwierig, es gibt dafür keine gute Lösung."

„Aber niemand hat reagiert!"

Zustimmend neigte der Vampyr den Kopf. „Früher hätte man ihn von der Bühne entfernt, aber dieses Vorgehen hat ebenfalls für Empörung gesorgt. Letztendlich wurde entschieden, jemandem wie Sanchez dieselbe Würde zuzugestehen wie den anderen Kandidaten, auch wenn wir selbstverständlich nicht die geltenden Regeln brechen und einen von ihnen auswählen können, so traurig ihr Anliegen auch sein mag."

„*Würde?*" Das Wort platzte ein klein wenig heftiger aus ihr heraus als beabsichtigt. „Wollen Sie behaupten, dass dieses Vorsprechen auch nur das Geringste mit Würde zu tun hat?"

Er zog eine Augenbraue hoch. Angesichts seiner Reglosigkeit hatte es dieselbe Wirkung, als würde er sie anbrüllen, aber seine Stimme klang so ruhig und ungerührt wie zuvor. „Jeder Kandidat entscheidet selbst über die Würde seines Auftritts, Ms Graham. Nehmen Sie Ihren eigenen Auftritt als Beispiel. Sie sind auf die Bühne gekommen und haben exakt das getan, was Sie sich vorgenommen hatten. Diejenigen, die Ihnen Aufmerksamkeit schenken wollten, haben es getan. Nicht mehr, nicht weniger. Ihnen ist nie mehr versprochen worden als genau das."

Er hatte recht, natürlich hatte er das, auch wenn sie ihn für das, was er sagte, verabscheute. Sie waren Vampyre, nicht die Wohlfahrt.

Mühsam versuchte sie, ihre Gefühle unter Kontrolle zu bringen, während sie ihm noch mehr Wahrheiten entgegenschleuderte. „Es tut mir leid, ich weiß selbst nicht, warum ich so wütend bin." Sie versuchte zu lächeln, aber ihre Gesichtsmuskeln waren so verkrampft, dass sie es sofort wieder aufgab. „Mir ist völlig klar, dass dies ein befremdlicher und ziemlich kontraproduktiver Einstieg in ein Bewerbungsgespräch ist."

„Sie haben Angst", sagte er. „Bei manchen Menschen löst Angst Wut aus."

Seine Stimme klang sanft, und das war womöglich das Schockierendste, was sie an diesem ganzen Abend erlebt hatte. Ihr Gesicht brannte vor Scham. Nichts lief so wie geplant. Sie wollte ihm widersprechen, aber das wäre natürlich eine große Dummheit gewesen. Er konnte ihren raschen Herzschlag hören und roch mit Sicherheit ihre Angst. Obwohl sie vollständig bekleidet dasaß, fühlte sie sich so nackt, als hätte sie sich wie Haley vollständig ausgezogen.

„Ich bin neugierig." Del Torro legte den Kopf schräg und betrachtete sie mit seinem viel zu aufmerksamen Blick so intensiv, als wolle er sie in ihre Bestandteile zerlegen. „Warum sind Sie heute Abend hier, wenn es Sie doch offensichtlich so unglücklich macht? Ich rieche keine Krankheit an Ihnen, und Sie scheinen auch keine sexuelle Vorliebe für Vampyre zu haben. Welchen Vorteil erhoffen Sie sich von einem Dienstverhältnis mit einem Vampyr?"

Sexuelle Vorliebe für Vampyre.

Sie hatte nicht erwartet, dass er so direkt sein würde, und ihre Wangen brannten noch heißer.

„Ich brauche Arbeit. An diesem Wochenende fand der Ball statt, also habe ich mich mit all den anderen Kandidaten zusammen angestellt." Sie verstummte. Im Grunde war das alles wahr. Ihr ging das Bargeld aus, und sie wagte es nicht, etwas von der Bank abzuheben. Wenn er jedoch auf Einzelheiten bestand, würde ihr Karren ziemlich schnell tief im Dreck stecken. Sie musste ihn von ihrer Person ablenken, vielleicht, indem sie das Gespräch auf ihn lenkte. „Wenn Ihnen die Frage nichts ausmacht, was ist mit Ihnen? Warum haben Sie mich zu diesem Gespräch gebeten?"

Jeder andere, dem sie je begegnet war, hätte mit irgendeiner Geste auf ihre Frage reagiert. Del Torro nicht. Er betrachtete sie nur. Seine Augen waren klar, intelligent und verrieten absolut nichts.

„Ihr herausforderndes Auftreten hat meine Aufmerksamkeit geweckt, genau wie Ihre Qualifikationen. Welche Kenntnisse und Fertigkeiten könnten Sie in eine Verbindung einbringen – vorausgesetzt, Sie sind bereit, eine solche einzugehen?"

Überlegte er wirklich, sie einzustellen, oder wollte er nur seine Neugier befriedigen? Es war ihm nicht anzusehen, er war unmöglich einzuschätzen, seine zurückhaltende Art fast unerträglich. Ihr war zumute, als befände sie sich steuerlos auf hoher See, und während sie am Ende einer langen Leine zappelte, zog er sie langsam näher zu sich heran.

Sie versuchte, ihre schmerzenden Muskeln zu lockern, und ertappte sich dabei, wie sie ihn auf der Suche nach irgendeinem Makel musterte. Als sie eine dünne, weiße Narbe in einem seiner Mundwinkel entdeckte, starrte sie sie an. Was auch immer diese Narbe hinterlassen hatte, es musste vor seiner Verwandlung geschehen sein. Es hätte ihn menschlicher wirken lassen sollen, aber das tat es nicht.

„Ich spreche Japanisch, Französisch und Italienisch“, antwortete sie. „Französisch und Italienisch kann ich auch lesen. Außerdem kann ich ein wenig Elfisch, allerdings nicht sehr gut. Ich habe eine Vorliebe für Sprachen, also arbeite ich daran. Ich bin Buchhalterin und Informatikerin. Außerdem habe ich Erfahrungen im Umgang mit Geldmanagement und kann eine Firewall programmieren wie niemand sonst. Meine Kenntnisse klingen vielleicht nicht besonders aufregend oder sexy, aber ich weiß sehr genau, was ich tue.“

In seinen Augenwinkeln bildeten sich kaum merkliche Fältchen. Hätte sie ihn nicht so gebannt angestarrt, hätte sie es nicht bemerkt. „Das sehe ich anders. Kompetenz ist ausgesprochen sexy.“

Sie blinzelte. In den letzten fünf Minuten hatte er zweimal von Sex gesprochen, aber so unbeteiligt, dass sie nichts missverstehen konnte: Er flirtete nicht, er stellte lediglich Fragen und machte Feststellungen.

Trotzdem hatte sie keine Ahnung, wie sie darauf reagieren sollte. Bevor sie sich entscheiden konnte, fragte er: „Wie sieht es mit dem Durchbrechen von Firewalls aus?“

Das war die erste Frage in diesem Gespräch, die sie nicht überraschte, weil sie sie erwartet hatte. Dennoch zögerte sie und überlegte, wie sie am besten antworten sollte. Die meisten Leute verstanden nicht, wie Firewalls funktionierten. Beispielsweise war ihnen nicht klar, dass man eine Firewall nicht wirklich durchbrach.

Schließlich sagte sie nur: „Auch darin bin ich gut.“

„Wie gut ist gut?“

„Sehr gut.“ Als Teenager hatte sie sehr viel mehr getan als das übliche bisschen Herumhacken, und sie ließ in ihrer Stimme mitklingen, wie überzeugt sie von ihren eigenen Fähigkeiten war. „Und ich verspreche nie etwas, das ich nicht halten kann."

Seine Augenlider senkten sich. „Wären Sie bereit, auch andere Aufgaben zu erfüllen als Buchhaltung und Arbeit am Computer?"

Unwillkürlich erschien vor ihrem geistigen Auge eine Szene, in der sie beide nackt im Bett lagen. Er beugte sich über sie, seine gelassene Selbstbeherrschung war in Flammen aufgegangen, und weiße, scharfe Fangzähne senkten sich auf sie herab.

In ihr regte sich eine mächtige Empfindung, aber sie konnte sie nicht benennen. Ihre Gefühle waren in wildem Aufruhr, während er noch immer vollkommen gleichmütig aussah.

Provozierte er sie, um zu sehen, wie sie reagierte, oder versuchte er herauszufinden, wie weit sie für die Aufnahme in seine Dienste gehen würde? Ihr war zumute, als stünde sie am Rand einer Klippe und würde beim nächsten Schritt in die Tiefe stürzen.

Würde sie sich ihre Sicherheit mit Sex erkaufen, wenn er es ihr anbot?

„Das hängt davon ab, um was Sie mich bitten." Sie klang angespannt. „Manche Dinge kommen nicht infrage. Ich würde nicht dabei helfen, Unschuldige zu verletzen, und ich würde auch nicht danebenstehen und zusehen. Nur als Beispiel."

Wenn sich seine Stimme überhaupt veränderte, wurde sie höchstens noch sanfter. „Ich hätte genauer sagen sollen, worum es geht. Ihre Fähigkeiten in Buchhaltung und Programmierung sind interessant für mich, aber ich unterhalte nach den üblichen Maßstäben nur einen kleinen Haushalt. Meine Diener erledigen alle mehrere und sehr unterschiedliche Aufgaben für mich."

„Und was für Aufgaben sind das?" Mit angehaltenem Atem wartete sie auf seine Antwort.

„Stellen Sie es sich vor wie eine Interessengemeinschaft", forderte er sie auf. „Natürlich ist jeder zum Blutopfer verpflichtet, aber es gibt auch noch andere Aufgaben, die zum Wohl der Gemeinschaft erledigt werden müssen. Ich selbst esse nicht, aber alle anderen benötigen Nahrung, also ist Jordan, einer meiner Diener, zugleich der Koch. Eine weitere Dienerin, Angelica, kümmert sich um den Haushalt. Wenn ich Gäste habe, erwarte ich, dass für ihr Wohlbefinden gesorgt wird. Raoul ist für die Sicherheit zuständig, und so weiter. Die meisten dieser Aufgaben erfordern nicht, dass jemand seine gesamte Zeit darauf verwendet, aber dennoch müssen sie erledigt werden."

War das alles?

Mühsam sog sie Luft in ihre zusammengeschnürten Lungen. „Ich verstehe. Ja, natürlich würde ich solche Aufgaben übernehmen."

Seine Augen verengten sich. Sein Gesichtsausdruck wurde ernst, und plötzlich ahnte sie das Alter, das sich hinter seiner jugendlichen Erscheinung verbarg. „Zweifellos haben Sie davon gehört, dass manche Vampyre Sex von ihren Dienern fordern. Das ist zwar wahr, aber ich gehöre nicht dazu. Gelegentlich verlange ich schwierige Dinge von meinen Dienern, aber *das* verlange ich nicht von Personen, die unter meinem Schutz stehen."

Es dauerte einen Augenblick, bis seine Worte zu ihr durchdrangen. Dann lockerten sich langsam ihre Muskeln, und die unnatürliche Steifheit löste sich. „Danke, dass Sie mir das sagen."

Mit zwei Fingern wischte er in einer wunderschön sparsamen Bewegung das Thema beiseite. „Haben Sie

Erfahrung mit Feuerwaffen? Oder überhaupt Waffen?"

Diesmal antwortete sie sofort. „Nein, aber ich bin belastbar. Meine Hand-Augen-Koordination ist ausgezeichnet, und ich bin bereit, zu lernen."

Er nickte. „Haben Sie jemals Drogen genommen oder haben überlegt, es zu tun?"

„Ja", sagte sie, „und nein. Während des Studiums habe ich einmal gekifft, aber es hat mir nicht gefallen. Es hat mich paranoid und hungrig gemacht, sonst nichts, und wenn ich Angst habe, mag ich nicht essen." Wieder versuchte sie, seine Gedanken zu erraten, und scheiterte kläglich. „Ist das ein Problem?"

Der ernste Gesichtsausdruck verschwand, und einer seiner Mundwinkel hob sich kaum merklich. „Nein. Wenn Sie regelmäßig Drogen konsumieren würden, wäre es etwas anderes. Aus einer mit Heroin, Meth oder anderen harten Drogen vergifteten Quelle zu trinken kann einen Vampyr schwächen."

Sie schüttelte den Kopf. „Ich habe nicht das Bedürfnis, meine Erfahrung mit Marihuana zu wiederholen oder irgendwelche anderen Drogen auszuprobieren."

„Ausgezeichnet. Haben Sie irgendwelche Angehörigen?"

„Nein."

„Magische Fähigkeiten?"

„Leider nein", sagte sie. „Ein bisschen Telepathie, aber das ist auch schon alles."

Sie hatte keinen Schimmer, ob ihre Antworten das waren, was er hören wollte, oder ob sie gegen sie sprachen, aber ein Vampyr seiner Macht und seines Alters verfügte ganz sicher über Wahrheitssinn, und sie wagte es nicht, ihm etwas anderes zu sagen als die Wahrheit.

Schließlich schwieg er eine Weile und betrachtete sie. „In

einem solchen Gespräch kann man nicht alles herausfinden, was wichtig ist. Ein Diener zu werden kann eine überraschend komplexe und schwierige Angelegenheit sein, und beide Seiten gehen Verpflichtungen ein. Manche Leute sind nicht in der Lage, sich an diese Lebensweise zu gewöhnen, selbst wenn sie es noch so sehr versuchen, oder sie passen aus irgendeinem Grund einfach nicht gut in den Haushalt eines Vampyrs. Das ist keine Schande. Es ist nur etwas, das man herausfinden muss."

„Ich bin sicher, Sie haben recht", brachte sie heraus, während ihr die Brust wieder eng wurde. Bereitete er sie auf eine Absage vor? So schrecklich dieses ganze Erlebnis auch gewesen sein mochte, sie konnte es ihm nicht wirklich übel nehmen. Obwohl nur sehr wenige die Chance bekamen, ein Diener zu werden, hatte sie sich nicht gerade bemüht, besondere Begeisterung an den Tag zu legen.

O Gott, dachte sie. *Wenn ich diesen Job nicht bekomme, was mache ich dann?*

Und dann sagte er: „Ich kann mir vorstellen, dass Sie mir in der einen oder anderen Hinsicht von Nutzen sein könnten. Ich biete Ihnen eine einjährige Probezeit an. Wenn wir in dieser Zeit nicht zu einer beiderseitig nützlichen Zusammenarbeit finden, steht es jedem von uns beiden frei, die Verbindung zu lösen."

Ihr blieb der Mund offen stehen, und fast wäre sie herausgeplatzt: *Warum?* Aber sie riss sich zusammen, ehe es ihren Lippen entschlüpfte.

Er hob die Augenbrauen. „Ist das für Sie akzeptabel?"

Kapitel 2

GEDULDIG, ABER AUFMERKSAM beobachtete Xavier, wie sich Tess' Mund mehrfach öffnete und wieder schloss.

Schließlich sagte sie mit erstickter Stimme: „Sie geben mir einfach so eine Chance? Ohne zweites Gespräch oder … Referenzen?"

In ihrer Frage schwangen interessante, komplizierte Gefühle mit. Vielleicht hatte sie beruflich einen ziemlich chaotischen Werdegang hinter sich oder war aus ihrem vorigen Job gefeuert worden. Kurz überlegte er, sie um Lebenslauf und Referenzen zu bitten, nur um zu sehen, wie sie reagierte, aber tatsächlich interessierte es ihn nicht, ob sie entlassen worden war. Es konnte einem aus einer Vielzahl unterschiedlichster Gründe gekündigt werden, und etwas, das in den Augen eines früheren Arbeitgebers eine Schwäche gewesen war, mochte genau die Eigenschaft sein, nach der er Ausschau hielt.

Davon abgesehen stellte niemand einem früheren Angestellten ein schlechtes Zeugnis aus, alle nannten nur Schmeichelhaftes. In all den Jahren hatte er Leute Bewerbungsgespräche auf jede nur erdenkliche Weise manipulieren sehen. Das wahre Wesen einer Person enthüllte sich erst mit der Zeit.

Und für die Art Aufgabe, für die er sie in Erwägung zog,

konnte diese junge Frau ohnehin keine Referenzen haben. Er würde selbst herausfinden müssen, wozu sie fähig war. Und was sie überhaupt bereit war zu tun. Fürs Erste war es genug, er wollte sie nicht noch mehr verschrecken.

„Wie ich schon sagte", erklärte er ihr, „viel mehr lässt sich in einem Bewerbungsgespräch nicht herausfinden. Zum Jahresende werden wir beide wissen, ob wir erfolgreich zusammenarbeiten können oder nicht."

Ihr Gesichtsausdruck wurde nachdenklich. „Ich schätze, für jemanden wie Sie ist ein Jahr keine besonders lange Zeit."

„Das ist wohl wahr. Ein Probejahr ist üblich. Die meisten Vampyre bieten es ihren zukünftigen Dienern an."

Sein Wahrheitssinn war ausgezeichnet entwickelt. Er wusste, dass sie über ihre Fähigkeiten und Eigenschaften nicht gelogen hatte. Sie war intelligent, kannte sich gut mit Finanzen aus und verstand viel von Computern. Allerdings hatte sie lang genug gezögert, um ihn neugierig zu machen. Was hatte sie ihm *nicht* erzählt? Er machte sich eine geistige Notiz, darauf später zurückzukommen.

Sie hatte irgendeinen Ehrenkodex. Es war sehr, sehr lange her, dass er irgendetwas Sexuelles als moralisches Thema betrachtet hatte, solange weder Zwang oder Gewalt im Spiel waren oder irgendein anderes Ungleichgewicht der Machtverhältnisse.

Sie jedoch hatte sich bei der Vorstellung, dass Sex bei ihrem neuen Job eine Rolle spielen könnte, eindeutig unbehaglich gefühlt, und sie hatte es durchaus ernst gemeint, als sie sagte, sie würde sich nicht daran beteiligen, Unschuldigen Schaden zuzufügen.

Auch auf der Bühne hatte sie die Wahrheit gesagt. Sie war überzeugt, dass ihr Aussehen ganz gewöhnlich war, und auf gewisse Weise stimmte das auch. Sie sah nicht auf jene glatte

Weise gut aus wie viele Vampyrdiener – und auch die meisten Vampyre selbst.

Aber auf ihre eigene, unaufdringliche Weise war sie schön. Das braune Haar hatte einen gesunden, kastanienbraunen Schimmer, und aus den großen dunklen Augen leuchtete wache Intelligenz. Das schmale Gesicht hatte eine klare Struktur mit einem wunderbaren römischen Profil. Der schön geformte Mund verriet Empfindsamkeit.

Heutzutage glitten viele Augen auf der Suche nach schillernder Extravaganz über ein solches Gesicht hinweg. Das Haarefärben war zu einer eigenen Wissenschaft geworden, die Augenfarbe konnte intensiviert oder sogar geändert werden. Selbst Vampyre trugen einen aufgesprühten goldenen Teint, wenn sie das wollten, und Muskeln oder Brüste ließen sich chirurgisch vergrößern. Die Leute hatten sich daran gewöhnt, dass es möglich war, nahezu alles zu verbessern oder zu verändern.

Ein intelligenter Mensch mit unauffälligem Aussehen konnte ihm sehr nützlich sein.

Er erwog die negativen Aspekte. Ihr Auftreten war eine Katastrophe. Heftige Gefühle spiegelten sich auf ihrem Gesicht, und in seinen Ohren klang ihr rasendes Herz wie Donnerschläge. Das konnte nicht so bleiben. Er würde hart mit ihr arbeiten müssen, um das verborgene Potenzial auszuschöpfen, das er in ihr sah, aber ein ausgezeichnetes Werkzeug zu schmieden erforderte nun einmal Geduld, Aufmerksamkeit und Sorgfalt.

Er wartete, bis sie zu Ende überlegt hatte. „Danke", sagte sie. „Ja, ich möchte es gern versuchen."

„Ausgezeichnet." Er zupfte sich eine Manschette zurecht. „Ich erwarte Sie morgen Abend bei Sonnenuntergang auf meinem Landsitz. In den kommenden Monaten werden Sie außerordentlich beschäftigt sein, ordnen Sie bitte Ihre Angelegenheiten entsprechend, und bringen Sie mit, was Sie für einen längeren Aufenthalt benötigen."

„Ich … ja, natürlich", sagte sie. „Wo befindet sich Ihr Landsitz?"

„In Pirate's Cove in den Marin Headlands, auf der anderen Seite der Golden Gate Bridge. Die Nummer, die Sie in Ihrer Bewerbung notiert haben — ist das eine Handynummer?"

„Ja." Sie beobachtete ihn aus ihren dunklen Augen gleichermaßen wachsam wie fasziniert.

„Mein Sekretär Foster wird Ihnen eine Wegbeschreibung schicken. Wenn Sie die Hauptstraße verlassen, wird es eng und kurvig, die Fahrt dauert also vermutlich länger, als Sie denken würden. Achten Sie darauf, genug Zeit einzuplanen, um nicht in die Dunkelheit zu geraten."

„Das wird kein Problem darstellen …"

Julian kam herein. Bevor sich Xavier seinem alten Freund zuwandte, bemerkte er, wie Tess blass wurde.

Der König der Nachtwesen gehörte zu den Personen, die einen Raum beherrschten, sobald sie ihn betraten. Er hatte ein hartes, raues Gesicht mit Falten um die Augen und in den Winkeln seines unnachgiebigen Mundes, und sein eindringlicher Blick konnte so schneidend sein wie ein Laserstrahl. Sein kurzes dunkles Haar war von Silbersträhnen durchzogen.

Als Mensch war Julian ein General unter Kaiser Hadrian gewesen, zur Blütezeit des Römischen Reichs. Brust und Schultern waren breit, der Bauch flach, und er hatte die Muskeln eines Mannes, der lange Jahre Soldat gewesen war. Das Leben in der römischen Armee war schwer und entbehrungsreich gewesen, und während seiner Zeit als

Sterblicher war er nicht allzu vorteilhaft gealtert. Als seine Herrin Carling ihn verwandelt hatte, war er Ende dreißig gewesen, aber er sah zehn Jahre älter aus.

Die Förmlichkeit des schwarzen Abendanzugs unterstrich seine kraftvolle Erscheinung, und trotz des eleganten, handgefertigten Anzugs und des Fünfhundert-Dollar-Haarschnitts glich er einem wilden, zottigen Wolf, der seiner Umgebung höchste Wachsamkeit entgegenbrachte.

Mit einem scharfen, blitzschnellen Seitenblick auf Tess schätzte er sie ein und befand sie für unwichtig, bevor er sich an Xavier wandte.

Ich sehe, du bist noch mit deinem neuen Spielzeug beschäftigt. Julians telepathische Stimme glich seiner physikalischen, tief und rau wie ein Schluck reiner Whisky. *Wann bist du fertig?*

Xavier erwiderte seinen Blick vollkommen gelassen. *Dauert nicht mehr lange. Wir sind fast fertig.*

Gut. Wir müssen zurück nach Evenfall. Die Abgesandten der Hellen Fae warten bereits, und, mögen die Götter mir beistehen, Tatiana hat Melisande geschickt. Zu allem Überfluss haben alle zwölf Ratsmitglieder zugesagt, in den kommenden Tagen an den Sitzungen teilzunehmen. Finster starrte Julian ihn an. *Ich wäre lieber in einer Schlangengrube gefangen.*

Kurz schloss Xavier die Augen. Alle Ratsmitglieder unter einem Dach, das allein wäre schon schlimm genug gewesen, aber Melisande und Julian hatten in den späten Neunzigern eine explosive Affäre miteinander gehabt, die ein spektakuläres Ende gefunden hatte. Ein spektakulär schlechtes. Wenn die Königin der Fae ihre älteste Tochter sandte, um wichtige Vertragsverhandlungen zu führen, wollte sie damit entweder Melisande für irgendetwas bestrafen oder war ernsthaft sauer auf Julian. Oder beides.

Verstanden, sagte er.

Überraschend wandte Julian seine Aufmerksamkeit wieder Tess zu. Er stemmte die breiten, vernarbten Hände in die Hüften, wodurch das schwarze Jackett vorn aufklaffte. *Ihre Reaktion gilt nicht nur mir. Dir ist klar, dass sie Todesangst vor dir hat?*

Ja, ich weiß. Xavier würde Tess nicht noch mehr unter Druck setzen, indem er sie anschaute.

Ich verstehe nicht, was du an diesem Exemplar findest. Willst du sie wirklich aufnehmen?

Er zuckte kaum merklich die Achseln, sodass nur Julian es sehen konnte. *Es verrät interessante Dinge über eine Person, wenn sie nicht zulässt, dass ihre Angst ihre Handlungen bestimmt, sondern sie etwas tut, obwohl sie sich davor fürchtet. Und genau das macht sie. In den nächsten Wochen und Monaten wird sich herausstellen, was sie sonst noch zu bieten hat.*

Julian sagte laut: „Besser du als ich. Ich habe neunundneunzig Probleme, aber wenigstens – endlich mal – keins mit einer Frau. Ich warte draußen auf dich."

Als der König der Nachtwesen hinausschritt, warf Xavier Tess einen Blick zu. In ihren weit aufgerissenen Augen stand Entsetzen.

Er war nicht überrascht. Diesen Effekt hatte Julian auf die meisten Leute. Er war schon immer rau und nicht einfach im Umgang gewesen, und die letzten zweihundert Jahre, in denen seine Herrin zunehmend unberechenbarer geworden war, hatten die Lage nicht gerade verbessert.

„Hat er wirklich gerade auf dieses Lied von Jay Z angespielt …?", fragte Tess.

Ruhig betrachtete Xavier sie. „Das ist vorerst alles, Ms Graham. Danke für Ihre Zeit. Gute Nacht."

✧　✧　✧

DERART HÖFLICH, ABER deutlich entlassen, verließ Tess das Gebäude und ging die Straße hinunter zum Parkplatz, wo sie ihren blauen Ford Focus abgestellt hatte.

Ihre Hände und Füße fühlten sich taub an, und eine ungläubige Stimme in ihr bestand darauf, dass das alles gar nicht wirklich passiert war, bis sich fünf Minuten später ihr Telefon meldete. Sie zog es aus der Tasche und sah aufs Display. Die versprochene Nachricht von Xaviers Sekretär mit der Wegbeschreibung.

Das ging schnell.

Sie steckte das Telefon zurück in die Tasche, schob die Hände unter die Achselhöhlen und lief schneller. Sie hatte ihre Jacke im Auto gelassen, und nachdem es den ganzen Tag lang sonnig und warm gewesen war, kühlte es jetzt spürbar ab. An der Bucht von San Francisco erfreute man sich das ganze Jahr über milden Wetters, aber nachts wurde es oft sehr kalt, vor allem im Winter.

Während sie im Gebäude gewesen war, hatten sich dicke Wolken über die Stadt gewälzt, hingen jetzt tief am Himmel und versprachen Regen. Fröstelnd schloss sie das Auto auf, stieg ein und schlüpfte in ihre Jacke.

Die Nacht war schon halb vorüber. Sie wusste nicht, wann zu dieser Jahreszeit die Sonne aufging, aber ihr blieben schätzungsweise nicht mehr als achtzehn Stunden bis zum morgigen Sonnenuntergang.

In San Francisco war alles teurer als erwartet, sogar das Parken. Sie hatte zwar über hunderttausend Dollar auf ihren Konten, aber sie traute sich nicht, etwas abzuheben. Ihre gesamte Barschaft belief sich auf sechsundzwanzig Dollar und fünfundachtzig Cent, und sie hatte kaum noch Sprit.

Sie musste tanken, um es über die Golden Gate Bridge zu ihrem Ziel in Marin County zu schaffen. Gott sei Dank wurden keine Gebühren erhoben, wenn man von San Francisco aus hinüberwollte.

Nach dem Tanken würde sie gerade noch genug für ein billiges Sandwich übrig haben. Das würde nicht reichen, vor allem nicht nach einer schlaflosen Nacht, aber einen Tag lang zu hungern war die geringste ihrer Sorgen. Vermutlich würde sie ohnehin bald sehr gut essen.

Jetzt musste sie nur noch irgendwo den Rest der Nacht herumbringen, wo es sicher war und gut beleuchtet.

Gerade als sie grübelte, wo sie hingehen sollte, bemerkte sie ein Paar, das auf sie zukam. Einer der beiden war ein Ghul mit grauer Haut, ausgezehrtem Gesicht und überlangen Fingern. Die andere war eine Vampyrin. Während die beiden zu einem anderen Auto liefen, neigte die Vampyrin den Kopf und betrachtete Tess höchst interessiert.

Tess' Haut kribbelte, und sie schaute sich um. Niemand anders war zu sehen.

Auch wenn es illegal war, von Menschen zu trinken, die nicht ausdrücklich zugestimmt hatten – wer würde es denn schon erfahren, wenn sich die Vampyrin entschied, ihren Hunger zu stillen? Sie war schnell genug, um anzugreifen und sich satt zu trinken, bevor irgendjemand sie daran hindern konnte. Wenn sie alt genug war, konnte sie sogar die Erinnerungen ihres Opfers beeinflussen und dafür sorgen, dass die Polizei nie eine Beschreibung von ihr bekam.

Und selbst wenn diese Vampyrin beschlossen hatte, sich an die Gesetze zu halten – San Francisco war das Herz des Nachtwesenreichs und Heimat vieler unterschiedlicher Geschöpfe. Durch die Nacht streiften noch andere Raubtiere, und einige von ihnen hielten sich nicht an die Gesetze. Die Stadt war elegant, teuer – und gefährlich.

Tess nagte an ihrer Unterlippe, während sie den Motor

anließ und vom Parkplatz fuhr. Ein Hotel konnte sie sich nicht leisten, also musste sie aus der Stadt raus. Wenn sie erst in Marin County war, würde sie sich ein Restaurant suchen, das die ganze Nacht über geöffnet hatte, und Kaffee trinken, statt etwas zu essen. Im Morgengrauen konnte sie irgendwo parken, wo es nicht auffiel, und ein wenig dösen.

Auf gut Glück kurvte sie durch die Stadt, bis sie den Golden Gate Highway fand. Der Verkehr ähnelte dem zur Rushhour tagsüber. Überall gleißten Lichter, hier und da war es fast so hell wie mitten am Tag. Eine potenziell tödliche Illusion, die Unvorsichtige glauben ließ, das Licht bedeute Sicherheit.

Als sie sich in den Verkehr einreihte, um die Brücke zu überqueren, setzte die verspätete Reaktion auf das Erlebte ein. Es war das irrwitzigste Risiko, das sie je eingegangen war, und sie war keine Spielernatur. Nur die Zeit würde zeigen, ob es sich gelohnt hatte.

Sie könnte morgen einfach nicht auf Xaviers Landsitz auftauchen. Sie hatte einen Tag Zeit, um sich Alternativen oder Verstecke auszudenken. Sie war zwar gerade vollkommen erschöpft von all dem Stress, und ihr Verstand war wie betäubt, aber trotzdem fiel ihr vielleicht noch ein Ausweg ein.

Xavier hatte sie überrascht. Für ein Monster schien er gar nicht so übel zu sein. Doch dann erinnerte sie sich an das, was sie über ihn gehört hatte, und erschauerte. Dennoch — er schien ihre beste Option zu sein, Schutz zu finden.

Wenn es um reine Macht ging, konnte nichts und niemand die Kreatur aufhalten, vor der sie auf der Flucht war, nicht einmal Xavier. Malphas war ein Dschinn der ersten Generation und wortwörtlich eins der mächtigsten Wesen der Welt.

Außerdem war er ein Ausgestoßener, der sich nicht einmal um die Gesetze seiner eigenen Art scherte. Soweit sie wusste, überwachten die Dschinn ihn nicht. Als Wesen aus reiner Energie konnte er praktisch überallhin reisen und jede Sicherheitsmaßnahme überwinden, von der sie je gehört hatte. Und wenn der Anreiz groß genug war, kannte er keine Skrupel, genau das auch zu tun.

Das Einzige, was ihn möglicherweise aufhalten konnte, waren negative Konsequenzen seines Verhaltens, was bedeutete, es kam eher auf politische Macht an statt auf magische. Es musste unerfreulicher für Malphas werden, ihr nachzujagen, als sie gehen zu lassen, und diesen Schutz konnte Xavier ihr möglicherweise bieten.

Sie machte sich keine Illusionen, was sie selbst betraf. Als Dienerin von niedrigem Rang hatte sie für niemanden viel Wert. Aber wenn Malphas sie angriff, während sie sich unter Xaviers Dach befand, würde er damit unerlaubt in dessen Territorium eindringen.

Und das würde etwas bedeuten. Vielleicht würde es sogar als Kriegserklärung aufgefasst werden.

Xavier hatte unter den Nachtwesen einen so hohen Rang inne, dass selbst ein gesetzloser Dschinn der ersten Generation es sich zweimal überlegen würde, ehe er ihn sich zum Feind machte. Momentan mochten die Dschinn noch wegschauen, wenn es um Malphas ging, aber eine offizielle Beschwerde der Nachtwesen könnte das umgehend ändern.

Tausend Lichtreflexe schimmerten auf dem schwarzen Wasser jenseits der Sicherheitsgitter der Golden Gate Bridge. Als sie die Brücke hinter sich gelassen hatte, hielt sie Ausschau nach einer geöffneten Gaststätte und einer Tankstelle.

Schon bald fand sie ein Diner im Stil der Fünfziger, direkt gegenüber einer Tankstelle. Nachdem sie für zwanzig Dollar getankt hatte, überquerte sie die Straße und betrat das Lokal.

Drinnen gleißten Chrom und leuchtende Farben. Sie suchte sich einen Platz, bestellte Kaffee und schaute aus dem Fenster, bis blasse Farbstreifen die dunkle, wolkenverhangene Nacht durchbrachen.

Sie fühlte sich schwerelos, wie ausgehöhlt, die Nerven gereizt von zu viel Koffein und zu wenigen Optionen, die ihr blieben.

Selbst nach stundenlangem Grübeln war ihr nichts eingefallen. Sie konnte es sich nicht leisten, diese Gelegenheit auszuschlagen. Allein schon dass sie die Stelle bekommen hatte – oder zumindest die Möglichkeit, eine Stelle zu bekommen –, war wie der Hauptgewinn in einer Art diabolischer Lotterie.

Wie würde es sein, einen Vampyr das eigene Blut trinken zu lassen?

Der Biss eines Vampyrs rief angeblich Glücksgefühle in einem Menschen hervor, aber allein schon der Gedanke stieß sie ab. Diese Sorte Glück war ein Trick der Natur, um das Opfer einzulullen, es gefügig zu machen, selbst wenn es um Leben oder Tod ging.

Vampyre waren Raubtiere, die sich von Menschen ernährten und sie als Beute betrachteten. Nur die schiere Überzahl der Menschen und die Existenz der anderen Alten Völker hielten sie einigermaßen in Schach und zwangen sie, Gesetze zu schaffen, denen sie sich unterwerfen mussten. Es war nichts erotisch oder verlockend daran, als Nahrung betrachtet zu werden. Bei dem Gedanken fröstelte es sie.

Schließlich bezahlte sie ihren Kaffee, bedankte sich bei der nachsichtigen Kellnerin und ließ ihr gesamtes Wechselgeld als ziemlich mageres Trinkgeld auf dem Tisch liegen. Ihre Augen waren trocken und juckten, alles tat ihr weh. Sie streckte sich, stieg ins Auto und fuhr in Richtung des nur wenige Kilometer entfernten Rodeo Beach.

Sie hatte nicht nur das Geld auf ihren Konten zurücklassen müssen, an das sie nicht herankam, sondern auch die gemütlichen und teuren Möbel in ihrem großzügigen, modernen Apartment und ihre wenigen persönlichen Gegenstände. Jetzt befand sich aus praktischen Gründen alles, was sie besaß, in ihrem Auto. Ein Durcheinander hastig gepackter Klamotten und ein bisschen Krimskrams.

Eins der Dinge, die sie beim Aufbruch zusammengerafft hatte, war eine dicke, weiche Tagesdecke, weil sie wusste, dass sie im Auto würde schlafen müssen. Nachdem sie auf einen Parkplatz in der Nähe des Strands gefahren war, holte sie die Decke heraus und lief einen kleinen Weg entlang, um sich nach einem geeigneten Schlafplatz umzusehen.

Am Wasser war es wild und stürmisch. Nur mit Mühe konnte sie die fernen Umrisse von Evenfall ausmachen, dem Palast, in dem der König der Nachtwesen residierte. Evenfall war eine der kuriosesten architektonischen Sehenswürdigkeiten Kaliforniens. Das gewaltige Schloss war im normannischen Stil erbaut und thronte weithin sichtbar am südwestlichen Ende der Halbinsel. Blau erstreckte sich der Ozean in die Unendlichkeit, im Vordergrund wölbte sich sanft die grüne Küstenlinie, die die Erdzeitalter zu einer Hügellandschaft geformt hatten.

Die allgegenwärtige Drohung bevorstehenden Regens war zusammen mit der Nacht verblasst, zurückgeblieben war ein unbeständiger, launischer Morgen. Ein schneidender frischer Wind blies ihr den Kopf frei. Nachdem sie zwei Jahre lang in der Wüste gelebt hatte, erschien ihr die Aussicht unfassbar grün und üppig. Ohne die ständige Furcht, die ihr keine Ruhe ließ, wäre es ein sehr schöner Moment gewesen.

Mit fest um die Schultern gewickelter Decke lief sie weiter, bis sie eine Stelle fand, wo sich der Strand in ein höher liegendes Stück Land gefressen hatte. Sie setzte sich hin, lehnte sich gegen die Klippe und schaute aufs Meer hinaus. Hier war sie vom Wind abgeschirmt und ein wenig vor Blicken geschützt, und langsam ließ ihre Anspannung nach.

Vielleicht würde das Leben als Dienerin eines Vampyrs gar nicht so übel sein. Normalerweise durften Menschen nur alle acht Wochen Blut spenden. Weil der Biss eines Vampyrs nicht nur das Immunsystem ankurbelte, sondern den gesamten Metabolismus, konnten ihre Diener öfter Blut entbehren, alle vier bis fünf Wochen oder sogar häufiger. Dennoch würde es nicht jeden Tag sein, nicht einmal jede Woche. Wenn Xavier so strenge Grundsätze hatte, was den Sex mit seinen Schutzbefohlenen betraf, musste er über außergewöhnliche Selbstbeherrschung verfügen, um der Euphorie standzuhalten, die sein Biss vermutlich in seinen Dienern auslöste.

Es sei denn, er hatte gelogen.

Sie sank in sich zusammen und fühlte sich unsagbar dämlich, weil sie an diese Möglichkeit bisher noch gar nicht gedacht hatte.

Entweder hatte er gelogen, oder er hatte die Wahrheit gesagt. Sie würde es bald herausfinden. Alles, was sie jetzt wusste, war: Wenn sie die letzten zwei Wochen noch einmal von vorn durchleben würde, dann würde sie genau dasselbe tun.

Das bedeutet ja wohl etwas, dachte sie. *Selbst wenn es mich das Leben kostet.*

Die ständige Angst leid, wickelte sie sich fester in die Decke und zog sich einen Zipfel über den Kopf, um sich vor Sonne und Wind zu schützen. Langsam fielen ihr die schweren Lider zu, und ein dunkler Schleier senkte sich über sie, während sie in einen unruhigen Schlaf hinüberdämmerte.

Die Frühlingsnacht war so warm, dass sie alle Fenster ihres Apartments und die Wohnungstür geöffnet hatte. Als sie den Tisch fürs Abendessen fertig gedeckt hatte und sich umdrehte, schlitzte etwas das Insektengitter der Zwischentür auf und kroch herein. Es war weder ein Hund noch eine Katze, sondern eine dämonische Mischung aus beidem, und in den schräg stehenden Augen glomm Bösartigkeit.

Entsetzen stieg in ihr auf. Während die Kreatur auf sie zuschlich, griff sie nach dem Tranchiermesser. Der schrecklich geschmeidige Leib des Wesens bewegte sich, als hätte es keine Knochen. Mit gespreizten, dolchartigen Klauen sprang es auf sie los. Sie packte es an der Kehle und versuchte verzweifelt, es mit dem Messer aufzuspießen …

Und es schmolz in ihren Händen zusammen und war verschwunden.

Vor Angst hatte sie den widerwärtigen Geschmack von Galle im Mund, wie die Asche eines Toten. Mit ausgestrecktem Messer wich sie zurück, ihr Blick zuckte verängstigt hin und her. Unsichtbare Hände legten sich um ihre Taille. Mit einem Aufschrei wirbelte sie herum, und vor ihr stand Malphas.

Seine Präsenz war so eindrucksvoll, dass ihn eine regelrechte Aura aus Energie umgab. Sie verfügte nur über einen Funken telepathischer Begabung, sonst nichts, aber selbst sie spürte die Macht, die sich förmlich in ihren Verstand brannte.

Dschinn waren reine Geistwesen, Malphas besaß keinen eigenen Körper, aber die Erscheinungsform, die er gewählt hatte, glich einem Engel: ein schlanker Mann in elegantem Anzug, mit goldblondem Haar, unschuldsvollen blauen Augen und einem Gesicht von tödlicher Schönheit.

Das dünne Lächeln, mit dem er sie anschaute, entblößte zu viele Zähne. „Natürlich suche ich dich, Tess. Es ist nur eine Frage der Zeit, bis ich dich finde."

„Verschwinde!", zischte sie. Entsetzen schnürte ihr die Kehle zu. Sie fuchtelte mit dem nutzlosen Messer herum. „Verschwinde aus meinem Kopf!"

„Du hättest das nicht tun sollen, Tess." Seine Stimme klang fast zärtlich. Gemächlich schritt er auf sie zu. „Eathan hat mir gehört, und du hast ihn mir gestohlen. Ich vergebe niemandem, der von mir stiehlt."

„Du hattest kein Recht dazu, ihn für dich zu beanspruchen", sagte sie mit zusammengebissenen Zähnen. „Er hat es nicht besser gewusst. Er war nur ein dummes Kind."

„Weißt du, den meisten Menschen ist nicht klar, was Todesqual wirklich bedeutet", sagte Malphas, während er sie umkreiste. „Ebenso wenig erfassen sie das Konzept der Ewigkeit. Wo doch beides zusammen eine so wirkungsvolle Kombination ist."

Wind strich über sie hinweg und wurde heißer, bis jeder Zentimeter ihrer Haut in Flammen zu stehen schien. Der Schmerz war unerträglich. Wieder schrie sie auf, und in ihrer Verzweiflung und um es zu beenden, koste es, was es wolle, wandte sie das Messer gegen sich selbst.

Das Geräusch, das sie ausstieß, halb Ächzen, halb Wimmern, weckte sie. Ruckartig setzte sie sich auf. Der Atem brannte ihr in der Kehle, und sie sah sich hastig um.

Ihre müden Rückenmuskeln protestierten gegen die unvermittelte Bewegung, Schmerz schoss ihr Rückgrat entlang. Der Tag war längst angebrochen, die Sonne stand hoch am Himmel, und es war so warm geworden, dass sie unter der Decke fast verglühte. Sie warf sie ab und riss sich die Jacke vom Leib, damit die milde Luft ihre überhitzte Haut kühlen konnte.

Sie spürte nichts und niemanden in der Nähe, da war nur das Meer, und es gab kein Geräusch bis auf Wind und Wellen.

„Es war ein Traum", flüsterte sie, zog die Knie an und schlang die Arme darum. „Es war nicht wirklich."

Das sagte sie sich seit einer Woche, seitdem sie aus New York und aus Malphas' Diensten geflohen war. Wie viele Albträume sie auch hatte, es waren nur Träume. Nicht einmal der älteste und mächtigste aller Dschinn konnte in das Unterbewusstsein eines schlafenden Menschen eindringen.

Jedenfalls nahm sie an, dass er es nicht konnte.

Ihre Worte waren jedoch ein schwacher Trost. Auch wenn die Träume nicht Wirklichkeit sein mochten, so waren sie letzten Endes doch wahr. Sie hatte immer geglaubt, eine glänzende Zukunft vor sich zu haben, und jetzt bestand ihr Leben schlagartig nur noch aus der Wahl des kleineren von zwei Übeln, um zu überleben.

Verglichen mit endloser Folter durch einen rachsüchtigen verstoßenen Dschinn war das Leben als Dienerin eines Vampyrs vielleicht gar nicht so schlecht.

Kapitel 3

DIE MARIN HEADLANDS auf der nördlichen Halbinsel standen größtenteils unter staatlichem Schutz und gehörten zum nationalen Erholungsgebiet Golden Gate, aber es gab zwei wichtige Ausnahmen.

Die erste war Evenfall, der Palast der Nachtwesen, der umgeben von einem regelrechten kleinen Städtchen aus Läden und Geschäften direkt nördlich des Rodeo Beach lag.

Die zweite war Xavier del Torros Landsitz. Laut Wegbeschreibung lag das Anwesen knapp zwanzig Minuten Fahrtzeit nördlich von Evenfall.

Nach dem eher düsteren Tagesanbruch tauchte jetzt der Sonnenuntergang alles in flammende Farbenpracht, golden, orange und rosa wölbte sich der Himmel über einem fast purpurfarbenen Meer. Die letzten kräftigen Sonnenstrahlen gleißten durch die Wipfel der riesigen Mammutbäume, die die enge, kurvenreiche Straße säumten. Licht und Schatten flackerten in so raschem Wechsel durch die Windschutzscheibe, dass die Fahrt zu einer echten Herausforderung wurde.

Benommen von Hunger und Schlafmangel fuhr Tess so vorsichtig wie möglich, mit verkrampften Armen von den Handgelenken bis hoch in die Schultern. Xavier hatte nicht übertrieben. Jenseits der Hauptstraße gab es weder Geländer noch einen nennenswerten Seitenstreifen.

Nach einer scheußlich unangenehmen Fahrt durch den dichten Wald durchbrach die Straße die Baumgrenze und schlängelte sich die felsige Küstenlinie entlang. Der letzte Teil der Strecke war unglaublich schön, zu ihrer Linken lag das Meer, zur Rechten der Wald.

So, wie die Straße an der Küste entlangführte, sah sie das Anwesen schon einige Minuten, bevor sie es erreichte. Eine große Villa im spanischen Stil lag vor ihr. Das warme Goldgelb der Stuckfassade schien im flammenden Sonnenuntergang zu glühen.

Das Haus lag ein gutes Stück zurückgesetzt hinter einer langen Mauer in demselben Goldgelb, und noch aus dieser Entfernung erhaschte Tess einen flüchtigen Blick auf majestätische Arkaden, Dachziegel und mit schwarzem Metall eingefasste Sprossenfenster, außerdem die Dächer weiterer Gebäude.

Endlich bog sie in die Auffahrt ein, bremste kurz darauf vor einem riesigen, bogenförmigen Eisentor und hielt neben der Sprechanlage. Als sie das Fenster herunterfuhr, drang eine angenehme Männerstimme aus dem Apparat.

„Guten Abend. Wie kann ich Ihnen behilflich sein?“

„Mein Name ist Tess Graham“, erklärte sie dem Unsichtbaren. „Mr del Torro hat mich gebeten, heute Abend herzukommen.“

„Selbstverständlich. Wir haben Sie bereits erwartet. Bitte fahren Sie die Straße entlang bis zum Haupthaus, und parken Sie auf dem kleinen Platz daneben. Ich werde Sie abholen.“ Summend öffneten sich die gut geölten Torflügel.

„Na, dann mal los“, murmelte sie. Sie fuhr hinein, und hinter ihr schwangen die Torflügel sanft wieder zu und sperrten den Rest der Welt aus.

Das hätte fast beruhigend sein können, nur dass es das

leider überhaupt nicht war.

Innerhalb der Umzäunung erahnte sie erst wirklich, wie groß das Anwesen sein mochte. Hektar um Hektar gepflegten, smaragdgrünen Rasens erstreckte sich rings ums Haupthaus, das trotz seiner Größe eher elegant als protzig wirkte. Wohlüberlegt platzierte Bäume und zahlreiche Büsche und Blumen lockerten die weite Fläche auf.

Die Namen der unterschiedlichen Gewächse kannte sie nicht, aber ihr fiel auf, dass das Gelände so gestaltet war, dass der Blick von einem Bereich zum nächsten gelenkt wurde wie bei einem sorgfältig komponierten Gemälde. Einige kleinere Gebäude standen unauffällig im Hintergrund. Während sie den Anweisungen folgte und langsam über die tadellos instand gehaltene Straße zum Parkplatz fuhr, verschmolz ihr erschöpfter Verstand die Details zu einem Durcheinander wirbelnder Eindrücke.

Genau in dem Moment, als ihr Wagen ausrollte und zum Stehen kam, trat ein Mann aus dem Haus und kam auf sie zu. Er war leger gekleidet: Polo-Shirt, Jeans und dunkle Schuhe. An den Schläfen war das kurze blonde Haar bereits leicht ergraut, und in seinem schmalen, gebräunten Gesicht zeigten sich Falten um Mund- und Augenwinkel, aber er bewegte sich mit athletischer Eleganz, Kraft und Selbstsicherheit.

Sie stieg aus und schaute ihm entgegen. Als er eine große, muskulöse Hand ausstreckte, ergriff sie sie, und starke, behutsame Finger schlossen sich kurz um ihre.

„Guten Abend, Ms Graham. Ich bin Raoul."

Xavier hatte gesagt, Raoul wäre der Leiter seines Sicherheitsdienstes. Auch wenn er nicht sichtbar bewaffnet war, wurde ihr klar, dass sie einem weiteren gefährlichen Mann gegenüberstand. „Nennen Sie mich Tess."

„Gern, Tess." Er deutete auf ihr Auto. „Bitte leg die

Hände aufs Wagendach, Beine auseinander."

„Wie bitte?" Schlagartig kehrte ihr müder Verstand in die Gegenwart zurück, und sie starrte ihn an.

Er wirkte höflich und ganz und gar unnachgiebig. „Ich muss dich abtasten. Es ist nur Routine, nichts Persönliches."

„Kein Problem", murmelte sie. „Schätze ich."

War das wirklich kein Problem? Was für Leute ordneten Leibesvisitationen an, nur weil man auf ihr Grundstück fuhr? Es war ja nicht so, dass es sich bei Xavier um den Präsidenten oder gar den König der Nachtwesen handelte. Andererseits – was für Leute hatten denn überhaupt einen „Leiter des Sicherheitsdienstes"?

Widerwillig drehte sie sich um, legte die Hände aufs Wagendach und stellte sich breitbeiniger hin. Während sie finster die Brauen zusammenzog, tastete Raoul sie ab. Trotz ihres Widerstrebens fand sie nichts an seinem Verhalten auszusetzen. Auch wenn er gründlich vorging, war seine Berührung vollkommen unpersönlich, und er verletzte nicht eine Sekunde lang irgendwelche Anstandsgrenzen.

Als er fertig war, trat er zurück. „Vielen Dank."

Erleichtert, dass es vorbei war, drehte sie sich vom Auto weg. „Schon in Ordnung."

„Darf ich jetzt um den Autoschlüssel bitten?"

Fassungslos starrte sie ihn an und ballte die Fäuste. Wofür um alles in der Welt brauchte er ihren Schlüssel? Mit zusammengepressten Zähnen sagte sie: „Das fühlt sich nicht richtig an. Ich kenne keinen von euch, und dieses Auto könnte meinen Weg in die Freiheit bedeuten."

„Ich verstehe, dass es dir erst mal unangenehm ist", sagte er ruhig. „Aber ich kenne dich ebenfalls nicht. Es ist gut möglich, dass du genau die bist, für die du dich ausgibst, und dass du keine Bomben, Drogen oder Waffen in deinem Auto versteckt hast. Aber es ist nicht meine Aufgabe, Risiken einzugehen, Tess. Stell es dir vor wie am Flughafen. Du musst durch die Sicherheitsprüfung, um ins Flugzeug zu steigen. Du hast jetzt zwei Möglichkeiten: Ich durchsuche deinen Wagen und bestätige, dass du dich in Xaviers unmittelbarer Nähe aufhalten darfst und in der von zehn anderen Personen, die hier leben, oder du gehst."

Obwohl er es mit einem Lächeln sagte, zweifelte sie nicht daran, dass er es ernst meinte. Sie biss die Zähne zusammen, aber ihr fiel kein brauchbarer Einwand gegen das ein, was er gesagt hatte, und sie konnte es sich nicht leisten, woandershin zu gehen. Langsam zog sie die Schlüssel aus der Tasche und hielt sie ihm hin, wobei sie ihn genau beobachtete. „Und das gehört immer noch zur Routine, ja?"

Ihr prüfender Blick schien ihn nicht zu stören, er nickte nur, nahm die Schlüssel und legte sie auf die Motorhaube. „Wenn sich Diego den Wagen angesehen hat, bekommst du die Schlüssel zurück, und wir bringen dein Gepäck ins Haus. Fürs Erste komm bitte mit mir. Wie war die Fahrt?"

Wenn er Small Talk machen wollte, würde sie ihm den Gefallen tun. Nach einem letzten Blick auf ihr Auto lief sie neben ihm her und versuchte, ihre verspannten Muskeln zu lockern. „Angenehm, danke. Die letzte Strecke, besonders die Küste entlang, war fantastisch."

„Dieser Abschnitt der Straße ist einer meiner liebsten auf der ganzen Welt", sagte Raoul.

Sie warf ihm einen raschen Seitenblick zu. Sie wusste nicht, woran es lag, aber etwas an der Art, wie er es sagte, machte die Worte bedeutungsvoll, als hätte er unzählige wunderbare Orte auf der ganzen Welt gesehen, was, wenn er schon einige Zeit für Xavier del Torro arbeitete, wahrscheinlich zutraf.

Als sie das Haus durch eine Seitentür betraten, fragte er: „Hast du schon gegessen?"

Der Hunger bohrte mittlerweile wie ein scharfer, unerbittlicher Stachel in ihrem Bauch, aber ihr Magen fühlte sich an, als hätte er sich verknotet. Vorsichtig sagte sie: „Nein, noch nicht."

Raoul lächelte ihr zu. Ihre erste Begegnung hatte Tess in das reinste Nervenbündel verwandelt, er hingegen wirkte vollkommen entspannt. „Ich führe dich rasch herum, und wir bringen dein Gepäck in dein Zimmer. Anschließend steht für dich noch ein Gespräch mit Xavier an. Danach hast du den Rest des Abends zur freien Verfügung, um richtig anzukommen. Jordan wird zum Abendessen ein Tablett herrichten, das dir nachher aufs Zimmer gebracht wird. Heute Mittag gab es Brathähnchen, und es ist noch eine Menge übrig. Es sei denn, du bist Vegetarierin?"

Der Rundgang war also die Gelegenheit, um ihr Auto zu untersuchen. Wenigstens würde es nicht lange dauern, und sie bekam Abendessen. „Brathähnchen klingt gut", sagte sie, „danke."

„Gut. Ich sage Jordan Bescheid." Zielstrebig ging er voran. „Das Haupthaus, in dem wir uns befinden, hat gut tausendeinhundert Quadratmeter Wohnfläche. Es gibt noch vier weitere Gebäude: die Garage, das Gästehaus, den Trainingsraum mit angeschlossenem Pool, Dampfbad und Sauna und das Dienstbotenhaus, in dem die meisten von Xaviers Angestellten wohnen."

Inzwischen war sie ganz bei der Sache und lauschte ihm aufmerksam, während sie sich umschaute. Der Reichtum, der zum Unterhalt eines solchen Landsitzes nötig war – vor allem, wenn er auf einem Küstengrundstück in Kalifornien stand –, war überwältigend.

Sie versuchte, nicht zu auffällig zu gaffen, aber in der zurückhaltenden Eleganz des Hauses lag atemberaubende Schönheit. Wenige schlichte, aber kostbare Möbelstücke verteilten sich auf ungeheuer viel Platz. „Wie viele Angestellte gibt es?"

„Dich eingeschlossen, sind es jetzt zwanzig", sagte er. „Acht davon leben im Stadthaus, darunter auch Russell, der beide Anwesen verwaltet. Bei Gelegenheit wirst du sie alle kennenlernen. Hier auf dem Landsitz gibt es mehrere Angestellte, die sich um die Pflege der Außenanlagen und um den Pool kümmern, einige arbeiten mit mir zusammen. Jordan ist der Koch. Angelica ist für das Haupt- und das Gästehaus zuständig. Jordan und Angelica sind jeweils Hilfskräfte unterstellt. Im Dienstbotenhaus teilen wir die anfallenden Arbeiten unter uns auf. Von dir wird erwartet, dass du mit anpackst."

Sie rieb sich den Nacken und nickte. „Das geht klar."

Xavier hatte gesagt, er betreibe nach den üblichen Maßstäben nur einen kleinen Haushalt. Wenn das stimmte, entzog es sich ihrer Vorstellungskraft, wie es im Haus eines wirklich extravaganten Vampyrs aussehen mochte.

Das Ganze erinnerte sie an eine moderne amerikanische Version von „Downton Abbey". Nur mit Vampyren.

So viel Neues strömte auf sie ein, dass ihr die Details schon wieder vor den Augen verschwammen. Raoul führte sie zwar nicht durchs ganze Haus, aber er erklärte ihr alles, als wäre sie ein Gast: Im Haupthaus gab es sechs Schlafzimmer, sieben Badezimmer, offizielle Empfangszimmer, ein Arbeitszimmer mitsamt einer riesigen Bibliothek voller Originalausgaben, eine Profiküche, die normalerweise nur genutzt wurde, wenn Gäste im Haus waren, einen großen Weinkeller, und Xaviers Räume verfügten über eine Terrasse.

Es gab sogar einen kleinen Ballsaal.

Im gewölbten Durchgang zum Ballsaal, der sich in einem Anbau des Erdgeschosses befand, blieben sie stehen. Tess vergaß ihr Unbehagen und gab den Versuch auf, ihr Staunen zu verbergen. Der Raum war unglaublich, mit seiner gewölbten Decke und den eleganten Fenstern, die an drei Seiten vom Boden bis zur Decke reichten und wie die anderen Fenster des Hauses mit schwarzem Metall eingefasst waren.

Makelloser Parkettboden schimmerte in warmem Goldbraun, und durch die Fenster hatte man freie Sicht auf den Rasen, der zum felsigen Strand und zum Meer abfiel. Bis auf den Stutzflügel, der in einer Ecke stand, war der Saal leer.

Raoul ließ ihr Zeit, den Anblick auf sich wirken zu lassen. Als sie sich mit geweiteten Augen zu ihm umdrehte, bedachte er sie mit einem kaum merklichen Lächeln. „Manch einer mag anderer Meinung sein, aber ich halte den Saal für das Prunkstück des Hauses."

„Er ist atemberaubend."

„Ja." Er drehte sich um und führte sie zurück zu ihrem Auto. „Das Haus hat Rollläden aus Metall mit einem automatisierten Sensorensystem. Sobald die Sensoren direktes Sonnenlicht registrieren, schließen sich die Läden. Das System ist ausgeklügelt und nahezu lautlos, aber ich wollte dich vorwarnen, falls du in der Nähe bist, wenn es so weit ist."

„Es wird nicht das ganze Haus abgeriegelt, wenn die Sonne aufgeht?"

„Nein. Manche Vampyre bevorzugen das und lassen Systeme einbauen, die dafür sorgen, dass das Haus vollständig geschlossen wird, aber Xavier findet Gefallen an der Aussicht und der frischen Luft, und solange direkte Sonneneinstrahlung verhindert wird, ist der Sicherheit Genüge getan. Während die Sonne von Osten nach Westen wandert, schließen sich die entsprechenden Rollläden, während sich andere wieder öffnen. Es ist sehr effektiv und passt zur Eleganz des Hauses."

Und zur Eleganz des Hausherrn.

Was immer man sich auch über del Torro erzählen mochte, dachte sie widerwillig, er verfügte über einen ausgezeichneten Geschmack und große Selbstsicherheit.

Draußen schwand das letzte Tageslicht, und geschickt platzierte Lampen schalteten sich ein und sprenkelten die Außenanlagen mit hellen Lichtinseln.

Als sie ihren Wagen erreichten, lagen die Schlüssel auf dem Dach. Sie warf Raoul einen raschen Blick zu. Auf sein Nicken hin nahm sie die Schlüssel und steckte sie in die Tasche. Die Türen waren nicht abgeschlossen, was das einzige Anzeichen dafür war, dass der Wagen durchsucht worden war. Alles andere war genau so, wie sie es zurückgelassen hatte.

Im Kofferraum hatte sie zwei Taschen verstaut, sie nahm die eine, er die andere. Nebeneinander liefen sie den Weg zum Dienstbotenhaus entlang, ein hübsches Gebäude nahe der Außenmauer, die einen Großteil des Besitzes umgab, und im gleichen architektonischen Stil wie das Haupthaus gehalten.

„Du hast ein eigenes Zimmer, aber alles andere – Küche, Wohnzimmer, Esszimmer, Fernsehraum und so weiter – ist für alle zugänglich", erklärte Raoul. „Mehrere Angestellte teilen sich je ein Bad. Morgen zeige ich dir den Trainingsraum, und du lernst die anderen kennen."

„Ein Zimmer für mich allein ist großartig", sagte sie mit schwacher Stimme.

Seit einigen Minuten fühlte sich für sie alles zunehmend unwirklich an, wie ein zäher, wolkiger Schleier, der sie von ihrer Umgebung abschirmte. Einerseits konnte sie ihr Glück kaum fassen, andererseits würde Xavier irgendwann in naher Zukunft zum ersten Mal ihr Blut trinken.

Vielleicht sogar schon heute Abend. Bei dem Gedanken, zulassen zu müssen, dass er sie biss, verkrampfte sich ihr Magen wieder.

Sie gingen hinein, und Raoul führte sie durch das Haus ins obere Stockwerk und einen Flur entlang. Zwar begegneten sie niemandem, aber die Geräusche eines laufenden Fernsehers drangen von unten herauf, und aus der Küche hörte sie Stimmen.

Raoul öffnete die letzte Tür im Gang und trat zurück, um ihr den Vortritt zu lassen. Weil das Zimmer in einer Ecke des Hauses lag und sich in zwei der Wände Fenster befanden, machte es einen luftigen Eindruck, und tagsüber war es vermutlich sonnendurchflutet. Zwar war es eher klein, aber dennoch hübsch und gemütlich mit Holzdielen, einem Doppelbett mit einer hellen, dicken Decke darauf und einem Sessel in der Nähe des Fensters.

Sie warf einen raschen Blick in den leeren Schrank und legte ihre Tasche aufs Bett, Raoul stellte die andere am Fußende auf den Boden. Der Schrank war nicht groß, aber vollkommen ausreichend. In einer Ecke des Zimmers gab es sogar ein kleines Waschbecken, sodass sie sich das Gesicht waschen oder die Zähne putzen konnte, ohne dafür das Zimmer verlassen zu müssen.

Die Wände waren schmucklos und schienen frisch gestrichen zu sein. „Du kannst es dir hier einrichten, wie immer es dir gefällt“, sagte Raoul. „Das nächste Bad ist auf der gegenüberliegenden Seite, zwei Türen weiter Richtung Treppe.“

Eins der Fenster ging aufs Haupthaus hinaus. Vor dem anderen standen einige Kiefern. Zur Rechten sah sie ein Stück der Außenmauer, die dort am Kliff endete, und hinter den Kiefern schimmerte silbrig das Wasser.

In den letzten Wochen hatte Verzweiflung ihr Leben bestimmt, aber mit einem Mal kam es ihr fast möglich vor, ein neues Leben zu beginnen und in dieser ruhigen Umgebung sogar ein wenig Frieden zu finden.

Vermutlich eine ebenso große Illusion wie der Glaube, das künstliche Tageslicht durch die Lichter der Stadt böte Sicherheit.

Aber auch wenn es eine Illusion sein mochte, sie war zu müde, um ihr zu widerstehen. In diesem Moment überwog schlichtes Staunen all ihre Sorgen. Es war hier so idyllisch, dass sie fast erwartete, kleine niedliche Kaninchen über den üppig grünen Rasen hoppeln zu sehen.

Sie berührte einen Zipfel der hellen, weichen Decke und murmelte: „Das ist wundervoll.“

Einen Moment lang betrachtete Raoul sie mit undeutbarem Blick. „Es freut mich, dass dir das Zimmer gefällt“, sagte er. „Jetzt ist es Zeit für dein Gespräch mit Xavier. Möchtest du dich noch frisch machen, ehe wir zum Haupthaus zurückgehen?“

Es verstrichen einige Augenblicke, ehe sie begriff, dass er sie auf die denkbar höflichste Weise fragte, ob sie noch mal auf die Toilette musste. Sie schüttelte den Kopf. „Nein, vielen Dank.“

„Bestens. Komm mit.“

Schweigend gingen sie zurück zum Haupthaus. Inzwischen war die Nacht angebrochen, die Dunkelheit umhüllte sie sanft wie schwarze Daunen, und die Temperatur war erneut gesunken. Eine gleichmäßige Brise wehte vom Meer herauf, feucht und eiskalt. Raoul schien sich trotz der kurzen Ärmel recht wohl zu fühlen, aber Tess schlang fröstelnd die Arme um den Oberkörper und versuchte, nicht über die nächste Viertelstunde nachzudenken.

Ihre Kiefermuskeln taten von der ständigen Anspannung der letzten Tage weh.

Dies hier ist meine Entscheidung, dachte sie. *Niemand nimmt mir etwas, das ich nicht freiwillig angeboten habe, und es ist ein ausgezeichneter Tauschhandel. Und was ist schon an einem kleinen Aderlass unter Freunden auszusetzen?*

Als Raoul die Hintertür öffnete, fragte sie: „Arbeitest du schon lange für Xavier?"

„Seit achtundvierzig Jahren."

Ihr Kopf ruckte hoch, und sie starrte ihn an. Er sah aus, als ginge er auf die fünfzig zu, aber das konnte nicht stimmen.

Er bedachte sie mit einem kleinen Lächeln. „Falls du dich das gefragt hast: Ich bin fünfundsiebzig."

„Also gefällt es dir. Für ihn zu arbeiten, meine ich." Sie schlang die Arme fester um sich, trat ein, und er folgte ihr.

„Mich zieht es nirgendwo anders hin. Xavier ist nicht nur mein Herr, wir sind Freunde."

Das musste sie kurz sacken lassen. „Aber du bist immer noch ein Mensch."

„Ja. Er hat mir mehrmals angeboten, mich zu verwandeln, aber ich bin gern ein Mensch. Ich esse gern, ich mag die Wärme der Sonne, und ich fürchte mich nicht vor dem Tod. Das wird schwer für ihn."

Raoul sagte es so schlicht, sogar mitfühlend, und das Bild, das sie nach all den Gerüchten über Xavier von ihm hatte, erschien mit einem Mal in völlig neuem Licht. Er mochte eins der tödlichsten Ungeheuer sein, denen sie je begegnet war, aber dieses Anwesen und sein Haus bewiesen, dass er einen ausgezeichneten Geschmack hatte, und, wie es aussah, auch Gefühle.

Sie straffte die Schultern. Sie wollte weder etwas

Derartiges über ihn wissen, noch wollte sie zulassen, dass ihre Gedanken und Empfindungen davon beeinflusst wurden.

Sie gingen zum Arbeitszimmer, wo ein schmaler Streifen Licht unter der Tür hindurchfiel. Raoul hob die Hand, um anzuklopfen.

Halt, warte, wollte Tess sagen. *Verrat ihm nicht, dass wir hier sind.*

Es war ein alberner Impuls, und sie schluckte die Worte hinunter. Xavier wusste längst, dass sie hier waren. Wahrscheinlich hatte er sie schon wahrgenommen, als sie das Dienstbotenhaus verlassen hatten.

Raouls Hand senkte sich, er klopfte leicht gegen die Tür.

Die vergangenen zwei Wochen waren eine ständige Abfolge von Entscheidungen gewesen. Sie hatte Malphas hintergangen, um einen verwöhnten, undankbaren Jungen zu retten, und dann war sie geflohen, so schnell sie nur konnte.

Auch wenn ihr klar war, dass ein Ereignis das nächste nach sich gezogen hatte, ein regelrechter Strom von Ereignissen ... als sie zusah, wie Raoul an Xaviers Tür klopfte, kam es ihr vor, als wäre dies der alles entscheidende Augenblick.

Die Tür würde sich öffnen, und ihr Leben würde sich von nun an teilen in das, was vor diesem Augenblick gewesen war, und das, was danach kam.

Irgendwo im Zimmer sagte der Vampyr leise: „Herein.“

Allein beim Klang seiner Stimme beschleunigte sich ihr Herzschlag, und ihre Hände fingen an zu beben. Raoul öffnete die Tür, drückte sie auf und bedeutete ihr, einzutreten.

Sie zwang ihre zitternden Beine dazu, sich zu bewegen, trat über die Türschwelle und in ihr neues Leben.

So viele Bücher. Benommen sah sie sich in dem riesigen Raum um. Er lag vom Ballsaal aus gesehen am anderen Ende des Hauses, und die drei Außenwände wurden von raumhohen Bücherregalen eingenommen, nur unterbrochen von einigen großen Fenstern und einem gewaltigen Kamin, der die eine Seite des Raums beherrschte.

Von zwei Türen abgesehen – durch eine davon war sie gerade hereingekommen – war die Innenwand vollständig mit Regalen voller alt aussehender, in Leder gebundener Bücher bedeckt. Vielleicht alles Erstausgaben.

Das Regal ihr gegenüber, zwischen den Fenstern, war mit neueren Taschenbüchern gefüllt, sowohl Romane als auch Sachliteratur. In der Nähe des Kamins bildeten abgenutzte Ledersofas und -sessel eine Sitzecke, am anderen Ende des Raums nahm ein großer antiker Schreibtisch samt einem brandneuen Computer den Ehrenplatz ein.

Das Arbeitszimmer lag auf der Nordseite, begriff sie, hier gab es das ganze Jahr über kein direktes Sonnenlicht.

Dicht beim Kamin, in dem hell ein Feuer brannte, saß Xavier in einem der Ledersessel und las. Er war schlicht in eine schwarze Hose und ein weißes Hemd gekleidet, die Ärmel waren ein Stück hochgekrempelt. Das kastanienbraune Haar trug er glatt zurückgekämmt und im Nacken zusammengebunden.

Als sie eintrat, legte er sein Buch auf einen blank polierten Beistelltisch und erhob sich. Seine aufrechte, schlanke Gestalt stand der Eleganz seiner Umgebung in nichts nach.

Als Reaktion auf seine schlichte, geschmeidige Bewegung wurde ihr der Mund trocken, und ihr Herz fing an zu hämmern.

Grüßend neigte er den Kopf. Sein Gesicht war so ausdruckslos wie in der Nacht zuvor, der Blick der graugrünen Augen aufmerksam. „Das hier geht nur ganz oder gar nicht, Ms Graham. Kommen Sie herein, und schließen Sie die Tür hinter sich.“

Kapitel 4

„SIE KÖNNEN MICH gern Tess nennen", murmelte sie. Was hatte er an sich, dass sie sich in seiner Gegenwart so unbeholfen und linkisch fühlte? Sie warf einen Blick zurück und sah, dass Raoul sachte die Tür zuzog, also zwang sie sich, vorwärtszugehen.

Als sie näher kam, senkten sich Xaviers Augenlider, während er sie beobachtete. Es war die einzige Bewegung, die sie wahrnahm. Wieder wurden ihr all die Mängel ihres menschlichen Körpers überdeutlich bewusst: das kaum wahrnehmbare Kratzen des Atems in ihrer Kehle, das leise Scharren, mit dem sich die Beine der Jeans an der Innenseite ihrer Oberschenkel aneinanderrieben, und ihre schweißnassen, bebenden Hände.

Wie in der Nacht zuvor war seinem intelligenten, jugendlich wirkenden Gesicht nicht anzusehen, was er dachte. Als sie sich der Sitzecke näherte, deutete er auf den Sessel gegenüber. „Bitte setzen Sie sich."

Jedenfalls hatten Raoul und er ausgezeichnete Manieren, sehr viel bessere als sie selbst. Sie folgte seiner Einladung und nahm Platz.

Als sie saß, setzte sich Xavier ebenfalls, schlug die Beine übereinander, stützte die Ellbogen auf die Armlehnen des Sessels und legte die Fingerspitzen aneinander. Er wirkte vollkommen entspannt und ungezwungen, und angesichts seiner Gelassenheit fühlte sie sich noch unbehaglicher, fast neidisch. So nahe sie auch beieinandersaßen, die Distanz zwischen ihnen war unermesslich.

„Ich hoffe, Raoul hat dafür gesorgt, dass Ihnen alles zur Verfügung steht, was Sie benötigen."

Sie nickte. „Ja, danke. Alles ist wunderbar."

„Ausgezeichnet." Er schaute sie direkt an, sein Blick war ruhig und wissend. „Jetzt verraten Sie mir, warum Sie hier sind, Tess."

Sie biss sich auf die Lippen. „Wie ich Ihnen bereits gesagt habe, ich brauche den Job."

„Ich erinnere mich sehr gut an alles, was Sie mir letzte Nacht gesagt haben." Er klopfte mit den Zeigefingern leicht gegen seine Lippen. „Es erscheint mir jedoch seltsam, dass jemand mit Ihren gefragten Kenntnissen so verzweifelt eine Anstellung sucht."

Mit einer ruckartigen Bewegung hob sie die Schultern. „So etwas kommt vor. Unfälle, Arbeitslosigkeit, Krankheit. Wir haben unser Leben nicht immer in der Hand."

„Richtig. Aber sicherlich hätten Sie rasch eine neue Stelle finden können. Gerade eben, als Sie hereinkamen, habe ich Ihre Angst gerochen. Es ist … beunruhigend. Warum fürchten Sie sich so sehr?"

Irgendwie kam es ihr nicht sehr höflich vor zu antworten: „Weil Sie mir den Kopf abreißen können, ehe ich auch nur tief genug Luft geholt habe, um zu schreien." Sie verlagerte das Gewicht und lauschte auf das Knarzen des Leders.

„Fürchten Sie alle Vampyre, oder liegt es an mir?" Er wirkte nicht, als würde ihm die Antwort etwas ausmachen, egal, wie sie ausfiel.

Ach, zum Teufel damit. Sie konnte ohnehin nicht vor ihm verbergen, wie ihr zumute war. Er las sie mit derselben

Leichtigkeit wie sein Buch.

„Ich fühle mich ausgesprochen unwohl in der Gegenwart jedes Vampyrs, aber in Ihrer Gegenwart ganz besonders." Sie zwang ihre eingeschnürten Lungen zu einem tiefen Atemzug. „Ist es wahr, was man über Sie sagt?"

Er hob eine elegante Augenbraue. „Was genau meinen Sie?"

Sie erwiderte seinen Blick. „Dass Sie als Mensch Priester waren. Die Inquisition hat Ihre Familie ausgelöscht, danach wurden Sie zum Vampyr – und haben alle Inquisitoren gejagt, bis jeder tot war, der etwas damit zu tun gehabt hatte."

Tief in seinen Augen glomm eine Reaktion auf, ein heftiger, glühender Funken, bis er die Lider senkte und wieder so kühl und gefasst aussah wie zuvor. „Ja."

Ein so winziger Hinweis darauf, dass er etwas fühlte, dieser Funken, aber sie hatte es gesehen, und wieder änderte sich ihre Einschätzung.

Welch ein Zorn, welch ein Schmerz mochte einen jungen Mann dazu bringen, sein Leben zu beenden, um Rache an denen zu nehmen, die seine Familie getötet hatten?

Ihr Blick fiel auf das Buch, das er auf den Tisch gelegt hatte. Autor und Titel waren in klaren, schwarzen Buchstaben in den alten Ledereinband geprägt: René Descartes, *Meditationen über die Grundlagen der Philosophie*.

Das Buch war abgenutzt und unverkennbar schon oft gelesen worden. Also verfügte er nicht nur über einen ausgezeichneten Geschmack und offensichtlich herzliche Gefühle für mindestens einen seiner Diener, sondern fand auch noch Gefallen an Philosophie. Es wurde immer komplizierter, ihn einfach in die Schublade mit der Aufschrift „Monster" einzusortieren.

Sie räusperte sich und rang nach angemessenen Worten.

„Ich weiß, es ist schon lange her, aber es tut mir sehr leid, was Ihnen zugestoßen ist."

„Danke", sagte er. „Und mir tut es leid, dass Sie sich von den Umständen gezwungen sahen, herzukommen, obwohl Sie sich so sichtlich unwohl fühlen. Ich will offen mit Ihnen sein. Ich habe keine Verwendung für Sie, wenn Sie sich gezwungen sehen, etwas zu tun, womit Sie nicht zurechtkommen. Unsere Verbindung kann nicht von Dauer sein, wenn Sie Ihre Angst nicht überwinden oder sie zumindest in Schach halten."

Ihre Hände hatten sich zu Fäusten geballt, ihr Atem ging schneller. Er hatte nicht vor, seine Meinung zu ändern, oder? Nicht, nachdem sie ihr Geld restlos aufgebraucht hatte, nur um herzukommen.

„Es tut mir leid, wenn Sie einen anderen Eindruck haben, aber ich will hier sein", sagte sie fest. „Und wenn Sie einen Beweis dafür brauchen, werde ich ihn liefern. In der ersten Nacht einer Verbindung zwischen Herr und Diener findet normalerweise das erste Blutopfer statt, richtig?"

Seine Augen verengten sich. „Ja."

„Also dann. Beißen Sie mich." Oh, Himmel. Das hatte so viel gröber geklungen, als sie es gemeint hatte. Wenn Xavier ein Gemälde von Monet war, nuanciert und elegant, dann war sie das mit Wachsmalkreide hingeschmierte Bild eines zornigen Kindergartenkindes.

Er ließ die Hände sinken, nahm das übergeschlagene Bein herunter und erhob sich, alles in einer geschmeidigen Bewegung. Ohne sie eine Sekunde lang aus den Augen zu lassen, kam er zu ihr und ging vor ihrem Sessel in die Hocke. Er bewegte sich ohne jede Eile, die Sparsamkeit jeder Geste von unglaublicher Schönheit.

Hätte sich ihr ein wilder Löwe genähert, es wäre keine eindrucksvollere Erfahrung gewesen. Ein heftiges Zittern ergriff sie und wurde stärker, als er eine ihrer Fäuste anhob. Sanft, aber nachdrücklich streckte er ihre Finger und drehte ihr Handgelenk nach oben.

Seine schlanken Finger waren kühl und federleicht auf ihrer erhitzten Haut. Mit schräg gelegtem Kopf beobachtete er ihr Gesicht, während er ihre Hand an die Lippen hob. Im Schein der Flammen wirkten seine Augen wie aus grünem Glas, hell und funkelnd, und die Haut schien fast ein wenig Farbe zu bekommen.

Sie konnte nicht wegschauen. Wie sie je auf die Idee gekommen war, er sei unscheinbar, wusste sie nicht. Vielleicht war er nicht im üblichen Sinne gut aussehend, aber alles an ihm, von seiner beeindruckenden Präsenz bis zur stillen Würde seiner ausgezeichneten Manieren, war unaussprechlich anziehend.

Dann berührte sein Mund die zarte, dünne Haut ihres Handgelenks. Seine Lippen waren ebenfalls kühl, aber in keiner Weise unangenehm. Diese Art, wie er mit dem Mund ihre Haut berührte …

Es war fast, als würde er sie küssen.

Jede Sekunde würden sich seine Zähne in ihr Fleisch bohren. Irgendwie brachte sie es fertig, das leise Stöhnen zu unterdrücken, das in ihr aufstieg. Sie biss sich so fest auf die Lippen, dass die Haut aufriss. Weshalb tat er alles mit dieser quälenden Langsamkeit?

Sie hätte ihn am liebsten angeschrien. *Zögere es nicht so lange hinaus. Tu es einfach.*

Als er den Kopf hob, fuhr eine Welle der Angst durch sie. Sie brachte es fertig zu flüstern: „Was ist los?"

„Obwohl sich alles in dir dagegen sträubt, würdest du mich dennoch trinken lassen", sagte er.

Seine Stimme klang wieder sanft, und zu ihrem Entsetzen

wurden ihr die Augen feucht. Mit zusammengebissenen Zähnen stieß sie hervor: „So lautete unsere Abmachung, und ich werde mich daran halten."

„Welch grimmige Entschlossenheit." Er lächelte, schloss ihre Finger wieder zur Faust und legte ihr die Hand zurück in den Schoß. „Ich werde dich nicht beißen, nicht, wenn dich der bloße Gedanke daran so sehr verängstigt."

„Wenn du mich nicht beißen wolltest, warum hast du das eben dann getan?" Ihre Brust hob sich, während sie nach Luft rang, und mit zitternder Hand deutete sie auf ihn, wie er da zu ihren Füßen kniete.

„Um deine Entschlossenheit zu prüfen. Deine Hingabe, wenn du so willst."

„Aber wenn ich kein Blutopfer bringe, wie können wir dann eine Verbindung eingehen?", fragte sie, den Tränen nah. „Du brauchst Blut. Das Blutopfer gehört zu meinen Aufgaben, so wie es deine Aufgabe ist, mich zu beschützen."

„Du kannst mir trotzdem dein Blut geben." Er stand auf und setzte sich wieder in seinen Sessel. „Es muss kein direktes Blutopfer sein. Wir haben die notwendige Ausrüstung hier, und Raoul ist geprüfter Phlebologe. Natürlich würde das bedeuten, dass du auf alle Vorteile verzichtest, die der Biss eines Vampyrs für Menschen mit sich bringt, aber ich nehme an, das stellt kein Problem für dich dar, zumindest nicht in nächster Zeit."

„Nein …" Sie runzelte die Stirn. Seit einer Woche hatte sie nicht mehr in einem Bett geschlafen, und es war über sechsundzwanzig Stunden her, dass sie etwas gegessen hatte. Die Erschöpfung hatte sich langsam, aber sicher wie Nebel über ihren Verstand gelegt, doch plötzlich wurde ihr Kopf klar, und die Angst legte sich so weit, dass sie wieder richtig denken konnte. „Warum bin ich hier?"

Er lächelte, und zum ersten Mal, seit sie ihm begegnet war, lag aufrichtige Anerkennung in seinen Zügen. „Das ist die richtige Frage, aber es ist nicht die richtige Zeit für die Antwort. Wie alt bist du?"

Überrumpelt antwortete sie: „Vierundzwanzig."

„Du wirkst, als wärst du bei bester Gesundheit."

„Das bin ich."

„Treibst du Sport?"

„Ja, normalerweise gehe ich dreimal die Woche laufen, und ich mache Krafttraining, aber im Moment …"

„Gut", unterbrach er sie mitten im Satz. „Du musst wissen, ich bin derzeit sehr beschäftigt. Nach dem Vampyrball, solange die höherrangigen Reichsmitglieder noch in der Nähe sind, hält Julian eine Reihe von Ratssitzungen ab. Und üblicherweise findet jedes Jahr der Besuch der Hellen Fae statt. Das bedeutet, ich werde zumindest anfangs wenig Zeit haben, dich selbst zu trainieren."

Die Erleichterung wischte einen großen Teil ihrer Furcht hinweg. „Ich verstehe."

Licht fiel auf einen seiner Mundwinkel und auf die scharf gezeichnete Kontur seiner Stirn. „Während ich anderweitig beschäftigt bin, wird Raoul dein Training übernehmen. Ich warne dich, es wird körperlich sehr fordernd sein."

Sie straffte die Schultern. „Ich fürchte mich nicht vor harter Arbeit."

Wieder lächelte er. „Wenn du die Verbindung lösen möchtest, kannst du es jederzeit tun. So einfach ist das. Alle meine Diener erhalten ihr Gehalt monatlich. Während wir diese Vereinbarung aufrechterhalten, komme ich für die Gesundheitsversorgung auf und natürlich für Kost und Logis. Es gibt monatlich eine feste Zahl Urlaubstage. Sollte sich eine längerfristige Verbindung ergeben, übernehme ich auch die

Altersvorsorge, allerdings wechseln heutzutage in dieser etwas beweglicher gewordenen Gesellschaft die Menschen Beruf und Lebensstil häufiger, als es früher üblich war."

„Ist das schon oft vorgekommen?"

„Nicht bei einem meiner Angestellten, aber es kommt vor." Er machte eine Pause. „Tess."

Es war eigenartig, zu hören, wie er ihren Namen sagte, intim auf eine Weise, die sie nicht recht begriff. Sie schaute ihn an. „Ja?"

„Ich werde dich nie ohne deine Erlaubnis beißen." Seine Stimme klang sanft, sogar freundlich. „Ich werde niemals etwas von dir nehmen, was du nicht zu geben bereit bist, aber vergiss nie: Es gibt Vampyre, die es täten."

Angst war ihr inzwischen ein vertrauter Begleiter geworden. Sie stieg wieder in ihr auf, so lästig wie eine schmerzhafte Prellung. „Okay."

Sein Blick wurde hart und eindringlich. „Es ist wichtig, dass du das verstehst, denn wenn du dich entscheidest, meine Dienste zu verlassen, werden dir möglicherweise andere eine Verbindung anbieten, allein deshalb, weil du eine Zeit lang hier gewesen bist. Ich würde davon abraten, sich auf so etwas einzulassen. Niemand wird dir ein solches Angebot machen, weil er nur dein Bestes im Sinn hat."

Sie schluckte. „Ich verstehe."

„Eins noch. Falls du bis zum Ende des Probejahrs nicht in der Lage bist, ein direktes Blutopfer zu bringen, freiwillig und gern, ist unsere Verbindung beendet."

Ihre Kiefermuskeln spannten sich. „Verzeihung, aber ist das nicht ein Widerspruch? Zuerst hast du erklärt, du würdest nichts nehmen, was ich nicht zu geben bereit bin, aber jetzt hast du gerade genau das Gegenteil gesagt."

Er hob eine Augenbraue. Seine Stimme war wieder

deutlich kühler, als er erklärte: „Da gibt es keinen Widerspruch. Alles, was du hier tust, tust du aus eigenem Entschluss, und es steht dir jederzeit frei zu gehen. Ich werde dich zu nichts zwingen, was du nicht tun willst, aber es gibt Bedingungen, die du erfüllen musst, wenn du langfristig bleiben willst. Es gibt keinen Freibrief, und es steht dir nicht zu, meine Regeln zu ändern, nur weil sie dir nicht gefallen. Ich gebe dir reichlich Gelegenheit, dich mit dem Blutopfer zu arrangieren, aber ich erwarte, dass du die Zeit nutzt, um es zu akzeptieren und das Thema abzuhaken. Habe ich diese Frage damit hinreichend geklärt?“

Mit zusammengepressten Lippen zwang sie sich, gleichmäßig zu atmen, bis ihr widerspenstiges Temperament genügend abgekühlt war, damit sie antworten konnte. „Du bist der Arbeitgeber, du bestimmst die Regeln. Ich habe verstanden.“

„Gut. Eine Angelegenheit wirst du noch für mich erledigen, dann sind wir für heute fertig. Komm mit.“ Er stand auf.

Neugierig erhob sie sich ebenfalls, um ihm zu folgen, aber er führte sie nur zu dem großen Schreibtisch auf der anderen Seite des Raums.

Er blieb neben dem Tisch stehen und deutete auf den Stuhl. „Setz dich bitte.“

Sie gehorchte und betrachtete den großen, dunklen Bildschirm. Das Ding hatte locker zehntausend Dollar gekostet. Man hatte einen dezenten, hochmodernen Tastaturauszug an den antiken Schreibtisch angebaut. „Und jetzt?“

„Jetzt wirst du mir beweisen, dass du wirklich in der Lage bist, zu tun, was du zu können behauptest.“ Während er sprach, zog er ein iPhone aus der Tasche und bewegte den

Daumen rasch über das Display. „Die Adresse der Nachtwesenreich-Website lautet *Evenfall.gov*. Du sagtest, du könntest eine Firewall durchbrechen, also durchbrich sie."

Sie zählte längst nicht mehr mit, wie oft in den letzten vierundzwanzig Stunden Adrenalin in einem plötzlichen Schwall durch ihre Adern geflutet war. Sie hielt sich am Schreibtisch fest. „Nein, warte. Das habe ich nicht gesagt."

„Ich habe dich gefragt, ob du eine Firewall durchbrechen kannst." Sein harter Blick durchbohrte sie förmlich. „Du hast gesagt, darin wärst du gut."

Sie schüttelte den Kopf. „Die Wortwahl stammt von dir, nicht von mir. Ich habe nur zugestimmt, weil ich zu diesem Zeitpunkt keine Diskussion darüber vom Zaun brechen wollte."

Er neigte den Kopf, in seinem Gesicht lag eine kühle Herausforderung. „Willst du damit sagen, du hast mich im Bewerbungsgespräch angelogen?"

„Nein!" Vor Frustration klang ihre Stimme schrill. „Hör zu, du musst verstehen, worum du mich bittest und was überhaupt möglich ist. Es ist nicht möglich, eine Firewall zu durchbrechen, weil es keine Wand gibt."

„Erklär mir das genauer." Er verschränkte die Arme.

Sie fuhr sich mit beiden Händen durchs Haar und suchte nach den richtigen Worten, um ein kompliziertes technologisches Konzept in knappen Worten angemessen zu beschreiben. „Du durchbrichst eine Firewall nicht so, wie du ein Fenster zerschlagen würdest, um in ein Haus zu gelangen. Eine Firewall ist eine komplizierte Auflistung von Regeln, die konfiguriert wurden, um Vorgänge entweder zuzulassen oder sie zu blockieren. Ein möglicher Weg, in ein System einzudringen, ist beispielsweise die Entdeckung einer fehlerhaften Konfiguration. Verstehst du?"

„Ich verstehe vollkommen. Du hast zehn Minuten." Er hob das Telefon ans Ohr. „Sie fängt jetzt an."

Mistkerl. Er meinte es ernst.

Mistkerl!

In fieberhafter Eile riss sie die Tastatur unter dem Tisch hervor und schaltete den Monitor ein, dabei murmelte sie in sich hinein: „Zehn Minuten? Sorry, aber du musst völlig durchgeknallt sein. So etwas dauert seine Zeit."

„Jetzt noch neun Minuten." An ihrer Aufregung oder den Flüchen schien er sich nicht im Mindesten zu stören.

Im Geist spielte sie rasend schnell einige Optionen durch. Ein Ass hatte sie womöglich im Ärmel, um in so lächerlich kurzer Zeit etwas auszurichten. Sie hätte das gesamte Geld auf ihren unerreichbaren Konten darauf verwettet, dass er Zugang zum Sicherheitsnetzwerk von Evenfall hatte. Das bedeutete, dass die Firewall so konfiguriert war, dass sie seine IP-Adresse und auch seine E-Mails erkannte.

Vielleicht hatte sie Glück. Der schnellste Weg, um eine Firewall zu umgehen, war von innen, durch einen Angriff über einen Client. Wenn sie es schaffte, sein Mailprogramm zu hacken, konnte sie die Lücke nutzen, um quasi mit dem Holzhammer ein Schadprogramm einzuschleusen. Er hatte schließlich nicht gesagt, wie oder was sie tun sollte ... oder dass sie besonders elegant vorgehen musste.

„Sechs Minuten."

„Klappe", zischte sie. Ihre Finger flogen über die Tastatur.

Sie hatte sich schon lange nirgendwo mehr reingehackt. Es war ein gutes Gefühl, sich diesen Wettlauf mit der Zeit zu liefern. Es war verrückt, und sie hätte fast wie eine Irre losgelacht, allerdings hatte sie gerade eben erst einen der furchterregendsten Männer angeschnauzt, denen sie je begegnet war, und sie hielt es für eine gute Idee, für ein paar Minuten den Mund zu halten.

Er sagte: „Die Zeit ist um."

Sie lehnte sich zurück. „Du hast eine Mail."

Geschmeidig wie ein Panther trat er hinter sie. Seine körperliche Nähe war ihr intensiv bewusst. Er beugte sich vor, um einen Blick auf den Bildschirm zu werfen. Noch während er schaute, summte das Handy in seiner Hand. Er nahm den Anruf entgegen. „Ja, Gavin?"

Sie hörte die fremde Stimme eines Mannes am anderen Ende, der zu wissen verlangte: „Hast du dein E-Mail-Programm laufen lassen, während du sie darauf angesetzt hast, sich ins Netzwerk zu hacken?"

„Natürlich nicht", sagte Xavier. „Ich habe es runtergefahren."

„Nun, dann wüsste ich verdammt noch mal sehr gern, wie sie es verdammt noch mal geschafft hat, eine Massen-E-Mail an verdammt noch mal *jeden* zu schicken, und zwar über deine E-Mail-Adresse."

Sie rollte mit dem Stuhl zurück, damit Xavier an den Schreibtisch treten, sein Mailprogramm starten und seine frisch eingetroffene Mail lesen konnte.

In großen roten Buchstaben stand im Textfeld:

DU KANNST MICH MAL.

„Das ging an alle", sagte er.

„Verdammt noch mal ja. Alle sechshundertdreißig verdammten Leute im verdammten Netzwerk."

„Ich ruf dich in ein paar Minuten zurück", sagte Xavier zum Mann am anderen Ende der Verbindung.

„Ja, das solltest du besser tun."

Schweigen erfüllte den Raum. Mit abgewandtem Gesicht

rollte Tess langsam ein Stück von ihm weg. Aus dem Augenwinkel sah sie, wie sich seine Hand näherte. Er packte die Rückenlehne des Stuhls, zog sie näher heran und drehte den Stuhl so, dass sie ihn ansehen musste.

Es fiel ihr unendlich schwer, die Lider zu heben und ihn anzusehen.

Sein Blick war scharf wie eine Rasierklinge.

Sie spürte, wie sich eine ihrer Schultern ganz langsam ihrem Ohr näherte. Leise, mit zitternder Stimme, sagte sie: „Du hast mir keine Zeit für besondere Raffinesse gelassen."

„Nein, das habe ich wohl nicht", sagte er. „Du hast gerade eben den IT-Administrator von Evenfall in ein stotterndes Nervenbündel verwandelt."

Seine Stimme klang wieder ganz sanft. Auch wenn sie den Verdacht hegte, dass es nicht immer ein gutes Zeichen war, wenn er sanft klang, wirkte er nicht, als wäre er wütend auf sie. Nicht sehr jedenfalls. Glaubte sie.

„Also", unterbrach sie das zu lange Schweigen, „habe ich deinen Test bestanden? Darf ich immer noch bleiben?"

„Oh, auf jeden Fall", sagte er. Endlich schaute er weg, und erst jetzt wurde ihr bewusst, dass sie sich unter seinem intensiven Blick gefühlt hatte, als würde ein Scheinwerfer sie anstrahlen. Sie spürte deutlich, wie viel leichter ihr das Atmen fiel, sobald sie diesem Blick nicht mehr ausgesetzt war. „Morgen kannst du Gavin erklären, wie genau du das geschafft hast, aber jetzt habe ich für einen Abend mehr als genug von dir verlangt. Das wäre alles für heute. Raoul hat dich mit allem Nötigen versorgt?"

Vor Erleichterung wurden ihr die Knie weich. Sie schluckte. „Ich … Ja."

„Dann wünsche ich dir eine gute Nacht."

Als er sich zurückzog, erhob sie sich und wäre fast

gegangen, blieb dann aber stehen und sah ihn an. „Xavier?“

Die schmalen Augenbrauen hochgezogen, sah er sie an, offenbar ebenso überrascht wie sie selbst, dass sie freiwillig noch in seiner Nähe blieb. „Ja?“

Es hieß, Vampyre könnten Menschen mit ihrem Blick hypnotisieren, aber er hatte sie zu nichts gezwungen. Und wenn sie seinem Versprechen glauben konnte, würde er das auch niemals tun. Solange sie keinen Grund hatte, etwas anderes anzunehmen, konnte sie ebenso gut auf sein Wort vertrauen.

Sie erwiderte seinen Blick. „Danke für diese Chance. Ich meine das wirklich ernst. Ich werde hart arbeiten und alles tun, was du und Raoul von mir verlangt.“

Er lächelte, und es musste ihrer Einbildung zu verdanken sein, dass sie in diesem Lächeln einen Anflug von Wehmut zu spüren glaubte. „Sehr gut, Tess.“

Verlegen erwiderte sie sein Nicken und verließ die Bibliothek, ebenso erleichtert wie aufgewühlt.

Raoul wartete draußen im Gang und begleitete sie zum Dienstbotenhaus. Falls er mitbekommen hatte, was in der Bibliothek vorgefallen war, ließ er sich nichts anmerken.

Die Anspannung der letzten Viertelstunde ließ allmählich nach, und Erschöpfung überkam sie, unausweichlich wie die heraufsteigende Flut. Benommen und zittrig, wie sie war, kam es ihr vor, als spürte sie noch immer, wie Xaviers Lippen die zarte Haut an ihrem Handgelenk berührten.

Wenn sie nicht solche Angst vor ihm gehabt hätte, so angespannt auf den Biss gewartet hätte, dann wäre es vielleicht … angenehm gewesen.

Wäre er nicht ein Vampyr gewesen, der aus ihren Adern trinken wollte, hätte man sein Verhalten als … fürsorglich empfinden können.

Mit finsterem Gesicht rieb sie über die Stelle.

Sie war dankbar, dass er sich zurückgehalten und nicht von ihr getrunken hatte, und sie fürchtete sich noch immer vor ihm, aber vor allem verwirrte er sie. Er brachte sie dazu, Dinge in Erwägung zu ziehen, über die sie gar nicht nachdenken wollte. Auch wenn sie flüchtige Blicke auf seine eindrucksvolle, starke Persönlichkeit erhascht hatte, hatte er ihr doch insgesamt solche Höflichkeit, Rücksichtnahme und offensichtliche Tiefe seines Gefühlslebens gezeigt – selbst wenn sie sich herausfordernd oder sogar grob benommen hatte –, dass sie nicht wusste, wie sie damit umgehen sollte.

Egal, wie sehr sie ihn in eine Schublade stecken wollte, es funktionierte nicht. Er passte nicht hinein, war zu groß, zu komplex. Es bereitete ihr Unbehagen, dass sie ihn nicht einfach kategorisieren konnte und es damit getan war. Es bedeutete, dass sie nicht wusste, was ihr bevorstand, bedeutete womöglich eine Zukunft, in der sie Neues lernte, sich anpasste und sich selbst fremd wurde.

Sie schüttelte das Unbehagen ab. Sie konnte damit fertigwerden, zu lernen und sich anzupassen, solange sie nur überlebte. Jetzt wartete erst einmal das Abendessen auf sie, und sie konnte sich mit ihrem Zimmer vertraut machen und Xavier del Torro aus ihren Gedanken verbannen.

✧　✧　✧

SOBALD ER ALLEIN war, durchmaß Xavier den Raum mit langen, raschen Schritten. Seine Gedanken rasten. Als er die Sitzecke erreichte, warf er einen Blick auf das Buch, das er gelesen hatte, aber in nächster Zeit würde er nicht dazu kommen, sich still in Descartes' kluge, klar geordnete Betrachtungen zu versenken.

Um den Buchrücken zu schonen, schloss er es, ohne die Seite zu kennzeichnen. Die Schriften von Descartes und er waren alte Freunde, und er würde all die vertrauten Textpassagen schon bald genug ein weiteres Mal lesen.

Er ging zum Schreibtisch und rief seine Mails ab. Es waren bereits sechsundfünfzig Antworten auf die Massenmail eingetroffen. Das Programm gab ein zurückhaltendes *Ping* von sich, fast wie ein verlegenes Hüsteln, und die Zahl der ungelesenen Nachrichten erhöhte sich auf zweiundsiebzig.

Es schüttelte ihn fast vor Lachen. Er wählte Gavins Nummer, und Gavin hielt sich nicht mit einer Begrüßung auf. „Schon gut, ich habe rausgefunden, wie verdammt noch mal sie das geschafft hat. Sie hat deinen Computer gehackt. Kommst du heute nach Evenfall?"

„Ja, ich breche demnächst auf."

„Bring die Kiste mit. Ich mache die Festplatte platt und installiere alles neu, während du hier bist."

„Vergiss nicht, was ich gesagt habe", erinnerte ihn Xavier. „Kein Wort darüber, wie es passiert ist, zu niemandem."

„Keine Sorge, ich sag kein verdammtes Wort. Egal, wie viele verdammte Beschwerden bei mir reinkommen. Ach du Scheiße, da sind schon wieder zehn neue. Kommt schon, Leute. Alles, was in der Mail stand, war: DU KANNST MICH MAL. Es war keine Bombendrohung." Gavin klang, als wäre seine Geduld restlos aufgebraucht. „Hör zu, Xavier, ich möchte sie kennenlernen, sobald ich Zeit habe, aber bis dahin hältst du sie von meinem Netzwerk fern, verstanden?"

„Verstanden." Er beendete das Gespräch und fuhr den Computer runter, ging zu seinem Ledersessel, setzte sich und versuchte, seine Gedanken zu ordnen.

Sie verweigerten die Kooperation. Mit einer Hand rieb er sich das Gesicht und dachte an die wütende Aufsässigkeit, die in Tess' Augen gelodert hatte, während ihre Finger über die Tastatur geflogen waren, und wie sie trotz ihrer Angst vor ihm am laufenden Band Flüche von sich gegeben hatte, ohne ihre Arbeit zu unterbrechen. Er musste wieder lachen.

Doch durch all das blitzte immer wieder ein hartnäckiger Gedanke auf, der sich wie ein roter Faden hindurchzog. Die Erinnerung an die seidige, warme Haut an Tess' Handgelenk wollte ihm keine Ruhe lassen. Er schloss die Augen und ließ den Moment in der dunklen Abgeschiedenheit seines Verstandes wiederaufleben, bis jemand taktvoll anklopfte.

„Komm herein, Raoul."

Raoul öffnete die Tür und trat ein. Er trug ein Tablett mit einer Flasche Blutwein darauf, einem leeren Glas und einem zweiten Glas mit gewöhnlichem Merlot. Er stellte den Blutwein auf dem Tisch in Xaviers Reichweite ab. „Willst du wirklich nichts Frisches trinken?"

„Nicht heute Nacht, danke. Ich muss bald aufbrechen. Julian, alle zwölf Nachtwesen-Ratsmitglieder und Melisande warten." Er machte eine Pause. „Also ist sie schlafen gegangen?"

„Ja." Leise lächelnd und mit dem Merlot in der Hand setzte sich Raoul in den Sessel Xavier gegenüber. „Ich würde fragen, wie sie mit deinem kleinen Test klargekommen ist, aber ich habe die E-Mail bekommen."

Xavier schnaubte nur, statt zu antworten. Es würde lange dauern, bis er keine Anspielungen auf die Eskapade dieses Abends mehr zu hören bekam.

Raoul nippte am Wein. „Soll ich sie wirklich nicht überprüfen? Irgendetwas an ihr gefällt mir nicht. Für meinen Geschmack ist da zu viel Verzweiflung im Spiel."

In Xavier erlosch der letzte Funken guter Laune. Er lehnte den Kopf zurück und dachte darüber nach.

Es ist deine Aufgabe, mich zu beschützen, hatte sie gesagt.

In diesem Moment war sie zu durcheinander gewesen, um zu bemerken, welche Blöße sie sich gerade gegeben hatte. Ihre Augen hatten sich geweitet, die weichen, empfindsamen Lippen hatten gezittert.

Ihre feine Knochenstruktur hatte etwas Aristokratisches an sich, dazu dieses wunderbare römische Profil, als entstammte sie einer vergessenen Königsfamilie. Er beobachtete sie mit heimlichem Vergnügen und registrierte jedes Gefühl, das sie erkennen ließ, mit größter Sorgfalt.

Bisher hatte er vor allem überwältigende Angst gesehen, außerdem trotzige Herausforderung, und auf dem Ball war sie auf naive Weise entrüstet gewesen und stets auf der Hut wie ein junges, ungezähmtes Tier.

Einiges hatte ihn amüsiert, aber dieser Moment, als ihre raue, ungeschminkte Verzweiflung offen vor ihm gelegen hatte …

Es hatte ihm nicht gefallen. Es hatte jede Menge unangemessener Reaktionen in ihm ausgelöst. Er wollte herausfinden, was sie in solche Bedrängnis gebracht hatte, und sie davor beschützen. Und all das hatte nichts mit dem Grund zu tun, weshalb er sie hierher eingeladen hatte. Der Wunsch, sie zu beschützen, war das Letzte, was er ihr gegenüber empfinden sollte.

Er runzelte die Stirn.

Raoul hatte recht. Aus irgendeinem Grund war Tess verzweifelt. Hinter ihren Worten hatte der Schatten von Gewalt gelauert. Vielleicht gab es einen brutalen Freund oder Ehemann, oder sie war in etwas Illegales hineingeraten. Er überlegte, ob sie in Drogenhandel verstrickt sein mochte, konnte es sich aber nicht vorstellen. Dabei wurden Unschuldige verletzt, was ihre persönliche Moral nicht zulassen würde.

Er ging eine Möglichkeit nach der anderen durch und verwarf sie wieder. Was auch immer sie in diese Notlage gebracht hatte, es war äußerst unwahrscheinlich, dass etwas, worin sich ein Mensch ohne magische Fähigkeiten verstrickt hatte, gefährlich genug war, um ihn zu beunruhigen.

Was natürlich einer der Gründe war, die sie für ihn interessant machten. Die meisten, die den Alten Völkern entstammten, würden ebenso denken. Nach einem kurzen Blick würden sie sie sofort wieder vergessen. Dieses Desinteresse könnte sich für ihn als sehr nützlich erweisen.

Ungebeten kehrte die Erinnerung daran zurück, wie sehr sie gezittert hatte, als er ihr Handgelenk genommen hatte. Ihr angebotenes Blutopfer hätte eine Geste von solcher Schönheit sein können, ihr Zittern reizvoll, sinnlich und Zeichen ihrer Hingabe, wenn nicht die Angst, deren Geruch schwer in der Luft hing, alles besudelt hätte.

Er presste die Lippen zusammen. Es gab Vampyre, die auch das zu schätzen wussten, das Zittern, die Angst, und die in raubtierhafter Gier alles genommen hätten, was sie zu geben hatte.

Er lebte schon sehr lange und gab sich keinen Illusionen über sich selbst hin. Er war ebenso sehr ein Raubtier wie jeder andere Vampyr, aber er hatte seinen sehr persönlichen Moralkodex, und sein Jagdinstinkt wurde nicht von einer unschuldigen Frau geweckt, die vollkommen in seiner Hand war.

Nein, seine Jagdinstinkte reagierten auf eine ganz andere Sorte Angst.

„Mach eine Routineüberprüfung", sagte er. „Ich habe nicht vor, viel Zeit darauf zu verwenden, aber wir sollten zumindest in Erfahrung bringen, ob sie vorbestraft ist, sodass wir uns darum kümmern können, wenn es nötig sein sollte. Wenn wir ihr Vertrauen und ihre Loyalität gewinnen, wird sie uns ohnehin bald freiwillig alles erzählen, was es zu wissen gibt."

Raoul zuckte mit den Schultern. „Alles klar."

Kapitel 5

NACHDEM ER SEINE Entscheidung getroffen hatte, ließ Xavier das Thema fallen, griff nach seinem Glas mit Blutwein und trank. Auch wenn der Wein weniger nährstoffreich war als frisches Blut, schmeckte er ihm, und in manchen Nächten war er nicht in der Stimmung für die höfliche Interaktion, die dazugehörte, wenn er von einem seiner Diener trank.

„Ich breche spätestens in einer Stunde nach Evenfall auf", sagte er, „und es kann sein, dass ich es nicht schaffe, vor Tagesanbruch wieder zurückzukommen. Ich schicke dir eine SMS, wenn ich über Nacht bleibe."

Raoul runzelte die Stirn. „Möchtest du, dass ich mitkomme?"

Kurz war Xavier in Versuchung. Raoul bewahrte stets einen kühlen Kopf und wäre eine höchst willkommene Begleitung, zumal das Verhältnis zwischen Julian und dem Rat angespannter war als je zuvor. Aber nach kurzem Zögern schüttelte er den Kopf. „Ich möchte, dass du hierbleibst und Tess im Auge behältst."

Raoul trank ebenfalls einen Schluck. „Die anderen können das Babysitten übernehmen, und Diego könnte morgen anfangen, sie zu trainieren. Nicht, dass ich erwarte, dass dich das umstimmt."

„Du liegst richtig, das tut es nicht."

Raouls Lippen wurden schmal. „Wie nützlich bin ich als Chef des Sicherheitsdiensts, wenn du nicht zulässt, dass ich meinen Job erledige? Die Hälfte der Ratsmitglieder würde dich liebend gern tot sehen, wenn sie es nur irgendwie in die Wege leiten könnten."

Xavier schenkte sich ein weiteres Glas Blutwein ein. „Sicher nicht die Hälfte."

„Okay, dann eben nur Justine und Darius. Und sämtliche Ratsmitglieder, die sie zwingen oder überzeugen können, dich umzubringen."

„Ich kann auf mich aufpassen", sagte Xavier. „Und du wirst dich ausgezeichnet um alle kümmern, die hier sind, was alles ist, was ich verlange." Er sah Raoul direkt an. „Wenn du zulässt, dass ich dich verwandle, würde ich mich womöglich anders entscheiden."

Raoul seufzte tief. „Das wird nicht passieren."

Xavier schüttelte den Kopf. „Dann gibt es keine Alternative. Ich werde keinen meiner verletzlichen menschlichen Diener einer solchen Gefahr aussetzen, nicht wenn sämtliche Ratsmitglieder der Nachtwesen sich unter einem Dach versammeln."

Raoul stieß einen angewiderten Laut aus. „Du und dein verfluchter Beschützerinstinkt."

Xaviers Augen verengten sich. „Ja, ich und mein verfluchter Beschützerinstinkt. Tot nützt du mir nichts. Außerdem möchte ich, dass du dir eine Meinung zu unserem Neuzugang bildest."

„Ich persönlich halte es für einen Fehler, dass du sie eingestellt hast."

„Weshalb?" Die Antwort interessierte Xavier aufrichtig. „Findest du sie nicht vielversprechend?"

„Oh, sicher sehe ich ihr Potenzial. Und ich sehe

Probleme." Missmutig schüttete Raoul den letzten Schluck Merlot hinunter.

„So ist das Leben, alter Freund", bemerkte Xavier mit einem Achselzucken.

Früher oder später machten entweder das Potenzial oder die Probleme das Rennen. Die Zeit würde es zeigen.

Nachdem er den Blutwein ausgetrunken hatte, packte Xavier seinen Computer ein, verstaute ihn auf dem Rücksitz seines schwarzen Lexus-SUV und fuhr über die gewundene Küstenstraße nach Evenfall.

Im 19. Jahrhundert erbaut, erstreckte sich der Palast auf mehr als eineinhalb Hektar Land entlang der pazifischen Küste. Man hatte ihn mit alter europäischer Handwerkskunst errichtet und in jedem Detail einem klassischen normannischen Schloss nachempfunden, inklusive Burggraben, Zugbrücke, Wehrtürmen, eines Palas und dreier Innenhöfe.

Nachts war Evenfall so verschwenderisch beleuchtet wie ein gigantisches Signalfeuer, und Flutlicht ergoss sich auf die schäumenden Wellen, die sich an der felsigen Küste brachen. Als Xavier eintraf, stand die Mondsichel bereits weit über den hoch aufragenden Mauern.

Vor einigen Jahrzehnten war der größte Innenhof zu einem Parkplatz umgebaut worden. Er war groß genug, um den täglichen – und nächtlichen – Verkehr aufzunehmen, selbst zu den geschäftigsten Zeiten des Jahrs. Es gab einen zweiten, unterirdischen Parkplatz, in den man über einen unauffälligen Kiesweg gelangte, der an einer Metalltür endete. Zu beiden Seiten des Rundbogens, der die Tür einfasste, befanden sich Sicherheitskameras. Als sich Xavier näherte, schwang die Tür lautlos auf und gab den Blick auf eine geschlossene Schranke und ein Wächterhäuschen frei. Die Wache öffnete die Schranke und winkte ihn durch, und kurz darauf stellte Xavier den Wagen ab.

Den Computer ließ er für Gavin im SUV zurück und nahm die Treppen, die zu einer schmalen, durch eine Sichtblende abgeschirmten Galerie hinaufführten. Von hier aus überblickte man den Sitzungssaal, in dem sich gerade zwei Personen anschrien.

„Es ist mir scheißegal, was deine Mutter dazu sagt", dröhnte Julians tiefe Stimme durch den Saal wie das Gebrüll eines zornigen Löwen.

„Ich schreibe mal kurz Mommy, dass du das gesagt hast, soll ich?", schoss Melisande zurück.

Der Nachtwesenkönig und die Thronfolgerin der Hellen Fae standen einige Schritte voneinander entfernt im Sitzungssaal und maßen einander mit Blicken wie Gladiatoren in der Arena.

Rings um das Paar bildeten die zwölf Ratsmitglieder des Nachtwesenreichs einen ungleichmäßigen Kreis. Jeder dieser Vampyre war das Oberhaupt eines großen Hauses. Xavier registrierte sorgfältig, wo sie standen und welchen Ausdruck sie zur Schau trugen. Standort und Körpersprache waren verräterisch. Die meisten hielten reichlich Abstand und schauten mit ausdrucksloser Miene zu, darunter auch Marged und Dominic, die nach Xaviers Einschätzung am leichtesten für ihn zu manipulieren waren.

Zwei der Vampyre unterschieden sich deutlich von den anderen. Darius, ein kräftig gebauter Mann mit adlerartigen Gesichtszügen, starrte Julian unverwandt an. In seinen Augen funkelte unverhohlene Gier. Die andere war Justine, schön und rothaarig, die Julian erwartungsvoll und voller Belustigung beobachtete.

Xavier wandte seine Aufmerksamkeit wieder der Fae-Prinzessin zu. Melisandes berühmtes, kantig geschnittenes

Gesicht mit dem goldenen Teint glühte vor Zorn. In ihren funkelnd silbernen Stilettos gut eins achtzig groß, trug sie einen dunkelgrauen Donna-Karan-Anzug, dessen Jackett sich eng an ihren schmalen Oberkörper schmiegte. Die langen, spitzen Ohren waren unter dichten blonden Locken verborgen, die sich über ihren Rücken ergossen. Wenn Blicke töten könnten, hätte ihr Zorn Julian in Stücke zerrissen.

Julian warf die Hände in die Luft. „Welche hundertsechzig Jahre alte Frau, die was auf sich hält, sagt ‚Mommy'?"

„Ach, geh zum Teufel, Julian!", fauchte Melisande. „Nur weil du die Ausgeburt eines Dämons bist und nichts von aufrichtigen Gefühlen verstehst, hast du kein Recht, diejenigen unter uns zu verhöhnen, die eine richtige Familie haben."

„Um Himmels willen, Melly, du bist keine Diplomatin, du bist Schauspielerin in einem schlechten Horror-Film", schnauzte Julian sie an. „Geh nach Hause zu Mommy, und sag Tatiana, sie soll jemand Qualifizierteren schicken."

„Meine Mutter leitet ein bedeutendes Filmstudio *und* ist Königin der Fae. Anders als du sind die meisten von uns in der Lage, mehrere Dinge auf einmal zu tun." Melisande verschränkte die Arme. „Bist du sicher, dass ich nach Hause gehen soll? Denn wenn ich das tue, das versichere ich dir, kannst du dir für dieses Jahr alle Vereinbarungen in die Haare schmieren."

Xavier lehnte sich mit der Schulter gegen die Wand und rieb sich den Nasenrücken. Julian und Melisande brachten es nicht fertig, sich im selben Raum aufzuhalten, ohne auf die Barrikaden zu gehen.

Julian, sagte er telepathisch.

Unten im Saal hob Julian den Kopf und sah zur Galerie,

wo sich Xavier verbarg. Seine Augen glommen rot. *Wo zum Teufel hast du gesteckt?*

Ich bin so schnell gekommen, wie ich konnte, teilte ihm Xavier ruhig mit. *Du gehst hier gerade vor dem versammelten Rat in die Luft. Ist dir in den Sinn gekommen, dass das genau das ist, was Tatiana — oder jemand anderes — geplant hat?*

Julian senkte den Kopf wie ein gereizter Stier und schob den Unterkiefer vor. *Wenn Tatiana Melly geschickt hat, um mich irre zu machen, hat es funktioniert. Ich werde sie noch vor Tagesanbruch erwürgen.*

Schau dir Darius an, sagte Xavier nur. *Und Justine. Sie haben dich genau da, wo sie dich haben wollen.*

Julian wandte sich zu Darius um. Nach einem Augenblick sagte er mit zusammengebissenen Zähnen: „Ich bitte den Rat um Entschuldigung. Wir sind weit vom Thema abgekommen. Wir machen eine Pause, die Besprechung wird in einer Stunde fortgesetzt.“

Während Julian hinausstolzierte und die meisten Ratsmitglieder sichtlich erleichtert den Ausgängen zustrebten, konzentrierte sich Xavier auf Justine, die geschmeidig an Melisandes Seite glitt. Die beiden Frauen sahen sich schweigend an. Sie unterhielten sich telepathisch.

Aufmerksam beobachtete er, wie Melisande die Hände in der klassischen Geste der Frustration hochwarf. Justine legte ihr eine Hand auf den Arm und bedachte sie mit einem warmen, verständnisvollen Lächeln.

Julian war nicht der Einzige, der hier manipuliert wurde.

Rasch trat Xavier von der Wand zurück und eilte die Stufen hinunter. Schnell bahnte er sich den Weg durch den Sitzungssaal und stand kurz darauf an Melisandes freier Seite.

„Melly“, sagte er. „Schön, dich zu sehen. Es ist schon viel zu lange her.“

Melisande drehte sich zu ihm um, und ein Lächeln erhellte ihr Gesicht. „Xavier, ich freue mich auch, dich zu sehen. Wie geht es dir?"

„Bestens, und dir?" Er küsste Melisande auf die Wange, die sie ihm hinhielt, und war sich nur zu bewusst, dass Justines Gesichtsausdruck versteinerte.

„Oh, mir geht es gut, danke." Zwischen ebenmäßig weißen Zähnen stieß sie die Luft aus. „Ich habe gerade Justine erklärt, wie sehr ich mich schäme. Als ich herkam, habe ich mir so fest vorgenommen, nicht die Beherrschung zu verlieren und mich nicht über Julian aufzuregen. Und binnen fünf Minuten werfen wir uns vor aller Leute Augen die albernsten Dinge an den Kopf. Wir können so wenig miteinander, dass wir jede Vernunft vergessen."

„Ich weiß, dass du das hinter dir lassen kannst", sagte er leise zu ihr. „Deine Vergangenheit mit Julian ist genau das – Vergangenheit. Du bist zu klug, um zuzulassen, dass es dir allzu lange nachhängt."

Melisande straffte die Schultern. „Ich weiß es zu schätzen, dass du das sagst. Du bist schon immer die Stimme der Vernunft gewesen."

Lächelnd berührte er ihre Hand, wandte sich zu Justine um und neigte den Kopf. „Guten Abend, Justine. Du siehst so wunderbar aus wie immer."

„Xavier." Justine bedachte ihn mit einem schmalen, kalten Lächeln. „Stets das treue Hündchen, nicht wahr? Mir waren Katzen schon immer lieber. Du hast uns unterbrochen. Melly und ich waren gerade mitten in einem privaten Gespräch."

„Du weißt, wie es ist." Xavier erwiderte das Lächeln ebenso kalt. „Nichts, was während der Ratsversammlungen geschieht, ist wirklich privat."

In Melisandes Jackentasche ertönte ein Summen.

Stirnrunzelnd schob die Fae eine Hand in die Tasche. „Entschuldigt mich bitte, ich muss diesen Anruf annehmen."

„Natürlich", sagte Xavier. „Ich leiste Justine gern solange Gesellschaft." Als Melisande sich entfernte, wandte er sich der Vampyrin zu. „Und wie geht es dir heute Abend? Wieder dabei, ein bisschen Unfrieden zu säen?"

Justine war sehr viel älter als er und stammte aus den gewalttätigen, dunklen Zeiten der Gründung Britanniens. Mit funkelnden Augen erwiderte sie: „Aber, Xavier, ich habe keine Ahnung, wovon du sprichst."

Er neigte den Kopf und trat einen Schritt näher. „Oh, ich denke, du weißt es ganz genau", sagte er sanft. „Ich hatte bereits davon gehört, dass Tatiana sich überlegt hat, Melisande zu schicken, um die Verhandlungen über die jährlichen Handelsbedingungen zu führen. Ich frage mich, wie sie wohl auf diese Idee gekommen ist. Dann streiten sich Melisande und Julian direkt vor den versammelten Ratsmitgliedern. So typisch für sie, findest du nicht? Und du bist sofort zur Stelle, um Trost zu spenden. Was kommt als Nächstes, Justine? Vielleicht rettest du das Handelsabkommen, und Julian und der Rat entfremden sich weiter, während du zunehmend unverzichtbar wirst."

„Ich habe mich geirrt", sagte Justine. Als sie lächelte, wurden ihre ausgefahrenen Reißzähne sichtbar. „Du bist kein Hund, du bist eine Spinne. Stets spinnst du deine kleinen Netze, sendest kleine Spione aus und sammelst deine kleinen Informationsschnipsel. Zu schade, dass alles vergebens ist. Julian hatte in der Ratsversammlung nie wirklich das Sagen, und nachdem er sich jetzt auch noch mit Carling überworfen hat, sind seine Tage als König der Nachtwesen gezählt."

Xavier trat noch näher zu ihr, bis sich die Spitzen ihrer Schuhe berührten, und sah ihr lächelnd in die rot aufglühenden Augen. „Ich denke nicht, dass man je jemanden aufgeben sollte." Er nahm ihre Hand und hob sie an die Lippen. Ihr zorniges Lächeln verrutschte. „Jedem kann Erlösung zuteilwerden, sogar dir. Du musst nichts tun, außer dich für einen anderen Weg zu entscheiden."

Sie entriss ihm die Hand und fauchte ihn an. „Verschone mich bloß mit diesen Rührseligkeiten eines gescheiterten Priesters, du Narr."

„Ich habe nicht von Religion gesprochen", raunte er, „sondern von Erlösung einer ganz anderen Sorte. Natürlich ist es für dich fast unmöglich, andere Entscheidungen zu treffen als bisher, aber ich warne dich, Justine: Wenn du so weitermachst, wird es übel für dich ausgehen."

„Du wirst es noch bereuen, dich mit mir angelegt zu haben", erwiderte sie ebenso sanft.

Schnelle, leise Schritte näherten sich, und die beiden wichen auseinander und wandten sich Melisande zu.

„Ich werde den Rat meiner Schwester Bailey befolgen und in die Stadt zurückkehren", sagte Melisande unvermittelt.

„O Liebes, ich kann es dir nicht verdenken", antwortete Justine. Das rote Glühen schwand aus ihren Augen, stattdessen leuchtete aus ihnen Genugtuung. „Das war wirklich unzumutbar."

„Keine Sorge, ich gebe noch nicht auf", erwiderte Melisande. „Es ist nur für eine Nacht, damit ich mich sortieren kann. Nichts für ungut, aber ich kann in diesem großen, klotzigen Steinhaufen nicht klar denken. Zu viele Erinnerungen."

Bevor Justine irgendetwas sagen und noch mehr Schaden anrichten konnte, lächelte Xavier Melisande an und sagte: „Ich habe eine großartige Idee. Komm doch mit zu mir, und wir verbringen den Rest der Nacht damit, über alte Zeiten zu plaudern. Wir konzentrieren uns nur auf das, was schön war, versprochen.“

Das Gesicht der Fae hellte sich auf, und sie erwiderte sein Lächeln. „Was für eine perfekte Lösung. Du wohnst so nah, und dein Landsitz ist wunderschön. Ich würde nur zu gern über Nacht bleiben. Ob ich wohl Raoul Hallo sagen kann?“

„Natürlich“, sagte Xavier. „Er wird hocherfreut sein, dich zu sehen.“

„Wie rundum wundervoll“, sagte Justine und warf ihm einen giftigen Blick zu. Sie hakte sich bei Melisande ein. „Ich sollte auch mitkommen, was meinst du?“

Frustriert biss er die Zähne zusammen. Er wollte Justine nicht einmal in der Nähe seines Landsitzes wissen. Nicht nur, dass er gerade eine vollkommen unerfahrene neue Dienerin aufgenommen hatte, es befanden sich zudem noch fünf weitere Diener in der Ausbildung, deren Namen und Gesichter bisher so gut wie niemand kannte, und er hatte vor, ihre Identitäten weiterhin geheim zu halten. Außerdem würde Justine für jedes gute Wort, das er für Julian einlegte, Gift in Melisandes anderes Ohr träufeln.

„Das würde ich nicht empfehlen“, sagte er zu Justine. „Ein Besuch bei mir könnte deiner Gesundheit abträglich sein.“

„Aber warum das denn?“ Justine riss die Augen auf, während Melisande den Kopf schräg legte und ihr Gesichtsausdruck aufmerksam wurde.

Melisande war zwar nicht dumm, aber das volle Ausmaß der Spannungen im Nachtwesenreich war ihr nicht bewusst, und jetzt war nicht der beste Zeitpunkt, sie aufzuklären. Für den Bruchteil eines Augenblicks starrte er Justine nur an und ließ die Drohung wirken.

Dann lächelte er. „Mein Haus wird bei Tagesanbruch

nicht vollständig abgeriegelt, und mir ist bewusst, dass das für viele Vampyre ein Problem darstellt."

Ein Schatten von Abscheu flackerte über Justines perfektes Gesicht. „Erzähl mir nicht, du hast eins dieser Rotationssysteme."

„In der Tat, so eins habe ich."

Melisande wandte sich an Justine. „Bitte fühl dich nicht verpflichtet, mitzukommen, wenn dir dabei nicht wohl ist."

„Unsinn", sagte Justine. Ihr Blick traf mit solcher Wucht auf Xaviers, dass man den Zusammenprall beinahe hören konnte. „Ich soll die Gelegenheit versäumen, mir den Zufluchtsort unseres Einsiedlers Xavier anzuschauen? Um nichts in der Welt."

„Natürlich nicht", erwiderte Xavier grimmig.

Während Xavier auf Melisande und Justine wartete, die fortgingen, um die notwendigen letzten Vorbereitungen für die Abreise zu treffen, schrieb er an Raoul.

Alles für Gäste vorbereiten, sie bleiben bis zum morgigen Sonnenuntergang. Alle, die noch in der Ausbildung sind, müssen sich vollständig zurückziehen.

Raoul antwortete fast sofort. **Wer kommt?**

Melisande und Justine. Die Verhandlungen mit den Fae sind für diese Nacht abgebrochen. Du hast eine halbe Stunde, um alles vorzubereiten.

Pause.

Dann schrieb Raoul zurück: **Ach du Scheiße.**

✧   ✧   ✧

GERADE ALS TESS ihre Koffer ausgepackt und sie in den Schrank gestellt hatte, klopfte es an der Tür, und sie öffnete.

Draußen im Flur stand ein Mann mit einem Essenstablett in der Hand. Er hatte einen eindringlichen Blick und schien in den Sechzigern zu sein. Seinem Aussehen nach war er älter als Raoul, aber das hing natürlich davon ab, wie alt er gewesen war, als er in Xaviers Dienste getreten war.

Er nickte ihr zu. „Ich bin Jordan, der Koch. Raoul hat mich gebeten, dir das Abendessen zu bringen."

„Hallo, ich bin Tess." Sie nahm das Tablett entgegen und starrte das Essen an. Das Hauptgericht war abgedeckt, aber nicht die beiden Teller mit den Beilagen: Auf einem war grüner Salat mit verschiedenen bunten Rüben und einem schlichten Olivenöl-Dressing angerichtet, auf dem anderen ein Stück Karottenkuchen. Außerdem gab es eine kleine grüne Flasche Perrier, eine weitere kleine, noch ungeöffnete Flasche Wein und in eine Leinenserviette gewickeltes Silberbesteck. Der Duft nach Brathähnchen, der vom verdeckten Teller aufstieg, machte ihr den Mund wässrig. „Das ist fantastisch. Danke."

„Gern." Jordan zögerte. „Wir sind alle Nachteulen und bleiben meist lange auf. Wenn die Musik oder der Fernseher dich stören, sag Bescheid."

Sie schüttelte den Kopf. „Vielen Dank für die Warnung, aber ich habe einen sehr tiefen Schlaf."

Normalerweise. Wenn sie nicht gerade Albträume hatte, in denen sie bis in alle Ewigkeit von einem rachsüchtigen Dschinn gefoltert wurde.

„Ich gebe es an die anderen weiter. *Bon appétit.*"

Als er ging, stieß sie mit einem Fuß die Tür zu, trug das Tablett zum Bett und hob den Deckel vom Teller mit dem Hauptgericht, das aus einer saftig gebratenen Hähnchenbrust,

Kartoffelbrei mit Bratensauce und Dressing bestand. Richtiges, selbst gekochtes Essen.

Sie stürzte sich heißhungrig darauf und hörte erst auf, als nichts mehr da war.

Die Nährstoffe in ihrem Blutkreislauf versetzten ihr einen Energieschub, und der Nebel in ihrem Verstand lichtete sich. Sie brachte das Tablett nach unten in die große, gut ausgestattete Küche, wusch ihr Geschirr ab und fand für alles die richtigen Schubladen und Regale außer für das Tablett selbst und die benutzte Leinenserviette. Nach kurzem Zögern ließ sie beides auf der Arbeitsfläche liegen.

Dann unternahm sie eine Erkundungstour und stieß auf einen ganzen Haufen junger Männer, die sich auf unterschiedliche Weise beschäftigten. Manche sahen fern, ein paar spielten Tischtennis in einem großen, gemütlichen Kellerraum. Die anderen arbeiteten an Laptops, aber sie erhaschte keinen Blick auf die Monitore. Alle klappten die Computer zu, ehe sie nah genug herankam.

Bis auf Jordan, Raoul und eine ältere Frau von offenbar spanischer Abstammung, die graue Strähnen im Haar hatte, waren alle Diener, die sie traf, junge, fit wirkende Männer.

War das merkwürdig?

Sie fand es jedenfalls ein bisschen eigenartig, aber sie war so müde, und es war heute so viel Sonderbares passiert, dass sie fürs Erste nicht weiter darüber nachdenken wollte.

Sie wurde allen vorgestellt, aber schon kurz danach erinnerte sie sich an keinen Namen mehr außer an den von Diego, und das vor allem deshalb, weil Raoul ihn zuvor bereits erwähnt hatte.

„Du bist derjenige, der mein Auto durchsucht hat“, sagte sie, als sie einander die Hand schüttelten.

„Der bin ich“, bestätigte er. Er war ein gut aussehender

Mann, offenbar in den Dreißigern, allerdings war sie sich, was das Alter der Leute hier auf dem Landsitz betraf, nie ganz sicher. Seine dunklen, rastlosen Augen musterten sie abschätzend. „Hast du dich schon ein bisschen eingewöhnt?"

„Ja, danke. Jordan hat mir ein Tablett mit Abendessen und einem unglaublichen Stück Karottenkuchen zum Nachtisch gebracht."

Er nickte. „Jordan ist ein großartiger Koch. Und mach dir keine Gedanken wegen des Nachtischs. Du wirst die Kalorien bald wieder abgearbeitet haben."

Jetzt musterte sie ihrerseits seinen schlanken, muskulösen Körper. Er sah aus wie ein Athlet in Topform. Auch wenn die regelmäßigen Blutopfer an Xavier ihm einen großen Vorteil verschafften, hätte sie darauf gewettet, dass er diesen Bizeps und den Waschbrettbauch gutem altmodischem, hartem Training verdankte.

„Ich freue mich schon drauf", sagte sie. „Hey – ist es in Ordnung, wenn ich mich draußen ein bisschen umschaue?"

„Na sicher, *chica*. Geh in den Trainingsraum, schwimm im Pool, geh am Strand spazieren. Du bist jetzt hier zu Hause. Wage dich nur auf keinen Fall ohne Erlaubnis an Xaviers Weinkeller." Sein Blick wanderte zurück zu seinem Laptop.

Sie verstand den Hinweis und verabschiedete sich. „Okay, danke."

Sie ging nach oben, um ihre Jacke zu holen, und schlüpfte zur Vordertür hinaus. Der Rasen war nass, und der Wind fühlte sich feucht auf ihrem Gesicht an, obwohl der Nachthimmel aufgeklart hatte und nur noch am Horizont eine leichte Wolkendecke hing. Im nächsten Augenblick sprang die automatische Bewässerungsanlage an, und sie lächelte. Ein so schöner Rasen wie dieser brauchte seine Pflege.

Den Trainingsraum anzuschauen konnte bis zum

nächsten Tag warten. Sie ging den Weg entlang bis zu den Klippen, die zum Meer hin abfielen. Breite, grobe Stufen waren in den Fels geschlagen worden. In einer Mischung aus ungläubigem Staunen und Vergnügen stieg sie zum Strand hinunter.

Im endlosen Dunkelblau des Meeres kräuselten sich vereinzelt silbrig schimmernde Wellen, der Strand lag dunkel in einem tiefen Ockerton da. Fast hätte sie sich selbst gekniffen. Die Szenerie war zu idyllisch. An der Sache musste einfach ein Haken sein.

Nun ja, natürlich gab es einen Haken.

Es war eine idyllische Szenerie ... mit Vampyren. Zumindest mit einem sehr zuvorkommenden, wenn auch reichlich herrischen Vampyr.

Mit hochgezogenen Schultern und fest in die Jacke gewickelt, schlenderte sie den Strand entlang und ließ die Anspannung des Tages los.

In einiger Entfernung erklang ein Ruf, und sie schaute sich um. Oben auf dem Kliff stand ein Mann. Sie sah zu, wie er mit großen Sätzen die Treppen hinuntersprang und auf sie zurannte.

Es war Raoul. Als er in Hörweite war, fragte sie unsicher: „Habe ich etwas falsch gemacht? Diego hat gesagt, ich könnte zum Strand gehen."

„Normalerweise ja, aber nicht heute Nacht." Raoul klang finster. „Geh sofort zurück zum Haus. Lauf."

Ihr Herz hämmerte. Liebe Güte, ihre Nerven waren seit Tagen überstrapaziert. Während sie neben ihm über den Sand lief, keuchte sie: „Was ist los?"

„Wir bekommen Gesellschaft."

Mehr sagte er nicht, bis sie das Dienstbotenhaus erreichten. Sie wollte ihm gerade weitere Fragen stellen, da öffnete er die Tür, legte ihr eine Hand auf den Rücken und schob sie hinein.

Sie leistete keinen Widerstand. Nachdem sie ihn bisher immer unerschütterlich ruhig erlebt hatte, machte ihr sein Verhalten richtig Angst.

Die anderen Diener hatten sich im großen Wohnzimmer versammelt, manche saßen, andere standen. Es war das erste Mal, dass sie alle elf auf einmal sah. Alle Blicke waren angespannt auf Raoul gerichtet.

Ohne sich mit Einleitungen aufzuhalten, sagte er: „Die Ratsversammlung ist für heute Nacht unterbrochen worden. Melisande ist unterwegs und wird bis morgen Abend bleiben, und sie bringt Justine mit."

Zwar konnte Tess mit den Namen nichts anfangen, aber die Reaktionen der anderen entgingen ihr nicht.

„Justine", sagte Diego scharf. „Sie kommt hierher?"

„Korrekt." Raoul wandte sich an Jordan. „Justine reist üblicherweise mit zwei Dienern, und Melisande wird mehrere Leibwächter mitbringen, also wird Essen für mindestens fünf Personen benötigt." Zu den anderen sagte er: „Nur erfahrene Mitarbeiter dürfen sich außerhalb des Hauses aufhalten, solange sie hier sind. Tess, das sind Diego, Jordan und sein Assistent Peter, Angelica und ihr Assistent Enrique, und ich."

„Ich kümmere mich um Waffen", sagte Diego.

Waffen? Tess neigte den Kopf. Für *Gäste des Hauses*?

„Ich helfe dir", erbot sich einer der jungen Männer — Marc hieß er, wenn sie sich recht erinnerte.

„Beeilt euch", sagte Raoul.

Die beiden hetzten zur Tür hinaus.

Raoul wandte sich an Tess. „Mir ist klar, dass du nicht weißt, was vor sich geht, aber du musst es nicht verstehen, um Anweisungen zu befolgen."

„Etwas Gefährliches ist los", sagte sie trocken. „So viel *habe* ich verstanden."

„Richtig. Melisande ist die Thronerbin der Fae. Sie wird von einem sehr alten Vampyr begleitet, einem Ratsmitglied. Um es klarzustellen: Justine ist eine Feindin. Der einzige Grund, weshalb Xavier sie auf seinem Grund und Boden duldet, ist, dass er keine andere Wahl hatte."

Sie nickte ruckartig. „Verstanden."

„Geht das Protokoll mit ihr durch." Er eilte hinaus, gefolgt von Angelica, Jordan und zwei anderen.

Langsam schälte sich Tess aus der Jacke und musterte die anderen, die noch übrig waren. Von ihr abgesehen waren noch vier junge Männer da. Die Tür öffnete sich, und Marc kam mit einigen Handfeuerwaffen herein, die er an die anderen verteilte.

Sie hob die Augenbrauen. „Hast du mir keine mitgebracht?"

Er sah sie an. „Kannst du denn mit einer Waffe umgehen?"

Sie presste die Lippen zusammen. „Nein, aber ich lerne schnell, wenn es darauf ankommt."

Er schüttelte den Kopf. „Raoul hat keine Anweisung gegeben, einen unbekannten Neuling zu bewaffnen, der sich noch nicht bewährt hat und sich selbst und andere gefährden könnte. Wenn du noch nie eine Waffe abgefeuert hast, dann bekommst du keine von mir. Außerdem ist es nur eine Vorsichtsmaßnahme."

Sie knirschte mit den Zähnen, bevor sie antwortete. „Für mich sieht es wie eine verdammt ernste Vorsichtsmaßnahme aus."

„Selbstverständlich. Justine ist noch nie hier gewesen, und sie ist gefährlich. Aber glaub mir, das ist Xavier auch. Sie bringt zwei Diener mit, aber wir sind zu zwölft, und alle bis auf dich wissen, wie man mit Waffen umgeht. Zudem ist die Prinzessin der Fae mitsamt ihren Dienern und Leibwächtern hier. Es wäre ausgesprochen dumm von Justine und ihren Dienern, gewalttätig zu werden. Genau genommen wäre es eine offene Kriegserklärung. Die größte Gefahr ist, dass sie einen von uns hypnotisiert und Informationen aus uns herausquetscht."

Sie klopfte mit einem Fuß auf den Boden, während sie über Marcs Worte nachdachte. Er klang intelligent, bemerkenswert gebildet und hatte ihr die Situation knapp und anschaulich zusammengefasst, aber irgendetwas passte nicht.

Wenn alle – bis auf sie – sich zu verteidigen wussten, weshalb mussten sie sich dann hinter verschlossenen Türen und Fenstern verstecken? Wenn das die wirkliche Begründung war, sollte sie dann nicht die Einzige sein, die sich besser nicht aus dem Haus wagte?

Aber sie wollte Marc nicht ins Kreuzverhör nehmen oder zu konfrontativ auftreten. Er war für diese Regeln nicht verantwortlich, er teilte ihr nur mit, was ihm aufgetragen worden war, und sie wollte nicht schon in ihrer ersten Nacht einen Streit vom Zaun brechen.

„Also gut", begann sie. „Raoul hat gesagt, ihr Jungs würdet mit mir das Protokoll durchgehen."

„Es ist ganz unkompliziert", erwiderte Marc. „Es gehört zum Standardvorgehen, dass sich alle bewaffnen, wenn sich jemand feindlich Gesinntes auf dem Grundstück aufhält. Wenn du ausgebildet bist und so etwas noch einmal vorkommt, wirst du ebenfalls bewaffnet sein. Raoul sagte, die erfahrenen Angestellten werden sich um die Angelegenheit kümmern, also bleiben wir hier, riegeln das Haus ab und lassen niemanden herein. Keine Vampyre, keine menschlichen

Besucher. Niemand hat Zutritt. Alle Fensterläden werden geschlossen und bleiben es auch – Tag und Nacht –, bis uns mitgeteilt wird, dass wir sie wieder öffnen können. Davon abgesehen sitzen wir es aus und bleiben ganz locker."

„Locker", wiederholte sie.

„Wir haben damit ansonsten nichts zu tun." Er zuckte mit den Schultern. „So ist die Lage. Es kümmern sich andere darum, die wissen, was sie tun."

Während er redete, hatte ein anderer Mann – Scott oder Brian, Tess wusste es nicht mehr genau – am Fenster Wache gestanden.

„Sie sind hier", sagte er. Tess und die anderen spähten nach draußen. Drei Wagen, allesamt schwarz und glänzend, parkten neben dem Haupthaus, und mehrere Personen stiegen aus.

Xavier, schlank und aufrecht, war auch von Weitem sofort zu erkennen. Er ging auf das zweite Fahrzeug zu, aus dem eine große, auffallend schöne blonde Frau und zwei weitere Fae ausstiegen. Die Frau trug einen dunklen, elegant geschnittenen Anzug, und ihre silbernen High Heels reflektierten funkelnd das Licht.

Als Tess sie erkannte, war ihr zumute, als würde sie in einer scharfen Kurve aus der Realität in einen Traum geschleudert. „Ist das Melisande Aindris?", murmelte sie mit schwacher Stimme. „Die Schauspielerin? War sie nicht der Star in *Die Gehirnfresser von New York*, diesem Zombie-Film?"

Marc warf ihr einen Blick zu. „Ja. Ihrer Mutter, der Fae-Königin, gehören die Northern Lights Studios."

„Das wusste ich eigentlich", murmelte sie. „Ich hatte es nur vergessen."

Drei weitere Gestalten entstiegen dem dritten Wagen. Eine davon erkannte Tess: Es war die schöne Rothaarige, die auf dem Vampyrball ihre Dienerin an der Leine geführt hatte.

„Und da ist Justine", sagte Marc.

Die Rothaarige drehte sich langsam um sich selbst und betrachtete das Anwesen. Als sie sich dem Dienstbotenhaus zuwandte, ließ Marc ruckartig die Jalousien zuschnappen.

„Die Vorstellung ist vorbei. Fensterläden und Vorhänge bleiben geschlossen, bis wir Entwarnung bekommen." Marc schaute Tess an. „Du kannst ebenso gut ins Bett gehen, wenn du möchtest. Was uns betrifft, passiert heute Nacht nichts weiter."

Weil sich alles in ihr gegen das Gefühl sträubte, wie ein Kind ins Bett geschickt zu werden, hing Tess noch fast eine Stunde unten herum, aber die anderen schauten fern oder gingen wieder an ihre Laptops. Der einzige Unterschied zu vorhin war, dass sie die Waffen in Reichweite behielten.

Weil nichts zu tun war, überkam sie schließlich wieder die Erschöpfung und machte ihr die Glieder und Augenlider bleischwer, bis sie murmelnd eine gute Nacht wünschte und nach oben in ihr Zimmer ging.

Beunruhigt zog sie ein Nachthemd an, das ihr bis zu den Oberschenkeln reichte, putzte sich die Zähne, stürzte ein Glas Wasser hinunter und kletterte ins Bett.

Sie hatte das Gefühl, sich nicht mehr auf ihren Instinkt verlassen zu können.

Wer war denn jetzt das Monster? Justine? Xavier? Oder beide?

Sie beide waren alt und gefährlich, und Tess war nicht in der Lage, sie zu verstehen, aber auch wenn sie miteinander verfeindet waren, hieß das nicht zwangsläufig, dass einer von ihnen gut war und der andere böse. Es war möglich, wenn nicht sogar wahrscheinlich, dass sie einfach auf unterschiedliche Weise bösartig waren.

Während sie noch darüber nachdachte, schwappte eine dunkle Flut über sie hinweg und spülte alles fort, und für ein paar Stunden vergaß sie alle Ängste und Befürchtungen.

Dann kehrten ihre Albträume zurück. Zuerst einer ihrer Pflegeväter, derjenige, der so gern seinen Gürtel geschwungen und sie durch das riesige, düstere Haus gejagt hatte. Dann erschien Malphas und begrüßte sie mit einem engelsgleichen Lächeln.

„Tess." Er schlenderte auf sie zu. „Du weißt, wie diese Geschichte enden wird."

„Nein", sagte sie.

„O ja."

Sie versuchte zu fliehen, aber ihre Füße versanken in tiefem Schlamm, und dann fing er sie ein und setzte ihre Welt in Brand.

Kapitel 6

SCHWEIßGEBADET SCHRECKTE SIE aus dem Schlaf. Sie war in einem fremden Raum, und es war so dunkel.

Nein. Sie atmete hektisch. Malphas konnte sie nicht so schnell aufgespürt haben.

Hastig schaute sie sich um, und langsam kehrte die Realität zurück. Die rot leuchtenden Ziffern auf dem Wecker neben dem Bett zeigten 3:16 Uhr nachts an. Sie befand sich in ihrem neuen Zimmer auf Xaviers Landsitz, ihre Bettwäsche war schweißgetränkt. Es war stickig und so heiß wie in einem Ofen.

Sie strampelte die Bettdecke beiseite, kletterte aus dem Bett und hielt die Hand vor eins der Belüftungsgitter dicht über dem Boden. Ein heißer Luftzug wehte ihr entgegen. Wenn sie die Temperatur nicht runterschaltete, würde sie noch gekocht werden.

Sie warf ihren Morgenrock über, verließ das Zimmer und machte sich auf die Suche nach einem Thermostat. Aus einem anderen Bereich des Hauses drang ein Lichtschimmer, und sie hörte gedämpfte Geräusche, vielleicht Musik, die entweder aus einem anderen Stockwerk kamen oder aus einem der anderen Gebäude. Im Flur vor ihrem Zimmer war es dunkel und still.

Der Thermostat war auf zweiundzwanzig Grad eingestellt, was ihr zum Schlafen viel zu warm war. Nach kurzem

Überlegen stellte sie ihn auf achtzehn Grad, dann kehrte sie widerwillig in ihr kleines, enges Zimmer zurück.

Sie musste nicht in ihrem Zimmer bleiben. Mit Sicherheit war es im Keller kühler, aber ihr war klar, dass sie wieder irgendwem über den Weg laufen würde, wenn sie nach unten ging. Für heute hatte sie genug davon, sich mit fremden Leuten zu unterhalten, und war erschöpft von all der sonderbaren Anspannung des Tages und Abends. Sie brauchte dringend ein bisschen Zeit für sich allein.

Zögernd schloss sie die Tür, aber das verschlimmerte die Hitze noch.

Inzwischen war sie hellwach und konnte die Geräusche besser zuordnen. Vom Haupthaus her drang Musik an ihr Ohr. Sie ging zum kleinen Waschbecken, um sich kaltes Wasser auf Arme und Gesicht zu spritzen, da erfasste sie das überwältigende Bedürfnis, durch die Vorhänge zu spähen.

Das war gegen das Protokoll.

Aber wozu war das Protokoll da? Ging es darum, feindselige Vampyre daran zu hindern, irgendwen im Dienstbotenhaus zu hypnotisieren? Wenn es so war, warum durften Türen und Fenster dann nicht bei Tagesanbruch geöffnet werden, wenn sich alle Vampyre vor der Sonne versteckten?

Raoul hatte eine solche Dringlichkeit an den Tag gelegt, als er sie zum Haus zurückgebracht hatte, und Marc hatte sich sehr klar ausgedrückt. Sie hatten sich vollkommen zu verbarrikadieren und sollten sich nicht draußen blicken lassen, bis sie anderslautende Anweisungen erhielten.

Ging es um ihre Sicherheit oder darum, dass die anderen sie nicht zu Gesicht bekamen? Aber warum sollten sie nicht gesehen werden, nicht einmal bei Tage? Es war ja nicht gerade so, dass es eine höchst geheime Praxis war, Hausangestellte zu haben.

Schon zuvor hatte sie die Ahnung verspürt, dass irgendetwas auf diesem Landsitz nicht ganz stimmte, und jetzt brach dieses Gefühl wieder über sie herein. Sie wusste noch nicht genau, was, aber irgendetwas passte nicht ganz zusammen, und das war mal wieder typisch: Sie suchte nach einem sicheren Zufluchtsort und landete inmitten verborgener Fallgruben und unvorhersehbarer Gefahren.

Und die Raumtemperatur war einfach nicht auszuhalten. Kitzelnd lief ihr ein Schweißtropfen zwischen den Schulterblättern hinab.

Sie ging zu einem der Fenster hinüber. Nicht zu dem, das zum Haupthaus hinausging, sondern zum anderen, vor dem die kleine Gruppe Kiefern am Rand des Kliffs stand.

Wie dumm wäre es wohl von ihr, wenn sie zwar die Vorhänge geschlossen ließ, aber das Fenster einen klitzekleinen Spalt weit öffnete, um ein wenig frische Luft hereinzulassen, nur so viel, dass es im Zimmer ein bisschen kühler wurde?

Reichlich dumm womöglich. Aber sie konnte sich beim besten Willen nicht vorstellen, dass jemand darauf achtete, ob sie ein Fenster einen Spalt weit öffnete oder nicht. Es war ein feindseliger Vampyr zu Gast auf dem Anwesen, wahrscheinlich mit zwei Dienern, und sie alle hatten sicherlich Besseres zu tun, als diese unbedeutende Ecke des Grundstücks im Auge zu behalten. Außerdem hatte Raoul so beunruhigt gewirkt, dass sie sich sicher war, er würde dafür sorgen, dass Diego und die anderen die Besucher nicht aus den Augen ließen.

Nachdem sie sich selbst erfolgreich von dem, was sie ohnehin tun wollte, überzeugt hatte, schob sie die Hände am Vorhang vorbei und tastete nach dem Riegel. Sie versuchte vorsichtig, das Fenster nach oben zu schieben, und es öffnete sich lautlos.

Kühl wehte frische Luft durch den Vorhang. Vor Erleichterung seufzend ließ sie sich an der Wand hinuntergleiten, bis sie zwischen Bett und Nachttisch auf dem Boden saß. Nur ein paar Minuten, dann würde sie das Fenster wieder schließen. Niemand würde es je erfahren.

Jetzt hörte sie die Musik ganz deutlich. Waren sie im Ballsaal? Sie wagte es nicht, die Vorhänge zu öffnen und nachzuschauen – sie legte die Anweisungen schon großzügig genug aus –, aber vor ihrem geistigen Auge sah sie Xavier, Justine und Melisande in diesem Juwel von einem Saal, elegant und tödlich.

Warum waren Melisande und Justine gekommen, und warum hatte Xavier es zugelassen? Worüber redeten sie?

Als sie Stimmen hörte, dauerte es ein paar Sekunden, ehe sie begriff, dass sie nicht ihrer Fantasie entstammten.

Wo um alles in der Welt kamen die Stimmen her? Sie erinnerte sich deutlich, dass dort draußen nichts war bis auf einen schmalen, mit Kiefern und Sträuchern bewachsenen Streifen Land entlang des Kliffs. Dahinter lag der Strand.

Sie erhob sich auf die Knie, schob sich dicht ans Fensterbrett und lauschte angestrengt, dann wurde ihr klar, dass die Stimmen vom Strand kamen. Durch irgendeinen akustischen Streich trug der Wind sie direkt das Kliff hinauf.

„… und ich bin froh, dass du hergekommen bist.“ Xaviers ruhige, leise Stimme war unverkennbar.

Tess überlief ein Schaudern. Allein der Klang seiner Stimme berührte sie auf eine Weise, die sie nicht verstand.

„Ich bin auch froh, dass ich hier bin“, antwortete eine Frau. Auch außerhalb eines Kinosaals klang ihre schöne, melodische Stimme vertraut in Tess' Ohren. „Ich liebe dein

Zuhause. Es ist wunderbar friedlich hier. Los Angeles ist so eine Schlangengrube."

„Du bist hier jederzeit willkommen, Melly", sagte Xavier. Seine Stimme klang warm, sogar herzlich. Der Unterschied dazu, wie er mit Tess gesprochen hatte, erschütterte sie. „Wir würden uns sehr freuen, wenn du zurückkämst. Ich habe dich vermisst."

„Ich danke dir. Ich habe dich ebenfalls vermisst."

Kurz herrschte Schweigen. Umarmten sie sich?

O Gott, sie küssten sich aber nicht etwa, oder?

Langsam und vorsichtig, um kein Geräusch zu verursachen, das das scharfe Gehör eines Vampyrs auffangen mochte, beugte sich Tess vor und lehnte die Stirn an die Wand. Am liebsten hätte sie den Kopf wieder und wieder dagegengeschlagen.

Bitte lass das kein romantisches Stelldichein oder so was sein, dachte sie. *Ich will das nicht hören. Ich will das wirklich, wirklich nicht hören.*

Ihr wurde klar, dass sie in der Falle saß. Sie konnte das Fenster nicht schließen, weil sie es gar nicht erst hätte öffnen dürfen, und wie leise sie es auch schloss, vermutlich würde Xavier es hören.

Und bei geöffnetem Fenster hörten sie es wahrscheinlich auch, wenn sie sich bewegte oder versuchte, aus dem Zimmer zu schlüpfen. Wenn Tess sie hörte, dann würden die beiden sie auf jeden Fall ebenfalls hören. Sowohl der Vampyr als auch die Fae verfügten über weitaus schärfere Sinne als sie.

Sie ließ sich zurück auf den Boden gleiten, saß mit angezogenen Knien da, gegen die Wand gelehnt, und barg das Gesicht in den Händen.

„Ich weiß, ich hätte vorhin nicht die Beherrschung verlieren dürfen", sagte Melisande. „Und das zu allem Überfluss auch noch vor dem versammelten Rat der Nachtwesen.“

„Nun ja, Julian hätte ebenfalls nicht die Beherrschung verlieren dürfen“, erwiderte Xavier. „Das Wichtigste ist, dass ihr es hinter euch lasst.“

„Er war schon immer starrsinnig, aber ich erinnere mich nicht, dass er jemals zuvor so verletzend geworden wäre.“ Die Fae klang am Boden zerstört. „Zumindest nicht, während wir zusammen waren, bis zum bitteren Ende. Er hat immer geglaubt, ich hätte ihn betrogen, aber das habe ich nicht getan.“

In der Dunkelheit ihres Zimmers fing Tess an, auf einem Fingernagel herumzukauen. Es war kein romantisches Stelldichein, aber es war ihr ebenso unangenehm, dieses Gespräch mit anzuhören. Sie verabscheute sich dafür, dass ein Teil von ihr neugierig die Ohren spitzte.

„Es hat ihm immer leidgetan, dass es zwischen euch auf diese Weise geendet hat“, sagte Xavier. „Du warst gut für ihn.“

„War ich das? Danke, dass du das sagst, aber ich könnte mir vorstellen, dass er da anderer Meinung ist.“

„Julian und ich sind uns nicht immer einig. Du hast ihn aufgemuntert, und er hat gelacht. Inzwischen lacht er nicht mehr.“

Wieder eine Pause, dann sagte Melisande sehr sachlich: „Er steckt wirklich in Schwierigkeiten, oder?“

„Im letzten Jahr ist alles ziemlich kompliziert geworden, vor allem, seit er sich mit Carling überworfen hat.“

Wer ist Carling?, fragte sich Tess. *Eine andere Exfreundin? Julian, du Mistkerl.*

Sie hörte Melisande fragen: „Können sie ihre Beziehung nicht wieder kitten, jetzt, da Carling einen Weg gefunden hat, sich zu heilen? Es *geht* ihr doch besser, oder? Auch wenn sie sich aus dem Tribunal der Alten Völker zurückgezogen hat, bleibt sie doch Julians Herrin."

Tess hatte den einen Fingernagel komplett abgeknabbert und nahm sich den nächsten vor. Sie wusste nicht viel über die Politik der Alten Völker, aber an die Höhepunkte, die es bis in die Nachrichten geschafft hatten, erinnerte sie sich.

Der vergangene Sommer hatte einen ganzen Haufen Umschwünge für mehrere Reiche der Alten Völker mit sich gebracht. Der Lord der Wyr hatte sich eine Gefährtin genommen, der König der Dunklen Fae war getötet worden, und Julian hatte eins der Gründungsmitglieder des Nachtwesenreichs verbannt. Nach Xaviers und Melisandes Gespräch zu urteilen, war es Carling gewesen.

„Ob Julian und Carling es schaffen, wieder eine Brücke zueinander zu schlagen, wird die Zeit zeigen", antwortete Xavier.

Melisande lachte leise. „Du warst schon immer der Inbegriff der Diskretion. Du hast diese Gabe, etwas zu sagen, ohne es auszusprechen. Ich weiß jedenfalls, dass es Spannungen zwischen Julian und dem Rat der Nachtwesen gibt, und ich weiß, dass du Justine hier nicht gern als Gast begrüßt. Bitte entschuldige, dass ich dich in diese Lage gebracht habe."

„Mach dir darum keine Gedanken, Melly. Du bist nicht allein für das verantwortlich, was passiert ist, und selbst wenn du es wärst, so wäre das Vergnügen einer Nacht in deiner Gesellschaft den Ärger wert. Davon abgesehen werde ich mit Justine schon fertig."

Er klang so gelassen, so überzeugt. Tess erinnerte sich an Marcs Worte.

Justine ist gefährlich, aber das ist Xavier auch.

Ob es die kühle Nachtluft war oder ihre eigenen

Gedanken, jedenfalls jagte ihr ein Schauder über den Rücken. Sie streckte eine Hand aus und tastete auf ihrem Bett nach der Decke. Als sie den weichen Chenille-Stoff unter den Fingern spürte, zog sie daran.

Die Decke glitt näher und zog ein Kissen mit. Das Kissen traf den Nachttisch und stieß gegen ihr Wasserglas und den Wecker. Beides fiel mit lautem Gepolter zu Boden.

Tess erstarrte, ihr brach der Schweiß aus. Sie wagte es nicht einmal zu atmen.

Gut, okay. Das war jetzt also passiert.

Vielleicht bemerkten sie es nicht. Sie waren nah am Wasser, und unten am Strand hörte es sich bestimmt ganz anders an.

„Was war das?", fragte Melisande.

„Bestimmt nichts Wichtiges", sagte Xavier. Er klang fast gelangweilt. „Lass uns zum Haus zurückgehen, ehe Justine uns suchen kommt. Wir könnten eine Flasche Château Briot öffnen. Sag mal – gehst du eigentlich zu den Wächterspielen in New York?"

„Diese Spiele sind für alle Angehörigen der Alten Völker das Ereignis des Jahrhunderts. Ich würde sie um nichts in der Welt verpassen. Wirst du hinfahren?"

„Ich hatte noch nicht fest zugesagt, aber ich habe mich gerade dazu entschlossen."

„Wir müssen uns treffen, wenn wir da sind. Ich reise in einer Woche ab."

Weiter miteinander plaudernd, gingen sie fort, bis Tess sie nicht mehr hören konnte.

Sie konnte es nicht ertragen, das Fenster auch nur eine Sekunde länger geöffnet zu lassen. Kniend zog sie es zu und angelte nach Wecker und Glas, um sie wieder auf den Nachttisch zu stellen. Eine große Wasserpfütze hatte sich auf dem Boden ausgebreitet.

Tess, dachte sie, *du magst auf deine Art ein helles Köpfchen sein, aber du bist nicht halb so intelligent, wie du immer behauptest. Du solltest schnell schlauer werden, bevor du noch draufgehst.*

Sie warf Kissen und Decke aufs Bett und verließ das Zimmer. Auf dem Flur hatte sie vorhin im Vorbeigehen einen Wäscheschrank mit haufenweise Ersatzbettwäsche, Handtüchern und Waschlappen gesehen. Sie schnappte sich ein Handtuch, ging zurück in ihr Zimmer und schloss die Tür.

„Du hast vergessen, das Fenster zu verriegeln", sagte Xavier.

Mitten im Zimmer.

Der Schreck fuhr ihr bis in die Knochen. Zwar schaffte sie es, ihren Aufschrei herunterzuwürgen, aber sie fuhr zurück, als hätte sie auf eine heiße Herdplatte gefasst, und stieß mit einem dumpfen Schlag rücklings gegen die Wand.

Die Lampe neben dem Bett ging an und blendete sie.

Das Fenster stand weit offen, der Vorhang war zurückgezogen. Xavier saß auf ihrem Bett, er lehnte am Kopfteil und hatte die Beine mit überkreuzten Knöcheln lang ausgestreckt. Seine Kleidung war schlicht, er trug noch immer das weiße Hemd und die schwarze Hose von vorhin, aber vor dem Hintergrund der zerwühlten Bettwäsche wirkte selbst dieses einfache Outfit ungeheuer förmlich und extrem maskulin.

Er betrachtete sie kühl, das schmale Gesicht hatte einen harten Ausdruck.

Sie fühlte sich nackt und ausgeliefert, als hätte sie beim Zurückspringen ihre Haut zurückgelassen. Er hatte sich bei Melisande entschuldigt, war zum Dienstbotenhaus zurückgekehrt und durch ein Fenster im zweiten Stock hereingeklettert, alles in der Zeit, die sie gebraucht hatte, um einmal durch den Flur zum Wäscheschrank und wieder zurück zu gehen.

Darum, dachte sie. *Darum jagen mir Vampyre eine Heidenangst ein.*

Sie hielt den Blick starr auf das Handtuch in ihren Händen gerichtet, an dem sie herumdrehte. „Oh, dieses Fenster? Ich muss … ich muss wohl vergessen haben, es zu verriegeln, nachdem ich am Nachmittag gelüftet habe."

„Hat man dich nicht über das Protokoll aufgeklärt, das zu befolgen ist, sobald sich ein Feind auf dem Grundstück aufhält?", erkundigte er sich. Die kleine, dünne Narbe neben seinem strengen Mund kam ihr heller vor als auf dem Ball, wo sie sie zum ersten Mal bemerkt hatte.

„Das Protokoll." Sie räusperte sich. Vor ihrem geistigen Auge sah sie die Wörter allmählich in Großbuchstaben: DAS PROTOKOLL. „Ja. Ich wurde aufgeklärt."

Mit der gleichen vollendeten Eleganz wie zuvor stand er auf und kam auf sie zu. „Hast du das Fenster danach geöffnet?"

Mit zitternden Händen schürzte sie die Lippen, und … Um Himmels willen, warum kam er immer näher? Mit abgewandtem Gesicht trat sie einen Schritt zur Seite auf die Pfütze zu, ließ das Handtuch hineinfallen und schob es mit einem nackten Fuß hin und her.

Seine Hände legten sich um ihre Oberarme, und er drehte sie zu sich um. „Hast du … das Fenster … danach … geöffnet?"

Ihr Kopf bewegte sich fast unmerklich auf und ab.

„Weißt du, weshalb ich das bereits wusste?"

Diesmal schüttelte sie den Kopf. Sie konzentrierte sich auf den vierten Knopf seines Hemds. Er roch nach dem Parfüm einer Frau. Wenn er und Melisande sich nicht geküsst hatten, so hatten sie sich zumindest umarmt.

Nicht, dass es sie etwas anging. Trotzdem konnte sie nicht anders, als es zu registrieren. Es war ein sehr angenehmes Parfüm.

Zwischen den Zähnen brachte er heraus: „Weil ich weiß, dass die anderen einen Rundgang durchs Haus gemacht haben, um sicherzugehen, dass alles verriegelt ist, sobald sie erfahren haben, dass ein gefährlicher Vampyr samt Dienern unterwegs ist.“

Es war wirklich verdammt furchterregend, dass er niemals die Stimme erhob. Sie schaute auf seine Hände hinunter, die noch immer ihre Arme umfassten. Sie waren schlank und stark, die Finger lang, die Handgelenke schmal.

Obwohl seine Berührung auf ihrer Haut brannte, tat er ihr nicht weh. Das konnte sich aber vermutlich jede Sekunde ändern. Sie hob den Blick und sah ihm in die Augen. „Ich habe gegen deine Regeln verstoßen, und es tut mir leid.“

Seine Stimme wurde tiefer, es klang, als würde er knurren. „Es tut dir nicht leid.“

„Nun, ich fürchte, das stimmt.“ Sie spürte, wie ihr Kopf wieder anfing zu nicken, und zwang sich, damit aufzuhören. „Es tut mir nicht direkt wirklich leid, dass ich das Fenster geöffnet habe. Es tut mir nur leid, dass du es gemerkt hast.“ Sie stockte, dann zwang sie sich zum Weiterreden. „Übrigens würde ich gern darauf hinweisen, dass du mich ohne meine Erlaubnis berührst, und ich möchte dich an dein Versprechen erinnern. Du weißt schon, dass du mich zu nichts zwingen und mir nichts tun wirst, was ich nicht will.“

Eine seiner Augenbrauen hob sich – nur eine –, er sah wütender und gebieterischer aus als je zuvor. Ganz langsam und bedacht löste er den Griff, Finger für Finger. Es war ebenso nachdrücklich, als würde er sie anbrüllen.

Ich entscheide mich dafür, das zu tun, sagte jede seiner Bewegungen. *Du hast es nicht in der Hand, mich dazu zu zwingen.*

Ihre Eingeweide hatten sich in Wackelpudding verwandelt. Mit äußerster Vorsicht trat sie einen Schritt zurück.

Er folgte ihr, sein bohrender Blick hielt sie gefangen. „Weißt du, warum es diese Regeln gibt?"

Er drang in ihren persönlichen Raum ein, kam ihr viel zu nah, aber sie entschloss sich, ihn nicht darauf hinzuweisen, dass er das ohne ihre Erlaubnis tat, denn sie hielt es für möglich, dass sie diesen Trumpf am besten so selten wie möglich ausspielen sollte. „Ich rate mal ins Blaue: Sie sind wahrscheinlich zu unserem eigenen Besten?"

„In der Tat. Würdest du mir jetzt bitte erklären, weshalb du sie missachtet hast?"

Unfähig, still zu stehen, hockte sie sich hin, um das feuchte Handtuch zusammenzulegen. „Ich bin aufgewacht, und es waren so ungefähr siebenundzwanzig Grad im Zimmer."

„Und?"

„Und ich dachte, nun ja, nur für fünf Minuten, der eine, einzige feindlich gesinnte Vampyr auf dem gesamten Landsitz wird es ja wohl nicht bemerken, wenn in einem Nebengebäude in einem weit entfernten Winkel ein Fenster einen Spalt weit geöffnet ist. Für fünf Minuten. Und selbst wenn sie es merkt, kann sie ohne Einladung nicht rein. Ich wollte es gerade wieder schließen, da habe ich gehört, wie du und die Fae-Prinzessin euch unterhalten habt, und mir wurde klar, dass ich es erst schließen kann, wenn ihr wieder fort seid, weil ihr es ansonsten vielleicht hört. Na, und dann habe ich wie ein Vollidiot Zeug von meinem Nachttisch runtergeworfen, und du hast es doch rausgefunden."

Er verlagerte sein Gewicht auf ein Bein und verschränkte die Arme vor der Brust. „Was hast du gehört?"

„Nicht viel." Sie zuckte mit den Schultern, während ihr Verstand raste. War irgendwas davon vertraulich gewesen?

„Ein bisschen genauer."

„Ihr mögt und vermisst einander. Es tut ihr leid, dass sie die Beherrschung verloren hat. Zwischen ihr und Julian ist die Lage ziemlich angespannt, und zwischen Julian und dem Rat der Nachtwesen ebenfalls, schätze ich." Rasch schaute sie zu seinem Gesicht auf, aber sie konnte darin so wenig lesen wie in einem geschlossenen Buch. „Du bist nicht gerade glücklich darüber, Justine hierzuhaben, aber das wusste ich schon. Raoul hat vorhin gesagt, sie sei feindlich gesinnt."

„Du hast gut aufgepasst, nicht wahr?"

„Ich denke, der Wind stand günstig. Ich wollte nicht ..." Sie hielt sich gerade noch zurück, ehe sie etwas sagte, das nicht stimmte, denn nach dem ersten Schreck hatte sie tatsächlich absichtlich gelauscht. Nicht, dass sie stolz darauf wäre. „Ich habe es nicht vorgehabt, und es tut mir wirklich leid."

Er machte eine ungeduldige Handbewegung. „Hock da nicht so herum."

Vorsichtig stand sie auf.

Seine Stimme klang wie ein Peitschenschlag. „Justine hätte nicht ohne Einladung hereinkommen können, aber ihre Diener schon. Sie hätten fast ebenso schnell und lautlos hier hereinklettern können, wie ich es eben getan habe. Sie hätten dir die Kehle aufschlitzen können und wären innerhalb weniger Minuten wieder verschwunden gewesen. Und bevor du mir erklärst, wie unwahrscheinlich das Szenario sei, sage ich dir, dass es genau so schon einmal passiert ist. Vampyre sind dafür bekannt, dass sie an anderen Vampyren Vergeltung üben, indem sie ihre Diener angreifen."

Entsetzt hob sie den Kopf. Natürlich hatte er recht, und was immer er jetzt sagen würde, sie würde es hinnehmen und nicht mal mit der Wimper zucken. Jedenfalls nicht sehr. „Es tut mir leid", sagte sie noch einmal. „Waren es deine Diener?"

„Nein, es waren die Diener eines anderen, und es ist über dreißig Jahre her." Er musterte sie, ehe er sagte: „Auch wenn dich das vielleicht überrascht – ich bin nicht wirklich wütend darüber, dass du gegen die Regeln verstoßen hast."

Wieder schien die Welt unter ihren Füßen zu erbeben. „Bist du nicht?"

„Du hast überlegt, mögliche Risiken durchdacht und selbstständig ohne Anweisung gehandelt. Und auch wenn ich weiß, dass es reiner Zufall war, hast du eine Menge Informationen gesammelt. All diese persönlichen Eigenschaften sind für mich sehr wertvoll." Er machte eine Pause. „Tatsächlich gibt es nur einige wenige Schwierigkeiten mit dem, was du getan hast."

Sie betrachtete ihn höchst aufmerksam. Sie hatte schon wieder keine Ahnung, wovon er sprach. „Und zwar?"

„Du hast geglaubt, du weißt es besser als wir, und warst so nachlässig, dass es an Dummheit grenzt. Und du hast dich erwischen lassen."

Ihr Mund klappte auf und schloss sich wieder. Noch nie hatte ihr jemand eine auch nur annähernd vergleichbare Standpauke gehalten, und sie wusste nicht, wie sie reagieren sollte.

Plötzlich schlug er einen geschäftlicheren Tonfall an. „Melisande, Justine und ich brechen morgen direkt nach Sonnenuntergang auf. Wie du zweifellos bereits weißt, reise ich nach den Ratsversammlungen nach New York, also sehen wir uns erst wieder im Februar. Ich erwarte einen ausgezeichneten Bericht über deine Fortschritte, also sieh zu, dass du dich während meiner Abwesenheit nicht in Schwierigkeiten bringst." Ein langsames Lächeln. „Oder versuch zumindest, dich nicht erwischen zu lassen."

Sie öffnete erneut den Mund, aber es kam nichts heraus.

Er legte ihr zwei Finger unters Kinn und schloss sanft ihren Mund. „Um den anderen nicht unnötig etwas erklären zu müssen, gehe ich auf demselben Weg, auf dem ich gekommen bin. Du schließt das Fenster, wenn ich fort bin."

Es war keine Frage, aber sie nickte trotzdem.

Obwohl er gesagt hatte, dass er gehen würde, bewegte er sich nicht und nahm auch nicht die Hand von ihrem Kinn. Sie vergaß ihre Angst und beobachtete gespannt, wie sein Blick über ihr Gesicht glitt. Mit dem Daumen berührte er ihre Lippen, und seine Augenbrauen zogen sich leicht zusammen. Dann senkten sich seine Lider und verbargen den Ausdruck seiner Augen.

Sie hielt den Atem an. Die Berührung seines Daumens an ihren Lippen war so sacht, dass sie nicht sicher war, dass sie es gespürt hätte, würde sie ihn nicht direkt ansehen.

Er nahm die Hand fort und neigte leicht den Kopf. Dann ging er zum Fenster, faltete seinen schlanken Körper zusammen, um durch den schmalen Spalt zu schlüpfen, und entschwand mit geschmeidiger, katzengleicher Anmut ihren Blicken.

Mit einem Mal war das Zimmer beklemmend leer. Sie trat ans Fenster und schaute hinaus. Mit in die Seiten gestemmten Händen stand er unten und sah zu, wie sie das Fenster schloss und verriegelte, dann nickte er ihr zu und machte sich auf den Weg zum Haupthaus, wo immer noch Musik spielte.

Sie schaute ihm hinterher, bis sie ihn nicht mehr sehen konnte, dann zog sie die Vorhänge zu.

Jetzt erst kam ihr die Frage zu Bewusstsein, ob er vielleicht mit seinen vampyrischen Instinkten gerungen hatte, als er ihr Kinn festgehalten und ihren Mund berührt hatte. Aber es fühlte sich nicht richtig an. Er hatte nicht ausgesehen, als würde er innerlich gegen irgendetwas ankämpfen, und sie hatte sich nicht von ihm bedroht gefühlt.

Stattdessen hatte er besorgt ausgesehen, vielleicht sogar traurig.

Bei dem Gedanken runzelte sie die Stirn. Das konnte nicht stimmen. Warum sollte ihr Anblick ihn traurig stimmen? Es erinnerte sie an den Moment, als sie geglaubt hatte, einen Hauch von Wehmut an ihm wahrzunehmen.

Genug davon. Xavier war viel zu kompliziert, als dass sie ihn nach so wenigen Begegnungen bereits einschätzen könnte. Jetzt war es erst einmal Zeit, in ihr Bett zurückzukehren und dankbar zu sein, dass es trotz allem, was sie sich geleistet hatte, nicht so weit gekommen war, dass er sie rauswarf.

Kapitel 7

Mitte Februar

TESS KNALLTE SO hart auf die Trainingsmatte, dass ihr die Luft wegblieb. Keuchend rollte sie sich auf den Bauch und versuchte, wenigstens ein bisschen Luft in ihre verkrampften Lungen zu bekommen.

Raoul ragte mit verschränkten Armen über ihr auf. „Für heute lassen wir es gut sein."

Sie hustete. „Gib mir ein paar Minuten. Ich kann noch weitermachen."

Er schüttelte den Kopf. „Wir sind hier fertig. Wenn du dich erholt hast, geh bitte für die verbleibende Trainingszeit an den Schießstand."

Bitte tu dies. Bitte tu das.

Raoul hatte sich als Sadist mit den tadellosen Manieren eines Kavaliers der alten Schule entpuppt.

Bitte plane vor dem Frühstück eine Stunde Lauftraining ein.

Bitte denk daran, dass wir uns am Montag dem Waffentraining widmen werden. Bitte sei nach dem Essen um dreizehn Uhr am Schießstand.

Bitte achte links besser auf deine Deckung, wenn du meinen Angriff blockst. Du bist eindeutig Rechtshänderin, und deine gesamte linke Körperseite ist viel zu schwach.

Das war anders als jedes Training, von dem sie je gehört hatte, und in ihrer Klasse gab es nur eine einzige Schülerin. Er schleuderte sie in der Gegend herum, bat sie darum, ihn aus einem anderen Winkel heraus anzugreifen, und warf sie erneut zu Boden. Er trat sie, drückte sie auf die Matte, nahm sie in den Schwitzkasten, stieß sie gegen die Wand und überließ ihr in manchen Trainingseinheiten Messer, nur um sie ihr mit einer Leichtigkeit abzunehmen, die ihr Selbstbewusstsein zutiefst erschütterte, und all das tat er mit vollendeter Höflichkeit.

„Schießstand", sagte sie. „Alles klar."

Noch immer auf dem Bauch liegend, betrachtete sie seine Schuhe, während er davonging.

Diegos schräg gelegter Kopf schob sich in ihr Sichtfeld. Er hockte sich neben sie und stellte ihr eine gekühlte Wasserflasche hin.

„Du hast alles mit angesehen, richtig?" Das Sprechen fiel ihr noch immer schwer, ihre Stimme klang gepresst.

„Es ist praktisch unmöglich, das zu *über*sehen, *chica*. Mitzuerleben, wie du gründlich vermöbelt wirst, gehört inzwischen zu meinem Alltag."

Als sie sich dazu imstande fühlte, erhob sie sich auf die Knie. „Ich würde glatt behaupten, ich erinnere mich nicht, wann ich zum letzten Mal keine Schmerzen hatte, aber das stimmt nicht. Es war die Nacht, als ich hier angekommen bin."

„Richtig. Xavier ist abgereist, kurz nachdem du ankamst." Er schüttelte den Kopf. „Normalerweise wirkt sich das Blutopfer sofort positiv aus, aber bei dir scheint es eine Weile zu dauern."

Mit dem Thema wollte sie gar nicht erst anfangen. Kopfschüttelnd schraubte sie die Flasche auf und trank. „Ich schätze, es war naiv von mir, zu denken, ich wäre gut in Form.“

„Du bist nicht schlecht. Nur ist hier *nicht schlecht* eben nicht gut genug.“ Er warf ihr einen Blick von der Seite zu. „Bereust du es, hergekommen zu sein?“

Sie rollte sich die kühle Flasche über die heiße Stirn. „Ich weiß es nicht.“ Mit einem raschen Blick durch den großzügig bemessenen Raum vergewisserte sie sich, dass sie und Diego allein waren. „Es ist fast, als wollte Raoul, dass ich versage“, gestand sie. „Als wäre es ihm am liebsten, wenn ich irgendwann nach einem besonders harten Sturz den Punkt erreiche, wo ich das Handtuch werfe und aufgebe.“

Auch Diego sah sich um, dann zuckte er mit den Schultern. „Vielleicht hast du recht. Er scheint dich wirklich besonders hart ranzunehmen.“

„Nun, wenn es so ist, dann soll er zum Teufel gehen“, sagte sie durch zusammengebissene Zähne. „Ich habe noch nie aufgegeben, nur weil es schwierig wurde. Ich weiß nicht mal, wie man das macht.“

„Gute Einstellung, *chica*, bis auf eine Kleinigkeit: Man kann sehr viel angenehmer leben, als du es tust. Du musst dir nicht immer den schwierigsten Weg aussuchen.“ Bevor ihr darauf eine Antwort einfiel, schlug er ihr leicht auf den Rücken, stand auf und ging zurück zu den Gewichten.

Missgestimmt trank sie das Wasser aus und machte sich auf den Weg zum Schießstand.

Vielleicht hatte Diego recht. Das Problem war, dass sie nur den schwierigsten Weg kannte. Ihre Kindheit hatte sie in einer Reihe von Pflegefamilien verbracht, während der Studienzeit hatte sie mehrere Jobs gleichzeitig gehabt, und am Ende hatte sie zwei Abschlüsse gemacht, einen in Informatik und einen in Buchhaltung. Niemand hatte ihr je etwas geschenkt. Sie hatte immer kämpfen müssen, um etwas zu erreichen, und hier würde es nicht anders sein.

Wie sie es Xavier versprochen hatte, tat sie alles, was Raoul sagte. Auch wenn sie es anfangs nicht schaffte, eine ganze Stunde zu laufen, joggte und ging sie doch so schnell, wie sie konnte, obwohl sie oft Seitenstechen bekam.

Zum morgendlichen Laufen kam das tägliche Krafttraining an Geräten und mit Gewichten hinzu, außerdem dreimal die Woche Schwimmen. Auf Kardiotraining und Muskelaufbau folgte das Kampftraining – mit bloßen Händen, mit kleinen Waffen und am Schießstand.

Manchmal kam sie abends kaum noch die Treppen hoch, um in ihr Bett zu kriechen. Ein Gutes hatte die Erschöpfung allerdings: Sie träumte nicht mehr von Malphas, denn sobald ihr Kopf das Kissen berührte, schlief sie wie eine Tote.

Was Malphas betraf… Auch wenn er ein nahezu allmächtiger Dschinn war, so hatte er entweder keine Ahnung davon, wie man einen gewöhnlichen Menschen aufspürte, der sich versteckte, oder es stand nicht besonders hoch auf seiner Prioritätenliste, sie zurückzuholen – jedenfalls bisher.

Ende Januar hatte sie ihr erstes Gehalt in Höhe von tausend Dollar erhalten. Als Raoul sie zu sich ins Büro gerufen hatte, das direkt an den Trainingsraum angrenzte, und ihr die Quittung reichte, starrte sie eine ganze Weile auf die Summe hinunter und war zu erschüttert, um auch nur ein Wort herauszubringen.

Alles, was sie benötigte, war bereits zur Verfügung gestellt und bezahlt worden, bis hin zur neuen Trainingskleidung und zu drei Paar ausgezeichneter Laufschuhe. Das Gehalt stand ihr ganz für private Ausgaben zur Verfügung.

„Möchtest du das Geld auf ein Konto überwiesen bekommen?", fragte Raoul.

Benommen schüttelte sie den Kopf. Wenn es auf eins ihrer Konten ging, kam sie nicht mehr dran. Noch schlimmer: Kontenbewegungen könnten Aufmerksamkeit erregen.

„Na schön", sagte er nach einer Weile. „Bis du dich entschieden hast, was du damit tun willst, führe ich Buch über das, was dir zusteht."

„Könnte ich es vielleicht als Prepaid-Visakarte bekommen?", fragte sie. Dann würde sie es zumindest direkt zur Hand haben, falls etwas Unvorhergesehenes passierte und sie fortgehen musste. „Ich überlege, ein paar Bücher zu bestellen oder eine kleine Stereoanlage für mein Zimmer."

„Selbstverständlich. Ich kümmere mich darum."

Die Karte kam gegen Ende der Woche an, und Raoul gab sie ihr nach dem Abendessen.

Sie bestellte nichts. Stattdessen versteckte sie die Karte in ihrer Unterwäscheschublade. Falls alles schiefging und sie von hier fortmusste, war diese anonyme Visakarte ihre Rettungsleine. Sie beschloss, so viele davon zu sammeln wie nur möglich. Selbst wenn sie nur die Probezeit bis zum Jahresende absolvierte, hätte sie zwölftausend Dollar zusammen, die ihr bei der Suche nach einem neuen Unterschlupf eine große Hilfe sein würden.

Die Zielübungen am Schießstand gefielen ihr. Es war die einzige Zeit des Tages, zu der sie nicht ihren ganzen Körper anstrengen musste, sondern nur Arme und Schultern. Manchmal schmerzten sie so sehr, dass sie nicht mehr fertigbrachte, als zweihändig mit einer kleinen Glock 17 zu trainieren, die keine 900 Gramm wog. Es stellte sich heraus, dass sie ein Talent fürs Zielschießen hatte, und sie mochte den Umgang mit Handfeuerwaffen, nur mit den größeren automatischen Waffen hatte sie Probleme.

Während des Trainings kamen und gingen die Leute,

manchmal schloss sich ihr morgens beim Laufen jemand an, andere stießen bei anderen Unternehmungen dazu, und nach und nach wurde sie mit den elf Bewohnern des Anwesens vertraut.

Da gab es Raoul, natürlich, den höflichen Sadisten, der ganz offensichtlich Xavier in dessen Abwesenheit vertrat. Sein Stellvertreter war Diego, der für sämtliche Fahrzeuge und die Wartung des Innenpools verantwortlich war. Dann gab es noch Angelica und ihren Assistenten Enrique, Jordan und seinen Assistenten Peter, außerdem Marc, Jeremy, Aaron, Scott und Brian, die fünf, mit denen sie während des Besuchs von Melisande und Justine im Haus eingesperrt gewesen war.

Angelica, die einzige andere Frau außer ihr, war wortkarg. Sie wirkte rundlich, war aber muskulös. Tess hätte sie gern gefragt, weshalb es hier so wenige Frauen gab, aber bisher hatte sich keine passende Gelegenheit ergeben.

Alle behandelten sie durchweg freundlich und ein wenig distanziert, und sie gab sich keiner Illusion hin. Sie passte nicht hierher, und für die anderen würde sie vermutlich nicht wirklich dazugehören, ehe nicht mindestens ihr Probejahr vorbei war.

Das war in Ordnung. Sie hatte nie irgendwo wirklich dazugehört, mit Sicherheit jedenfalls in keiner ihrer Pflegefamilien. Sie musste nicht dazugehören. Sie musste nur überleben.

Nachmittags, ungefähr dann, wenn sie kaum noch laufen konnte, waren die anderen Lektionen an der Reihe: die Geschichte der Alten Völker, Politik und die Konflikte zwischen den unterschiedlichen Reichen. Auswendiglernen der verschiedenen Völker, ihrer Vorlieben, Stärken und Schwächen. Informationen über jedes Mitglied des Tribunals der Alten Völker. Das Machtgefüge in jedem der Reiche, die

Herrscher und ihre Thronfolger.

Nach dem Abendessen büffelte sie Benimmregeln. Der ideale Diener war unsichtbar und kümmerte sich um die Bedürfnisse seines Herrn, ohne dass man ihn dazu auffordern musste.

Sprich nie, wenn du nicht gefragt wirst. Getränke sind immer von links zu servieren, Speisen hingegen – für Besucher, die Nahrung zu sich nehmen – von rechts. Die Dolche oberhalb jedes Gedecks beim Abendessen hatten nur symbolische Bedeutung (welche, hatte sie noch nicht herausgefunden, und es hatte ihr auch keiner erklärt), niemand benutzte sie, und wenn es doch jemand tat, galt das als linkisch und als Gipfel der Grobheit.

Fernab des Anwesens durfte ein Diener jedes Ansinnen eines anderen Vampyrs ablehnen (und auch das eines jeden anderen), aber wenn ein Vampyr zu Gast war, dann musste der Diener als verlängerter Arm der Gastfreundschaft seines Herrn alles in seiner Macht Stehende tun, damit sich der Vampyrbesuch (oder um welche Kreatur es sich auch immer handelte) ganz wie zu Hause fühlte.

In den gesamten sechs Wochen des Trainings war dies der einzige Moment, in dem sie stockte.

„Du willst mich wohl auf den Arm nehmen", sagte sie. *„Alles."*

„Alles, was dein Herr von dir erwarten würde, solltest du auch tun."

„Oh, komm schon." Sie gestikulierte mit einem Arm, der nicht zu ihr zu gehören schien, schlank, gebräunt und muskulös. Durch das wahnwitzige Training und das wirklich ausgezeichnete Essen veränderte sich ihre körperliche Erscheinung dramatisch. „Sex. Blut. *Alles?*"

Er musterte sie streng. „Was meinst du wohl, was würde

Xavier von dir erwarten?"

Sie zögerte und dachte an das Gespräch mit Xavier in seinem Arbeitszimmer.

Ich werde dich nie ohne deine Erlaubnis beißen. Ich werde niemals etwas von dir nehmen, was du nicht zu geben bereit bist.

Nur ein wenig besänftigt murmelte sie: „Du sagst, er würde nicht wollen, dass wir der Forderung eines anderen Vampyrs nach Sex oder Blut nachkommen, aber wäre das dem anderen Vampyr klar? Was, wenn es sie nicht weiter kümmert und sie darauf bestehen?"

„Das wäre ein gewaltiger Fehler", sagte Raoul. Sein Gesicht war sehr ernst geworden. „Wenn irgendein Gast auf etwas besteht, das du nicht tun willst, sag unverzüglich Xavier oder mir Bescheid."

Sie beobachtete ihn sehr sorgfältig. „Und wie läuft das in den Häusern anderer Vampyre?"

Auf sehr französisch anmutende Weise hob er eine Schulter. „Jedes Haus hat seine eigenen Gesetze."

„Das klingt fast wie ein Sprichwort."

„Es ist eine uralte Redensart und gehört zu den Grundlagen vampyrischer Diplomatie. Alte Vampyre sind nicht nur mächtig und von sich selbst überzeugt, sie haben auch zahlreiche gesellschaftliche Umwälzungen erlebt. Was für sie normal ist, entspricht nicht immer modernen Maßstäben."

Auch wenn es als ausgesprochen unschicklich galt, die Ellbogen auf den Tisch zu stützen, tat sie es und legte den Kopf in beide Hände. „Was, wenn sie Menschenhandel betreiben? Sklaverei war mal sehr angesagt und auch gesellschaftlich akzeptiert."

„Das ist ein ganz anderes Thema." Ausnahmsweise rügte Raoul sie nicht für ihre tadelnswerte Körperhaltung, er schien ganz zufrieden damit zu sein, sich einfach zu unterhalten, und lehnte sich in seinem Sessel ihr gegenüber zurück. „Da geht es nicht mehr um Benimm oder darum, wer bestimmt, welche Bräuche in einem Haus herrschen. Wenn jemand das Gesetz bricht und dabei erwischt wird, hat das Konsequenzen."

Aber wie oft wurden sie dabei erwischt? Sie kratzte sich am Kopf. „Vom Nachdenken über all das bekomme ich Kopfschmerzen. Mir ist, als würde ich mich zugleich auf einen Krieg und eine Party vorbereiten."

„Ein guter Vergleich", stimmte er zu. „Manchmal sind die Beziehungen zwischen Vampyren unterschiedlicher Häuser angespannt, oder auch die Beziehungen zu Angehörigen anderer Reiche, und gelegentlich führt das zu Gewalt. Das geschieht zwar recht selten, aber wenn ein Mensch, der nicht weiß, was zu tun ist, zwischen die Fronten gerät, ist er so hilflos wie ein sechs Wochen alter Welpe. Kein Herr mit auch nur dem leisesten Hauch eines Gewissens würde das zulassen."

Gewissen. Noch ein Thema, bei dem sie mit ihrer schlichten Definition eines Monsters durcheinandergeriet. Gereizt schob sie den Gedanken beiseite. „Also ist das alles hier nur eine Erweiterung der Grundausbildung."

„Auf gewisse Weise ja." Mit unergründlichem Blick betrachtete er sie. „Und wie bei der Grundausbildung haben wir bisher nur leicht an der Oberfläche gekratzt. Es wird noch lange dauern, bis du für Außeneinsätze bereit bist."

Ärger stieg in ihr auf, aus mehreren Gründen, aber vor allem deshalb, weil sie trotz ihrer Bemühungen, ihre emotionalen Barrieren aufrechtzuerhalten, anfing, Wert auf Raouls Anerkennung zu legen, und seine Worte schmerzten sie.

Es war offensichtlich, dass jeder hier viel von ihm hielt,

und auch sie fing an, ihn zu respektieren. Er war stets geduldig und unermüdlich höflich. Aber obwohl sie jeden Tag alles gab, was sie nur aufbieten konnte, hatte sie noch nie auch nur das kleinste Lob von ihm gehört.

Sie presste die Lippen zusammen. „Und ich dachte, ich mache mich ganz gut."

Es hatte schnippisch klingen sollen, schien aber nicht so anzukommen. Raoul erwiderte ihren Blick mit verheerendem Gleichmut. „Du bist mit Abstand das schwächste Glied auf diesem Anwesen." Seine Stimme war ebenso leidenschaftslos wie seine Miene, und das machte seine Worte umso schmerzhafter. „Du bist sehr viel schwächer und langsamer als wir anderen, sehr viel schlechter ausgebildet, und deine Loyalität ist bestenfalls unbestimmt und noch nicht festgelegt. Solange du dich dem Blutopfer verweigerst, wirst du die schlimmsten menschlichen Schwächen nicht ablegen können. Xaviers Biss macht dich schneller und stärker. Dein einstündiger Lauf, den du täglich nur mit größter Mühe absolvierst, wäre nur noch Routine, und alle Schmerzen und Prellungen der letzten Wochen würden über Nacht heilen. Während ich dich durchaus mag und nicht unbedingt glaube, dass du ein schlechter Mensch bist, betrachte ich dich vor allem als gefährlichen Schwachpunkt."

Sie würde nicht zulassen, dass seine Worte sie trafen. Mit geballten Fäusten atmete sie tief durch, bis der Schmerz in ihr nachließ. Endlich antwortete sie: „Xavier hat es mir bereits gesagt: Wenn ich nicht bis zum Ende des Probejahrs bereit bin, das Blutopfer zu leisten, freiwillig und gern, bin ich raus. Jetzt verstehe ich, weshalb. Es ist wegen all der Gründe, die du gerade aufgezählt hast. Aber ich habe gerade erst angefangen. Und obwohl du mich wirklich hart rangenommen hast, bin ich immer noch hier. Ich trainiere immer noch."

Er betrachtete sie. „Das stimmt wohl. Ich denke, das reicht für heute."

Mit kaum verhohlener Erleichterung stand sie auf. „Ich sehe dich dann morgen früh."

„Ja, wir sehen uns morgen."

Als sie in ihr Zimmer kam, putzte sie sofort die Zähne, fiel ins Bett und schlief wieder so schnell ein, als hätte jemand einen Schalter umgelegt.

Um sechs Uhr morgens aufzustehen war fürchterlich schwer, aber ein Gutes hatte es, wenn sie so früh rausmusste, um zu laufen – die ersten fünfzehn Minuten ihrer täglichen Stunde waren bereits rum, ehe sie richtig wach wurde.

Hätte nicht ihr ganzer Körper wehgetan, hätten ihr die morgendlichen Laufrunden direkt Spaß gemacht. Seit ihrer Ankunft war es die einzige Gelegenheit, zu der sie die Mauern des Landsitzes hinter sich ließ, und es entfaltete bald eine hypnotische Wirkung.

So früh am Morgen tasteten sich gerade die allerersten Sonnenstrahlen durch die Zweige der Mammutbäume, die östlich der gewundenen, einsamen Straße wuchsen, und im Westen schob sich meist Nebel über das Meer heran wie eine Schar dicht gedrängter Geister. Wenn sich ihr einer der anderen anschloss, trug er meist Kopfhörer und hörte Musik, aber sie hatte keinen MP3-Player, also lauschte sie dem Wind und dem Meer und dem Rhythmus ihres eigenen Atems.

Nach einer raschen Dusche zog sie schlichte schwarze Trainingshosen, Tennisschuhe und ein Tanktop an, frühstückte eine Riesenportion Haferbrei, Walnüsse, frisches Obst und apothekenpflichtiges Schmerzmittel und machte sich auf in den Trainingsraum, bereit für einen neuen Tag.

Wie schon ein paarmal zuvor begrüßte Raoul sie mit einem Nicken und deutete auf Marc und Jeremy, die mit

Messern trainierten. Dankbar für die kurze Atempause ging sie zu ihm.

Nicht zum ersten Mal fiel ihr auf, dass alle anderen ihr Training in ihren Arbeitstag integrierten. Unter allen Dienern war sie die Einzige, die den ganzen Tag trainierte, und der Grund dafür war ihr nur allzu klar – sie war vollkommen neu hier und hatte noch so viel zu lernen.

Einige Minuten lang beobachteten sie und Raoul die beiden Männer, die mit einer solchen Schnelligkeit und Wildheit kämpften, dass sie ihren Bewegungen kaum zu folgen vermochte. Sie gingen vollkommen im Kampf auf, ihre Gesichter waren vor Konzentration ausdruckslos.

Als sie an das Gespräch am vergangenen Abend dachte, musste sie unerwartet einen Kloß im Hals runterschlucken, ehe sie sprechen konnte. „Ich verstehe genau, was du letzte Nacht meintest, vor allem, wenn ich mir die beiden ansehe." Sie achtete darauf, leise zu sprechen. „Sie sind kompromisslos und wunderschön und vollkommen furchtlos, während ich schon darum ringen muss, nicht auf die Matte genagelt zu werden."

Raoul widersprach nicht. Den Blick auf die beiden anderen Männer gerichtet, sagte er: „Deine erste Wahl muss immer sein, den Kampf zu vermeiden. Wenn du dich mit Gefahr oder Gewalt konfrontiert siehst, entzieh dich ihr um jeden Preis. Wenn du nicht sofort weglaufen kannst, musst du zuerst kämpfen. Und läufst dann weg. Töte, wenn du musst, aber lauf. Marc und Jeremy spielen in einer ganz anderen Liga als du."

Sie verschränkte die Arme und umfasste ihre Ellbogen. „Wie kommt man von hier dorthin?"

Fast erwartete sie, er würde irgendeinen Trainerspruch loslassen. Trainier jeden Tag, reiß dir den Arsch auf, keine faulen Ausreden und niemals nachlassen, blablabla.

Stattdessen wandte er ihr seine volle Aufmerksamkeit zu. Als er nichts sagte, drehte sie sich ebenfalls um und schaute ihn an, und sein intensiver, nachdenklicher Blick brachte sie in Verlegenheit.

„Um dort hinzukommen, wo Marc und Jeremy sind, musst du deine Denkmuster verändern."

Unbehaglich runzelte sie die Stirn. „Was meinst du damit?"

„Wenn du es mit einer Konfrontation zu tun bekommst, musst du entscheiden, wie wichtig es ist, am Leben zu bleiben. Entweder kämpfst du, um zu überleben, dann ist das dein Ziel, oder du kämpfst, um deinen Gegner auszuschalten, um welchen Preis auch immer. Das sind gänzlich unterschiedliche Denkmuster, und die Entscheidung findet hier statt." Er klopfte ihr mit den Knöcheln gegen das Brustbein. „Diese grundlegenden Entscheidungen bestimmen, wie du dich durch die Welt bewegst und was du zu tun imstande bist. Du kannst so viel trainieren, wie du willst, aber du wirst nie sein wie sie, bis du dich dafür entscheidest."

Als Raoul fand, dass sie genug zugeschaut hatten, wandte er sich ab und bedeutete ihr, mitzukommen, und sie folgte ihm nachdenklich. Sie steuerten auf eine andere Trainingsmatte zu, und als sich Raoul zu ihr umdrehte, sah sie ihn direkt an.

„Eine Entscheidung zu treffen ist ja gut und schön", sagte sie. „Aber es ist immer auch die Frage, wen man zum Gegner hat, ob er ein Vampyr ist oder nicht oder auch ein Angehöriger eines anderen der Alten Völker, der weitaus schneller, stärker und mächtiger ist als man selbst. Das erfordert dann Strategie und taktisches Vorgehen."

Raoul zog die Augenbrauen hoch. „Selbstverständlich."

Sie stemmte die Hände in die Seiten. „Also … wann fängst du an, mir beizubringen, wie ich eine Chance habe, diese stärkeren, mächtigeren Wesen auszuschalten, statt dass wir uns nur mit Grundlagen beschäftigen?"

Er lächelte. „Sobald du mich überraschst."

„Das ist alles? Du willst nur, dass ich dich überrasche?" Argwöhnisch kniff sie die Augen zusammen. „Du verlangst nicht, dass ich dich zu Fall bringe oder irgendeinen Treffer lande?"

„Das wäre noch viel zu viel verlangt", erwiderte er freundlich. „Achte auf deine Deckung, wenn ich bitten darf."

Wenn ich bitten darf.

Na herrlich, das war nie ein gutes Zeichen.

Sie ging in Kampfhaltung, wie er es ihr beigebracht hatte, und er rammte sie auf die Matte. Auch wenn er nur ein Mensch war, bewegte er sich mitunter so schnell, dass sie den Angriff nicht einmal kommen sah.

Geschmeidig wie ein Athlet in seinen Zwanzigern richtete sich Raoul auf, wich ein Stück zurück und wartete, bis sie wieder auf die Füße kam.

Sie kämpfte sich hoch, und sie spielten dasselbe Spiel von vorn.

Beim Mittagessen lauschte sie den Gesprächen der anderen und bekam mit, dass Xavier irgendwann in der Nacht zurückkommen würde, und diese Aussicht verwandelte sie in das reinste Nervenbündel.

Auch wenn sie keine Ahnung hatte, was genau Xaviers Aufgaben in der Regierung des Nachtwesenreichs waren, wusste sie, dass er ein sehr wichtiger und beschäftigter Mann war. Wenn er nach Hause kam, würde es eine Menge Dinge geben, die seine Aufmerksamkeit erforderten. Zweifellos war sie selbst ganz weit unten auf der Liste dessen, worum er sich kümmern musste, aber früher oder später würde er ihr seine Aufmerksamkeit widmen. Zwar fühlte sie sich hier nicht wirklich wohl, aber ihre Tage folgten inzwischen einem gewissen Rhythmus, an den sie sich gewöhnt hatte und der ihr Halt gab. Xaviers Rückkehr drohte ihr ganzes Leben wieder ins Chaos zu stürzen.

✧　✧　✧

ERLEICHTERUNG DURCHSTRÖMTE XAVIER, als er kurz vor elf Uhr nachts erschöpft den Jaguar durch das Tor auf sein Anwesen lenkte. Das Haus war hell erleuchtet, die Rasenfläche wie ein im Schatten liegender grüner Teppich, der zum Meer hin abfiel, das dunkel im Mondlicht schimmerte.

Alles war schön und friedlich und hieß ihn willkommen.

Als er parkte, öffnete sich die Vordertür, Diego kam leichtfüßig die Treppen heruntergesprungen und begrüßte ihn lächelnd. „Guten Abend, Sir."

„Hallo, Diego." Xavier erwiderte das Lächeln. Diego war gut aussehend, dreißig Jahre alt, voller Energie und Ehrgeiz, aber glücklicherweise war er auch sympathisch, was den Rest erträglich machte. „Wie geht es dir?"

„Gut, danke. Und selbst?"

„Ich bin froh, wieder zu Hause zu sein." Er bemerkte, dass er automatisch die Autoschlüssel abgezogen hatte, und warf sie Diego zu. „Bitte bring mein Gepäck nach drinnen."

„Na klar."

Angelica, Jordan und Raoul warteten drinnen auf ihn, die Gesichter voller Wiedersehensfreude. Er hatte sich über alles, was zu Hause geschah, mittels Textnachrichten, E-Mails und Telefon auf dem Laufenden halten lassen, aber es war schön, ihre Freude über seine Rückkehr zu sehen.

Er legte Angelica eine Hand auf den Arm. „Wie geht es dir? Alles in Ordnung, hoffe ich?"

Sie nickte, und die Falten in ihrem Gesicht vertieften sich, als sie lächelte. „Ja, es war alles sehr friedlich, wie immer."

„Es freut mich, das zu hören. Ein bisschen Frieden kann ich jetzt wirklich gut gebrauchen." Er wandte seine Aufmerksamkeit Jordan zu. „Und bei dir?"

„Ich habe bald Urlaub, Sir." Jordan grinste. „Nur noch zwei Tage."

„Wunderbar. Wo geht es hin?"

„Ich habe vor, eine Woche in Mendocino zu verbringen."

„Die Pause wird dir guttun. Ich bin froh, dass du für eine Weile ein bisschen rauskommst." Als er den Satz beendet hatte, schaute er Raoul an.

Raoul wandte sich an Jordan. „Bitte bring uns doch eine Flasche Cabernet Sauvignon und eine Flasche Blutwein ins Arbeitszimmer."

Jordan neigte den Kopf. „Sofort."

Nach diesem höflichen Austausch von Artigkeiten machte sich Xavier auf den Weg ins Arbeitszimmer, wo im Kamin ein Feuer loderte, das den Raum mit Licht und Wärme erfüllte. Die Fenster standen offen, und eine leichte Brise wehte herein.

Er freute sich an der Kombination von frischer, kühler Nachtluft und der Wärme des Feuers. Alles war genau so vorbereitet worden, wie es ihm gefiel.

Während er auf seinen Sessel zuging, zog er das Jackett aus, nahm die Krawatte ab, knöpfte Kragen und Ärmel des Hemds auf und krempelte die Ärmel hoch. Das Buch, das er vor seinem Aufbruch gelesen hatte, lag noch dort, wo er es zurückgelassen hatte. Ein Gefühl der Behaglichkeit stieg in ihm auf.

Raoul folgte ihm und schloss die Tür hinter sich. „Wie war es in New York?"

„Interessant, und nach den Ratsversammlungen letzten Monat eine sehr angenehme Abwechslung. Dragos hat bei der Ausrichtung der Spiele weder Kosten noch Mühen gescheut. Wenn er will, ist er der geborene Entertainer." Xavier rieb sich die trockenen Augen und entspannte sich mit einem Seufzen. „Ich konnte Melisande überzeugen, die Vorschläge für das Handelsabkommen anzunehmen."

Raoul hob die Brauen. „Das wird Justine gar nicht gefallen haben."

„Der Gedanke daran ist sehr befriedigend nach allem, was sie dieses Jahr getan hat, um die Ratsversammlung zu sabotieren."

„Du hast sie dir gründlich zur Feindin gemacht."

„Sie hat sich mich gründlich zum Feind gemacht", erwiderte Xavier leise.

„Ich meine es ernst, Xavier." Raouls Gesicht war besorgt. „Dadurch, dass du verhindert hast, dass sie ihre Pläne mit Melisande und dem Rat durchzieht, bist du von einem lästigen Ärgernis zu einer ernsten Bedrohung für Justines Ziele geworden. Sie wird das weder vergeben noch vergessen. Du musst vorsichtig sein."

Während er noch redete, klopfte Jordan an und brachte die Getränke. Raoul schenkte Xavier Blutwein ein und sich selbst Cabernet Sauvignon.

Xavier winkte ab. „Genug davon. Ich habe das alles gründlich satt. Erzähl mir lieber, wie es hier gelaufen ist."

Während er Raouls Bericht über die alltäglichen Ereignisse lauschte, lehnte sich Xavier im Sessel zurück und nippte an seinem Blutwein. Es war ungemein entspannend und angenehm, bis Raoul Tess erwähnte.

Interesse drängte seine wachsende Trägheit zurück. „Wie macht sie sich?", fragte er.

Raoul schwieg so lange, dass Xavier den Kopf hob und ihn ansah. Nicht, dass das besonders aufschlussreich gewesen wäre. Raoul konnte vollkommen undurchschaubar sein, wenn er wollte, was einer der zahlreichen Gründe dafür war, dass Xavier ihn so sehr schätzte.

„Sie ist stur", sagte Raoul schließlich.

Amüsiert lächelte Xavier. „Ist das das Beste, was dir zu ihr einfällt?"

Raoul erwiderte das Lächeln nicht. „Ich halte sie für eine tickende Zeitbombe."

Bei der Erinnerung daran, wie sich Tess in seinen E-Mail-Account gehackt, wie sie die Regeln gebrochen und sein Gespräch mit Melisande belauscht hatte, zuckte Xavier kaum merklich mit den Schultern. „Ich mag tickende Zeitbomben. Sie denken kreativ und bringen den Status quo durcheinander."

„Ich sage dir, was ich auch ihr heute Morgen gesagt habe", antwortete Raoul. „Sie ist ein gefährlicher Schwachpunkt. Sie ist das schwächste Glied in diesem Haushalt. Sie ist bei Weitem nicht so stark und viel langsamer als wir anderen, und ihre Loyalität ist bestenfalls unbestimmt und noch nicht festgelegt."

Xaviers Lächeln verschwand, und er starrte in die hellgoldenen Flammen des Feuers. Auch wenn Raouls Beurteilung zutraf, war da irgendetwas an Tess, das ihm Zeit und Mühe wert zu sein schien. Etwas Undefinierbares, vielleicht sogar genau jene Sturheit, von der Raoul gesprochen hatte, und dieser Funken trotziger Herausforderung.

„Ich entsinne mich, dass du mir eine E-Mail geschickt hast, als die Ergebnisse ihrer Überprüfung zurückgekommen sind", sagte er. „Alles war sauber."

„Ja, das war es. Bis auf die Kleinigkeit, dass sie für eins der größten Kasinos in Las Vegas gearbeitet hat, gab es keinerlei Auffälligkeiten. Aber die Standardüberprüfung lässt selten größere Rückschlüsse zu." Raoul zuckte mit den Schultern und warf Xavier einen ironischen Blick zu. „Immerhin sind auch wir beide nie irgendeines Verbrechens angeklagt worden."

„In der Tat, mein Freund." Xaviers Mundwinkel zuckten.

„Ich habe mir die Freiheit genommen", fuhr Raoul fort, „sämtliche Zeitungen in Las Vegas nach Auffälligkeiten zu durchstöbern und nach der Erwähnung eines Diebstahls in dem Kasino, in dem sie gearbeitet hat, aber ich habe nichts gefunden."

„Das ist doch gut. Noch etwas?"

Raoul schüttelte den Kopf. „Obwohl ich es ihr wirklich schwer gemacht habe, hat sie alles getan, was ich von ihr verlangt habe. Mehr gibt es nicht zu sagen."

Xavier dachte eine Weile nach. Ihre Angst vor Vampyren – vor ihm – war so offenkundig, dass es ihn nicht gewundert hätte, wenn sie sich in diesem Augenblick in ihr Zimmer verkrochen und sich vor ihrem nächsten Zusammentreffen gefürchtet hätte.

Auch wenn er sich die ganze Zeit darauf gefreut hatte, sich für den Rest der Nacht zu entspannen, wäre es vielleicht hilfreich für sie, wenn er sich zuerst mit ihr traf, damit sie es hinter sich hatte. Zumindest konnten sie die nächsten Schritte besprechen. Außerdem erschien ihm nach all der Diplomatie der letzten fünf Wochen, nach all dem aufgesetzten Lächeln, den hohlen Phrasen und der offenen Feindseligkeit der Gedanke an ihre dunklen Augen und die Aufrichtigkeit ihrer Gefühle regelrecht erfrischend.

Fürchtete sie sich immer noch so sehr vor ihm wie bei ihrer ersten Begegnung? Er dachte an die samtene Weichheit ihrer Lippen unter seinem Daumen. Sie war nicht vor seiner Berührung zurückgewichen. Stattdessen hatte sie dagestanden und ihn angeschaut, den dunklen Blick voller Neugier.

Er hätte sie nicht berühren sollen. Er hätte das Bedürfnis danach nicht verspüren sollen, und ganz sicher hätte er in den letzten Wochen nicht so oft daran denken sollen.

Aber er hatte sie berührt, und sie hatte es zugelassen. Vielleicht hieß das, sie würde inzwischen ruhiger sein, offener und zugänglicher.

Er behielt seinen Entschluss vorerst für sich und kostete die Vorfreude aus, wandte sich aber einem anderen Thema zu. „Wie sieht es bei den anderen aus?"

„Sie sind so weit, dass sie draußen eingesetzt werden können. Aaron weiß schon Bescheid und wartet geduldig. Marc und Jeremy fiebern dem Moment entgegen. Bei Scott fehlt es nur noch ein bisschen an Selbstbewusstsein, aber das wird er sich draußen rasch erarbeiten. Brian ist in jeder Hinsicht perfekt, ich könnte mir keinen besseren Agenten wünschen."

„Ein großes Lob. Mach bitte mit allen Termine für Einzelgespräche aus. Es ist Zeit für ihre ersten Aufträge."

„Natürlich." Raoul nippte an seinem Wein. „Sie werden sich über die Gelegenheit freuen, dich zu sehen, und sie werden ganz aus dem Häuschen darüber sein, eingesetzt zu werden. Noch irgendwas?"

„Ja. Würdest du Tess zu mir schicken? Bitte halte dich mit der Ausrüstung für die Blutentnahme bereit, nur für den Fall, dass sie es brauchen wird. Ich hätte es schon in der Nacht ihrer Ankunft tun sollen. So oder so, es ist Zeit für ihr erstes Blutopfer."

„Wie du wünschst." Raoul stellte sein Glas beiseite, stand auf und ging hinaus.

Während er wartete, trank Xavier sein Glas Blutwein aus. Das Arbeitszimmer gehörte zu seinen Lieblingsräumen im Haus, still und friedlich und angefüllt mit Büchern, die er liebte und die zum Nachdenken anregten. Er bedauerte es, dass er hier nicht so viel Zeit verbringen konnte, wie er es gern getan hätte.

Jemand klopfte rasch an, und bevor er den Besucher hereinbitten konnte, öffnete sich die Tür bereits. Raoul würde so etwas niemals tun. Xavier verkniff sich ein Lächeln, faltete die Hände und sah seinem sturen, schwierigen Lehrling entgegen.

Tess sah anders aus. Er registrierte die Veränderungen binnen eines Lidschlags. Sie trug weite schwarze Trainingshosen, wie sie auf seinem Landsitz unerlässlich waren, dazu ein eng anliegendes Tanktop. Ihr dunkles Haar war eine Idee länger geworden, die Enden fielen ihr jetzt über die Schultern.

Zudem hatte sie Gewicht verloren, und unter der gebräunten Haut der schlanken Arme erkannte er eine gut ausgebildete Muskulatur. Sie bewegte sich jedoch nicht so geschmeidig, wie man es angesichts dieser körperlichen Veränderung hätte erwarten können. Stattdessen hielt sie sich mit einer gewissen Steifheit aufrecht, die verriet, dass sie Schmerzen hatte. Xavier wusste aus Erfahrung, dass Raoul ein fordernder Zuchtmeister sein konnte, und ganz offensichtlich hatte er sie nicht geschont.

Ihr Gesicht wirkte ebenfalls etwas kantiger, aber nicht auf ungesunde Weise. Der Unterschied war geringfügig, aber nicht zu übersehen. Es unterstrich den stolzen Schwung ihrer Knochenstruktur, und ihm wurde klar, dass ein flüchtiger

Blick nicht mehr einfach über sie hinweggleiten würde, um sich nach auffälligeren Geschöpfen umzusehen. Auf ihre stille Weise war sie schon zuvor ausnehmend hübsch gewesen, aber nun war sie atemberaubend.

Bei dieser Feststellung runzelte er die Stirn.

Als sie näher kam, hörte er ihr Herz hämmern und roch ihre Angst.

Abrupt schlug seine Unruhe in Enttäuschung und Verärgerung um. „Habe ich dir irgendeinen Anlass gegeben, zu denken, dass ich eine Gefahr für dich bin?", fuhr er sie an. „Habe ich nicht genau das Gegenteil getan und mein Bestes gegeben, damit du dich hier, in meinem eigenen Zuhause, wohlfühlst?"

Ein ironischer Ausdruck trat in ihre großen, dunklen Augen. Sie hielt nicht inne, sondern kam in derselben gleichmäßigen Geschwindigkeit näher, aber ihr Herzschlag beschleunigte sich.

Beim leeren Sessel angekommen, setzte sie sich und faltete die Hände in einer wohlbedachten Imitation seiner Pose. „Was hat Logik mit Angst zu tun?"

Es verschlug ihm die Sprache. Mit zusammengekniffenen Augen starrte er sie an, an seinem Kiefer zuckte ein Muskel. Eine Weile lang betrachteten sie einander. Ihr Blick war entschlossen und wich dem seinen nicht aus. Raoul hatte vollkommen recht: Sie war stur.

Er tat etwas, das vor mehreren Hundert Jahren, seit er als Mensch gestorben war, vollkommen unnötig geworden war: Er holte tief Luft.

Mit einem Mal wurde ihm bewusst, dass er untypischerweise die Beherrschung verloren hatte, und sein Ärger richtete sich gegen ihn selbst. Es war ein Fehler gewesen, sie heute Nacht so kurz nach seiner Rückkehr hierherzubestellen.

„Ich bitte um Entschuldigung", sagte er unvermittelt. „Ich hätte dich nicht rufen lassen sollen. Ich bin müde und ungeduldig, und ich hätte es besser wissen sollen."

Überraschung flammte in ihren Augen auf, und sie senkte den Blick. „Es ist nicht deine Schuld", sagte sie. „Es ist meine. Es tut mir leid."

War es ihre Schuld, dachte er bitter, wenn sie sich einem Raubtier gegenübersah, das sie problemlos überwältigen und sich von ihr nähren und sie dabei umbringen konnte?

War nicht ihre Angst im Grunde die einzige logisch nachvollziehbare Reaktion auf seine Gegenwart?

Kapitel 8

E R KONNTE SICH nicht erinnern, wann er sich zum letzten Mal so über sich selbst geärgert hatte. Mit einer Handbewegung wischte er ihre Worte beiseite. „Wir sollten noch mal von vorn beginnen. Oder, noch besser, unser Treffen auf eine andere Nacht verschieben."

Er sah, wie sie die wunderschönen Lippen zusammenpresste, und zählte drei rasche Herzschläge. Dann sagte sie gemessen und höflich: „Wie war deine Reise nach New York? Angenehm, hoffe ich?"

Aus ihrem Mund war das ein ausgesprochen herzliches Versöhnungsangebot. So schnell sein Zorn aufgeflammt war, so schnell verrauchte er auch wieder. „Sehr angenehm, vielen Dank. Wie ging es in den letzten sechs Wochen mit dem Training voran?"

Verstohlen warf sie ihm unter gesenkten Lidern einen misstrauischen Blick zu. „Ach, na ja … Jede Menge harter Arbeit."

Seine Mundwinkel zuckten. Sie bei dem Versuch zu beobachten, höfliche Konversation mit ihm zu machen, hatte etwas Quälendes an sich, und er war nicht sicher, ob er amüsiert oder irritiert sein sollte. „Die ungeschminkte Wahrheit, bitte, wenn es dir nichts ausmacht."

„Es war entsetzlich", platzte es aus ihr heraus. „Ich weiß, er ist ein Freund von dir, aber Raoul ist ein Sadist."

Seine Augenbrauen schossen nach oben. Was immer er für eine Antwort erwartet hatte, diese war es nicht. „Ist er das?"

Sie nickte. „Ibuprofen ist inzwischen eins meiner Grundnahrungsmittel geworden, aber immerhin kann ich jetzt eine ganze Stunde lang laufen, auch wenn ich gegen Ende ein bisschen langsamer werde. Ich kann vier verschiedene Waffen auseinandernehmen, wieder zusammensetzen und laden, und lande bei neun von zehn Schüssen auf die Zielscheibe Volltreffer. Und ich habe noch immer keine Ahnung, was es mit den Dolchen beim Abendessen auf sich hat."

„Dolche beim Abendessen", wiederholte er.

„Na, du weißt schon, diese kleinen, die bei einem formellen Gedeck auf zwölf Uhr über jedem Teller liegen." Mit unverhüllter Sehnsucht warf sie einen Blick auf die geöffnete Flasche Cabernet Sauvignon, die auf dem Tisch neben ihrem Sessel stand.

Er rieb sich den Nasenrücken und lächelte. „Bedien dich ruhig. Ich lasse ein frisches Glas bringen."

Sie setzte sich auf und griff nach Raouls Glas. „Danke, aber das ist nicht nötig. Es macht mir nichts aus, dieses hier zu benutzen. Es ist ja nicht so, dass irgendwer auf dem Anwesen krank wäre."

„In der Tat." Er beobachtete, wie sie sich einschenkte. Der Wein hatte im Feuerschein eine herrliche Farbe, rot wie Rubine, wie Blut. „Ich habe Raoul gebeten, seine Ausrüstung für die Blutentnahme vorzubereiten. Es wäre schon lange an der Zeit für dein erstes Blutopfer gewesen. Es sei denn, du möchtest, dass ich es direkt aus der Vene nehme."

Sie stürzte das halbe Glas auf einmal hinunter. „Wenn du mir die Wahl zwischen beiden Möglichkeiten lässt, dann lieber noch nicht." Über den Rand des Weinglases hinweg traf ihn ihr dunkler Blick. „Es sei denn, du hast deine Meinung geändert?"

„Bei so etwas ändere ich meine Meinung nicht." Er beobachtete sie sorgfältig, um die winzigen verräterischen Anzeichen wahrzunehmen. Die Muskeln ihres schlanken Halses bewegten sich, als sie schluckte, und etwas an ihrem Mund veränderte sich. Ihr Gesichtsausdruck war zu vielschichtig, um nur bloße Erleichterung zu offenbaren, möglicherweise lag auch eine kaum wahrnehmbare Spur Enttäuschung darin.

Enttäuschte es sie, dass er ihre schlimmsten Erwartungen nicht erfüllte, oder war sie von sich selbst enttäuscht, weil sie sich noch nicht in der Lage sah, ihm ein direktes Blutopfer anzubieten? So stur, wie sie von Natur aus war, musste sie einen gewaltigen inneren Widerstand gegen den Akt niederringen. Beunruhigt schaute er auf seine verschränkten Hände hinunter. „Die Dolche beim abendlichen Tischgedeck sind bei Vampyren ein uralter Brauch, der aufs frühe Römische Reich zurückgeht", sagte er. „Es ist eine Geste der Höflichkeit des Gastgebers."

„Aber was bedeutet es?"

„Häufig war das Tragen von Waffen in Gegenwart des Herrschers verboten. Der Dolch war ein Symbol des Vertrauens. Er sagte dem Gast: Du darfst in meiner Nähe Waffen tragen, der Frieden zwischen uns bleibt trotzdem gewahrt."

Sie nickte langsam. „Also wäre es tatsächlich ein übler Affront, ihn an sich zu nehmen. Sozusagen Verrat am Gastgeber?"

„Ja, mit einer Ausnahme: Wenn der Gast den Dolch benutzte, um die eigene Haut zu ritzen und einem vampyrischen Herrscher in einer Geste der Gefolgschaftstreue

Blut anzubieten. Auf größeren Zusammenkünften wie einem Bankett war es schlicht nicht machbar für den Gastgeber, in jedem Fall persönlich das direkte Blutopfer entgegenzunehmen. Deshalb ging ein Becher herum. Jeder Gast konnte sich in den Finger stechen, einige Tropfen in den Becher geben und ihn weiterreichen. Am Ende einer solchen Runde, wenn der Becher wieder beim Vampyrherrscher ankam, trank er daraus."

„War das ein Ritual für Menschen oder für Vampyre?", fragte sie stirnrunzelnd.

Er streckte die Beine aus und legte die Füße an den Knöcheln übereinander. „Für beide. Beispielsweise könnte Julian von den Herrschern aller Vampyrhäuser sowie von allen menschlichen Würdenträgern, die im Reich leben, einen solchen Beweis der Gefolgschaftstreue fordern, aber das Ritual wird längst nicht mehr durchgeführt. Der Dolch wird allerdings bei formellen Anlässen als Teil der Tradition immer noch mit gedeckt. In manchen Häusern gibt man viel Geld für Dolche aus, die mit Juwelen besetzt und mit Gold verziert sind. Hübscher Tand, nichts weiter, und üblicherweise so stumpf wie ein Brieföffner."

Sie hatte aufmerksam gelauscht, die Augen fasziniert geweitet. „Danke für die Erklärung."

„*De nada*", erwiderte er. Als sie die Weinflasche hob und ihn fragend anschaute, bedeutete er ihr, sich ein zweites Glas einzuschenken.

Sie tat es, und Schweigen breitete sich zwischen ihnen aus. Einige Minuten lang saßen sie beide in Gedanken versunken da. Ihm fiel auf, dass ihre Angst im Lauf ihres Gesprächs abgeklungen war, und er betrachtete die Flammen im Kamin, während er darüber nachdachte.

Schließlich löste er sich aus der Reglosigkeit und seufzte.

„Du bringst einige interessante Herausforderungen mit dir, Tess Graham."

Sie richtete sich in ihrem Sessel auf. „Das tut mir leid. Was kann ich dagegen tun?"

„Darüber denke ich gerade nach." Er stellte sein leeres Glas beiseite. „Ich habe dir bereits gesagt, dass ich zum Ende der Probezeit ein freiwilliges und bereitwilliges Blutopfer erwarte, und das ist keine willkürliche Entscheidung. Es gibt dafür wichtige Gründe."

„Ich denke, ich verstehe, weshalb", sagte sie. „Ohne deinen Biss kann ich weniger Blut geben als die anderen und auch nicht so häufig. Außerdem würde es dazu führen, dass sich mein Tempo, meine Stärke und meine Regenerationsfähigkeiten verbessern würden, richtig?"

„Ja, unter anderem. Zudem entsteht durch regelmäßige Blutopfer eine Verbindung zwischen uns – nicht mit Telepathie gleichzusetzen, wohlgemerkt. Es erhöht nur mein Bewusstsein dafür, wo du dich in einer Menschenmenge befindest, was manchmal erheblich zur Sicherheit beitragen kann." Er rieb sich die Stirn. „Ich befürchte aber, das Blutopfer allein wird nicht ausreichen."

Wieder schlich sich Misstrauen in ihre Züge. „Was meinst du damit?"

Er erwiderte ihren Blick. „Du wirst mehr tun müssen, als dich deinen Ängsten zu stellen. Du wirst sie überwinden müssen."

„Ich … ich fürchte, ich verstehe nicht, was du meinst."

Er beugte sich vor, stützte die Ellbogen auf die Oberschenkel und musterte sie. „Du bist hier hereingekommen und direkt auf mich zu, obwohl all deine Instinkte dir zuschrien, du solltest auf dem Absatz kehrtmachen und wegrennen. Ist es nicht so?"

Unruhig wand sie sich unter dem Gewicht seines Blicks. „Ja."

Er hätte gelächelt, wenn es ihn nicht so traurig gemacht hätte. Sie war mit Sicherheit tapfer genug. Ein Hauch Bitterkeit schlich sich in seine Stimme. „Ich respektiere den Mut, den es dich kostet, aber das bedeutet nur, dich deiner Angst zu stellen, nicht, sie zu überwinden. Als du näher gekommen bist, konnte ich hören, wie sich dein Herzschlag beschleunigt hat, und ich habe die Angstpheromone in der Luft gerochen."

Er hielt inne, um ihren Gesichtsausdruck zu studieren, aber er erkannte kein Begreifen in ihrem Gesicht. Sie sah nur frustriert aus und so, als fühlte sie sich in die Enge getrieben.

„Es tut mir leid", sagte sie.

„Nein", widersprach er, „da gibt es nichts, was dir leidtun müsste. Ich kann dich nur nicht guten Gewissens in einen Raum voller Raubtiere stecken. Viele von ihnen haben sehr viel weniger strenge Prinzipien als ich, einige sogar überhaupt keine. Sie würden um dich kreisen wie Haie um eine blutende Beute. Und selbst wenn mein Ruf die meisten von ihnen abschrecken mag, du würdest mit Sicherheit nicht unbemerkt bleiben, was sämtlichen Nutzen torpediert, den du für mich hast. Es ist nicht akzeptabel. Verstehst du?"

Das Begreifen, nach dem er Ausschau gehalten hatte, leuchtete in ihren Augen auf. Sie wirkte regelrecht bestürzt.

„Jetzt ja", flüsterte sie und straffte die Schultern. „Ich werde es ändern. Ich muss nur noch herausfinden, wie."

Solch sture Hartnäckigkeit. Die Gefühle mochten im Moment chaotisch sein, aber darunter verbarg sich ein stählernes Rückgrat.

Oh, er mochte sie. Sehr viel mehr, um ehrlich zu sein, als für seinen Seelenfrieden gut war.

„Bist du sicher, dass du es willst?", fragte er behutsam. „Du magst dich dafür entschieden haben, herzukommen, aber ich glaube nicht, dass du dich schon entschieden hast zu bleiben."

Ihre Augen weiteten sich. Treffer. Es gefiel ihm, dass sie nicht überstürzt antwortete. Stattdessen umwölkte sich ihr Blick, und eine ganze Weile lang betrachtete sie den verbliebenen Wein in ihrem Glas.

Dann sah sie auf und beugte sich vor. Ihr Gesichtsausdruck zeigte Entschlossenheit. „Ja, ich will bleiben."

„Sehr gut", sagte er und lächelte. Sie erwiderte das Lächeln, auch wenn es unübersehbar war, dass sie sich in seiner Gegenwart noch immer unwohl fühlte. Abrupt sagte er: „Ab morgen Abend gibt es zwei weitere Punkte in deinem Trainingsplan."

„Du möchtest, dass ich noch mehr tue?"

Wieder sah sie bestürzt aus, aber er achtete nicht darauf. „Du wirst täglich meditieren und dich vor allem auf einige Biofeedback-Lektionen konzentrieren. Es gibt erlernbare Techniken, um die Reaktionen des Körpers auf Stress zu beeinflussen, insbesondere den Herzschlag. Das wird helfen, den Ausstoß der Angstpheromone zu reduzieren."

In ihren Augen schimmerte Interesse auf. „Das würde ich sehr gern lernen. Und was ist das andere?"

Er strich einen seiner Ärmel glatt. „Ich werde mich um deinen Unterricht in Sachen Etikette kümmern. Es wird dir helfen, dich an die Gegenwart von Vampyren zu gewöhnen, wenn du ihnen häufiger ausgesetzt bist, zumindest so weit, dass du deine wahren Gefühle verbergen kannst."

Er musste sie nicht einmal ansehen, um ihre Reaktion einzuschätzen. Er hörte das laute Donnern ihres Herzschlags. Dennoch antwortete sie, ohne zu zögern. „Ja, das ergibt Sinn.

Danke, dass du dir die Zeit nimmst, mit mir daran zu arbeiten.“

Unter all der nervösen Anspannung schlug ein Löwenherz. Er lächelte und hörte sich selbst fragen: „Kannst du tanzen?“

„Wahrscheinlich nicht auf die Art, wie du es meinst“, erwiderte sie trocken. „Ich habe nie Tanzunterricht genommen. Ich habe höchstens mal in einem Nachtklub getanzt.“

Bah. Sie meinte modernen Tanz, was kaum mehr war, als zum Takt der Musik herumzuhüpfen und die Arme zu schwenken. Einer Meute Tänzer in einem Nachtklub zuzuschauen war, als sähe man einem Fischschwarm dabei zu, wie er sich in seichtem Wasser abmühte. Nichts als Gezappel bar jeder Würde.

Amüsiert betrachtete er sie. „Du liegst ganz richtig, das meinte ich nicht. Ich werde dir beibringen, Walzer zu tanzen. Vielleicht auch ein Menuett. Das sollte für die Gelegenheiten reichen, wenn du an einer Festlichkeit teilnimmst und um einen Tanz gebeten wirst.“

„Wie oft wird das sein?“

Er zuckte die Achseln. „Nicht oft, aber es ist schon vorgekommen. Manchmal wird jemand allein kommen und einen Partner zum Tanzen brauchen.“

Das Funkeln in ihren Augen erlosch und wurde von offenkundiger Furcht abgelöst. „Ich schätze, dann bereite ich mich wohl besser darauf vor.“

„Tess, du tust meiner Seele gut“, sagte er und schaute sie ernst an. „Wenn ich je merken sollte, dass ich unter übermäßigem Stolz leide, wende ich mich vertrauensvoll an dich, damit du einmal quer darüber hinwegtrampeln kannst.“

„Es tut mir leid“, erklärte sie bestürzt. Dann schlug sie rasch einen anderen Ton an. „Oder besser: Gern geschehen?“

Fast hätte er laut gelacht, und wenn er bedachte, dass er am Anfang dieses Gesprächs so wütend gewesen und ihm jetzt so heiter zumute war, dann war ihre Zusammenkunft definitiv die Zeit wert gewesen. „Das ist ein gutes Schlusswort für heute Nacht. Bitte melde dich bei Raoul, wenn du gehst, damit er dir Blut abnehmen kann."

Sie stand auf, verließ das Zimmer aber nicht sofort. Als er aufschaute, blickte sie ihn ruhig an. „Noch einmal danke dafür, dass du es mit mir versuchst. Ich verspreche, du wirst es nicht bereuen."

Oh, querida, dachte er. *Ich bereue es jetzt schon.*

Aber er würde ihr ihre Offenheit nicht danken, indem er es laut aussprach, also lächelte und nickte er stattdessen. Er sah zu, wie sie ging und die Tür leise hinter sich zuzog.

Endlich allein. Er leerte ein weiteres Glas Blutwein, aber er konnte es nicht mehr recht genießen, also stellte er die Flasche beiseite, verlor sich im beruhigenden Anblick der Flammen und ließ in der Stille die Anspannung der letzten Wochen aus sich herausfließen.

Aber so leicht ließ sie sich nicht vertreiben. Erinnerungsfetzen aus den letzten Wochen wirbelten durch seinen Verstand. Der Druck, der zurzeit auf Julian lastete, war enorm, also lastete auch auf ihm ein gewaltiger Druck.

Er konnte nichts weiter tun, als der Fels in der Brandung zu sein. Er sandte seine Leute aus, die so viele Informationen zusammentrugen, wie sie konnten, aber sein Instinkt sagte ihm deutlich, dass sie auf eine große Veränderung zusteuerten.

Die Spannungen innerhalb des Reichs waren zu groß. Irgendetwas musste geschehen, damit sie sich entlud, irgendetwas, das den Frieden beendete. Irgendjemand würde die Beherrschung verlieren. Ohnehin schon brüchige Loyalitäten würden zerbrechen.

Die aussichtsreichsten Kandidaten für Ärger waren Justine und Darius. Selbst wenn sie sich gerade mal nicht selbst als Aufrührer hervortaten, würden sie beide keine Gelegenheit auslassen, bei der kleinsten Provokation die Macht an sich zu reißen.

Beide waren sehr alte Vampyre, deutlich älter als er selbst. Justine stammte aus der römischen Provinz Britannia, Darius war nur ein paar Hundert Jahre nach Julian verwandelt worden, mitten im Niedergang des Imperium Romanum.

Wie alle Vampyre hatten sie im Kern die Persönlichkeit beibehalten, die sie als Menschen gehabt hatten. Darius hatte schon immer eine übertriebene Vorliebe für die Arena gehabt, und hinter Justines schönem Gesicht verbarg sich ein bösartige Hyäne.

Keiner von ihnen hatte sich je ernsthaft für die Idee des Nachtwesenreichs begeistern können. Sie hatten keinerlei Interesse daran, die Gebiete anderer Wesen der Nacht zu bewahren oder zu beschützen oder sich mit ihnen zu einer politischen Einheit zusammenzuschließen. Für etwas, das über ihre eigenen Belange hinausging, für größere Ideen oder Ziele, hatten sie nichts übrig.

Sie waren vollkommen egozentrisch, griffen rasch zu Gewalt und waren immer auf den eigenen Vorteil aus. Wenn er je eine Gelegenheit dazu gesehen hätte, beide zu töten und damit durchzukommen, hätte er es längst getan.

Mit den Fingerspitzen trommelte er auf die lederne Armstütze des Sessels. Vielleicht würde sich diese Gelegenheit noch ergeben. Er hoffte es zumindest.

Das leise Klopfen an der Tür unterbrach seine zunehmend düsteren Gedanken. „Komm herein, Raoul", sagte er, und der andere Mann trat ein, einen Kelch aus Kristallglas in den Händen. Der köstliche, berauschende Duft von Blut drang Xavier in die Nase.

Tess' Blut.

Aus dem Nichts flammte unbändiges Verlangen in ihm auf, und seine Fangzähne schoben sich hervor. Er versuchte dagegen anzukämpfen und sah zu, wie Raoul auf ihn zukam, um ihm das frische Blut anzubieten.

Einen Moment lang traute er sich selbst nicht genug, um es entgegenzunehmen. Dann zwang er sich, die Hand danach auszustrecken, und nahm den Kelch mit seinem kostbaren Inhalt. Es war noch körperwarm.

„Wie hat sie sich geschlagen?", erkundigte er sich.

„Nichts zu beanstanden", sagte Raoul. „Sie hat kein Problem damit, Blut zu spenden, sie hat eins damit, dass du es dir nimmst. Sie sagte, es sei alles ganz unkompliziert und klinisch, als würde sie Blut beim Roten Kreuz spenden."

„Danke", brachte Xavier heraus. Als Raoul keine Anstalten machte zu gehen, sagte er: „Gute Nacht."

Raoul zögerte nur kurz, dann neigte er den Kopf. „Gute Nacht."

Während Xavier darauf wartete, dass Raoul den Raum verließ und die Tür hinter sich schloss, fingen seine Hände an zu zittern. Verdammt!

Er war kein verdammtes Tier. Nein, das war er nicht.

Er war ein denkendes und fühlendes, vernunftbegabtes und moralisches Wesen. Er würde sich nicht vom Ansturm dieser Gefühle beherrschen lassen, was immer sie auch bedeuten mochten. Mit äußerster Vorsicht stellte er den Kelch ab und packte die Armlehnen des Sessels.

Ein direktes Blutopfer war eine machtvolle Handlung. Aus der Ader zu trinken war berauschend für einen Vampyr, und die, von denen er trank, waren in einer so verletzlichen Position. In ihrer Euphorie verloren sie leicht die Kontrolle und waren bereit, dem Vampyr alles zu geben, was sie hatten, und manch skrupelloser Vampyr bemühte sich gar nicht erst, der Versuchung zu widerstehen.

Xavier würde sich nicht und hatte sich nie derart hinreißen lassen. Niemals. Er trank stets aus dem Handgelenk, niemals aus dem Hals oder irgendwo anders. Alles andere war zu intim. Im Lauf seines langen Lebens hatten ihm schon so viele Menschen verzweifelt alles angeboten, was sie anzubieten hatten – Blut, Körper und Seele –, aber er hatte sich niemals in jenes Verlies bedeutungsloser, animalischer Fleischeslust hinabbegeben.

Nehmet und esset alle davon. Das ist mein Leib, der für euch hingegeben wird.

Das ist mein Blut, das für euch vergossen wird.

Menschen begingen im Namen Gottes Verrat und Gräueltaten. Immer wieder hatte er es in all den Jahrhunderten erlebt. Einmal war er deshalb in den Krieg gezogen. Es war so lange her, dass er seinem Gelöbnis und der katholischen Kirche den Rücken gekehrt hatte, aber die tiefe Wahrheit dieser Worte aus der Heiligen Schrift hatte ihn nie verlassen.

Blut war Leben. Es war heilig.

Es gab keinen tieferen Bund als den des Blutes.

Ganz gleich, wie viel oder wenig materiellen Reichtum jemand in dieser Welt zusammentrug, sein einziger wirklicher Besitz waren seine Seele, sein Körper. Das Blut im Kelch war das machtvollste Geschenk, das Tess ihm machen konnte.

Und er wollte dieses Blut mehr, als er jemals zuvor etwas gewollt hatte, dieses schwierige, mühsam errungene Opfer, weil die Heftigkeit ihres Kampfs es war, die diesem Geschenk seinen so unsagbar süßen Geschmack verlieh.

Als er endlich wieder ausreichend Selbstbeherrschung zurückgewonnen hatte, griff er erneut nach dem Kelch. Das Blut kühlte ab und verlor seine Kraft. Wurde es aus dem Körper des Spenders entnommen und erkaltete vollständig, hatte es keinerlei Nährwert mehr für einen Vampyr.

Der einzige Weg, Blut so zu konservieren, dass es für Vampyre nahrhaft blieb, war der alchemistische Prozess, mit dem Blutwein hergestellt wurde, und selbst Blutwein war nicht annähernd so nahrhaft wie frisches Blut.

Er würde Tess' Gabe nicht missachten, indem er zuließ, dass es vergebens gewesen war, aber er konnte sich auch nicht überwinden, ihr Blut zu trinken.

Nachdem er noch eine Weile mit sich gerungen hatte, knurrte er vor lauter Frustration über sein eigenes Hadern, stand auf und schritt durch das riesige, stille Haus, zur Hintertür hinaus und den Weg zum Dienstbotenhaus entlang, und die ganze Zeit trug er den Kelch so vorsichtig, dass er keinen Tropfen verschüttete.

Die Nacht hatte sich herabgesenkt, der Mond war in hauchdünne Wolken gehüllt. Die meisten Diener blieben bis tief in die Nacht auf, und hinter mehreren Fenstern brannte Licht. Aus einem Zimmer hörte er Musik, und im Untergeschoss lief der Fernseher.

Wäre er durch die Vordertür gegangen, hätte man ihn willkommen geheißen, aber das tat er nicht. Normalerweise vermied er es, das Dienstbotenhaus zu betreten, wenn er nicht gerade durchs Fenster in Tess' Zimmer kletterte, um ihr von Angesicht zu Angesicht gegenüberzutreten. Dieses Haus war ihr Rückzugsort, wo sie ihre Freizeit verbrachten und keine Rücksicht auf die Bedürfnisse ihres Herrn nehmen mussten. Statt hineinzugehen, schlich er außen herum und blieb unter ihrem Fenster stehen.

Die Vorhänge waren zugezogen, aber er spürte, wie sie leise hin und her lief. Ihr Herzschlag hatte sich deutlich verlangsamt, sicher machte sie sich gerade bettfertig. Er neigte den Kopf und lauschte konzentriert. Die Schranktür wurde geöffnet und wieder geschlossen, dann hörte er Wasserrauschen. Er hielt den Kelch mit solch angespannter Vorsicht, dass seine Finger allmählich schmerzten.

Als sie das Wasser abdrehte, sagte er telepathisch: *Tess. Komm ans Fenster.*

Überraschtes, erstarrtes Schweigen. Dann explodierte ihr langsamer Herzschlag zu einem wilden Rhythmus.

Für einen kurzen Moment, während sie reglos dastand, hielt er es für möglich, dass sie ihm nicht gehorchen und ihre zerbrechliche Verbindung beenden würde. Dann hörte er das leise Rascheln von Stoff und das Knarren der Fußbodendielen. Als sie im dunklen Fenster erschien, wirkte sie fast wie verschleiert, so wie der halb hinter Wolken verborgene Mond, die Haut war so hell wie Perlen, und ihr Haar schimmerte in der Dunkelheit.

Sie schaute zu ihm hinunter, sagte aber kein Wort.

Er hob den Kelch hoch, damit sie ihn sah. *Bist du sicher, dass du mir das geben möchtest?*

Weil es wichtig war. Es war wichtig, was sie sagte. Ihr innerer Kampf verlieh dem Opfer seine Süße, aber es war unverzichtbarer Bestandteil des Pakts, dass es ein Geschenk war.

Lange antwortete sie nicht. Reglos stand er da und wartete, bis sie endlich die Hand hob und an die Fensterscheibe legte.

Ja.

Er neigte den Kopf wie zu einer Verbeugung, hob den Kelch an seine Lippen und trank.

Pure, unverfälschte Kraft floss seine Kehle hinab. Wie die zarte Haut an ihrem Handgelenk war das Blut warm und roch nach ihr.

So kostbares, wunderbares Leben.

Kapitel 9

NACHDEM RAOUL IHR Blut abgenommen hatte, ging Tess unzufrieden und aufgewühlt zurück zum Dienstbotenhaus und in ihr Zimmer.

Gott sei Dank war das vorbei, wenigstens fürs Erste. Erneut war sie dem Monster begegnet und unversehrt davongekommen. Zudem hatte sie endlich Blut gespendet, und weil kein Vampyrbiss ihren Metabolismus auf Touren brachte, stand die nächste Spende erst wieder in zwei Monaten an.

Nur machte ihr das ganze Monster-Konzept zunehmend Schwierigkeiten. Auch wenn sie sich in Xaviers Gesellschaft alles andere als wohl gefühlt hatte, war ihre Unterhaltung nicht vollkommen schrecklich gewesen.

Er war gereizt, amüsiert, geduldig und verständnisvoll gewesen. Er hatte ihr aufmerksam zugehört und ihren Ansichten und Wünschen Respekt entgegengebracht. Es wurde immer schwieriger, ihn als blutsaugende Bestie zu betrachten.

Sie fürchtete sich immer noch vor ihm. Keine Sekunde lang konnte sie vergessen, was die Geschichtsschreibung über ihn gesagt und was er selbst zugegeben hatte. Seine Präsenz war beeindruckend, und das lag nicht nur an seiner Intelligenz. Die Würde, die er ausstrahlte, war nicht mit seiner jugendlichen Erscheinung zu vereinbaren. Seine Augen waren alt.

Heute Nacht hatte sie ihn beinahe … gemocht.

Doch dann stellte sie sich vor, wie es wohl sein würde, wenn er sie biss, und ihr ganzer Körper zog sich vor Abscheu zusammen. Es war, als stellte sie sich vor, von einer Schlange gebissen zu werden. Oder einer Spinne. Vampyre waren wie Spinnen mit menschlichen Gesichtern.

Sie war zu hungrig, um aufs Frühstück zu warten, also legte sie einen Zwischenstopp in der Küche ein, wo Angelica und Diego sich gerade Sandwiches machten. Sie nickten ihr zur Begrüßung durchaus freundlich zu, aber während sie den Kühlschrank durchstöberte, fiel ihr auf, dass sie ihre Unterhaltung unterbrochen hatten.

Sie presste die Lippen zusammen. Sie war die unsichtbare Barriere zwischen ihr und den anderen leid. Statt sich Reste des Abendessens aufzuwärmen, was sie ursprünglich vorgehabt hatte, schnappte sie sich eine Banane aus der Obstschale auf der Anrichte und ging die Treppen zu ihrem Zimmer hinauf.

Müdigkeit machte ihr die Glieder schwer. Nach dem, was Xavier gesagt hatte, würden ihre Tage sogar noch länger werden. Es war Zeit, ins Bett zu gehen.

Sie machte sich nicht einmal die Mühe, das Licht einzuschalten. Im Mondlicht sah sie genug. Die Banane war in unter einer Minute verschwunden. Das war zwar kein Ersatz für die Lasagne, nach der sie sich gesehnt hatte, aber sie füllte die gähnende Leere in ihrem Magen.

Während sie sich die Zähne putzte, zog sie sich aus und ließ die Klamotten einfach auf den Boden fallen, dann angelte sie im Schrank nach einem weichen T-Shirt und streifte es über den Kopf, bevor sie ein Glas mit Wasser füllte und es auf ihren Nachttisch stellte.

Xaviers wohlklingende, kräftige Stimme erfüllte ihren Kopf.

Tess.

Sie hatte gerade die Decke zurückgeschlagen und erstarrte mitten in der Bewegung. Was zum Teufel?

Komm ans Fenster.

Panik durchzuckte sie. Sie hatten ihr Gespräch gerade eben erst beendet. Sie hatte ihre Pflicht als Dienerin erfüllt und Blut gespendet, verdammt noch mal. Was um alles in der Welt wollte er jetzt noch von ihr?

Als nichts weiter geschah, entspannten sich ihre Muskeln wieder, und sie dachte nach. Wenn er wollte, konnte er sich leicht Zutritt zu jedem Raum in diesem Haus verschaffen, aber das hatte er nicht getan. Er könnte mitten in ihrem Schlafzimmer stehen, aber er stand nicht da.

Die Panik ebbte so weit ab, dass Neugier in ihr erwachte. Sie trat ans Fenster und schaute hinaus.

Er stand direkt unter ihrem Fenster auf dem Rasen, eine elegante, einsame Gestalt von so vollendeter Haltung, dass es schon etwas mit ihr anstellte, ihn nur anzuschauen.

Ihr Herzschlag beschleunigte sich, und diesmal war sie nicht sicher, ob das irgendetwas mit Angst zu tun hatte. Sein weißes Hemd leuchtete in der Dunkelheit und betonte seinen schlanken männlichen Körper.

Er hielt etwas hoch. Es war der Kelch, in den Raoul ihr Blut gefüllt hatte.

Bist du sicher, dass du mir das geben möchtest?

Sie legte eine Hand an die Fensterscheibe und starrte ihn an. Er hatte es noch nicht getrunken?

Er verstand. Er duldete ihre Angst nicht einfach nur, sondern er wusste, wie schwierig es für sie war, und respektierte das. Plötzlich war ihr klar: Wenn sie Nein sagte, würde er den Inhalt des Kelchs nicht anrühren.

Dies war nicht die Vorgehensweise eines Monsters. Dies war die Vorgehensweise eines rücksichtsvollen Mannes.

Ihre Anspannung ließ ein wenig nach, und sie antwortete ihm: *Ja.*

Sie konnte seine Augen nicht wirklich sehen, aber sie wusste dennoch, dass er sie anschaute, als er den Kelch an die Lippen hob und trank. Sie dachte an seine Lippen, die den Rand des Kelchs berührten, und fast war ihr, als spürte sie sie wieder an ihrem Handgelenk.

Und es war in Ordnung. Der Respekt, den er ihr erwies, und seine Selbstbeherrschung sorgten dafür, dass es in Ordnung war.

Als er ausgetrunken hatte, nickte er ihr zu, wandte sich um und ging zurück zum Haus. Sie stand am Fenster, bis sie ihn nicht mehr sehen konnte. Dann legte sie sich ins Bett, seufzte und schlief ein.

In dieser Nacht kehrte Malphas in ihre Albträume zurück.

✧ ✧ ✧

ALS SIE IM Morgengrauen die Augen aufschlug, wenige Minuten vor dem Weckerklingeln, dachte sie: *Raoul hat recht. Xavier hat recht.*

Ich muss meine Denkmuster ändern.

Ich muss mehr tun, als mich meinen Ängsten zu stellen. Ich muss sie überwinden.

In jeder Trainingseinheit hatte sie die Zähne zusammengebissen und beschlossen, es durchzustehen. Jetzt betrachtete sie Raoul zum ersten Mal so, wie man einen Gegner betrachtet. Auch wenn er ihr (noch?) viel zu überlegen war, um ihn zu besiegen, hatte er ihr ein erreichbares Ziel benannt.

Sie blieb grübelnd im Bett liegen, bis der Wecker schrillte. Dann machte sie sich auf die Suche nach Diego, statt sich direkt ihrem Morgenlauf zu widmen, und fand ihn auf der Terrasse, wo er aufs Meer hinausschaute und Kaffee trank. Als sie sich zu ihm gesellte, nickte er ihr zu.

„Läufst du heute nicht?", fragte er.

Auf der Terrasse war es ruhig und friedlich. Sie nahm sich vor, das im Kopf zu behalten und öfter herzukommen. So früh am Morgen war die Luft kühl, und sie wickelte sich fester in ihren Kapuzenpulli.

„Ich muss mich um etwas anderes kümmern", sagte sie. „Und dazu brauche ich deine Hilfe."

„Ach ja?" In seinem Blick lag ein winziger Funken Interesse.

„Ich muss in die Waffenkammer." Die Waffenkammer lag neben der Garage und konnte nur mit einem elektronischen Code geöffnet werden. Sie wusste nicht, wer alles Zugang hatte, aber zwei Dinge wusste sie: Diego hatte Zutritt, und sie nicht.

„Ich weiß nicht, *chica*." Mit skeptischer Miene schlürfte er einen Schluck Kaffee. „Dafür müsstest du mir schon einen verflixt guten Grund nennen."

„Ich brauche eine kleine Handfeuerwaffe und etwas Klebeband", erklärte sie ihm. In der Kälte fingen ihre Oberschenkelmuskeln an zu zittern. Zu ihrer Überraschung schien ihr Körper zu wissen, dass sie jetzt eigentlich laufen sollte, und sie war kribbelig und voller Energie. „Eine Neun-Millimeter reicht. Munition brauche ich nicht, nur die Waffe. Ich benötige sie als Requisite für mein morgendliches Training mit Raoul."

„Keine Munition, hm?" Mit hochgezogenen schwarzen Augenbrauen dachte er darüber nach. „Und wofür brauchst du das Klebeband?"

„Für die Inszenierung."

Langsam breitete sich ein Grinsen auf seinem breiten, attraktiven Gesicht aus. „Okay, *chica*, ich bin dabei. Ich habe etwas Klebeband in der Garage. Aber wenn ich dir den Gefallen tu, dann will ich auch sehen, was passiert."

Sie zuckte mit den Schultern. „Ich habe keine Ahnung, ob es klappt. Aber wenn du während meines Trainings im Trainingsraum bist, werden wir es herausfinden."

Zusammen gingen sie zur Garage. An der Waffenkammer gab Diego den Code ein, suchte eine Neun-Millimeter aus und überprüfte, ob sie ungeladen war, ehe er sie ihr aushändigte. Sie steckte sie in die Tasche ihres Kapuzenpullis und folgte ihm in die saubere, geräumige Halle, wo die Autos standen.

Einige der Diener, zum Beispiel Angelica und Peter, besaßen keine Wagen, aber alle, die einen hatten, parkten ihn auf den Stellplätzen neben dem Haupthaus. Die Garage war Xaviers vier Fahrzeugen vorbehalten: ein grauer Jaguar, ein silberner Mercedes, ein schwarzer Lexus-SUV und ein Audi TT. Als sie sie anschaute, schüttelte sie den Kopf. „Sie sind großartig."

Auch Diego blickte zu den Autos hinüber. „Ja, sie sind nett, aber einige der wirklich reichen Vampyre haben einen Fuhrpark von dreißig Autos oder mehr, Bentleys, Rolls-Royce und Lamborghinis. Im Vergleich dazu lebt Xavier geradezu bescheiden."

Sie erinnerte sich, dass Xavier etwas Ähnliches gesagt hatte, und murmelte: „Für mich ist das luxuriös genug."

Er grinste sie schief an. „Ah, du weißt es einfach nicht besser. Du hast ja noch keins dieser anderen Anwesen gesehen."

Er klang fast neidisch, aber sie wusste nicht genau, auf

was. Wenn er auf irgendetwas neidisch sein könnte, dachte sie, dann doch auf das kleine Vermögen in Pferdestärken, das sie betrachteten, aber stattdessen kam es ihr fast vor, als spräche er abfällig über Xaviers Lebensstil. Er konnte doch aber nicht auf die anderen Vampyrhäuser neidisch sein?

„Und du hast sie gesehen?"

„Na sicher, wenn ich Xavier auf die eine oder andere Veranstaltung begleitet habe. Ich hänge ja nicht immer hier herum, um den Babysitter für Autos zu spielen oder den Pool sauber zu machen."

Die Missgunst in seiner Stimme war verschwunden, stattdessen klang er rastlos und unzufrieden. Vielleicht sogar ein wenig feindselig?

Endlich hatte sie etwas hier entdeckt, das nicht nur reine Idylle war. Aber statt sich durch diese plötzliche Portion Realität bestätigt zu fühlen, irritierte es sie, und sie musterte ihn genau.

Der Landsitz hatte eine fast klösterliche Atmosphäre. Obwohl alle regelmäßig freie Zeit zur Verfügung hatten, bedeutete es einen gewissen Aufwand, das Anwesen tatsächlich zu verlassen, aber sie hatte festgestellt, dass sie den Frieden und die Stille mochte. Ihr gefielen der Wald ringsum und das Meer, und bisher hatten Kabelfernsehen und Internet ihren bescheidenen Ansprüchen vollauf genügt. Zum ersten Mal wurde ihr bewusst, dass andere diesen Lebensstil vielleicht nicht so sehr schätzten.

Diego ging zu einem der sauberen Metallregale an der Wand, durchstöberte einige Schubladen und sagte: „Xaviers Haus hat sechs Schlafzimmer. *Chica*, verglichen mit einigen anderen, die ich gesehen habe, ist das fast, als würde er in einer Doppelhaushälfte wohnen. Aber hey, wir haben alle ein eigenes Zimmer, das ist ja auch was, oder?"

Er fand eine Rolle Klebeband und reichte sie ihr. Sie nahm sie entgegen und sah ihn fest an. „Die Zimmer sind schön. Gestern Abend haben wir Rostbraten von grasgefütterten Rindern gegessen. Ich habe für letzten Monat eine Visa-Karte mit tausend Dollar darauf bekommen, die ich für mein Privatvergnügen ausgeben kann, wenn ich möchte."

Ihm schien bewusst zu werden, dass er sich ziemlich grob geäußert hatte, und er ruderte mit einem flüchtigen Lächeln zurück. „Ja, natürlich. Alles ist prima. Ich sage ja nur, dass du es vielleicht für extravagant halten magst, aber das ist es nicht."

„Verstehe." Froh, einem Gespräch zu entkommen, das nirgendwohin führte, winkte sie ihm mit dem Klebeband zu und trat ein paar Schritte zurück. „Danke für die Hilfe."

„Kein Problem." Unbeschwert lächelte er ihr zu. „Ich kann kaum erwarten, zu sehen, was du vorhast."

Nachdem sie hatte, was sie brauchte, dachte sie nicht weiter über Diego nach und konzentrierte sich auf den nächsten Schritt. Sie eilte zum Trainingsraum und stellte erfreut fest, dass niemand außer ihr da war. Von der Matte aus, auf der sie meistens mit Raoul trainierte, betrachtete sie den Raum intensiv aus verschiedenen Blickwinkeln und ging die unterschiedlichen Möglichkeiten durch. Alles musste perfekt durchgeplant sein. Sie konnte sich keinerlei Zögern leisten, und selbst dann würde es nicht unbedingt klappen.

Als sie alles zu ihrer Zufriedenheit vorbereitet hatte, joggte sie gemütlich zum Dienstbotenhaus zurück, duschte und war rechtzeitig zum Frühstück wieder unten.

Danach traf sie sich wie gewohnt mit Raoul im Trainingsraum. Einige andere waren bereits da. Scott widmete sich mit schweißüberströmtem Gesicht dem Seilspringen. Aaron und Brian boxten. Diego stemmte Gewichte und schien nicht einmal in ihre Richtung zu schauen.

Auf dem Weg zur Matte sagte Raoul: „Mir ist aufgefallen, dass du heute auf deiner Morgenrunde nicht das Tor geöffnet hast.“

Wenn sie je daran gezweifelt hätte, dass Raoul sie über die versteckt angebrachten Sicherheitskameras, die auf dem Gelände verteilt waren, im Auge behielt, wären diese Zweifel jetzt Geschichte.

Sie zuckte die Achseln. „Ich habe mir den Oberschenkel gezerrt und hielt es für besser, heute stattdessen Dehnübungen zu machen.“

Von einem raschen, scharfen Seitenblick abgesehen, äußerte er sich nicht weiter dazu. Das musste er auch nicht — sie beide wussten, dass jede Zerrung über Nacht geheilt wäre, wenn sie Xavier regelmäßig direkt aus der Ader trinken lassen würde.

Schweigend deutete er auf die Matte, und sie traten an ihre gewohnten Plätze. Adrenalin schärfte ihre Sinne, als sie Kampfhaltung einnahm und das Gewicht auf die Fußballen verlagerte, aber ihr schoss jeden Morgen Adrenalin ins Blut, kurz bevor Raoul anfing, sie in die Mangel zu nehmen. Und außerdem, so gut er auch war: Er verfügte nicht über die Wahrnehmung eines Vampyrs.

Er hielt inne und betrachtete ihre Fußhaltung. „Bist du sicher, dass du nicht erst noch einige Dehnübungen machen solltest?“

„Ganz sicher“, versicherte sie ihm und nahm die Hände hoch.

„Ausgezeichnet. Achte auf deine Deckung, wenn ich bitten darf.“

So eröffnete er jede seiner Folterstunden. Sobald sie diese Worte hörte, wirbelte sie herum und rannte auf einen

Sandsack am anderen Ende des Raums zu.

Was würde er tun? Würde er ihr hinterherjagen? Er war so viel schneller als sie – die Überraschung würde ihr nur einen Vorsprung von wenigen Sekundenbruchteilen verschaffen. Sie rannte so schnell, wie sie nur konnte.

Dann hörte sie, wie er sie verfolgte. Undeutlich waren ihr die Ausrufe der anderen bewusst.

Drei Schritte noch. Zwei.

Seine Finger strichen über ihren Nacken. Sie wich aus, tauchte weg, rollte ab und erwischte die Waffe, die sie mit Klebeband unter dem Sandsack befestigt hatte.

Mit gegen den Boden gedrückten Schulterblättern zielte sie auf Raoul, gerade als er wieder nach ihr griff.

Er zuckte zurück, in seinen Augen loderte es.

Sie blickte über den Lauf der Waffe, die direkt auf sein Herz gerichtet war, und sagte: „Peng, peng. Du bist tot.“

Stille senkte sich über den Trainingsraum. Raoul rührte sich nicht. Sein überraschter Gesichtsausdruck veränderte sich zu etwas, das sehr viel ruhiger und sehr viel tödlicher war. „Woher hast du die Waffe?“

Sie drehte den Lauf von ihm weg und lockerte ihren Griff. „Sie ist nicht geladen.“

Er entspannte sich, nahm ihr die Waffe weg und überprüfte das Magazin, dann die Kammer. „Das ist keine Antwort auf meine Frage. Du hast keinen Zugangscode für die Waffenkammer.“

Aus dem Augenwinkel erhaschte sie einen Blick auf Diego. Grinsend schüttelte er den Kopf. Sie kam auf die Füße. „Betriebsgeheimnis. Habe ich dich überrascht?“

Mit hochgezogenen Augenbrauen warf ihr Raoul einen vielsagenden Blick zu. „Was glaubst du wohl?“

Sie wusste, dass er sich ebenso gut an ihr gestriges

Gespräch erinnerte wie sie. Training war gut und schön, aber im wirklichen Leben gab es keine Regeln, wenn es zum Kampf kam. Man gewann oder starb. Diesmal hatte sie geschummelt, aber sie hatte auch gewonnen.

Sie lächelte. „Ich glaube, ich habe gerade das Denkmuster geändert."

Der Rest des Tags verlief, als wäre gar nichts passiert, und doch war nichts mehr wie zuvor. Beim Mittagessen grinsten sie die meisten der Jungs breit an, und Marc zwinkerte ihr freundlich zu.

Als sie beim Abräumen half, sagte Angelica zu ihr: „Lass dir das nicht zu Kopf steigen. Du hattest Glück. Du hast immer noch eine Menge zu lernen."

„Ich weiß", antwortete sie der älteren Frau. „Ich arbeite daran."

Angelica schnaubte nur, aber auch sie wirkte etwas entspannter, und Tess dachte im Stillen, dass sie einen Schritt näher daran war, zur Gruppe dazuzugehören.

Zur Familie, eigentlich. Bei dem Gedanken hielt sie inne, aber es stimmte. Die Diener waren tatsächlich wie eine Familie. Sie arbeiteten zum Wohl aller zusammen.

Vielleicht war es nur ein Schritt von vielen, aber … es war ein gutes Gefühl. Es gefiel ihr hier. Sie mochte diese Leute.

Zum ersten Mal überlegte sie, wie es wohl sein mochte, langfristig hierzubleiben und eine Zukunft hier ins Auge zu fassen. Als sie Las Vegas und die Anstellung bei Malphas verlassen hatte, hatte sie nur daran gedacht, dass sie untertauchen und sich irgendwo verkriechen musste. Auf langfristige Pläne hatte sie keinen Gedanken verschwendet.

Was, wenn sie sich entschied, hierzubleiben?

Sie konnte nicht für den Rest ihres Lebens Vollzeit trainieren und wollte das auch nicht. Also würde sie sich irgendwann anderen Aufgaben zuwenden müssen, aber vielleicht hatten Xavier oder Raoul wichtige und interessante Arbeit für sie.

In der Schule war sie so ehrgeizig gewesen. Nach dem College hatte sie den Job in einem von Malphas' Kasinos angenommen, obwohl sie gewusst hatte, dass der Dschinn gefährlich war. Aber ihr war nichts wichtiger gewesen, als Geld zu verdienen. Sie war entschlossen gewesen, nie wieder so arm zu sein wie in ihrer Kindheit und Jugend.

Sie hatte sich selbst eingeredet, es sei eine rein pragmatische und vernünftige Entscheidung, für den ausgestoßenen Dschinn zu arbeiten. Sie wollte sich schöne Dinge leisten können, einen Schrank voll angesagter Klamotten haben und ein gut gefülltes Bankkonto, sie wollte ihren Urlaub auf Hawaii und in Europa verbringen und sich mit fünfzig zur Ruhe setzen. In der Rückschau erkannte sie, wie idiotisch und kurzsichtig sie gewesen war.

Hier aber gab es vielleicht einen Platz und Leute, zu denen sie gehören konnte. Es tat gut, den Weg zum Strand hinunterzugehen und an der Küste entlangzulaufen, und nachts war das Anwesen, inmitten von Bäumen und erfüllt von frischer Meeresluft, so friedlich. Sie hatte geglaubt, sie würde die gleißenden Lichter von Las Vegas vermissen, aber es war nicht so. Ihr gefiel die stille Abgeschiedenheit des Waldes, der den Landsitz umgab.

Sie mochte vielleicht einmal ein Idiot gewesen sein, aber sie hatte nicht vor, es noch mal zu sein. Ihr war klar, dass bei dieser Anstellung sehr viel mehr auf sie wartete, wenn sie erst einmal das Training durchlaufen hatte. Sie musste das Bündnis mit Xavier vervollständigen, und eines der leichtesten, für sie aber noch sehr schwierigen Hindernisse, die sie überwinden musste, war es, in aller Seelenruhe einen Raum voller

Vampyre zu betreten.

Das harte Training, mit und ohne Waffen, sollte sie auf absolute Ausnahmesituationen vorbereiten, aber diese Ausnahmesituationen kamen vor. Eines Tages würde dieser ganze Mist Realität werden, und sie würde sich einer Konfrontation ausgesetzt sehen. Aber nicht einmal dieser Gedanke schreckte sie. Es war schön, sich weniger hilflos und ausgeliefert zu fühlen und zu wissen, dass sie es durch harte Arbeit schaffen konnte, eines Tages selbst eine wichtige Rolle beim Bewältigen kritischer Situationen zu spielen.

Doch während der Tag verstrich und der Abend kam, verlor sich ihre gute Laune, und sie wurde immer nervöser.

Wenn sie ehrlich war, wusste sie nach der vergangenen Nacht nicht, was sie von Xavier halten sollte. Sie wusste nur: Auch wenn sich etwas geändert hatte, möglicherweise sogar etwas Wichtiges, war es doch immer noch so, dass sie sich in seiner Gegenwart unbehaglich fühlte.

Aber Unbehagen war nicht dasselbe wie die helle Panik, in die sie bei ihrer ersten Begegnung verfallen war. Unbehagen war ein ganz anderes Paar Schuhe. Sie war bereits einen bedeutenden Schritt weiter.

Nach dem Abendessen war es Zeit für ihren abendlichen Unterricht, und sie ging hinüber ins Haupthaus, wo sie Xavier im Speisezimmer für offizielle Anlässe fand. Er stand an einem der Fenster und schaute auf die Rasenfläche hinaus.

Wie von selbst richtete sich ihr Blick auf den vom Fenster eingerahmten Ausschnitt des Außengeländes. Das letzte Tageslicht überzog das Laubwerk und den smaragdgrünen Rasen mit einem durchsichtigen Schimmer satten Goldes, aber kein Sonnenstrahl fiel in die Nähe des Fensters, an dem er stand.

Er trug schwarze Hosen, ein weißes Hemd und ein graues

Jackett. Das dunkle Haar war sorgfältig aus dem stillen, nachdenklichen Gesicht gekämmt. Der Hemdkragen war nicht geschlossen, und er trug keine Krawatte. Allmählich begriff sie, dass dies seine Freizeitkleidung war. Seine aufrechte Haltung und sein selbstsicheres Auftreten verliehen ihm jedoch mehr Eleganz, als es irgendeine Kleidung hätte tun können. Sie hatte den Verdacht, dass er auch in Jeans und T-Shirt nicht weniger beeindruckend wirken würde.

Als sie auf der Türschwelle innehielt, wandte er sich um und kam auf sie zu, seinen intelligenten, wachen Blick auf ihr Gesicht gerichtet. Ihr verdammtes Herz fing an zu hämmern, und ihr kleines bisschen Gelassenheit fiel in sich zusammen.

Sie schoss vorwärts. „Hi, ich hoffe, ich bin nicht zu spät. Schöner Abend da draußen, nicht wahr? Nicht, dass du rausgehen und ihn genießen könntest, jedenfalls nicht, bevor die Sonne verschwunden ist – aber vielleicht ist es nicht angebracht, dass ich das erwähne. Du weißt schon, es ist ein bisschen, als würde man jemanden auf einen Pickel hinweisen …“

Er schien sich ganz normal und ohne jede Eile zu bewegen, aber irgendwie stand er trotzdem plötzlich direkt vor ihr, was sie abrupt verstummen ließ. Vor Belustigung kräuselten sich seine Mundwinkel. „Vertrau mir, wenn ich dir sage, dass das nicht die Art ist, wie du einen Raum betreten solltest. Niemals.“

„Ich habe nur gedacht, ich bin vielleicht zu spät“, sagte sie dümmlich und schaute in sein lächelndes Gesicht empor. Seine Gegenwart war so überwältigend und intensiv, dass sie überrascht war, als sie feststellte, dass er nur wenige Zentimeter größer war als sie.

Mit einer schmalen, starken Hand fasste er sie am Arm und drehte sie sanft herum. „Komm noch mal herein, und diesmal langsam, wenn ich bitten darf."

Schon wieder diese Formulierung. So langsam ihre persönliche Nemesis.

Sich seiner Berührung überdeutlich bewusst, ging sie zurück zur Tür. Frustriert stellte sie fest, dass ihre allzu menschlichen körperlichen Reaktionen mal wieder völlig aus dem Ruder liefen. Sie atmete schnell, ihr Herz raste, und ein leichtes Zittern hatte sich ihrer Hände bemächtigt.

Immerhin aber nicht vor Panik. Nicht einmal vor Entsetzen. Sie wusste, dass er sie nicht verletzen würde. Sie hatte keine Ahnung, weshalb sie so extrem auf ihn reagierte, und sie hätte es nicht in Worte fassen können. Er tauchte auf, und all ihre Synapsen knallten durch.

Über sich selbst verblüfft, fing sie wieder an zu reden. „Du solltest besser wissen, dass ich allmählich eine konditionierte Reaktion auf die Worte *wenn ich bitten darf* entwickle."

„Ist das so?" Der Vampyr zog eine Augenbraue hoch, während er ruhig an ihrer Seite einherschritt. „Wie kommt das?"

„Raoul sagt es ständig, normalerweise kurz bevor er mich in den Boden rammt oder mich gegen eine Wand wirft." Sie erreichten die Tür, und sie nutzte die Gelegenheit, sich seinem Griff zu entziehen und sich zu ihm umzudrehen.

Er runzelte die Stirn, seine Lippen wurden schmal, und die winzige Narbe neben seinem Mund trat weiß hervor. Sie hatte es schon einmal gesehen. Es war nur ein kleiner Hinweis, und sie war nicht sicher, was es zu bedeuten hatte, nur dass es eine Gefühlsaufwallung verriet.

„Ich habe bemerkt, dass du dich gestern Abend ziemlich steif bewegt hast", sagte er.

Sie wusste, welche Richtung seine Gedanken nahmen,

und sah ihm in die graugrünen Augen. „Es ist schon in Ordnung. Ich komme zurecht."

Er schüttelte den Kopf. „Du solltest keine Schmerzen oder irgendwelche Beschwerden ertragen müssen."

Die Art, wie er das sagte, ließ sie innehalten, und ihre Einschätzung änderte sich wieder um eine Winzigkeit, aber um eine unwiderrufliche. Wenn Xavier sich weigerte, sich beim Blutopfer an seinen menschlichen Bediensteten schadlos zu halten, dann ging es beim ganzen Blutopfer nur um ihren Vorteil, nicht um seinen. Im Grunde hätte Raoul ihnen allen das Blut abnehmen können, um Xaviers Bedürfnisse zu stillen, ohne dass persönlicher Kontakt vonnöten war.

Also hatte er all das nicht gesagt, weil er selbst das Blutopfer wollte oder gar darauf angewiesen war. Er hatte es gesagt, weil er sich um ihr Wohlergehen sorgte.

Ach verdammt! Er würde sie noch dazu bringen, den ganzen Monster-Gedanken vollständig über Bord zu werfen.

„Ich verstehe", sagte sie leise. „Und ich bin dabei, die Möglichkeit für mich zu akzeptieren. Aber erst einmal: Weißt du, was ich heute Morgen getan habe?"

Er betrachtete sie. „Raoul hat mir erzählt, was im Trainingsraum vorgefallen ist. Du hast ihn überrascht."

„Ja." Sie tippte sich auf die Brust. „*Ich* habe ihn überrascht. Niemand hat meine Fähigkeiten verbessert oder mir besondere Kräfte verliehen. Ich habe den Plan entwickelt und ihn ausgeführt. Und weil ich mir beim Training sechs Wochen lang den Arsch aufgerissen habe, war ich schnell genug, um es durchzuziehen. Knapp, aber ich habe es geschafft, und das ist ein gutes Gefühl. Ich weiß, ich kann noch nicht, was ich können sollte, aber ich bin schon sehr zufrieden."

Sein Kinn schob sich ein wenig vor, aber er sagte nichts.

Stattdessen machte er einen Schritt zurück. „Das ist in Ordnung. Komm doch bitte noch einmal herein. Zeig mir, dass du in der Lage bist, normal zu gehen, statt hereinzupreschen wie ein durchgehendes Pferd."

Seufzend gehorchte sie. Als sie den Raum wieder betrat, stellte sie fest, dass er sich ein ganzes Stück fortbewegt hatte. Als sie stehen blieb, kam er mit der typischen fließenden, an Ballett erinnernden Geschmeidigkeit auf sie zu. Misstrauisch sah sie zu, wie er sich leicht vor ihr verbeugte, den Kopf neigte und ihr den Arm bot.

„Guten Abend. Darf ich mich als Begleitung zum Abendessen anbieten?"

Sie kniff ein Auge zusammen. „Ich bin deine Angestellte, kein Gast. Von Angestellten wird erwartet, unsichtbar zu sein und jeden deiner Wünsche vorauszuahnen, nicht, sich zum Abendessen begleiten zu lassen."

Er seufzte. „Nun ja. Gerade kann ich keinerlei Hinweis darauf ausmachen, dass du jeden meiner Wünsche vorausahnst."

„Hast du mich gebeten, hinauszugehen und wieder hereinzukommen?", fragte sie. „Und habe ich es nicht getan?"

Er sah sie leicht entnervt an. „Um Himmels willen, *querida*, fang nicht um jeder Kleinigkeit willen einen Streit an. Mach einfach mit."

„Es tut mir leid", sagte sie betroffen. Vorsichtig schob sie die Hand in seine Ellenbeuge und spürte, wie sich unter dem Stoff des Jacketts die Muskeln bewegten wie die eines Panthers unter seinem Fell.

Er führte sie um den Tisch und passte dabei seine langen Schritte ihren kürzeren an. „Wenn du mich zu einem Empfang begleiten würdest, was tätest du?"

„Wie viele Diener hast du bei dir?"

Sie erreichten die beiden Tischgedecke, und sie wartete darauf, dass er ihr den Stuhl zurechtrückte, bevor sie sich setzte.

„Zu diesem hypothetischen Anlass", sagte er, „habe ich nur dich mitgenommen."

„Dann würde ich einige Schritte hinter dir bleiben, bis wir den Raum erreicht haben." Sie sah zu, wie er zum gegenüberliegenden Gedeck ging und sich setzte. „Nachdem du dich gesetzt hast, würde ich hinter deinem Stuhl Aufstellung nehmen, sodass ich dir Wein einschenken kann oder tun, was auch immer du benötigst. Wenn es sich um eine Veranstaltung ohne Bankett handelt, bei der du dich unter die Leute mischst, würde ich mir einen Platz an der Wand suchen und darauf warten, dass ich gebraucht werde."

„Sehr gut." Mit seinen langen Fingern deutete er auf das Gedeck, das vor ihr stand. „Würdest du mir dieses Arrangement bitte erklären?"

Fast hätte sie die Augen verdreht, aber sie wusste, dass er es nicht schätzen würde, und hielt sich zurück. „Natürlich kann ich das", sagte sie und bemühte sich, nicht ungeduldig zu klingen. „Genau das hat Raoul mir in den letzten anderthalb Monaten beigebracht."

„Dann sollte es kein Problem für dich darstellen, mir dieses Wissen zu demonstrieren, richtig?" Auch er klang, als ringe er um Geduld, auch wenn sie absolut keine Ahnung hatte, warum.

Bevor sie es unterdrücken konnte, entschlüpfte ihr ein Seufzen. „Raoul und ich sind sämtliche Tischmanieren durchgegangen, die Geschichte vampyrischer Gebräuche und die Frage, was ein Diener zu unterschiedlichsten Gelegenheiten und Anlässen zu tun und zu lassen hat. Ich verstehe nicht, weshalb du jetzt um etwas ein solches Aufheben machst, das ich längst weiß."

„Tust du das wahrhaftig?", fragte er. Es kam ihr vor, als artikulierte er sich noch sorgfältiger als sonst. Gerade fragte sie sich, ob das bei ihm irgendwie als Warnsignal zu verstehen sei, da neigte er den Kopf und verzog die Lippen. „Dann möchtest du mir vielleicht freundlicherweise erklären, inwiefern sich das Gedeck von diesem hier unterscheidet, wenn Elfen anwesend sind."

Sie starrte auf das Gedeck hinunter. Der äußerste Löffel war um eine Winzigkeit verrückt, und sie nahm sich viel Zeit dafür, seine Position zu korrigieren. Endlich gab sie widerwillig zu: „Wir haben noch nicht über Tischgesellschaften mit Elfen gesprochen."

„Ich verstehe." Als er sie ansah, funkelten seine graugrünen Augen. „Wie sieht es mit den formalen Tischgepflogenheiten der Dunklen Fae aus?"

Mit geschürzten Lippen rieb sie sich das Kinn. Dann schüttelte sie den Kopf.

„Die der Hellen Fae?"

„Nein", murmelte sie.

„Was ist mit Dämonischen? Ich spreche nicht von Dschinn, für die keine Notwendigkeit zur Nahrungsaufnahme besteht und die deshalb die sozialen Bräuche übernehmen werden, die beim jeweiligen Anlass vorherrschend sind, sondern von anderen Dämonenwesen, die möglicherweise an der Tischgesellschaft teilnehmen."

Es war doch einfach zum Schreien. Dies hier war wie irgendeine moderne Version von *My Fair Lady*.

Nur mit Vampyren.

Sie zwang sich dazu, eine Weile ruhig durchzuatmen. „Ich habe verstanden, worauf du hinauswillst."

„Ist das so? Wie unverhofft." Er lehnte sich zurück, und

alle subtilen Anzeichen von Verärgerung waren verschwunden. „Dann sollten wir uns wieder unserem eigentlichen Vorhaben zuwenden, sodass ich feststellen kann, was du bereits gelernt *hast*, bevor wir uns dem widmen, was du noch alles lernen *musst*."

Okay, das ging zu weit. Ein kleiner Teil ihres Verstandes — der wachsame und vernünftige — flüsterte ihr zu: *Sag es nicht, sag es nicht* …

Aber der Rest von ihr war zu gereizt, um darauf zu hören. Sie breitete die Arme aus und riss die Augen auf. „Wer sagt denn heutzutage noch *unverhofft*?"

Er sah sie nur an. Ein Mundwinkel war wieder heruntergezogen, und auch die kaum merkliche Veränderung in seiner Aussprache entging ihr nicht. „Offensichtlich sage ich es. Wenn du das damit als erledigt betrachten möchtest, geziemte es dir, dich daran zu erinnern, dass ein fähiger Diener nie auch nur ansatzweise derart mit seinem Herrn streiten würde."

Wieder bemächtigte sich der Teufel ihrer Zunge. „Geziemte", sagte sie.

Sein Mund wurde schmal, und seine Stimme nahm einen gefährlichen, außerordentlich sanften Klang an. „Ja. *Geziemte*."

Sie öffnete den Mund. Schloss ihn. Öffnete ihn erneut. *Sag es nicht* …

Graugrüne Augen verengten sich, forderten sie heraus, die Grenze zu überschreiten.

Dann wurde ihr bewusst, was er gesagt hatte.

Ein fähiger Diener. Das bedeutete natürlich, dass sie nicht fähig war. Nicht mal ansatzweise. Sie ließ nicht zu, dass er sie biss, und sie konnte die Klappe nicht halten.

War es das, was er gemeint hatte, als er sagte, manche Leute könnten sich an den Lebensstil als Diener eines Vampyrs nicht gewöhnen, selbst wenn sie es wollten?

Entmutigt ließ sie die Schultern hängen, senkte mit einem Stöhnen den Kopf und stützte das Gesicht in die Hände. „Es tut mir leid. Ich versage gerade völlig, oder?"

Kapitel 10

XAVIER MUSSTE SICH ein Lächeln verkneifen, während er Tess' niedergeschlagene, zusammengesunkene Gestalt musterte. „Ich denke nicht, dass ich sagen würde, dass du *völlig* versagst."

„Danke", murmelte sie gedämpft. „Das zu hören ist *so* ermutigend."

Irgendein nicht zu benennender Impuls veranlasste ihn, aufzustehen. Er ging zu ihr hinüber und lehnte sich neben ihr an den Tisch, verschränkte die Arme und blickte auf ihren hängenden Kopf. „Vielleicht sollten wir uns die Zeit nehmen, uns an die verängstigte junge Frau zu erinnern, der ich auf dem Vampyrball begegnet bin. Erinnerst du dich an sie?"

Sie hob den Kopf und schaute zu ihm hoch.

Ihre großen, wunderschönen Augen waren umschattet. Sie sah müde und besorgt aus. Er lächelte. „Diese junge Frau war weder in der Lage, eine Stunde lang zu laufen, noch hat sie beim Schießen neun von zehn Malen getroffen. Und mit Sicherheit hätte sie Raoul nicht derart überraschen können, nicht wahr?"

Sie senkte den Blick und tat so, als würde sie den Löffel noch einmal neu ausrichten. „Wahrscheinlich nicht."

Und diese junge Frau hätte auch weder seine Geduld auf eine so harte Probe gestellt noch seine unmittelbare Nähe ertragen, aber er entschied sich, das Glück nicht herauszufordern, indem er das erwähnte.

Stattdessen hielt er ihr eine Hand hin, die Handfläche nach oben. „Für heute Abend haben wir uns zur Genüge mit der Etikette beschäftigt. Zeit für die Tanzstunde."

Sie richtete den Blick auf seine ausgestreckte Hand. Sie zögerte, und kurz glaubte er, sie würde sie nicht ergreifen. Dann legte sie unsicher ihre hinein.

Er ließ ihr keine Zeit, es sich noch einmal anders zu überlegen, sondern schloss die Finger fest um ihre und zog, und sie stand auf. Er legte sich ihre Hand in die Ellenbeuge und führte sie zum Ballsaal.

Während sie sich unterhalten – und sich gestritten – hatten, war das Sonnenlicht so weit geschwunden, dass er den Raum betreten konnte. Er schaltete das Licht ein und führte sie hinein. Als ihr Griff fester wurde und sie an seinem Arm zog, hielt er inne und sah sie überrascht an.

Ihr aufmerksamer Blick glitt über die Fenster und die schimmernde Weite des Parketts, und ihm wurde klar, was sie tat: Sie vergewisserte sich, dass er den Saal gefahrlos betreten konnte.

Er spürte ein warmes Gefühl in sich aufsteigen. Sie war sich nicht nur ihrer Umgebung sehr bewusst, sie hatte zudem auch gut ausgeprägte Beschützerinstinkte.

„Es ist alles in Ordnung", sagte er. „Danke."

Der Blick, den sie ihm zuwarf, zeugte von derselben Unsicherheit wie ihr ganzes Verhalten an diesem Abend, aber sie lockerte ihren Griff, und zusammen schritten sie bis in die Mitte des leeren, polierten Bodens.

Vorhin hatte er eine tragbare Stereoanlage auf den Flügel gestellt und bereits eine CD mit Walzermusik eingelegt. Er drehte sich zu ihr um, und auch wenn er nicht umhinkam, zu bemerken, wie schnell ihr Herz raste, sobald sie einander gegenüberstanden, roch sie doch immerhin nicht mehr nach dieser überwältigenden Angst.

„Der Walzer ist ein einfacher und eleganter Tanz", sagte er. „Und die Musik ist wunderbar. Dies ist ein simpler Dreivierteltakt."

„Ich bin überhaupt nicht musikalisch", erklärte sie ihm. „Ich weiß nicht, was das bedeutet."

„Schau nicht auf deine Füße. Niemand schaut beim Tanzen auf seine Füße. Schau mich an." Er wartete, bis sie den Kopf hob und ihr wachsamer Blick seinem begegnete. „Dreivierteltakt bedeutet nur, dass der Rhythmus drei Takte hat. Eins-zwei-drei, eins-zwei-drei. Das ist der Tanzrhythmus. Stell dir einen Kasten vor. Wir werden uns zusammen entlang der Kanten dieses Kastens bewegen. Du bewegst dich rückwärts, ich vorwärts."

Skeptisch neigte sie den Kopf. „Warum kannst du dich nicht rückwärtsbewegen, und ich bewege mich vorwärts?"

Man konnte sich auf Tess verlassen, natürlich fragte sie das. Wieder verbiss er sich ein Lächeln. „Weil es so üblich ist. Ich bin der Mann, du die Frau. Das bedeutet, ich führe, und du folgst, was gut für dich ist, weil ich den Tanz kenne."

„Nun ja, du kennst sicher diese alte Redensart", sagte sie.

„Welche Redensart?"

Humor funkelte in ihren Augen. „Ginger Rogers konnte alles, was Fred Astaire konnte – nur rückwärts und auf hohen Absätzen."

Im Jahr 1934 war er Fred Astaire und Ginger Rogers einmal begegnet, als sie zur Wintersonnenwende nach Evenfall gekommen waren, um auf dem Maskenball zu tanzen. Er lachte leise in sich hinein. „Wie wahr. Ich halte den Takt und führe dich um die Ecken des Kastens herum. So."

Während sie zuschaute, trat er zurück, die Arme um eine

imaginäre Frau gelegt, eine Hand an ihrem unsichtbaren Rücken, die andere gab vor, ihre Finger zu halten. Dann, ohne Tess aus den Augen zu lassen, glitt er elegant durch die Schritte.

Ihre Augen weiteten sich, und er hielt an. „Was ist los?"

Sie errötete, es betonte den stolzen Schwung ihrer hohen Wangenknochen. „Du hast diese Art an dir, dich zu bewegen."

„Welche Art?" Stirnrunzelnd trat er wieder auf sie zu, schon wieder beunruhigt.

Als er sie hierher eingeladen hatte, hatte er wahrhaftig nicht damit gerechnet, wie sehr sie sich verändern würde. Der klare Schnitt ihres Gesichts betonte die Form ihrer Augen und die sinnlich geschwungenen Lippen.

Sie war zu auffällig geworden. Es würden mehr Blicke an ihr hängen bleiben, mehr Leute würden sich an sie erinnern, und das bedeutete, dass sie in manchen Situationen in größerer Gefahr sein würde.

Er würde sich Gedanken über die möglichen Konsequenzen machen müssen. Später. Jetzt schob er den Gedanken beiseite und konzentrierte sich ganz auf sie.

Etwas linkisch hob sie die Schultern und schaute weg. „Du bewegst dich mit solcher Anmut und Selbstsicherheit. Immer. Ich werde nie dazu in der Lage sein, dem auch nur nahezukommen."

„Unsinn", sagte er. „Ich tanze nicht nur schon sehr lange, ich bin auch von Kindesbeinen an im Fechten und im Schwertkampf unterrichtet worden. Ich verfüge über viel Erfahrung, die dir noch fehlt. Du wirst es schnell lernen."

Sie schüttelte den Kopf und warf ihm einen ironischen Blick zu. „Glaub mir, deine Art, dich zu bewegen, erfordert sehr viel mehr als nur Erfahrung, ganz gleich, wie viele

Jahrzehnte – oder Jahrhunderte – du auf dem Buckel hast. Selbst jetzt sieht es aus, als würdest du schweben."

Wenn ihm das irgendwer sonst außer Tess gesagt hätte, wäre er sicher gewesen, es sei als Kompliment gemeint. Aber so wusste er nicht, was er antworten sollte.

Statt etwas zu sagen, zog er also die Fernbedienung aus der Tasche und schaltete die Musik ein, und die wunderschönen, zeitlosen Klänge von Chopins *Grande Valse Brillante* erfüllten den Ballsaal.

Frieden und Wohlbehagen breiteten sich in ihm aus. Er liebte Musik, und er liebte es zu tanzen. Tess den Walzer beizubringen würde ein großes Vergnügen sein.

Eine halbe Stunde später hatte er seine Einschätzung gründlich revidiert. Als sie ihm zum wiederholten Mal auf den Fuß trat, blieben beide abrupt stehen und starrten einander an.

„Junge Dame, du bist kein Elefant", erklärte er ihr. „Bitte sieh freundlicherweise davon ab, einen zu imitieren."

„Es tut mir leid", sagte sie zum fünften Mal.

Vielleicht auch zum sechsten. Er war nicht sicher, er hatte aufgehört, mitzuzählen. Jedenfalls oft genug, dass sie es mittlerweile zwischen zusammengebissenen Zähnen hervorbrachte.

Er zwang sich zu einem tiefen Atemzug. Auch wenn er eigentlich nicht mehr atmen musste, half es ihm, seine Geduld wiederzufinden. „Es ist nicht schlimm. Wir machen so lange weiter, bis es klappt."

Sie rieb sich den Hinterkopf und murmelte irgendetwas in der Richtung von *Let's Dance mit Vampyren*.

Er legte den Kopf schief. „Was hast du gesagt? Ich habe dich nicht ganz verstanden."

„Ich … Ach, egal." Sie straffte die Schultern. „Versuchen wir es noch einmal?"

„Natürlich." Er breitete die Arme aus, und sie trat nah an ihn heran.

Auch wenn es sehr viel mehr Arbeit war als erwartet, ihr das Tanzen beizubringen, war diese eine Sache die reinste Freude: Sie kam bereitwillig zu ihm und dachte nicht mehr daran, vor seiner Berührung zurückzuschrecken.

Natürlich zog er sie nicht zu dicht an sich, sondern hielt präzise den korrekten Abstand ein. Und noch immer beschleunigte sich ihr Herzschlag, wenn er sie ansah oder die Hand nach ihrem schlanken, durchtrainierten Körper ausstreckte. Aber größtenteils, dachte er, schien ihre Angst verflogen zu sein, und auch wenn sie offenbar über die tänzerischen Fähigkeiten eines Koalabären verfügte, verbuchte er den Walzerunterricht schon allein deshalb als Erfolg.

Sie nahmen die klassische Tanzhaltung ein: die Hände ineinandergelegt, seine rechte Hand auf ihrem grazilen Schulterblatt, ihre auf der Schulternaht seines Jacketts.

Während sie auf den richtigen Takt der Musik warteten, schaute er ihr in die Augen. Dann nickte er ihr zu, und als sie sich in Bewegung setzten, machte sie einen Schritt nach vorn statt zurück und trat ihm wieder auf den Fuß.

„*Madre de Dios*", sagte er und setzte noch eine erlesene Auswahl an Begriffen obendrauf. Ihm war nicht klar gewesen, dass er ins Spanische verfallen war, bis sie aufschnaubte und zugleich erbebte. Er verstummte und starrte sie an. „Was?"

„Du klingst wie Ricky Ricardo", teilte sie ihm mit. Die schönen Lippen zitterten ebenso wie ihre Stimme.

Als er sie näher betrachtete, stellte er fest, dass sie lachte und versuchte, es zu überspielen. „Wer ist Ricardo?"

„Aus *I Love Lucy*", sagte sie. Als er sie weiter verständnislos anschaute, fügte sie hinzu: „Die klassische

Sitcom?"

„Ich sehe nicht fern", sagte er. Verspätet hatte er das Bild einer rothaarigen Komödiendarstellerin vor Augen. Zu ihrer Zeit war sie so berühmt gewesen, dass ihr Bild die Medien beherrscht hatte. Er schüttelte das Bild ab.

„Niemals?"

Er zuckte die Schultern. „Ich habe ein Auge auf CNN, MSNBC und andere Nachrichtenkanäle."

„Das ist nicht wirklich Fernsehen", erklärte sie ihm. Auf ihre Füße hinabstarrend, murmelte sie: „Dieser Abend erinnert mich sehr an *I Love Lucy*. Nur mit Vampyren. Natürlich."

Er beschloss, nicht weiter nachzuhaken. „Dieses Gespräch wird belanglos. Du versuchst weiterhin zu führen, was du nicht kannst."

„Es ist ein natürlicher Instinkt, vorwärtszugehen, nicht rückwärts", hielt sie dagegen.

„Auch wenn ich das verstehe, habe ich doch volles Vertrauen, dass du diesen Instinkt überwinden und damit aufhören kannst, deinem Partner auf den Füßen herumzutrampeln." Er verstummte und betrachtete sie genauer.

Tiefe Schatten färbten die zarte Haut unter ihren Augen. Zuvor hatte sie bereits müde gewirkt, jetzt aber sah sie erschöpft und regelrecht erledigt aus. Während er sie musterte, wurde ihm klar, dass sein eigener „Tag" erst kurz vor Sonnenuntergang begonnen hatte, sie aber bereits seit dem frühen Morgen trainierte.

„Tess, bitte entschuldige", sagte er zerknirscht. „Wir haben dir zu hart zugesetzt."

Sofort drückte sie trotzig den Rücken durch. „Es geht mir gut. Lass uns weitermachen."

„Nein, ich denke nicht. Danke für deine Zeit. Für heute Abend sind wir fertig." Er neigte den Kopf und wandte sich ab.

„Bitte." Schlanke Finger griffen nach seinem Ärmel. „Ich möchte es noch einmal versuchen."

Er blieb stehen und schaute auf ihre Hand hinunter. Es war eine unbesonnene Geste, und in seiner Jugend wäre sie keinesfalls gestattet gewesen. Niemand berührte ein Mitglied des Adels ohne Erlaubnis.

Aber diese Tage lagen Jahrhunderte in der Vergangenheit. Heutzutage waren so viele Menschen dreist und unbedacht. Seltsame Vulgärausdrücke wie „Alter" und „Hurensohn" schienen häufig als angemessene Art der Kommunikation durchzugehen, so wie Schulterklopfen, Über-den-Kopf-Reiben, das Gegeneinanderschlagen der Fäuste, Umarmungen und andere Aufdringlichkeiten.

Er hatte mit der Zeit die meisten kleineren derartigen Übergriffe zu dulden gelernt, ohne davor zurückzuweichen, und wenn ein anderer so unbedacht Hand an ihn gelegt hätte, wäre es ihm kaum einen Gedanken wert gewesen.

Aber dies war Tess, die ihn freiwillig berührte. Tess, die es bei ihrer ersten Begegnung kaum ertragen hatte, sich mit ihm im selben Raum aufzuhalten. Und jetzt hatte sie so natürlich, so unbedacht nach ihm gegriffen.

Eine rasche, heftige Reaktion flammte in ihm auf. Triumph, vielleicht, durchmischt mit Freude. Er achtete darauf, dass ihm nichts anzumerken war, bevor er sich zu ihr umdrehte und die Hand über ihre legte. „Sehr schön, einmal noch, aber dann sind wir fertig. Du musst dich ausruhen, und ich muss mich noch anderen Aufgaben zuwenden."

Sie wirkte besorgt. „Wir hatten vor, zu meditieren, damit ich einige Biofeedback-Techniken lerne."

In ihrer Stimme klang unterdrückte Anspannung mit, und er betrachtete sie eingehender. Stirnrunzelnd ging er in Gedanken ihr Gespräch an diesem Abend noch einmal durch. Es war nicht gerade ausgesprochen glatt gelaufen. Sie hatte seine Geduld herausgefordert und erneut ihre eigene Frustration und Entmutigung unter Beweis gestellt.

Dann erinnerte er sich daran, was sie über Raouls Angewohnheit gesagt hatte, sie in den Boden zu rammen oder gegen die Wand zu werfen, und die Falten auf seiner Stirn vertieften sich. Wenn sich sein Verdacht bestätigte, dann hatte Raoul versucht, sie zu vergraulen. Wie es aussah, war er in mehrfacher Hinsicht hart zu ihr gewesen.

„Es ist nicht schlimm, wenn wir erst morgen mit den Meditationsübungen anfangen“, sagte er sanft. „Wir sind auf einer Reise, nicht bei einem Wettrennen. Insgesamt hast du sehr hart gearbeitet und dich ausgezeichnet geschlagen. Ich bin sehr zufrieden mit deinen Fortschritten.“

Ihre müden Augen leuchteten auf. „Wirklich? Das sagst du nicht nur so?“

Er schüttelte den Kopf. „Das sage ich nicht nur so.“

„Danke!“

„Gern geschehen.“ Er legte den Kopf schräg. „Und jetzt versuchen wir es noch einmal. Bist du bereit?“

„Ja.“

Sie begaben sich in Walzerposition, was auch etwas war, worin sie sich hervortat. Den Kopf hielt sie hoch, die Schultern nahm sie zurück. Er startete die Musik, dann steckte er die Fernbedienung zurück in die Tasche seines Jacketts und nahm ihre Hand.

Sie warteten, und als die ersten Klänge den Ballsaal erfüllten, fing er ihren Blick auf und formte mit den Lippen lautlos das Wort *rückwärts*.

Sie atmete tief ein und nickte, und sie fingen an zu tanzen.

Volle anderthalb Minuten lang erschufen sie Schönheit. Ihr schlanker Körper bewegte sich im Einklang mit seinem voll leichtfüßiger Anmut durch die Schrittfolgen. Ihr Gesichtsausdruck hellte sich vor Freude auf, und als er es sah, lächelte er.

Dann trat sie ihm auf den Fuß.

Er hielt sofort inne, und bevor die Bestürzung die Freude aus ihren Zügen vertreiben konnte, sagte er: „Gut gemacht.“

Sie hatte bereits den Mund geöffnet, um sich zu entschuldigen, und war auf seine Worte nicht gefasst gewesen. „Das meinst du nicht wirklich.“ Sie schaute ihn hoffnungsvoll an. „Oder?“

„Natürlich meine ich das. Ich denke, diesmal hast du eine Ahnung davon gewonnen, wie sich der Walzer anfühlen soll, was uns den Unterricht morgen sehr erleichtern wird. Und ich sage nie etwas, das ich nicht so meine.“ Er nahm eine ihrer Hände und beugte sich darüber. Diese höfische Geste war entschieden aus der Mode gekommen, aber es fühlte sich richtig an, dem Impuls nachzugeben. „Wäre ich du, würde ich das Kompliment einfach annehmen und das Ganze als Erfolg verbuchen.“

Noch immer über ihre Hand gebeugt, hob er den Kopf, um sie anzuschauen, und erhaschte einen Blick auf ihr schiefes Lächeln. „Wenn du darauf bestehst.“

„Ich sage Raoul Bescheid, dass er dich nicht vor dem Mittagessen erwarten soll“, sagte er, während er sich aufrichtete. „Genieß deinen freien Vormittag. Du hast ihn dir verdient.“

Jetzt lag in ihrem Lächeln wirkliche Freude. „Vielen Dank.“

„*De nada.* Gute Nacht.“

„Gute Nacht."

Er sah zu, wie sie den Ballsaal verließ, dann schaltete er die Stereoanlage und das Licht aus. Leise Strauss' Donauwalzer vor sich hinpfeifend, machte er sich auf die Suche nach Raoul.

Er fand ihn im Trainingsraum-Büro, wo er über Papierkram brütete. Als Xavier in der Tür auftauchte, schaute Raoul von der Arbeit auf. „Wie ist es gelaufen?"

Unverhofft. Geziemt.

Ein unhörbares Lachen tanzte durch seine Seele. „Es gab einige frustrierende Momente", gab er zu.

Raoul stieß ein kurzes, bellendes Lachen aus. „So schlimm?"

„Immerhin konnten wir den Abend mit einem positiven Fazit beschließen." Die Arme verschränkt, lehnte er sich gegen den Türrahmen. „Ich habe ihr den Vormittag freigegeben. Wir müssen ihren Zeitplan anpassen. Wir können nicht von ihr verlangen, vom frühen Morgen an bis tief in die Nacht zu arbeiten."

Raoul lehnte sich im Stuhl zurück und schwang herum, um Xavier anzusehen. „Natürlich. Ich hätte längst daran denken müssen. Es ist kein Problem, ein paar Stunden später anzufangen."

Xavier betrachtete ihn eine Weile schweigend. Raoul stand schon lange in seinen Diensten, und sie kannten einander sehr gut. „Ich möchte, dass du nicht mehr versuchst, sie von hier zu vertreiben."

Raoul warf ihm einen düsteren Blick zu. „Hat sie sich beschwert?"

„Nein, das hat sie nicht getan. Sie hat einen Witz darüber gemacht, aber ich habe zwischen den Zeilen gelesen."

„Nun, falls es dich interessiert, ich hatte heute Morgen

bereits beschlossen, damit aufzuhören, nachdem sie mich in diesen Hinterhalt gelockt hat." Raoul ließ einen Stift zwischen den Fingern wirbeln. „Sie möchte die nächste Trainingsstufe in Angriff nehmen, und ich werde ihr den Gefallen tun."

„Gut. Das ist gut." Abwesend nickte Xavier, dessen Gedanken bereits eine neue Richtung einschlugen. „Da du derjenige bist, der sämtliche Bestellungen erledigt, weißt du vermutlich, welche Kleidergröße sie trägt, korrekt?"

„Natürlich." Raouls Gesicht nahm einen wachsamen Ausdruck an. „Warum fragst du?"

Entschlossen sagte er: „Weil ich möchte, dass du ein Ballkleid für sie bestellst."

Ungläubig zog Raoul die Brauen ganz langsam nach oben. „Dass ich ein Ballkleid für sie bestelle", wiederholte er langsam.

„Ja. Eins mit einem langen, ausladenden Rock. In Dunkelblau." Tess würde ein dunkelblaues Kleid gut stehen. Er dachte an ihren Witz über Ginger Rogers und Fred Astaire und fügte hinzu: „Vergiss nicht, die passenden High Heels mitzubestellen."

Raoul warf den Stift auf den Schreibtisch, stand auf und kam auf ihn zu. „Was … tust … du … da?"

„Was meinst du denn, was ich tu?" Angesichts seines Benehmens verengten sich Xaviers Augen. „Ich gebe ihr Tanzunterricht."

„Sie braucht kein Kleid, um tanzen zu lernen."

„Niemand tanzt in Trainingshosen Walzer", erwiderte er kopfschüttelnd.

Sie musste lernen, sich in einem langen Kleid und High Heels zu bewegen, das und so vieles andere, falls diese Kenntnisse je nötig werden sollten. Bei dem Gedanken verspannte er sich unwillkürlich.

Raoul hielt ihm einen Finger unter die Nase. „Es ist ein Mal vorgekommen. In den letzten vierzig Jahren wurde, soweit es mir bekannt ist, ein Mal ein Diener dazu aufgefordert, mit einem Gast zu tanzen, und jetzt verschwendest du Stunden darauf, und zwar Stunden *deiner* Zeit, Tess beizubringen, wie man Walzer tanzt." Er machte eine Pause, um den Sarkasmus richtig wirken zu lassen, bevor er hinzufügte: „Nur für den Fall, dass es innerhalb ihrer Lebensspanne mal vorkommen sollte."

Xavier richtete den Blick auf die gegenüberliegende Wand. „Ich sehe da kein Problem."

„Ich weiß, was du tust", sagte Raoul.

„Ist das so? Bitte klär mich auf." Er war sehr interessiert an Raouls Meinung, denn er selbst hatte keinen Schimmer, was er da tat.

„Du fängst an, Zeit und Mühe in sie zu investieren. Ein Ballkleid, Xavier? Ernsthaft? Bald wirst du dich ihr verbunden fühlen, und deine Beschützerinstinkte werden erwachen. Und dann wirst du nicht mehr in der Lage sein, sie für einen Auftrag auszusenden." Raoul spreizte beide Hände. „Mal vorausgesetzt, es kommt überhaupt so weit, und ganz ehrlich, danach sieht es bisher nicht aus, denn sie hat noch nicht das kleinste Zugeständnis an dich gemacht. Und das bedeutet, all der Aufwand wird vollkommen umsonst sein."

Geduldig hörte Xavier ihm zu. Als Raoul eine Pause machte, um Luft zu holen, sagte er ruhig: „Ich bin in mehreren Punkten anderer Meinung."

Raoul starrte ihn an. „Zum Beispiel?"

„Du setzt ein Endziel voraus, über das noch gar nicht entschieden wurde. Ja, ich sehe Potenzial in ihr, aber ich habe mich nicht darauf festgelegt, sie eines Tages mit irgendwelchen Aufträgen loszuschicken."

Xavier hielt kurz inne und dachte daran, wie sehr sich ihr Erscheinungsbild verändert hatte und wie unvergesslich sie geworden war, und wieder befiel ihn jene Unruhe. Er hatte gute Instinkte. Sie waren durch persönliche Katastrophen und Tragödien geschärft worden, und er hatte nicht die Absicht, sie jetzt zu missachten.

Nachdenklich fuhr er fort: „Es gibt eine Reihe von Gründen, die mich möglicherweise dazu bewegen werden, sie nicht auf Einsätze zu schicken, unter anderem den, dass sie auf dem Vampyrball in aller Öffentlichkeit in meine Dienste getreten ist."

„Viele Leute sprechen vor, ohne dass je etwas daraus wird", merkte Raoul an, nicht zum ersten Mal, seit sie über Tess' mutmaßliche Leistungen und Defizite diskutierten.

„Das mag wohl sein, aber *ich* bitte nicht oft jemanden zum Vorstellungsgespräch, und es gibt einige, die auf jede meiner Bewegungen achten", sagte er. „Und selbst wenn ich ihr das Angebot unterbreiten würde, wissen wir nicht, ob sie es annehmen würde. Das Einzige, was ich ihr angeboten habe – und was sie angenommen hat –, war die Aufnahme in meine Dienste. Wir sind nicht berechtigt, mehr als das von ihr zu erwarten, und derzeit gibt es einige Hinweise darauf, dass sie eine ausgezeichnete Dienerin abgeben könnte."

„Na gut", sagte Raoul stirnrunzelnd.

Xavier sah ihn direkt an. „Ich bin ebenfalls anderer Meinung als du, was die grundlegendsten Zugeständnisse betrifft. Sie hat alles getan, was du von ihr verlangt hast, und sie hat alles getan, was ich verlangt habe, dabei haben wir es ihr nicht leicht gemacht. Sie hat jeden Bluterguss und jeden Sturz ohne Klage hingenommen, obwohl du sie bis aufs Blut geschunden hast."

„Das stimmt. Aber sie hat noch kein direktes Blutopfer

geleistet, oder doch?"

„Nein. Aber es gefällt mir, dass sie es bisher noch nicht getan hat." Er lehnte sich anders gegen die Wand und betrachtete die gegenüberliegende Seite des Türrahmens. „Es gefällt mir, dass es ihr schwerfällt, weil es dem Blutopfer Bedeutung verleiht, wenn sie schließlich dazu bereit ist. Du weißt ebenso gut wie ich, dass die meisten Menschen auf dem Vampyrball ohne das leiseste Zögern jedem Vampyr das Blutopfer dargebracht hätten, der sie dazu aufgefordert hätte, obwohl es nichts über ihre Kenntnisse, ihre Persönlichkeit oder ihre Loyalität aussagt. Als Ritual ist es veraltet und nicht mehr von Bedeutung." Er murmelte fast wie im Selbstgespräch: „Und so sollte es nicht sein."

Raoul stieß einen Seufzer aus. „Ich kann es nicht leiden, wenn du recht hast."

Einer von Xaviers Mundwinkeln hob sich. „Ein schweres Kreuz, das du da trägst, da ich so oft recht habe."

„Ja, nun ..." Raoul steuerte wieder auf seinen Schreibtisch zu und setzte sich. „Und nichts von alldem hat etwas damit zu tun, dass du sie das Walzertanzen lehrst, aber gut, ich bestelle ihr ein Ballkleid. Ein billiges."

Xavier betrachtete versunken eine seiner Schuhspitzen. „Ein blaues."

„Ein billiges blaues", stimmte Raoul zu und kritzelte eine Notiz auf einen Haftzettel. „Und dazu billige High Heels."

Xavier seufzte. „Raoul, tu das ihren Füßen nicht an. Du möchtest doch, dass sie in der Lage ist, morgens ihre Laufrunden zu absolvieren, oder nicht?"

„Gut." Raoul strich mit dicken, entschiedenen Strichen seine Notiz durch und schrieb einen neuen Zettel. „Gute High Heels. Bist du jetzt zufrieden?"

Xavier lächelte. „Das bin ich, danke. Stehen für mich

heute Abend Termine an?"

„Ja. Der erste ist Marc. Er kommt um Mitternacht, um dich zu sehen, wenn es in Ordnung ist. Ich habe einen Termin pro Stunde für jeden der fünf Männer angesetzt."

„Das klingt perfekt."

„Weißt du schon, wo du Marc hinschicken wirst? Ich denke, er kommt auch mit einer Herausforderung gut klar."

„Ich hatte mir gedacht, er könnte entweder Justine oder Darius im Auge behalten." Ein großer Vorteil bei allen fünf Männern war, dass er sie, anders als Tess, in aller Heimlichkeit rekrutiert hatte. Das erweiterte die Möglichkeiten, sie einzusetzen, ganz erheblich. „Wen würdest du empfehlen, um ihn auf den anderen anzusetzen? Ich würde sie derzeit beide gern durch ein weiteres Augenpaar im Blick behalten."

„Der Auftrag könnte für Scott zu hart sein", sagte Raoul und klopfte nachdenklich mit dem Stift gegen seine Lippen. „Ich würde ihn gern erst auf einen Einsatz schicken, der sein Selbstbewusstsein stärkt. Am ehesten würde ich Brian auswählen."

„Dann soll es so sein."

Er verließ Raouls Büro und den Trainingsraum und begab sich zurück zum Haupthaus. Die Nacht war klar, und in der dunklen Weite des Himmels funkelten Tausende Sterne wie auf Samt genähte Kristalle.

Auch ein Kleid aus schwarzem Samt würde Tess gut stehen.

Er schaute zum Dienstbotenhaus. Ihr Zimmer war dunkel. Er bog vom Weg ab, ging hinüber und lauschte, sorgsam all die Geräusche der anderen ausblendend.

Sie war in ihrem Zimmer und atmete tief und gleichmäßig. Er stellte sich vor, wie sie wohl aussah. Trug sie ein Nachthemd, oder schlief sie nackt? Als er in ihrem

Schlafzimmer gewesen war, hatte sie ein dunkelrotes Hemd getragen, das ihr bis auf die Oberschenkel gereicht hatte.

Ihre schlanke Gestalt würde sich unter der Bettdecke abzeichnen. Ihr Haar musste auf dem Kissen ausgebreitet liegen wie schwarze Seide, und die klaren Züge ihres Gesichts würden entspannt und friedvoll sein.

Er würde sie gern friedlich sehen. Ohne die allgegenwärtige Wachsamkeit.

Aber es ging ihn nichts an, wie sie aussah, wenn sie allein war und schlief. Ungeachtet all seiner Argumente hatte Raoul recht. Er lief Gefahr, sich ihr allzu verbunden zu fühlen.

Er wandte sich ab und machte sich auf den Weg zu seinem eigenen, stillen Haus.

Kapitel 11

AM SPÄTEN MORGEN des nächsten Tags, als sich alle bereits an die Arbeit gemacht hatten und Tess in den Genuss der Stille eines leeren Hauses kam, kochte sie sich einen Becher Kaffee und machte es sich mit einigen Zeitungen gemütlich.

Print-Medien waren tot, aber offensichtlich war das Memo nicht in Xaviers Haus angekommen. Jeden Tag wurden um die zwanzig Zeitungen aus aller Welt angeliefert, einschließlich aller bedeutenderen der Menschen und mehrerer der Alten Völker, von denen sie vor ihrer Zeit bei Xavier noch nie etwas gehört hatte.

Es war Teil ihrer Aufgabe, sich über das Weltgeschehen auf dem Laufenden zu halten, aber das machte ihr nichts aus. Sie las aus eigenem Antrieb sämtliche Neuigkeiten, die sie in die Finger bekam. Die Zeitungen ersparten ihr den Aufwand, herauszufinden, wie sie im Internet Informationen sammeln konnte, ohne dabei Spuren zu hinterlassen.

Zehn Minuten später saß sie da, die Ellbogen auf dem Esstisch und die Stirn in die Hände gestützt, und starrte entsetzt auf den aufgeschlagenen *Boston Herald*.

Sohn eines US-Senators gestorben

Eathan Jackson, 21, Sohn des Senators Ryan Jackson (R.) aus Massachusetts, starb am Samstagnachmittag vor der Küste

Floridas bei einem „tragischen Bootsunglück", wie offizielle Quellen verlauten lassen. Der jüngere Jackson, ein Harvard-Student, hatte dort das lange Wochenende anlässlich des President's Day mit seiner Freundin und zwei weiteren Freunden verbracht. Die vier befanden sich an einem wolkenlosen Tag auf einem Segeltörn, als ihr Boot in einer plötzlichen Sturmbö kenterte.

Jacksons Freundin und ihre Begleiter konnten sich auf ein aufblasbares Beiboot retten, bis Hilfe vor Ort war, aber von Jackson fehlte jede Spur. Seine Leiche wurde erst Stunden später entdeckt ...

Ein jäher Schmerz traf Tess in die Brust. Tränen brannten ihr in den Augen, sie rieb sich das Gesicht und dachte: *Plötzliche Sturmbö, na klar.*

Eathan war ein verwöhnter, undankbarer Bengel mit vollkommen überzogenem Anspruchsdenken gewesen, aber er hatte es nicht verdient, dafür zu sterben. Sie hatte immer gehofft, dass etwas Besseres in ihm steckte und zum Vorschein käme, wenn er heranreifte.

Jetzt hatte er dazu keine Chance mehr. Er war tot, und sie wusste tief im Inneren, dass Malphas ihn umgebracht hatte.

Es war ein vollkommen sinnloser Mord gewesen. Während Jackson senior ein recht angesehener Politiker und Mitglied mehrerer Ausschüsse war, hatte Eathan keinerlei Kenntnis von Staatsgeheimnissen gehabt und auch nicht über irgendeine todbringende magische Kraft verfügt.

Er war kein Spieler gewesen, in keiner möglichen Bedeutung des Worts. Er war ja noch nicht einmal mit seinem Studium fertig gewesen.

Ihn zu töten war ein Akt reiner Bosheit gewesen.

Alle zaghaften Hoffnungen und Träume, sich ein neues

Leben aufbauen zu können, lösten sich auf und entpuppten sich als Illusionen. Malphas hatte sie nicht vergessen und würde es auch nicht einfach gut sein lassen. Er hatte sie ganz einfach nur nicht gefunden. Noch nicht.

Aber er würde sie finden, und wenn es so weit war, würde er mit ihr so viel Schlimmeres anstellen als mit Eathan. Eathan war nur ein potenzielles Opfer gewesen, das sich abgesetzt hatte. Sie hingegen hatte für Malphas gearbeitet und ihm verdammt noch mal Loyalität geschuldet.

Es spielte keine Rolle, dass sie nie versprochen hatte, untätig herumzustehen und zuzuschauen, wie er Leute austrickste, damit sie erdrückende Spielschulden aufhäuften und er sie versklaven konnte. Sie hatte etwas genommen, was er haben wollte, und das würde er ihr niemals vergeben.

Sie wischte sich über die Augen und merkte, wie spät es war. Sie würde es nicht mehr pünktlich zum Training mit Raoul schaffen. Mühsam versuchte sie Interesse dafür aufzubringen, aber nachdem sie sich wochenlang so dafür aufgerieben hatte, war ihr jetzt zumute, als wäre etwas in ihr zerbrochen.

Aber wenn sie nicht auftauchte, würde er kommen, um nach ihr zu sehen. Sie zwang sich, aufzustehen und den Tisch aufzuräumen, band ihr zu lang gewordenes Haar mit einem Haargummi zurück und ging zur Arbeit.

Als sie den Trainingsraum betrat, wartete er bereits auf sie. „Du bist zu spät.“

„Ich weiß. Es tut mir leid.“ Sie versuchte, ihrer Stimme einen aufrichtigen Klang zu verleihen, als bedeute es ihr etwas, aber an seinem Blick sah sie, dass es ihr nicht gelungen war.

„Was ist los? Hast du dich nicht ausreichend ausruhen können?“

Sie schüttelte den Kopf. „Alles in Ordnung.“

Sein Blick war zu scharfsichtig und bereitete ihr Unbehagen. „Bist du sicher? Xavier sagte, dass wir dich zu sehr unter Druck gesetzt haben, und er hat recht. Das heißt nicht, dass ich damit aufhören werde, dich unter Druck zu setzen, aber du kannst ruhig Bescheid sagen, wenn es dir zu viel wird."

Sie senkte den Blick zur Trainingsmatte. Er hatte eine schlechte Zeit gewählt, um freundlich zu ihr zu sein. Sie würde nicht weinen. Sie würde es nicht tun.

Trotz ihrer zugeschnürten Kehle zwang sie sich, mit fester Stimme zuzugeben: „Ich habe einen schlechten Tag, aber es wird helfen, wenn es etwas gibt, worauf ich mich konzentrieren kann."

„Sehr gut." Er fing an, sie locker zu umkreisen, nicht um sie anzugreifen, wie sie erkannte, sondern nur, um sich zu bewegen. „Gestern hast du gesagt, du willst deine Denkmuster verändern. Weshalb?"

Außer dass sie ihm mit Blicken folgte, wenn er in ihrem Sichtfeld war, bewegte sie sich nicht. Immerhin hatte er sie nicht aufgefordert, aufzupassen, und er hatte auch nicht „wenn ich bitten darf" gesagt.

„Weil ich nicht mein ganzes Leben lang auf der Flucht sein will", sagte sie und dachte dabei an Eathan. „Manchmal muss man stehen bleiben und kämpfen."

„Stimmt." Er stellte sich vor sie. „Solange du nicht vergisst, dass es in den meisten Fällen die richtige Entscheidung ist, die Flucht zu ergreifen. Selbst wenn du das Blutopfer geleistet hast und sich deine Geschwindigkeit, deine Selbstheilungskräfte und deine Stärke erheblich verbessert haben, werden deine Fähigkeiten bestenfalls mit denen eines frisch verwandelten Vampyrs oder denen junger Elfen vergleichbar sein. Viele Angehörige der Alten Völker werden immer noch schneller und stärker sein als du."

Sie bemerkte, dass er *wenn* gesagt hatte und nicht *falls*. Er fing an, an sie zu glauben. Rundum schlechtes Timing. Sie ballte die Fäuste und biss sich auf die Lippen, bis sie bluteten.

„Sie werden nicht notwendigerweise schlauer sein", brachte sie zwischen zusammengebissenen Zähnen hervor. „Oder so gut trainiert."

„Das ist es, was ich dir mitgeben kann", sagte er lächelnd. „Ich werde dir beibringen, welche Schwachpunkte die jeweiligen Rassen haben und wie man sie töten kann. Irgendwann werden wir Vertreter der unterschiedlichen Rassen als Trainingspartner hierhaben. Denk zum Beispiel an Trolle. Wenn ein Troll dich erwischt und vorhat, dich zu töten, dann bist du tot. Aber selbst als normaler Mensch bewegst du dich so viel schneller als jeder Troll und solltest in der Lage sein, ihm zu entwischen – es sei denn, er lockt dich in eine Falle. Manchmal sind sie so listig, also musst du dich in Acht nehmen."

Während ihrer Unterhaltung hatte sie sich so weit beruhigt, dass sie sich konzentrieren konnte. „Was ist die verletzliche Stelle eines Trolls? Hat er überhaupt eine?"

„Wenn du nicht gerade hochexplosiven Sprengstoff dabeihast, gibt es nur einen Schwachpunkt – die Augen. Alles andere ist hart wie Granit. Hochexplosiver Sprengstoff kann einen Troll betäuben und die Gelenke so sehr beschädigen, dass du ihn mit einer Axt in Stücke hacken kannst, aber das ist eine extrem langsame, grausame und ineffiziente Art, ihn zu töten." Er zeigte auf eins seiner Augen. „Aber wenn du aufs Auge zielst, kannst du das Gehirn treffen. Das bringt die Angelegenheit rasch zu Ende."

Misstrauisch musterte sie ihn. Er klang vollkommen sachlich und nüchtern, als hätte er schon mal einen Troll erledigt. Angesichts seiner einschüchternden Kampffertig-keiten würde Raoul einen furchterregenden Killer abgeben.

Vielleicht war er einer gewesen, früher.

Allerdings … Er hatte gesagt, er arbeite seit achtund-vierzig Jahren für Xavier, und heute war er fünfundsiebzig. Das hieß, er war als junger Mann von siebenundzwanzig Jahren zu Xavier gekommen. Damals konnte er noch nicht annähernd so erfahren und gewandt gewesen sein wie heute, was bedeutete, er hatte die meisten seiner Fähigkeiten in Xaviers Diensten erworben.

Nachdem sich dieser Gedanke in ihrem Kopf festgesetzt hatte, wurde sie ihn nicht mehr los. Sie schob die Frage beiseite, um sich später damit zu beschäftigen. „Realistisch betrachtet, wird es sich wohl nicht ergeben, dass ich gegen Trolle kämpfe, oder?"

„Man kann nie wissen, aber wohl eher nicht." Er zuckte mit den Schultern. „Normalerweise sind sie sehr friedlich. Ich ziehe sie nur als Beispiel heran. Hauptsächlich werden wir uns auf Wesen konzentrieren, die dir häufiger begegnen werden, weil es bei ihnen sehr viel wahrscheinlicher ist, dass es zu einem Angriff kommt."

Sie legte den Kopf zur Seite. „Zum Beispiel Vampyre?"

Er lächelte. „Zum Beispiel Vampyre. Sie sind für ihre Gefährlichkeit bekannt, aber sie haben auch einige Schwächen, wie etwa die, dass sie dein Haus nicht ohne deine Erlaubnis betreten können. Das gilt nicht für öffentliche Gebäude wie Hotels oder Hotelzimmer. Es gilt auch nicht für Räume im Haus eines anderen, in denen du dich als Gast aufhältst, also musst du über deine Grenzen Bescheid wissen und darüber, was sicher ist."

„Wenn ich also zu Gast im Haus eines Vampyrs bin, können Vampyre überallhin, wo ich mich aufhalte", sagte sie.

„Ja. Oder wenn du Gast von jemandem bist, der einem Vampyr das Betreten seines Hauses gestattet hat – du kannst diese Einladung nicht widerrufen. Die älteren, mächtigeren unter ihnen können Menschen mithilfe der Augen oder ihrer Stimme hypnotisieren, aber das ist eins der Dinge, bei denen das Blutopfer dir einen gewissen Schutz bietet. Wenn du diese Verbindung mit Xavier eingehst, wird dich kein anderer Vampyr hypnotisieren können. Natürlich ist direktes Sonnenlicht tödlich für einen Vampyr, aber ein hochwirksamer Sunblocker oder auch ein guter Mantel verschafft ihm normalerweise ausreichend Zeit, um irgendwo Schutz zu suchen. Jeder Vampyr mit auch nur einem Funken Verstand trägt Kleidung mit einem UV-Schutzfaktor von 50 oder höher, die bis zu 98 Prozent der UV-Strahlung abhält.“

„Was ist mit UV-Lampen?“

„Vergiss es, es sei denn, du willst ihn richtig wütend machen. Sie verursachen schmerzhafte Verbrennungen, sind aber nicht stark genug, um einen Vampyr kampfunfähig zu machen.“ Er fuhr sich mit einem Finger über die Kehle. „Enthauptung funktioniert, und das Durchbohren des Herzens, beispielsweise mit einem Schwertstoß. Die Beschädigung des Hirns ebenfalls, aber nur, wenn sie massiv ist. Anders gesagt: Du kannst einem Vampyr ebenso wie einem Troll ins Auge schießen, und wenn der Schuss direkt durchs Hirn geht, wird es ihn umbringen.“

Sie rieb sich den Nacken. „Es ist seltsam, darüber so zu reden.“

In seinem schmalen Gesicht bildeten sich Fältchen, als er lachte. „Keine dieser Informationen ist vertraulich. Es ist nicht gerade, als würde ich Staatsgeheimnisse ausplaudern.“

Die Formulierung versetzte sie in den Morgen des heutigen Tages zurück, als sie von Eathans Tod erfahren hatte, und sie zuckte beim Gedanken daran zusammen. Aber auch dafür war jetzt nicht der richtige Zeitpunkt, also zwang sie sich zur Konzentration. „Bei unserem Gespräch auf dem Vampyrball hat Xavier mich gefragt, ob ich Drogen nehme."

„Das ist ein ganz anderes Thema", erklärte er.

Sie zuckte mit den Schultern. „Es klang, als könnte es ziemlich schädlich sein."

„Ja, aber normalerweise nur über eine längere Zeitspanne. Glücklicherweise lässt sich das Problem meist aus der Welt schaffen, ehe ernsthafter Schaden angerichtet wird. Wenn das nicht rechtzeitig geschieht …" Er schüttelte den Kopf. „Das Ergebnis ist unschön."

Beim Zuhören schob sie die Finger in die Hosentaschen und zog den Kopf zwischen die Schultern. „Was genau meinst du damit?"

„Wenn sich Vampyre regelmäßig von Blut ernähren, das mit harten Drogen verunreinigt ist, verändert es sie auf schreckliche Weise. Sind sie diesem Einfluss zu lange ausgesetzt, ist der Schaden irreparabel." Er wandte sich zur Tür. „Ich schätze, heute wird's nichts mehr mit dem Training. Lass uns eine Runde spazieren gehen, während wir uns unterhalten."

Sie folgte ihm in den Sonnenschein. „Aber du sagtest, meistens könne man es aufhalten, ehe der Schaden dauerhaft wird, also ist es im Grunde nicht wirklich eine Gefahr, oder?"

„Das stimmt. Der Haken daran ist nur, dass der Vampyr es vielleicht gar nicht aufhalten will." Er lief den Weg zum Strand entlang. Trotz der steten Brise vom Meer war es ein warmer, sonniger Tag, und er wandte mit offenkundigem Behagen das gebräunte Gesicht den starken, hellen Sonnenstrahlen entgegen. „Die Leute sind nicht von der Idee abzubringen, dass die Verwandlung in einen Vampyr all ihre

Probleme lösen würde, und das ist schlicht ein Irrtum. Vampyrismus ist kein Allheilmittel. Wer du als Mensch bist, wirst du auch als Vampyr sein."

„Das verstehe ich nicht", sagte sie und schloss zu ihm auf.

Sie liefen am Strand entlang, und über ihnen gellten die wilden Schreie der Möwen. „Wenn du als Mensch Alkoholiker bist, wirst du auch als Vampyr noch Alkoholiker sein", erklärte ihr Raoul. „Die Probleme, die dich in den Alkoholismus getrieben haben, sind nicht verschwunden, nur hat Alkohol keinerlei Wirkung mehr."

„Davon habe ich schon mal gehört." Sie kniff die Augen gegen das helle Sonnenlicht zusammen. „Vampyre können sich mit Alkohol nicht betrinken, richtig?"

„Korrekt. So wie sie auch keine Nährstoffe aufnehmen können, wenn sie etwas essen. Sie sind auf Blut angewiesen, das die Nährstoffe – oder auch den Alkohol – so transportiert, dass ihr Stoffwechsel sie aufnehmen kann."

„Also können sie sich betrinken, indem sie von betrunkenen Leuten trinken?"

„So ist es. Und dasselbe Prinzip gilt für alle anderen Drogen. Wenn du als Mensch suchtkrank bist, bist du auch als Vampyr suchtkrank. Die Verwandlung löst keine persönlichen Probleme, sie eliminiert ausschließlich körperliche Erkrankungen. Aber wenn ein Süchtiger ein Vampyr wird, hat die direkte Einnahme der Drogen keine Wirkung mehr."

„Oh, wow." Sie dachte darüber nach und erschauerte.

„Wie gesagt, es kann unschön werden. Es verstößt gegen das Gesetz der Nachtwesen, einen Süchtigen zu verwandeln, aber es kommt trotzdem vor. Das gesamte Tunnelsystem unter San Francisco ist von einer Subkultur drogenabhängiger Vampyre verseucht. Hin und wieder bringt Julian die nötigen Mittel auf, um sie auszuräuchern, aber entweder kennen sie

Zufluchtsorte, auf die seine Truppen keinen Zugriff haben, oder das Problem greift einfach von allein weiter um sich. Süchtige Vampyre jagen süchtige Menschen oder bezahlen sie für ihr Blut. Manchmal stellen sie die Drogen zur Verfügung oder zahlen, indem sie die Menschen verwandeln, oder – wenn der Vampyr zu sehr zur Bestie geworden ist – reißen sie in Stücke. Es ist eine kaputte, brutale Welt dort unter der Stadt." Er winkte ab. „Aber genug davon. Es gibt mehr als eine Methode, einen Vampyr zu töten. Hast du schon mal von Brodifacoum gehört?"

Sie warf ihm einen Seitenblick zu. „Nein. Sollte ich?"

Er zuckte mit den Schultern. „Als Umweltschützerin wärst du vielleicht mal über den Begriff gestolpert. Brodifacoum ist ein hochgradig tödliches, blutgerinnungshemmendes Gift, das häufig in Pestiziden verwendet wird."

„Gerinnungshemmend", wiederholte sie.

Er sah sie direkt an. „Aus Brodifacoum wurde ein Derivat entwickelt, das auch bei Vampyren wirkt. Der Effekt ist der gleiche wie bei Menschen. Es greift die Blutgefäße des Vampyrs an und führt zu inneren Blutungen, Schock, Krämpfen, Bewusstlosigkeit und schließlich zum Tod."

„Es lässt sie verbluten?"

Er nickte. „Ich habe es gesehen. Es ist ein grauenhafter Tod."

Sie zuckte zusammen. „Gibt es kein Gegenmittel, keine Heilung?"

„Eine Heilung in dem Sinne nicht. Man kann nur versuchen, das Gift so schnell wie möglich auszuschwemmen, bevor es vom Körper aufgenommen wird. Das erfordert einen massiven Austausch von vergiftetem Blut gegen frisches. Sobald das Blut vom Körper aufgenommen wurde und innere Blutungen aller wichtigen Organe verursacht, gibt es keine

Rettung mehr." Er sah sie an und hob eine sandfarbene Augenbraue. „Nicht, dass du mitten im Kampf die Gelegenheit hättest, dem Gegner Drogen oder Gift zu verabreichen, aber zumindest hast du jetzt einen groben Überblick. Lass uns zurückgehen."

Sie nahmen den gleichen Weg zurück, den sie gekommen waren, und nach einigen Minuten fuhr Raoul fort: „Wir werden uns beim Training in nächster Zeit vor allem den Fernkampfwaffen widmen: Feuerwaffen, Wurfmessern und Pfeil und Bogen. Das bedeutet nicht, dass wir den Nahkampf vernachlässigen, aber wenn du den direkten Nahkampf vermeiden kannst, hast du eine bessere Chance, tödliche Schwachstellen zu treffen und zu überleben. Die meisten Wesen sind im Bereich der Augen am verletzlichsten, und dein größter Vorteil ist deine Hand-Augen-Koordination." Wieder hob er eine Augenbraue. „Du könntest eine herausragende Scharfschützin abgeben, wenn du dich dafür entscheidest."

Hatte sie wirklich endlich ein Lob von Raoul gehört? Sie versuchte, ihre Freude zu verbergen, und antwortete trocken: „Gut zu wissen. Auch wenn das eine Laufbahn ist, die ich bisher noch nicht in Erwägung gezogen habe."

Er lachte leise in sich hinein.

Sie schaute am Ufer entlang in die Ferne und versuchte, ganz normal zu klingen. „Was ist mit den etwas exotischeren Alten Völkern, zum Beispiel den Dschinn? Was sind ihre Schwachstellen?"

Das Lachen in seinem Gesicht erstarb. „Sie haben keine, jedenfalls nicht in physischer Hinsicht. Wenn du je in Gefahr gerätst, Ärger mit einem Dschinn zu bekommen, dann sieh zu, dass du verschwindest. Da sehe sogar *ich* zu, dass ich verschwinde. Ich habe zwar gehört, dass schon Dschinn getötet wurden, aber das ist ein seltenes und gefährliches Ereignis. Es erfordert den gut koordinierten Angriff eines Teams von Wesen, die sehr viel mächtiger sind als du und ich."

Ihre Enttäuschung schob sich zwischen sie und die Helligkeit des Sonnenlichts wie eine dunkle Wolke. Sie ließ die Schultern sinken. „Das habe ich mir fast gedacht."

Auf dem Rückweg zum Trainingsraum arbeiteten sie den neuen Trainingsplan aus, der erst später am Morgen anfangen würde, ihren abendlichen Unterricht bei Xavier berücksichtigte und mehr Zeit für Schießtraining und erste Lektionen im Bogenschießen enthielt. Danach schickte Raoul sie zu einer Nachmittags-Laufrunde los.

Sie verließ das Anwesen durch das Haupttor und lief die Straße hinunter, die wegen des Wechsels von gleißendem Sonnenlicht mit den tiefen Schatten der ringsum aufragenden Mammutbäume ein Streifenmuster trug. Wenn sie beim Laufen auf ihre Füße hinabschaute, sah sie, wie sie ins Licht trat, in die Dunkelheit, wieder ins Licht.

Ihre Gedanken verliefen in ähnlichen Bahnen.

Licht: *Malphas hat mich noch nicht gefunden. Vielleicht wird er es nie. Er hat keine Ahnung, wie Menschen denken oder vorgehen.*

Dunkelheit: *Du weißt, dass das eine Lüge ist. Es ist nur eine Frage der Zeit. Er hat Eathan erwischt, oder etwa nicht?*

Licht: *Eathan hat nicht versucht, sich zu verstecken, so wie ich. Ich lebe hier vollkommen außerhalb der normalen Gesellschaft. Ich gehe nirgendwohin und greife nicht auf meine Konten zu. Ich habe niemandem meine Sozialversicherungsnummer genannt, ich benutze das Internet nicht für irgendetwas Verräterisches, gebe keins meiner Passwörter ein und ziehe über nichts Erkundigungen ein, was mit Las Vegas, Glücksspiel oder Dschinn zu tun hat.*

Dunkelheit: *Hör auf, es dir schönzureden, und geh davon aus, dass es passieren wird. Er wird dich finden, und dann wird er womöglich Schlimmeres tun, als dich nur zu töten. Vielleicht verletzt er Leute auf dem Anwesen, nur weil sie dir Zuflucht gewährt haben.*

Sie wurde langsamer und hielt an. Starrte blind die verlassene Straße hinunter.

Dann drehte sie sich langsam um und schaute den Weg entlang, auf dem sie gekommen war. Der Landsitz war verschwunden, kühler Wald umgab sie. Die Straße war so kurvig, dass sie in keine Richtung weiter als hundert Meter sehen konnte.

Die Antwort lag jedoch sowieso nirgendwo an dieser Straße. Sie wusste längst, was sie zu tun hatte.

Einen Augenblick später lief sie weiter, allerdings langsamer. Es spielte keine Rolle, wie schnell oder weit sie lief. Nach einer halben Stunde kehrte sie um und machte sich auf den Rückweg. Am Tor gab sie den Code ein und trat hindurch. Hinter ihr schloss es sich, und sie ging in langsamem Tempo auf das Dienstbotenhaus zu.

Sie sah nur einen kleinen Teil des Ballsaals, von außen so schön wie von innen. Jetzt, da ihr klar war, dass sie gehen musste, konnte sie sich einen weiteren Abend in Xaviers Gesellschaft auch ersparen, aber zu ihrer eigenen Überraschung machte ihr dieser Gedanke keinerlei Freude.

Am vergangenen Abend hatte sie sich einige flüchtige Augenblicke lang gefühlt, als schwebte sie schwerelos über den Boden. Xaviers Griff war sicher und zugleich sanft gewesen. Sobald sie sich entspannt und sich ihm anvertraut hatte, waren sie dahingeglitten, während die Welt um sie herumwirbelte.

Sie hatte ihre ungeschickten Füße vergessen, genau wie die Tatsache, dass sie auf der Flucht war und sich hier versteckte. Sie hatte vergessen, dass er ein abstoßendes

Ungeheuer war. Nichts schmerzte mehr, kein Bluterguss, kein Muskel.

Sie fühlte und hörte nichts bis auf die Musik. Alles, was sie sah, war sein langsam breiter werdendes Lächeln, das seinen entschlossenen Blick weicher wirken ließ. Eine fast überirdische Hingabe hatte sein intelligentes, normalerweise so nachdenkliches Gesicht erfüllt.

Sie wollte wirklich dringend herausfinden, ob sie noch einmal solche neunzig Sekunden fertigbrachten.

Nachdem sie jetzt schon sechs Wochen lang hier war, dachte sie, machten ein paar weitere Stunden auch nichts mehr aus.

Ich kann morgen früh aufbrechen.

Zum Abendessen gab es spanische Paella mit Kaninchen, Chorizo-Wurst, Garnelen, Miesmuscheln und Calamari, zum Nachtisch schlichtes, köstliches, hausgemachtes Eis. Alle fünf anderen Angestellten, die noch in der Ausbildung waren – Marc, Jeremy, Aaron, Scott und Brian –, fehlten, und niemand sagte etwas darüber, wo sie steckten, aber die anderen waren vollzählig da und langten herzhaft zu.

Tess saß neben Angelica an einem Ende des rustikalen Tischs. Wie immer konzentrierte sie sich ganz auf ihre Mahlzeit und hörte dabei den Gesprächen der anderen zu. Heute jedoch fiel ihr nicht so sehr auf, wie betont harmlos das Gespräch ihr vorkam, stattdessen bemerkte sie die scherzhaften Neckereien und die aufrichtige Wärme.

Gegen Ende des Abendessens warf sie Angelica einen Blick zu und sagte leise: „Ich habe die Gelegenheit, dich kennenzulernen, überhaupt nicht genutzt, und das tut mir sehr leid."

Angelica wandte sich ihr zu, und ihre Überraschung verwandelte sich zu einem warmen, etwas schiefen Lächeln, das die Falten in ihrem Gesicht vertiefte und ihr Schönheit verlieh. „Du bist ein liebes Mädchen", sagte die ältere Frau. „Und du hattest viel zu tun. Wir haben Zeit."

Tess nickte nur, statt zu antworten, denn natürlich hatten sie keine Zeit, und sie würde noch vor dem Frühstück verschwunden sein. Nachdem sie beim Aufräumen geholfen hatte, ging sie nach oben in ihr Zimmer, um sich zu vergewissern, dass sie beim Abendessen nicht ihr T-Shirt bekleckert hatte. Sie zähmte ihr Haar, indem sie es zu einem kurzen Pferdeschwanz hochband, putzte sich die Zähne und ging zum Haupthaus hinüber.

Diesmal war der Speisesaal leer. Neben einem der Gedecke waren einige alte Bücher aufgestapelt, darauf lag ein Zettel. In kühner, schräger Handschrift stand darauf:

Bitte fang schon einmal damit an, diese Bücher zu lesen. Ich komme bei Sonnenuntergang zu dir in den Ballsaal. — X.

Natürlich, was auch immer er für das Reich der Nachtwesen tat, er musste ein viel beschäftigter Mann sein. Sie legte die Notiz beiseite und widmete sich den Büchern. Die meisten waren auf Englisch verfasst und behandelten die unterschiedlichen Gepflogenheiten einiger Alter Völker, andere waren auf Französisch. Er hatte sich gemerkt, dass sie Französisch verstand.

Eins der Bücher war deutlich neuer als die anderen, ein schweres Taschenbuch über Biofeedback-Techniken.

Sie entschied sich, hiermit anzufangen, setzte sich und begann zu lesen. Die meisten Biofeedback-Therapien fanden im klinischen Umfeld statt, mit elektronischen und wärmeempfindlichen Sensoren, aber ein Abschnitt befasste sich mit Übungen, die man außerhalb einer Klinik absolvieren konnte, um die eigenen Gedanken, Gefühle oder das Verhalten zu beeinflussen.

Lustig, wie sich alles immer wieder mit dem verknüpfen ließ, was Raoul zu ihr gesagt hatte – sie musste ihre Denkmuster ändern. Tiefes, gleichmäßiges Atmen konnte den Herzschlag verlangsamen. Sich auf etwas anderes zu konzentrieren als das, was große Angst auslöste, wirkte sich besänftigend aus bei Panikattacken, und auch positives Denken half.

Sie drückte mit der Zunge von innen gegen die Wange. Waren es positive Gedanken, wenn man darüber nachdachte, wie man bei einem möglichen Zusammentreffen einen Vampyr töten konnte, oder über all seine Schwachpunkte grübelte?

Nun, sie würde Biofeedback nicht mit Elektroden verkabelt erlernen, also konnte sie wohl mit allen Bildern arbeiten, die ihr hilfreich erschienen.

Nicht, dass sie bleiben würde, um zu trainieren.

Sie las, bis draußen das Licht schwand und die Dämmerung Schatten auf die Seiten warf. Sie legte das Buch beiseite, stand auf und betrat den leeren Ballsaal, wo sie auf das Meer hinausschaute. An warmen Abenden konnten die hohen Sprossenfenster im gesamten Saal geöffnet werden, sodass frische Luft hindurchwehte.

Sie musste Raoul zustimmen. Dieser Saal war das Prunkstück des Hauses.

Der Gedanke schmerzte sie. War sie etwa traurig darüber, dass sie gehen würde?

Irritiert wandte sie sich vom Fenster ab, gerade als Xavier hereinkam. Heute war er vollständig schwarz gekleidet, in schlichte Hosen und einen dünnen Pullover, der aussah, als sei er aus Seide. Die Kleidung schmiegte sich an seine schlanke, kraftvolle Gestalt und betonte seine natürliche Eleganz mehr denn je.

Ihr Herzschlag beschleunigte sich, aber nicht aus Angst. Auch wenn ihr seine Gefährlichkeit vollauf bewusst war, war sie inzwischen sicher, dass er ihr nichts tun würde. Warum also raste ihr verdammtes Herz schon wieder so?

Ihr blieb keine Zeit, darüber nachzudenken. Sobald er sie sah, schenkte er ihr ein kurzes Lächeln und eine jener angedeuteten, altmodischen Verneigungen, die für ihn so natürlich zu sein schienen wie für sie das Atmen. „Sehr gut, du bist hier. Folge mir bitte.“

Er drehte sich um und ging wieder hinaus. Verwirrt beeilte sie sich, zu ihm aufzuschließen. „Wo gehen wir hin?“

„Wirst du gleich sehen.“

Er ging voraus, die Treppe hinauf, die er leichtfüßig immer zwei Stufen auf einmal nahm, und den Korridor gegenüber seinen eigenen Räumlichkeiten hinunter bis zum ersten Schlafzimmer. Dort trat er von der offenen Tür zurück und bedeutete ihr, sie solle eintreten.

Verwirrt gehorchte sie. „Was tun wir?“

„Du ziehst dich um“, erklärte er.

Eine lange Kleiderhülle von Nordstrom lag quer über dem breiten Doppelbett, daneben stand eine kleinere Nordstrom-Tasche. In der Tasche sah sie die Ecke eines Schuhkartons, und sie fuhr herum und starrte Xavier an. „Du hast mir ein Kleid gekauft? Und Schuhe?“

Gänzlich unbeeindruckt von ihrer Ungläubigkeit zuckte er mit den Schultern. „Wie ich schon zu Raoul sagte: Niemand tanzt in Trainingshosen Walzer. Du kannst nur in angemessener Kleidung lernen, wie man richtig tanzt, sonst wirst du nicht mit dem Kleid oder den Schuhen zurecht-kommen, und die Füße deines armen Tanzpartners werden sich niemals davon erholen.“

„Aber … aber …“

„Kein Aber." Er sah zugleich vergnügt und unerbittlich aus. „Zieh dich um. Ich warte unten im Ballsaal."

Aber du hättest das Geld nicht ausgeben sollen. Ich werde nicht bleiben.

Die Worte kreisten in ihrem Kopf. Sie hatte nicht vorgehabt, ihm vor der Tanzstunde zu sagen, dass sie gehen würde, und bevor sie sich zu einer Antwort durchringen konnte, schloss er die Tür und ließ sie allein.

Sie musste hinterher und es ihm sagen. Wenn sie doch nur die richtigen Worte dafür finden würde.

Aber ihre Füße hatten ihren eigenen Willen und trugen sie zum Bett. Auch ihre Hände entwickelten eigene Ideen und öffneten die Kleiderhülle.

Ihr Verstand folgte und dachte: *Na ja, ein kurzer Blick wird niemandem wehtun.*

Sie schob den Stoff des Kleidersacks beiseite und starrte auf das Kleid. Es war ein wunderschönes, tief mitternachtsblaues Abendkleid, an einer Hüfte gerafft und mit einem langen, durchscheinenden Rock. Das Kleid selbst war schulterfrei, aber es gehörte noch ein passendes Oberteil aus Spitze in derselben Farbe dazu.

Sie nahm den Schuhkarton aus der Tüte und öffnete ihn. Darin lagen filigrane, hautfarbene Sandaletten. Wie betäubt nahm sie eine heraus und betrachtete sie genauer. Sie hatte einen Absatz, aber nicht zu hoch, und es war ihre Schuhgröße.

Sie konnte sich nicht erinnern, wann sie zum letzten Mal schöne Kleider getragen hatte, und dieses war einfach überwältigend.

Ach, verdammt.

Kapitel 12

WIE GEGEN IHREN Willen streckten sich ihre Finger aus und strichen über den durchscheinenden Rock.

Sie könnte das Kleid anprobieren, nur um zu sehen, ob es passte. Und wenn es passte, könnte sie einen Tanz wagen oder zwei. Wenn sie die Preisschilder nur versteckte, sie aber nicht entfernte, konnten sie alles wieder zurückschicken.

Und Hand aufs Herz, es war doch egal, ob sie eine weitere Tanzstunde in Sportkleidung oder in einem Kleid absolvierte, oder?

Sie hinderte sich selbst daran, weiter hin und her zu grübeln, indem sie die Laufschuhe abstreifte und sich auszog, dann bebend ins Kleid schlüpfte, die Sandaletten überstreifte und vor den großen ovalen Standspiegel in einer Zimmerecke trat.

Wäre dies wirklich ihr Kleid, und sie würde es behalten wollen, dann würde sie einige Änderungen vornehmen lassen. Auch wenn es an Schultern und Hüften genau richtig saß, war es um die Taille herum etwas zu locker, und die Ärmel waren einen Hauch zu lang. Nichts, was ein guter Schneider nicht problemlos anpassen konnte. Die Farbe war einfach wunderbar. Sie ließ ihr dunkles Haar schimmern und betonte die gesunde Bräune ihrer Haut. Der Schnitt schmeichelte ihrer Figur und hob die Kurven genau richtig hervor.

Und sie liebte die Sandaletten. Es war seltsam, etwas

anderes anzuhaben als Laufschuhe – sie war es nicht mehr gewohnt, Absätze zu tragen –, aber die Sandaletten waren leicht und bequem, und ihre Füße sahen darin weiblich und schmal aus.

Ein Teil ihres Verstands fragte kritisch: *Was tust du da, Tess?*

Sie stopfte der inneren Stimme einen Knebel in den Mund, verließ das Zimmer und ging die Treppe hinunter.

Schon bevor sie den Ballsaal erreichte, hörte sie Musik, eine einstimmige Melodie, die etwas Nachdenkliches an sich hatte. Was immer es sein mochte, es war kein Walzer. Als sie in den Saal kam, sah sie Xavier am Stutzflügel sitzen, den Kopf über die Tasten gebeugt, und ihr wurde klar, dass sie keine Aufnahme hörte. Er spielte, wenn auch eher nebenbei und nur mit einer Hand.

„Ich habe keine Ahnung von klassischer Musik", sagte sie. „Aber was immer du da spielst, es klingt wunderbar."

Er hörte auf, sein dunkler Haarschopf hob sich, und er wandte den Kopf zur Tür. Als er sie sah, stand er rasch auf.

Die Intensität, mit der er sie in Augenschein nahm, verunsicherte sie. Der kritische Teil ihres Verstands spuckte den Knebel aus und schnauzte sie an: *Das Kleid ist nichts als Requisite, du Idiot, und es gehört dir nicht mal. Und warum um alles in der Welt interessiert dich seine Meinung überhau…*

Das war alles, was er herausbrachte, bevor sie den Knebel wieder hineinstopfte. Während sie auf Xavier zuging, fragte sie: „Und? Gut so?"

„Sehr gut sogar", antwortete er. Seine Stimme klang warm, und in seinem Gesicht stand ein Ausdruck, der wie Freude aussah. „Jetzt kannst du herausfinden, wie es ist, wirklich Walzer zu tanzen." Als sie näher kam, streckte er eine Hand aus, und sie legte ihre hinein. Statt sie aufs Parkett hinauszuführen, beugte er sich vor und drückte leicht die Lippen auf ihre Finger. „Und du siehst wunderschön aus."

Der kritische Teil ihres Verstands befreite sich von seinen Fesseln und bemächtigte sich ihrer Stimmbänder. „Was natürlich vollkommen bedeutungslos ist", sagte sie leise. „Aber danke."

Er schaute auf, sah sie über ihre Hand hinweg an, und auf seinem Gesicht breitete sich langsam ein Lächeln aus, außergewöhnlich hinreißend und sexy und verheerend. „Ich befürchte, ich muss widersprechen. Eine schöne Frau ist niemals bedeutungslos. Sie kann das unwiderstehlichste, auf wunderbare Weise gefährlichste Wesen sein, das diese Welt überhaupt kennt."

Sexy. Jetzt, da der letzte Überrest ihrer Angst geschwunden war, war sie zum ersten Mal in der Lage, es zu sehen, es zu spüren, so deutlich, als könnte sie die Hand ausstrecken und diese Tatsache berühren.

Er war sexy.

Erschüttert zog sie die Hand zurück und lachte kurz auf. „Du hast mir noch nicht verraten, was du eben gespielt hast", erinnerte sie ihn, um der atemberaubenden, intensiven Aufmerksamkeit zu entkommen, mit der er sie betrachtete.

„Es ist von Chopin, eine der *Nocturnes*. In meinen Augen eins der schönsten Stücke, die er geschrieben hat. Aber ich habe es nicht wirklich ernsthaft gespielt, nur die Melodie geklimpert. Möchtest du es richtig hören?"

Vergnügen war etwas Tödliches. Es schwächte die Entschlossenheit und brachte die Motivation ins Wanken. Sie hörte sich selbst sagen: „Ja, bitte."

Er neigte den Kopf und setzte sich, rückte auf ein Ende der Bank, eine klare Einladung an sie, sich neben ihn zu setzen.

Oh, verdammt. Wie hatte sich dieser Abend in diese gefährliche Richtung entwickeln können?

Vorsichtig glitt sie neben ihn. Es gab kein Notenblatt. Was immer er gespielt hatte, er konnte es auswendig. Er lächelte sie von der Seite an, legte die Finger auf die Elfenbeintasten und begann zu spielen.

Die Akustik des Ballsaals war hervorragend. Eindringliche, erlesene Musik klang auf und erfüllte den Raum.

Gefühle erwachten in ihr, die jede Vorstellung sprengten. Die langen, ruhigen Klangfolgen drangen ihr bis ins Herz und übertönten dessen eigenen Rhythmus. Irgendwie, durch die erstaunlichsten Umstände, von denen sie je gehört oder die sie je erfahren hatte, war sie an diesen Ort und in diese Zeit gelangt.

All die Details schienen sich in ihrem Verstand zu verstreuen wie die Perlen einer gerissenen Halskette, die sich über den Frisiertisch einer Fremden verteilten. Sie trug ein wunderschönes Kleid und saß im hellen Mondlicht im Prunksaal eines eleganten Hauses neben einem Vampyr, der, zugleich gefährlich und liebenswürdig, Chopin spielte, nur für sie.

Wenn sie den Schutz des abgeschiedenen Landsitzes verließ, würde sie wahrscheinlich binnen einer Woche tot sein. Jetzt aber dachte sie nicht daran, ließ alle Schutzmauern fallen und gab sich ganz dieser einzigartigen Erfahrung hin.

Als die letzten Töne verklangen, hätte sie am liebsten danach gegriffen und verlangt, dass sie blieben, aber selbst wenn sie das Stück noch einmal hören würde, wäre es doch nie wieder dasselbe wie bei diesem ersten Mal, so angefüllt mit dem unwiederbringlichen Glanz des ersten Entdeckens und der überraschenden Freude an etwas, das sie zuvor nicht gekannt hatte. Diese Saiten der Seele konnten nur einmal angeschlagen werden.

Der Augenblick wurde zur Erinnerung. *Wenn ich sterbe — wenn er stirbt —, dann wird niemand mehr wissen, was hier gerade geschehen ist.* Neben ihr saß er reglos da und wartete geduldig.

Sie hob die Lider und sah ihn an, und es machte ihr nichts aus, dass ihr Blick von Tränen verschleiert und er der Grund dafür war. Stattdessen wollte sie ihm danken.

Diese alten Augen mitten in diesem edlen, jungen Gesicht. Kopfschüttelnd lächelte sie ihn an, ein kurzes, verzerrtes Lächeln. „Ich weiß nicht, wie mein Verstand all das zusammenbringen soll, was ich über dich weiß."

Statt sie zu fragen, was sie meinte, schaute er auf den Flügel hinunter und berührte eine der Elfenbeintasten, ohne sie anzuschlagen. „Du hast mich einmal gefragt, ob ich alles getan hätte, was man sich über mich erzählt, und ich habe das bejaht. Darf ich dir eine Geschichte erzählen?"

Sie nickte, wandte den Blick ab und wischte sich über die Wange. Natürlich war ihm klar, wie wichtig es war. Er war ein kluger Mann.

Er schlug die Taste an, und ein einzelner Ton erklang. Er wirkte verloren und unvollständig ohne seine Begleiter. „Meine Mutter starb bei meiner Geburt", sagte er. „Es war eine Tragödie, natürlich, wie solche Geschehnisse es immer sind. Mein älterer Bruder und meine Schwester waren viele Jahre vor mir auf die Welt gekommen, aber dennoch, sie war zu jung, um auf diese Weise zu sterben. Für meinen Vater war sie das Licht seines Lebens, und ihr Tod brach ihm das Herz."

„Es tut mir leid", sagte sie. Es kam ihr unangemessen vor, zumindest irgendwie nicht ganz richtig.

Sein Blick und sein Lächeln brachten es wieder in Ordnung. „Danke, Tess. Meine Schwester Aeliana war dreizehn, und sie wurde in jeder Hinsicht wie eine Mutter für mich. Mein Vater zog sich innerlich ganz in sich selbst zurück und beschäftigte sich damit, seine Ländereien zu verwalten, und mein Bruder war öfter fort, als er zu Hause war. Aber Aeliana zog mich auf und zeigte mir auf tausend Weisen, dass ich in Sicherheit war, gewollt und geliebt. Leider sah sie mir recht ähnlich." Die Worte wurden von einem selbstironischen Lächeln begleitet. „Aber dennoch war sie hinreißend. Ihre innere Stärke und Freundlichkeit strahlten in ihr wie ein Feuer, und die Menschen fühlten sich davon angezogen."

Seine Schwester war nicht die Einzige mit dieser Eigenschaft.

Seine Schwester, die von Inquisitoren ermordet worden war. Tess verkrampfte im Schoß die Hände ineinander. Trotz des recht harmlosen Anfangs war die Geschichte, die er erzählen würde, keine von denen, die leicht zu ertragen waren.

Leise sprach er weiter. „Ich war das dritte Kind und der zweite Sohn, und mir stand kein Erbe zu. Mir war immer klar, dass ich für die Kirche bestimmt war. Mein Vater glaubte, ich würde es weit bringen, vielleicht eines Tags Bischof werden oder sogar, wenn Gott es wollte, Kardinal. Dank angemessener Frömmigkeit und Unterstützung durch einige wichtige Kirchenmänner, dazu noch einige großzügige Spenden der Familie, würde sich Gott womöglich dem Namen del Torro gewogen zeigen." Schulterzuckend lächelte er sie an. „So hat man zu dieser Zeit gedacht."

„Hat es dir etwas ausgemacht?", fragte sie.

„Nicht im Geringsten. Die meisten modernen Geschichten beschäftigen sich mit der Angst vor solchen Vorherbestimmungen und betonen das Recht eines jeden, selbst über seinen Lebensweg zu entscheiden, aber ich war wirklich damit einverstanden. Ich habe gern gelernt, und zu dieser Zeit stellte die Kirche das Zentrum menschlicher

Bildung dar. Also genoss ich die typische Erziehung eines jungen Adligen, wurde im Jagen, Kämpfen und Fechten unterrichtet. Ich war in allen Disziplinen gut und hatte Freude daran, bis es an der Zeit war, in den Dienst der Kirche zu treten, wo ich herausfand, dass die Disziplin und die Studien gut zu mir passten. Mir wurde bewusst, dass ich Gott liebte, und ich habe mein Leben ihm geweiht und das Gelübde abgelegt. Und ich habe es ernst gemeint."

Jetzt, nachdem sie ein paar kurze Einblicke in sein Seelenleben erhascht hatte, konnte sie ihn sich als jungen, ernsthaften Asketen vorstellen. Sie berührte eine der Tasten und fragte: „Hast du denn nichts von dem vermisst, was du vorher getan hast?"

Sein Mund bekam einen ironischen Zug. „Tatsächlich habe ich kaum etwas davon aufgeben müssen. Ich war kein armer Priester vom Lande. Gott hat es mit dem Sohn eines reichen Adligen wirklich gut gemeint. Ich kam in einem sehr komfortablen, wohlhabenden Kloster nah meinem Elternhaus in Valencia unter und wurde Sekretär des Bischofs, und auch meine Familie habe ich regelmäßig gesehen, vor allem Aeliana. Es war ein gutes Leben. Ich … ich habe an dieses Leben geglaubt. Ich habe daran geglaubt, dass es richtig ist, mein Leben dem Studium der Heiligen Schrift zu widmen, und der Politik. Ich war nicht rebellisch oder unaufrichtig. In vielerlei Hinsicht war ich wirklich rundum ein Produkt meiner Zeit."

„Ich kann es mir kaum vorstellen", murmelte sie. Wäre er so gewöhnlich gewesen, dann würde man ihn heute nicht so sehr fürchten, und er würde auch nicht hier neben ihr sitzen und ihr eine Geschichte erzählen, die sich vor Jahrhunderten abgespielt hatte.

Er hob nur eine Braue, fragte aber nicht nach. Stattdessen erzählte er weiter. „Dann kam die Inquisition. Zu dieser Zeit beschäftigte sich die Inquisition vor allem mit Angelegenheiten, bei denen es um die Machtverteilung ging. Übernatürliche Wesen galten als verflucht. Die Alten Völker waren zu bedauern, weil es sich um gottlose, seelenlose Kreaturen handelte, aber Vampyre waren etwas anderes. Vampyre hatten sich entschieden, zu werden, was sie waren, und deshalb fielen sie von Gottes Gnade ab und waren verdammt.“

Sie schüttelte den Kopf. Hatte sie nicht sehr ähnlich gedacht, als Vampyre für sie nur Monster gewesen waren? „Und was war mit denen, die gegen ihren Willen verwandelt worden waren?“

„Das hat keine Rolle gespielt. Sie mussten irgendwas getan haben, um dieses Schicksal zu verdienen.“

„Sie haben dem Opfer die Schuld gegeben?“ Empörung regte sich in ihr. Auch wenn das alles vor so langer Zeit passiert war – seine Erzählung brachte es ihr so nah, dass ihr zumute war, als würde es jetzt gerade geschehen.

„Ursache und Wirkung. Gott belohnt jene, die gut sind, und bestraft die Sünder. Die Kirche vergab die meisten Sünden, aber einige Sünden waren jenseits aller Vergebung.“

„Das ist barbarisch“, murmelte sie.

„Natürlich war es barbarisch. Während dieser Zeit veränderte sich vieles für die Familie del Torro. Mein Vater starb an irgendeinem Lungenleiden, wahrscheinlich an einer Lungenentzündung, und mein Bruder Felipe erbte den Titel – wohlgemerkt, es war nur der Titel eines einfachen Conde – und die Ländereien. Felipe war jedoch ein Entdecker und die meiste Zeit unterwegs, während Aeliana zu Hause blieb und den Besitz verwaltete. Dann starb Felipe, als sein Schiff vor den Kanarischen Inseln sank. Nun waren nur noch Aeliana und ich übrig, und Aeliana hatte sich in einen Mann verliebt, der einfühlsam und sanftmütig war, aber zufällig auch ein Vampyr. Das war der Anfang vom Ende."

Tess berührte eine schwarze Taste und flüsterte: „Es war schlimm."

„Ich fürchte ja." Kurz berührte er ihre Hand. „Aber so muss es für dich nicht sein."

Sie musste wissen, wie sehr ihn der alte Schmerz noch berührte, also drehte sie sich zu ihm und suchte seinen Blick. Er begegnete ihrer Musterung mit derselben stillen Würde, mit der er auch seine Geschichte erzählte.

„Es passierte alles sehr schnell, innerhalb weniger Monate. Es mag sein, dass es sehr vorhersehbar war, aber ich war ein junger, naiver Dummkopf. Ich wollte der Kirche nicht den Rücken kehren, und auch wenn Aeliana den Adelstitel nicht erben konnte, so verdiente sie meiner Ansicht nach zumindest die Ländereien. Ich hatte Inigo, den Mann, in den sie sich verliebt hatte, mittlerweile kennengelernt. Er kam aus einer Gemeinschaft von etwa zwanzig Vampyren, die in der Nähe lebte. Während ich … ihn mochte, bereitete mir der Umstand, dass er ein Vampyr war, Sorgen. Zu dieser Zeit hatte die Inquisition jedoch noch keine Schritte gegen Vampyrgemeinschaften unternommen, und ich habe die Gefahr nicht gesehen, bevor es zu spät war. Ich konnte ihn nicht als Verdammten betrachten, aber ich hatte keine Zeit, mich mit der Frage herumzuquälen, wie ich den Standpunkt der Kirche moralisch bewertete oder wie ich selbst dazu stand. Ich habe meine Besorgnis bei der Beichte meinem Bischof mitgeteilt."

Er verstummte. „O nein", flüsterte sie.

„Ich habe ihn für meinen geistlichen Führer gehalten", erklärte er ihr sanft, und aus irgendeinem Grund schmerzte sie sein ironischer, wissender Blick mehr als alles andere. „Ich habe auf Hilfe oder guten Rat gehofft. Natürlich habe ich damals nicht gesehen, was ich heute sehen würde: welche Verlockung ein so reicher Besitz für manch einen bedeuten würde, oder auch wie angreifbar der Kirche das Anwesen erscheinen musste mit seinem einzigen männlichen Erben, der der Kirche verpflichtet war und deshalb nicht erben konnte. Außerdem war ich niemals verliebt gewesen. Ich war nicht in der Lage, zu begreifen, wie mächtig Liebe sein und wie sehr sie einen Menschen verändern kann. Aeliana hat Inigo gebeten, sie zu verwandeln, und direkt nach ihrer Hochzeit hat er es getan. Ich habe beides erst herausgefunden, als es bereits geschehen war."

Die Geschichte schlug sie unwiderstehlich in ihren Bann.

„Sobald die Entscheidung gefallen war, handelte die Kirche sehr schnell. Es gab keine Anhörungen, nicht für Vampyre. Es war ein Vernichtungsfeldzug. Inquisitoren besetzten das Anwesen im Namen der Kirche. Ich habe es durch einen Diener erfahren, der meiner Familie seit Jahren ergeben war und nach den Ereignissen zu mir kam und es mir erzählte. Natürlich gab es keine Leichen, die zu beerdigen gewesen wären. Alle Vampyre waren zu Staub zerfallen." Er hielt inne und holte tief Luft. „Er erzählte, die Frauen seien von den Soldaten brutal misshandelt worden, bevor man sie tötete. An diesem Tag ist in dem jungen, naiven Kind, das ich damals war, alles zerbrochen."

Sie dachte nicht darüber nach, was sie tat. Sie legte die Hand über seine, die auf seinem Oberschenkel ruhte, und seine Finger schlossen sich fest um die ihren.

„Sie haben sie getötet und alles an sich gerissen? Dir ist nichts geblieben?"

„Nichts. Ich hatte auch keinerlei Besitzansprüche, da ich mit meinem Gelübde allen weltlichen Besitztümern entsagt hatte. Selbst mein Pferd gehörte streng genommen der

Kirche."

„Was für ein unfassbarer Verrat", flüsterte sie.

Auf seinem Gesicht blitzte ein schmales, ironisches Lächeln auf. „Ich habe mein Pferd gestohlen, außerdem ein Schwert. Auch noch einiges andere, um es zu verkaufen, damit ich nach Italien reisen konnte, wo Julian damals residierte. Er war zu Zeiten der römischen Armee ein berühmter Feldherr gewesen, und ich musste wissen, wie man in den Krieg zieht. Er verwandelte mich und erteilte mir Unterricht. Dann ließ er mich ziehen und sagte: *Komm zurück, wenn es erledigt ist.* Es dauerte zehn Jahre, bis es vollbracht war, aber ich bin zu ihm zurückgekehrt."

„Hast du alle getötet, die dafür verantwortlich waren?", fragte sie erstickt.

Sein Blick flammte auf, wie beim ersten Mal, als sie ihn gefragt hatte, ob die Geschichten wahr seien, auch wenn seiner sanften, gleichmäßigen Stimme nichts anzumerken war. „O ja."

„Und seitdem dienst du Julian."

Er neigte den Kopf. „Er ist mein Herr."

Sie nickte. Es gab so vieles, was sie ihn fragen wollte. Wie hatte er die Scherben seiner Existenz wieder zu einem Ganzen zusammengefügt?

Irgendwie hatte der innerste Kern seines Wesens – das, was ihn wirklich ausmachte – überlebt.

Er war kein Ungeheuer, sondern höflich und rücksichtsvoll. Er verfügte über Selbstbeherrschung und ausgezeichnete Manieren. Wie war er mit einem derart niederschmetternden Schicksal fertiggeworden?

Sie wurde sich ihrer Hand bewusst, eingeschlossen in seine. Verunsichert versuchte sie, sie zurückzuziehen, aber er hielt sie fest. „Ich habe dir das alles erzählt, weil du ein Recht hast, zu wissen, wer dein Herr ist. Ich möchte, dass du gründlich alles abwägst, was du über mich erfahren hast, und ich will, dass du weißt, dass niemandem unter meinem Schutz jemals wieder solches Leid zustoßen wird. Nie wieder. Das schwöre ich."

Die Wirklichkeit holte sie ein. Er hatte so viel Zeit und Mühe investiert, um sie zu beruhigen, während sie schon längst beschlossen hatte, dass sie gehen würde.

Es würde doch keine letzte Tanzstunde geben. Sie konnte nicht einfach weitermachen, ohne etwas zu sagen. Jetzt war sie es, die seine Finger festhielt. Sie sah ihm in die Augen und sagte: „Ich muss morgen früh fortgehen."

Überraschung flammte in seinem Gesicht auf und wurde zu Kälte, und er entzog sich ihrem Griff. „Ich verstehe. Ich entschuldige mich, wenn ich dir zu nahe getreten bin."

Was? Nein!

Sie packte ihn am Ärmel, ehe er aufstehen konnte. „Du bist mir mit dem, was du erzählt hast, nicht zu nahe getreten. Es hat mich unbeschreiblich berührt und sehr traurig gemacht, und ich wünschte, ich könnte irgendetwas tun, um diesen Jungen von damals vor all dem Schrecklichen zu beschützen, das ihm zugestoßen ist."

Die Kälte schwand um eine Winzigkeit, aber auch wenn er sich nicht weiter zurückzog, blieb seine Körperhaltung steif. „Danke", sagte er. „Aber weshalb willst du dann gehen? Ich dachte, wir hätten Fortschritte gemacht. Du fürchtest dich nicht mehr vor mir, und letzte Nacht erschien es mir, als seist du sehr zufrieden. Wann hast du dich dazu entschlossen?"

Sie stützte das Gesicht in die Hände und rieb sich die Augen, die sich vor Müdigkeit trocken und sandig anfühlten. „Heute Morgen. Ich wollte es dir sagen. Ich hätte niemals das Kleid und die Schuhe anziehen dürfen, aber sie waren so schön, und ich wollte wissen, ob wir noch einmal so Walzer tanzen können, bevor ich es dir mitteile. Nur noch einmal neunzig Sekunden lang."

Er griff nach ihren Händen und zog sie nach unten, und sie sah, dass er sich rittlings auf die Bank gesetzt hatte, um sie direkt anzusehen. Während er aufmerksam ihr Gesicht studierte, fragte er: „Was ist passiert?"

Sie zögerte, ihre Gedanken rasten. Sie hatte es ihm nicht erzählen wollen, allein um der Möglichkeit willen, dass das Nichtwissen ihn auf irgendeine Weise schützte. Aber was, wenn nicht? Er hatte das Recht, zu erfahren, in welche Gefahr sie ihn und alle auf dem Landsitz gebracht hatte, sodass er sich dagegen wappnen konnte. Sie konnte ihn und die anderen nicht verraten, indem sie ging und sie unwissend zurückließ.

„Ich habe mir jemand sehr Mächtigen zum Feind gemacht", erklärte sie. „Und er ist nachtragend. Ich dachte, ich würde es schaffen, unterzutauchen. Oder dass es im Falle, dass er mich findet, ausreichen würde, wenn ich mich hier in deinem Haushalt aufhalte, um ihn abzuschrecken. Aber heute Morgen habe ich begriffen, wie dumm ich war. Allein meine Anwesenheit hier hat dich und alle anderen bereits in Gefahr gebracht."

Er wirkte ganz ruhig, aber sein Blick war tödlich. Wenn sie ihn auf dem Vampyrball auch nur ansatzweise so gesehen hätte, wäre sie vor Angst verrückt geworden. Auch jetzt atmete sie schneller.

„Wer ist es?"

Ihr wurde bewusst, dass er noch immer ihre Handgelenke festhielt, sanft, aber unentrinnbar. „Ich denke, ich habe schon genug gesagt."

„Es ist Malphas, richtig?"

Es erschütterte sie, Xavier diesen Namen laut

aussprechen zu hören, und ihr Herzschlag hallte langsam und dröhnend in ihrer Brust wider. Sie schloss die Hände zu Fäusten und versuchte, sich seinem Griff zu entziehen. Zu ihrer Überraschung ließ er sie los. „Woher kennst du diesen Namen?"

Er schaute sie an. „Wir haben Erkundigungen über dich eingezogen. Du hast in einem Kasino in Las Vegas gearbeitet. Es war nicht schwierig, herauszufinden, wem es gehört."

„O Gott." Schwarze Flecken tanzten ihr vor den Augen. Sie beugte sich vor und drückte die Stirn gegen die Knie. „Kann er das zurückverfolgen? Ich weiß, dass Dschinn irgendwie in Computersysteme gelangen und Internetaktivitäten aufspüren können. Er kann es zurückverfolgen, oder?"

Xavier legte ihr eine Hand in den Nacken, seine Berührung war fest und beruhigend. „Langsam und tief atmen. Nein, nicht so schnell wieder aufrichten. Nimm dir etwas Zeit. Manche Dschinn sind in der Lage, in elektronische Systeme einzudringen, aber nur wenige verstehen genug von Technik, um mit den Daten auch etwas anzufangen. Da er bisher noch nicht hier aufgetaucht ist, denke ich, wir können davon ausgehen, dass er nichts zurückverfolgen konnte."

„Okay", sagte sie und atmete langsam und ruhig, wie er gesagt hatte. Die schwarzen Flecken verschwanden. „Du kannst mich jetzt hochlassen."

Der Druck auf ihrem Nacken ließ nach, und sie setzte sich auf. Er rieb ihr den Rücken und ließ sie immer noch nicht aus den Augen. „Besser?"

Sie nickte ihm rasch und unbeholfen zu. „Ja."

Er lächelte sie an, und sie sah, dass er sie mit diesem Lächeln beruhigen wollte, aber sein Blick war noch immer tödlich. Die Jahrhunderte hatten aus dem gebrochenen, naiven Jungen von damals etwas ausgesprochen Gefährliches gemacht. Aus irgendeinem Grund war sie jedoch sicher, dass dieser Ausdruck nicht ihr galt. Es machte ihr keine Angst, aber dennoch rann ihr ein Schauer über den Rücken.

„Dies", sagte er, „ist der Zeitpunkt, wo du mir alles erzählst."

„Ich weiß nicht", antwortete sie und rieb sich die Arme. „Ich muss darüber nachdenken."

Sein Lächeln vertiefte sich. „Tess, du glaubst doch wohl nicht, dass ich dich jetzt einfach zum Tor hinausmarschieren lasse, oder?"

Sie hob das Kinn. „Doch, das glaube ich. Jederzeit während des Probejahrs kann jeder von uns beiden es beenden, wann immer er will."

Er lachte, ein leises Geräusch, bei dem sie eine Gänsehaut bekam. „Das war damals. Dies ist jetzt."

„Was soll das heißen?" Mit aufgerissenen Augen starrte sie ihn an. „Du kannst unsere Vereinbarung nicht einfach ändern."

„Ich kann alles tun, was ich will", teilte er ihr mit. „Und ich werde es tun, auch wenn es mit einschließt, die Bedingungen deines Aufenthalts hier zu verändern. Du hast bereits gesagt, dass du gehen willst, was bedeutet, dass es keine Vereinbarung mehr zwischen uns gibt."

„Was willst du damit sagen?" Es drehte ihr den Magen um. „Du kannst mich hier nicht gefangen halten."

„Kann ich nicht?" Er sah vollkommen skrupellos aus.

Ihre Stimme klang schrill. „Was ist mit all den hochtrabenden Versprechen, dass du mich nie gegen meinen Willen zu etwas zwingen würdest?"

Er schüttelte den Kopf. „Aber du möchtest nicht wirklich gehen, oder?"

Sie starrte ihn an und versuchte sich zu zwingen, es zu

leugnen, aber damit hatte er sie erwischt.

„Du kannst genauso gut anfangen zu erzählen", erklärte er ihr. „Wenn du mir nicht sagst, was vorgefallen ist, gehe ich zu Malphas und frage ihn."

„Tu das nicht!" Ohne nachzudenken, packte sie ihn am Revers.

Er fasste sie bei den Schultern und zog sie dichter an sich. Sein harter, funkelnder Blick bohrte sich in ihren. „Rede."

„Wer bist du?", fragte sie und starrte ihn an. „Wo ist der leise sprechende, höfliche Mann hin?"

„Er befindet sich direkt vor dir, und er ist sehr wütend. Er weiß nur noch nicht, ob er auf *dich* wütend ist." Er lächelte dünn. „Also, wie möchtest du es haben? Erzählst *du* mir, was passiert ist, oder wird Malphas es tun?"

Sie wusste, wen sie vor sich hatte. Dies war der Mann, der beschlossen hatte, zum Vampyr zu werden, um in einen zehn Jahre währenden Krieg zu ziehen. Ruhig stellte sie fest: „Ich kann dich nicht überreden, es gut sein zu lassen, oder?"

Langsam, ohne sie aus den Augen zu lassen, schüttelte er den Kopf.

„Okay. *Okay*." Sie hatte immer noch die Hände in sein Revers gekrallt, und er hielt noch immer ihre Schultern fest. Sie waren sich viel zu nah. Sie drückte gegen seine Brust, und diesmal ließ er sie los. Sie wandte sich ab, stand auf und ging unruhig auf und ab. „Erinnerst du dich daran, wie ich sagte, ich könne gut mit Geld umgehen? Malphas hat mich als Buchhalterin engagiert."

Immer noch rittlings auf der Bank sitzend, beobachtete er sie mit beunruhigender Aufmerksamkeit. „Hast du die Bilanzen frisiert?"

„O nein, es taucht nichts in den Büchern auf." Sie winkte ab, erreichte das Ende des Ballsaals und lief zurück. „Es sieht alles ganz so aus, als würde er sich an jede Regel halten, und er versteuert sämtliche Gewinne. Das ist nicht das Problem."

Er lehnte sich zurück und verschränkte die Arme. „Was ist es dann?"

Über die Schulter warf sie ihm einen Blick zu. „Was ich gesehen und gehört habe, fand außerhalb des Kasinobetriebs statt. Es kamen Leute zu privaten Terminen mit Malphas, Leute, die enorme Spielschulden angehäuft hatten. Ich habe ihre Blicke nach diesen Treffen gesehen und einiges gehört, was nicht für meine Ohren bestimmt war."

„Bei Gott, du hast gelauscht?" Xaviers Gesicht nahm einen ironischen Ausdruck an. „Ich habe keine Ahnung, weshalb mich das überrascht. Du bist sehr viel besser darin, Informationen zu sammeln, als ich jemals angenommen hatte."

Ruckartig drehte sie sich um und blieb neben dem Flügel stehen, auf der entgegengesetzten Seite, weil sie die Illusion brauchte, dass sich etwas zwischen ihr und seiner allzu reglosen Gestalt befand. „Oh, ich hatte es nicht vor, und es ist auch nichts passiert wie in der Nacht, in der du dich mit Melisande unterhalten hast. Ich habe nur … ich habe hier und da Gesprächsfetzen aufgeschnappt. Ich habe wirklich versucht, es zu überhören und keinesfalls eins und eins zusammenzuzählen. Es war mein erster Job nach dem College, und er war wirklich hervorragend bezahlt." Bitter lachte sie auf. „Aber es hat mir so sehr geschmeichelt, und ich war so glücklich, meinen Studentenkredit so schnell abbezahlen zu können. Ich wollte, dass alles in Ordnung ist."

„Tess", sagte Xavier. „Was, verdammt noch mal, hat er getan?"

Das brachte sie zum Verstummen. Normalerweise drückte er sich so gewählt aus, dass der Kraftausdruck mit doppelter Wucht einschlug.

„Er hat Leute dazu verleitet, immer höhere Wetten zu platzieren, und sie haben sich immer mehr verschuldet. Dann hat er sich mit ihnen getroffen, und wenn sie gingen, sahen sie sterbenskrank aus, obwohl ihnen ihre Schulden erlassen worden waren." Sie betrachtete ihr verzerrtes Spiegelbild im polierten dunklen Holz des Flügels. „Auf den ersten Blick mag man denken, es habe alles seine Richtigkeit. Kasinos schreiben jährlich Dutzende Millionen Schulden ab, die nicht bezahlt werden können. Aber keiner von den Leuten, die ich von einem dieser Treffen kommen sah, wirkte, als wäre ihm ein Aufschub gewährt worden. Einen von ihnen hörte ich sagen, er würde sich gleich übergeben, und ein anderer sagte zu seiner Frau, es würde niemals enden."

Er stützte die verschränkten Arme auf den Flügel. „Hat Malphas betrogen?"

„Vielleicht." Sie schüttelte den Kopf. „Ich bin nicht sicher. Ich bin keine Spielerin, und außerdem habe ich nie bei den Spielen zugeschaut. Ich habe nur auf das Geld und die Leute geachtet."

„In Ordnung." Der sanft sprechende Mann war zurück, nur hatte er Augen, die sie an die Mündungen von Waffen erinnerten und deren Blick sich direkt in den ihren bohrte. „Hast du irgendeine Idee, was er mit ihnen angestellt hat? Was war niemals vorbei?"

Ihn anzusehen lenkte sie zu sehr ab. Sie blickte wieder auf ihr verzerrtes Spiegelbild im Flügel hinunter. „Ich denke, er hat sie irgendwie erpresst oder zu etwas gezwungen. Nur weiß ich angesichts ihrer erlassenen Schulden nicht, womit."

„Versuch nicht, herauszufinden, wie genau es sich abgespielt hat. Ich möchte nur hören, was du glaubst."

„Was ich glaube …?" Ihre Stimme erstarb. Niemand hatte

sie je zuvor danach gefragt. Sie hatte niemanden gehabt, den sie ins Vertrauen hätte ziehen können, und die gesamte Situation war ihr so bedrohlich vorgekommen, dass sie es nicht gewagt hatte, ihre Eindrücke in Worte zu fassen, nicht einmal im Stillen nur für sich. Mit gerunzelter Stirn dachte sie nach, und er bedrängte sie nicht. Er sah nur zu und wartete.

„Ich glaube … ihm hat das Spiel zu sehr gefallen. Alles daran. Beim Spielen hat er regelrecht gestrahlt und war vollkommen darauf konzentriert, als würde er es brauchen.“

„Sprichst du über das Glücksspiel an sich?“, fragte Xavier.

„Ja.“ Sie strich mit der Fingerspitze über das blasse Oval ihres gespiegelten Gesichts auf dem Flügel.

„Also hat er sich benommen wie ein Spielsüchtiger?“

Sie hob den Kopf, und als sie sprach, klang ihre Stimme fester. „Ja. Vielleicht ist er spielsüchtig, und es geht ihm vor allem um das Spiel an sich. Aber es hat immer damit geendet, dass jemand in der Falle saß.“

„Weil das Haus immer gewinnt“, sagte er.

„Exakt.“ Sie wandte sich ihm wieder zu und zog verlegen eine selbstironische Grimasse. „Bis ich mich eingemischt habe.“

Kapitel 13

NORMALERWEISE WAR XAVIER ein geduldiger, ausgeglichener Mann, aber jetzt türmten sich in ihm so viele schwer zu bändigende Gefühle auf, dass er sich kaum beherrschen konnte.

Sie hatte sich mit einem ausgestoßenen Dschinn angelegt, der sich mit Machtspielchen die Zeit vertrieb und möglicherweise spielsüchtig war?

„Was hast du getan?", fragte er schneidend.

Sie schaute weg. „Möglich, dass ich ihm bei einem seiner Opfer in die Quere gekommen bin."

Heilige Muttergottes. Er rieb sich die Augen und zwang sich, so ruhig wie möglich zu sprechen. „Inwiefern in die Quere gekommen?"

Sie neigte den Kopf zu einer Schulter hinab und sah auf ihre Finger hinunter, die wieder Kreise auf der polierten Oberfläche des Flügels zogen. „Es könnte sein, dass ich seine Eltern angerufen und ihnen mitgeteilt habe, was für gewaltige Schulden ihr Sohn anhäufte und bei wem. Er war erst einundzwanzig, verstehst du … alt genug, um zu trinken und zu spielen und in Schwierigkeiten zu geraten, aber er war noch nicht mal mit dem College fertig."

Er betrachtete sie und rieb sich den Nacken. „Was ist passiert?"

„Eathans Vater hat ihn aufgehalten, bevor es zu weit

gegangen war. Er ist nach Vegas geflogen, hat Eathans Spielschulden bezahlt und ihn mit nach Hause genommen.“

„Und dann hast du Las Vegas verlassen und bist auf dem Vampyrball gelandet?“

Sie nickte.

Er konnte den Blick nicht von ihr lösen. In dem blauen Kleid war sie genauso schön, wie er es sich vorgestellt hatte. Der Schnitt betonte die zarten Linien ihres Halses und ihrer Schultern und die anmutigen Schlüsselbeine.

„Da ist etwas, das ich nicht verstehe“, sagte er, eher zu sich selbst als zu ihr. „Es geht hier nicht nur um einen Jungen, der einen Fehler gemacht hat. Welche tatsächliche Bedeutung hat das alles?“

Sie zog die Schultern hoch und sah ihn mit einer Mischung aus Angst und Traurigkeit an. „Sein Vater ist Senator Ryan Jackson. Malphas wollte Eathan wirklich sehr, sehr dringend in die Falle locken.“

Er war bereits aufgesprungen, um den Flügel herumgelaufen und an ihrer Seite, bevor er registrierte, was er tat. Als sie sich zu ihm drehte, fasste er sie wieder bei den Schultern. Er konnte sich nicht helfen, er musste sie berühren. „Senator Jackson sitzt in mehreren entscheidenden Unterausschüssen in Washington. Hätte Malphas Eathan in seine Gewalt gebracht, dann hätte er ihn als Druckmittel einsetzen können, um Jackson zu zwingen, zu tun, was immer er will.“

„Ich weiß.“ Sie verknotete die Finger ineinander.

Er schaute finster drein, während seine Gedanken um all das kreisten, was sie ihm erzählt hatte. „Eins ist mir immer noch nicht klar. All das ist mehrere Wochen her. Warum hast du dich heute dazu entschlossen, fortzugehen?

Sie zog die Mundwinkel nach unten, und ihre dunklen Augen glänzten feucht. „Weil ich heute Morgen im *Boston*

Herald gelesen habe, dass Eathan den President's Day und das Wochenende in Florida verbracht hat und dort bei einem Bootsunglück ums Leben gekommen ist. Keiner seiner Freunde ist gestorben, nur er. In der Zeitung steht, eine plötzliche Windbö sei schuld gewesen, aber ich weiß, dass das nicht stimmt. Es war Malphas, und er hat nichts vergeben oder vergessen. Wenn er bereit war, Eathan umzubringen, wird er mehr als bereit sein, mit mir ähnlich zu verfahren, ob ich in deinen Diensten stehe oder nicht."

Der Schmerz in ihren Augen war zu viel für ihn. Er tat, worauf er sich den ganzen Abend gefreut hatte, und zog sie in seine Arme, allerdings kümmerte er sich diesmal nicht um den beim Walzer vorgeschriebenen Abstand, sondern hielt sie fest an sich gepresst. „Es tut mir so leid."

Sie zuckte nicht zurück und entzog sich ihm auch nicht. Stattdessen legte sie ihm die Arme um die Taille und lehnte sich gegen ihn. „Wenn ich nichts getan hätte, wenn ich einfach den Mund gehalten hätte, dann wäre Eathan vielleicht noch am Leben."

Er erkannte an ihrer Körperspannung, wie sehr sie darum kämpfte, nicht zu weinen, und strich ihr übers Haar. „So darfst du nicht denken. Wenn du Malphas nicht davon abgehalten hättest, den Jungen in die Falle zu locken und Einfluss auf den Vater zu gewinnen … Wer weiß, was daraus für ein Schaden entstanden wäre? Dass er sich entschieden hat, Vergeltung zu üben, ist nicht deine Schuld."

„Es fühlt sich aber so an", flüsterte sie. Ein Schluchzen brach aus ihr heraus. „Mir ist zumute, als hätte ich ihn umgebracht, und auch wenn ich glaube, dass ich in Notwehr jemanden töten könnte oder wenn ich es aus einem anderen Grund wirklich tun müsste, er hatte es nicht verdient, so zu sterben, und ich wollte das nicht."

Er legte ihr das Kinn auf den Scheitel und schloss die Augen. Noch immer strich er ihr übers Haar. Wie oft hatte er etwas Ähnliches gedacht? Wenn er nur nach dem Tod seines Bruders das Priesteramt aufgegeben und den Titel der Familie angenommen hätte. Wenn er nur bei der Beichte nicht alles dem Bischof erzählt hätte, dann wären Aeliana und ihr Mann noch am Leben.

„Glaub mir", flüsterte er in ihr Haar, „ich verstehe dich."

„Und deshalb muss ich gehen." Ihre Stimme wurde durch sein Jackett gedämpft. „Wenn Malphas so etwas aus reiner Boshaftigkeit tut, dann weiß nur Gott, was er tut, wenn er mich findet. Und du weißt, früher oder später wird er das. Ich war vorsichtig, aber er ist ein Dschinn, verdammt noch mal."

„Okay", sagte er und wurde etwas ruhiger. „Okay."

Trotz ihrer Notlage war ein Teil von ihm völlig von der Tatsache in Anspruch genommen, dass er sie in den Armen hielt und sie ihn gewähren ließ.

Was machte sie mit ihm?

Er hätte sie auf dem Vampyrball gar nicht bemerken sollen, aber er hatte es.

Er sollte sie nicht so sehr mögen, aber er tat es.

Er hätte nicht in ihr Schlafzimmer eindringen dürfen, als er das Fenster offen fand. Alles, was er in dieser Nacht zu ihr gesagt hatte, hätte er auch woanders sagen können, später, aber er hatte den Wunsch verspürt, in ihr Zimmer zu gehen.

Hier und jetzt sollte er keinerlei Zeit und Mühe mehr darauf verwenden, ihr zu helfen.

Aber das würde er.

Er schob sie ein wenig von sich weg, sodass er ihr ins Gesicht sehen konnte. „Du bleibst hier und gibst mir vierundzwanzig Stunden."

Sie wischte sich übers Gesicht. „Um was zu tun? Was

kann man denn an nur einem Tag erreichen?"

„Eine ganze Menge. Ich werde tun, was ich schon die ganze Zeit vorhatte, und mit Malphas sprechen."

„Was?" Sie griff nach seinem Revers. „Das darfst du nicht! Wer weiß, was er tut, wenn er erst einmal auf dich aufmerksam wird?"

Er schaute auf ihre in sein Jackett geklammerten Hände hinunter und unterdrückte ein Lächeln. Es war an diesem Abend bereits das zweite Mal, dass sie ihn gepackt hatte. „Du schuldest mir vierundzwanzig Stunden", teilte er ihr mit.

„Ich schulde dir gar nichts", erwiderte sie bissig.

„Ich habe dir die Chance gegeben, in meine Dienste zu treten", erinnerte er sie.

Wütend stieß sie ihn fort. „Ich habe dir sechs Wochen harter Arbeit und körperlicher Schmerzen gegeben. Wir sind *quitt.*"

„Tess", sagte er.

Der scharfe Befehlston ließ sie aufschrecken. Sie verstummte, starrte ihn aber finster an.

Er nahm ihre Hand und beugte sich darüber, um mit den Lippen die Knöchel ihrer schlanken Finger zu berühren. Sie drehte ihre Hand, um seine zu umschließen. Als er sich aufrichtete, sagte er leise: „Du hast mir dein Blut gegeben. Es ist meine Pflicht, dich zu beschützen."

Ihr Gesicht verzerrte sich, aber dann spannte sich ihr Kiefer, und ihr Gesichtsausdruck verhärtete sich. „Nicht mehr. Wir haben keine Vereinbarung mehr, erinnerst du dich? Ich habe sie beendet."

„In vierundzwanzig Stunden", sagte er, „sprechen wir noch einmal darüber. Dann werden wir sehen, was wir in der Hand haben."

Als er sich zum Gehen wandte, sagte sie scharf: „Warte."

Er blieb stehen und drehte sich zu ihr um. *Ich entscheide mich dafür, das zu tun*, sagte die Langsamkeit seiner Bewegungen. *Ich folge nicht deinem Befehl.*

Sie schien nicht zu bemerken oder sich nicht darum zu scheren, was ihr seine Bewegungen verrieten. Während sie sein Gesicht studierte, ballten sich ihre Hände zu Fäusten. Mit zusammengebissenen Zähnen brachte sie heraus: „Ich kann dich nicht aufhalten, oder?"

Stumm schüttelte er den Kopf.

Schwer atmend schaute sie ihn an. Dann sagte sie: „Wenn du darauf bestehst, das zu tun, dann komme ich mit."

Seine Reaktion war prompt und nachdrücklich. „Nein. Auf gar keinen Fall."

„Das ist mein Problem und mein Leben." Sie sah vollkommen verzweifelt aus. „Du kannst mir das nicht einfach abnehmen. Wenn du es versuchst, kontaktiere ich Malphas und suche ihn ohne dich auf. Ich bin es leid, mich zu verstecken. Es ist an der Zeit, das zu Ende zu bringen."

Zorniger Widerspruch stieg in ihm empor wie eine Stichflamme. Wenn sie Malphas ohne Zeugen und ohne jedes Druckmittel konfrontierte, bedeutete das ihren Tod.

Widerstreitende Impulse kämpften in ihm. Er konnte sie aufhalten. Er konnte sie hypnotisieren, damit sie sich fügte. Er konnte …

Nein, das konnte er nicht. Er hatte geschworen, sie nicht gegen ihren Willen zu irgendetwas zu zwingen. Das galt noch immer, selbst wenn sie im Begriff war, aus lauter Starrköpfigkeit eine selbstmörderische Dummheit zu begehen.

Er wollte sie schütteln. Nein, in Wirklichkeit wollte er sie wieder fest an sich drücken.

Er wusste nicht, was er tun wollte. Er starrte sie an und rieb sich den Nacken. Sie hob das Kinn, und trotz seiner Wut nahm ihn diese Bewegung gefangen.

Auch wenn sie offensichtlich entsetzliche Angst hatte, würde sie es tun. Sie würde Malphas ganz allein konfrontieren. Daran zweifelte er keine Sekunde lang. Sie war so tollkühn, so mutig. In ihr brannte ein so herrliches, wunderschönes Feuer.

Sein Zorn erstarb. Er konnte ihr schlecht vorwerfen, dass sie genau die Eigenschaften an den Tag legte, die ihn von Anfang an zu ihr hingezogen hatten.

„Wenn ich zustimme, wirst du auf mich hören und tun, was ich dir sage. Ich meine das ernst, Tess. Jetzt ist nicht die richtige Zeit, um kreativ zu werden oder Befehle zu ignorieren. Wie du richtig angemerkt hast, reden wir hier über dein Überleben."

Sie presste die Lippen zusammen.

Er sah zu, wie sie mit widerstreitenden Gefühlen rang, bis er es nicht mehr aushielt. „Vertrau mir", sagte er mit leiser, tiefer Stimme. „Ich habe es mir verdient."

Sie blinzelte ein paarmal, ihr Gesicht war angespannt.

Komm schon, Tess. Er sagte es nicht laut.

„Okay." Ihre Stimme zitterte. „Wie gehen wir vor?"

Ein weiteres unbekanntes Gefühl brauste glühend und wild durch ihn hindurch.

Er betrachtete sie, ohne sie wirklich zu sehen, während er im Geiste Möglichkeiten erwog und verwarf. „Gib mir ein paar Minuten. Geh dich umziehen, und nimm straßentaugliche Kleidung. Pack deine Tasche für eine Übernachtung, nur zur Sicherheit. In der Zwischenzeit werde ich mir klarer darüber, was wir am besten unternehmen."

Sie nickte und schickte sich an zu gehen, hielt aber noch einmal inne und sah sich zu ihm um. Ihr Blick ruhte auf ihm.

Er wartete, aber sie sagte nichts. Stattdessen lächelte sie ihn an, und es war ein so schönes Lächeln voll komplexer

Gefühle, dass er sie nur anstarren konnte.

Dann ging sie, und er blieb zurück, umgeben von den Echos der Geschichten, die sie einander erzählt hatten. Diese Geschichten würden auf eine Weise Einfluss auf ihrer beider Leben nehmen, die er nicht vorhersagen konnte.

Als Stille den Ballsaal erfüllte, nahm er sein Telefon und startete eine Google-Suche nach Eathan Jackson. Er scrollte durch mehrere Artikel, bis er auf der Website des *Boston Herald* jenen fand, von dem Tess gesprochen hatte. Nachdem er ihn gelesen hatte, machte er sich auf die Suche nach Raoul.

Raoul war im Trainingsraum und unterhielt sich mit Diego. Bei Xaviers Eintreten verstummten beide Männer und sahen ihn fragend an.

Er verschwendete keine Zeit mit Einleitungen. „In ein paar Minuten", sagte er zu Raoul, „breche ich zusammen mit Tess auf, und ich kann noch nicht sicher sagen, wann wir zurück sein werden." Er sah Diego an. „Würdest du bitte den SUV holen und auch meine Reisetasche von oben?"

In Diegos Augen standen etliche Fragen, aber er nickte. „Natürlich."

Nachdem der jüngere Mann gegangen war, drehte sich Raoul mit finsterem Gesicht zu Xavier um. „Okay. Was zum Teufel geht hier vor?"

Xavier erwiderte seinen Blick ebenso finster. Es war viele Jahre her, dass er es für notwendig befunden hatte, etwas vor Raoul geheim zu halten, aber das Wissen um das, was Tess getan hatte, war zu gefährlich, um es zu teilen.

Da es unwahrscheinlich war, dass Malphas hierherkam, war Unwissen der beste Schutz, den er seinen Leuten auf dem Landsitz bieten konnte. Wenn Malphas spürte, dass niemand über seine Aktivitäten Bescheid wusste oder über das, was Tess getan hatte, würde er mit größter Wahrscheinlichkeit alle

Unbeteiligten in Ruhe lassen.

„Ich kann es dir nicht sagen."

„Bullshit", erwiderte Raoul scharf. Gesicht und Körper spannten sich in echtem, seltenem Zorn an. „Wann war das letzte Mal, als du nicht offen mit mir reden konntest? Xavier, was hat sie getan?"

Xavier schwieg eine Weile, dann lächelte er. „Sie hat das Richtige getan." Er sah, wie Frustration über das Gesicht des anderen huschte. „*Ich* tue das Richtige. Und jetzt bitte ich *dich* ebenfalls darum. Wirst du das für mich tun?"

Raoul fuhr sich mit den Fingern durchs kurze Haar. „Natürlich", spie er aus. „Gottverdammt. Bist du sicher, dass es richtig ist – worum auch immer es geht?"

„So sicher, wie ich mir gerade über irgendetwas sein kann", gab Xavier zurück. „Sobald ich kann, erzähle ich dir alles."

„Das will ich dir auch raten." Raoul knirschte mit den Zähnen. „Kannst du mir wenigstens sagen, wo ihr hinfahrt?"

„Vermutlich nach Evenfall. Ich denke, wir werden Julians Hilfe brauchen."

Raouls Stirn umwölkte sich. „Mir missfällt der Gedanke, dass du dich ohne Rückendeckung auf Evenfall aufhältst, egal, für wie lange."

Xavier schüttelte den Kopf. „Ich habe dir oft genug gesagt, dass ich auf mich aufpassen kann."

„Aber diesmal geht es nicht nur um dich, richtig?" Raouls Blick war durchdringend. „Was ist, wenn du Julian oder jemand anderen allein treffen musst? Was ist solange mit Tess? Xavier, Evenfall ist nicht gerade der sicherste und auch nicht der bestabgesicherte Ort auf der Welt, besonders dann, wenn gefährliche Besucher anwesend sind. Zudem wirst du Blut brauchen, wenn du zu lange unterwegs bist. Lass entweder mich mitkommen oder wenigstens Diego."

Er hatte nicht ganz unrecht. Xavier wusste noch nicht genau, was er tun würde, und bei dem Gedanken, Tess allein zu lassen, wurde ihm unbehaglich angesichts ihrer großen Furcht, die sie gerade erst überwunden hatte. Evenfall war voller Raubtiere, und auch wenn Julians Wachen gut waren — ein alter und mächtiger Vampyr konnte sie durchaus überwältigen.

„Gut", sagte er. „Das ist eine gute Idee. Ich nehme Diego mit. Er ist ohnehin gerade ziemlich rastlos."

Raoul sah nicht ganz zufrieden aus, aber er sagte: „In Ordnung. Danke."

„Ich melde mich bald und halte dich auf dem Laufenden, so gut es geht." Xavier berührte ihn am Arm und ging.

Die Nacht draußen war trügerisch friedlich. Sanft rollten die Wellen an den Strand, und die Brise vom Meer her war kühl und erfrischend. Nichts wies auf den kommenden Sturm hin.

Er ging quer über den Rasen zum Parkplatz, wo Diego den SUV geparkt hatte. Als er ihn erreichte, kam Diego gerade mit der stets gepackten Reisetasche zurück.

Als der junge Mann ihn erreichte, sagte er: „Hol dein Gepäck. Du kommst mit."

Vor Überraschung leuchteten Diegos Augen auf. „Ich bin sofort zurück." Er rannte davon.

Beim Warten rief Xavier Julian an, der beim ersten Klingeln abnahm. „Ich brauche deine Hilfe bei einer heiklen Angelegenheit", teilte ihm Xavier mit.

„Ich helfe dir, was immer es sein mag", erwiderte der König der Nachtwesen, „aber es ist kein günstiger Zeitpunkt. Justine sitzt mir schon wieder im Nacken und versucht die Vereinbarungen, die du mit Melly in New York getroffen hast, für ungültig zu erklären."

„Das kann nicht dein Ernst sein. Was ist aus gutem Glauben und Vernunft geworden?"

„Die sind über den Haufen gefahren worden. Rechtlich gesehen liegt sie ja gar nicht mal falsch. Der Rat hatte dich nicht ermächtigt, diese Deals abzuschließen. Statt es gut sein zu lassen, besteht Justine darauf, dass entweder Melly zurückkommt und mit mir persönlich ein Abkommen trifft oder der Rat dir rückwirkend die Vollmacht für die Verhandlungsgespräche in New York erteilt." Julians tiefe, kraftvolle Stimme klang wie gesplittertes Glas. „Also muss Melly noch einmal nach Evenfall kommen, oder der gesamte Rat muss erneut tagen."

Xavier fluchte. Wenn der Rat aus einem solchen Anlass noch einmal zusammenkommen musste, wäre es ein weiteres vernichtendes Indiz für Julians mangelnde Effektivität.

„Ich bin Sisyphus, Xavier", knurrte Julian. „Ich bin ein vampyrischer Sisyphus und in der Hölle gefangen, dazu verdammt, bis in alle Ewigkeit den gleichen verfluchten Stein immer den gleichen Hügel hinaufzurollen. Eines Tages werde ich Justine den Kopf von den Schultern schlagen."

Xavier holte tief Luft. „Leider ist es so … Diese heikle Angelegenheit, mit der ich es zu tun habe … Julian, sie kann nicht warten."

Schweigen breitete sich zwischen ihnen aus. „Okay", sagte Julian. „Dann müssen wir uns eben um alles gleichzeitig kümmern. Was brauchst du? Was ist los?"

„Wir sollten das nicht am Telefon besprechen", sagte Xavier. „Wir müssen uns persönlich treffen."

Kurze Stille. Er wusste, dass Julian nachdachte. Er bat fast nie um Hilfe bei irgendetwas, und dass er ein persönliches Treffen wünschte, unterstrich noch die Dringlichkeit seines

Anliegens.

„Wann bist du da?", fragte Julian.

„Spätestens in einer halben Stunde."

„Komm direkt zu mir, wenn du ankommst." Julian beendete die Verbindung, ohne sich zu verabschieden.

Xavier steckte das Telefon in die Tasche.

Malphas machte Jagd auf Tess. Justine war auf Evenfall zu Gast.

Diese Nacht wurde immer besser.

✧   ✧   ✧

IN IHREM ZIMMER schlüpfte Tess in eine Jeans und einen alten, weichen grau melierten Strickpullover. Sie stopfte einige weitere Klamotten in eine kleine Segeltuchtasche – eine zweite Jeans, zwei Pullis, ein paar T-Shirts, die flachen schwarzen Schuhe, die sie auf dem Vampyrball getragen hatte, einige Hygieneartikel, Unterwäsche und ihre Bürste.

Sie achtete kaum darauf, was sie erwischte. Keins ihrer alten Kleidungsstücke passte ihr mehr so richtig, alles hing ein wenig zu locker.

Es spielte ohnehin keine Rolle, wie sie aussah. Niemand scherte sich darum, am wenigsten sie selbst. Sie würde sich nicht damit aufhalten, Make-up aufzulegen oder sich für die Begegnung mit Malphas in Schale zu werfen.

Die Begegnung mit Malphas. Die Worte hallten in ihrem Kopf wider. Ihre Hände zitterten, während ihr Verstand im Kreis raste wie ein panisches Kaninchen.

Vertrau mir, hatte Xavier gesagt. Und er hatte recht. Er hatte es sich verdient.

Sie wusste nicht genau, was passiert war oder wann es passiert war, aber etwas Grundlegendes hatte sich geändert.

So wie die stete Abfolge von Entscheidungen und Handlungen sie hierhergebracht hatte, war auch diese Veränderung kein alleinstehendes Ereignis, sondern eine ganze Reihe von Begebenheiten, aus denen etwas entstanden war, das sie sich nicht im Traum hätte vorstellen können.

Sie hatte Xavier nicht nur einmal wütend erlebt. Sie hatten geredet, gestritten, sogar zusammen gelacht. Und als sie nachgegeben und ihm alles über Eathan und seinen Vater gestanden hatte, hatte er nicht die Beherrschung verloren oder ihr vorgeworfen, die Leute auf seinem Besitz in Gefahr gebracht zu haben. Stattdessen hatte er sie in den Arm genommen und festgehalten.

Für sie hatte er inzwischen so wenig mit einem Monster zu tun, dass sie es für möglich hielt, dass es sich bei ihm um den wunderbarsten Mann handelte, den sie je getroffen hatte.

Vertrau mir, hatte er gesagt, und bei diesen Worten hatte er … verletzlich ausgesehen. Ihr Vertrauen bedeutete ihm etwas. Normalerweise war er so gelassen, so selbstsicher, dass der Ausdruck in seinem Gesicht ihre gesamten Gewohnheiten und Gedanken durcheinandergewirbelt hatte.

Sie schloss den Reißverschluss der Tasche. Einen Augenblick lang stand sie nur da und betrachtete ihr schlichtes, friedliches Zimmer. „Ich glaube, das alles ist völlig für die Katz", sagte sie in die Stille.

Was immer sie auch vorhatten.

Aber er hatte gesagt, sie solle ihm vertrauen, also tat sie es. Er hatte Beziehungen, ein ganzes Netzwerk von Leuten – Wesen –, über die sie nichts wusste, und er verfügte über mehrere Jahrhunderte mehr Erfahrung und Wissen als sie. Das musste zu irgendetwas gut sein. Das musste etwas wert sein.

Wenn sie ehrlich war, hatte sie keine Ahnung, ob das eine

vernünftige Einschätzung war oder ob sie nur einer trügerischen Hoffnung zum Opfer fiel.

Sie schlüpfte in ihre Jeansjacke, warf sich die Tasche über die Schulter, löschte das Licht und verließ das Zimmer.

Kurz vor der Haustür traf sie auf Diego. Er trug eine schwarze Lederjacke und über der Schulter ebenfalls eine Tasche. Sie hielt an. „Wo gehst du hin?"

Er zuckte mit der Schulter. „Vermutlich dorthin, wo du auch hingehst, *chica*."

„Himmel, das hoffe ich nicht", murmelte sie. „Das würde ich meinem ärgsten Feind nicht wünschen."

Grinsend öffnete er die Tür. „Ich schätze, wir werden es herausfinden."

Zusammen traten sie hinaus. Am anderen Ende der Rasenfläche sah sie Xavier, der bei seinem Lexus stand und ganz offensichtlich auf sie wartete.

Als sie und Diego näher kamen, sagte Xavier zu Diego: „Bitte fahr du."

„Sicher." Diego glitt hinters Lenkrad, sie und Xavier setzten sich nach hinten.

Im Wagen roch es nach teurem Leder und schwach nach einem Aftershave, das sie als Xaviers erkannte. Statt nervös zu werden, entspannte sie sich. Sie fing an, seinen Geruch mit Geborgenheit und Sicherheit zu assoziieren.

Er machte es sich neben ihr gemütlich, vollkommen ruhig und entspannt wie eine Raubkatze. Im schwachen Licht des Armaturenbretts schimmerten seine Augen, in denen wache Intelligenz stand.

Während sie ihren Gurt schloss, justierte Diego den Rückspiegel und sah Xavier darin an. „Wohin?"

„Evenfall", antwortete Xavier.

Diego nickte, setzte den Wagen zurück und fuhr zum

Haupttor. Tess' Eingeweide verkrampften sich, und sie schloss kurz die Augen. Sie waren unterwegs zu einer Festung voller Vampyre mitten im Herzen des Nachtwesenreichs. Sie hatte vollkommen recht gehabt – diesen Ausflug würde sie ihrem ärgsten Feind nicht wünschen.

Xavier schloss die Hand über der Faust, die sie an ihren Oberschenkel presste, und ihr Kopf ruckte hoch, und sie öffnete die Augen, um ihn anzusehen. Er lächelte sie schief von der Seite an.

„Denk an etwas Schönes, *querida*", riet er ihr. „Denk immer positiv. Es beruhigt den Herzschlag und lässt den Verstand klarer werden."

Sie sah, wie ihnen Diego über den Rückspiegel stirnrunzelnd einen scharfen Blick zuwarf. Er wirkte beunruhigt, und sie fragte sich, weshalb.

Xaviers Griff um ihre Faust war so gleichmäßig und sanft, wie er stets mit ihr umging. Sie atmete gleichmäßig und konzentrierte sich auf seine entspannte, aufmerksame Gegenwart statt auf ihr eigenes Gefühlschaos, und zu ihrer eigenen Überraschung wurde sie fast sofort ruhiger.

„Glaubst du wirklich, dass alles gut geht?", flüsterte sie.

„Ich bin davon überzeugt", antwortete er ebenso leise. „Wir werden einen Weg finden, um es durchzustehen und am Ende heil wieder rauszukommen."

Ihre verkrampfte Faust lockerte sich, und sie drehte die Hand, um ihre Finger mit seinen zu verflechten. Sein schiefes Lächeln wurde warm. Er drückte ihre Hand.

Den Rest der zwanzig Minuten langen Fahrt verbrachten sie schweigend, bis Evenfall über ihnen aufragte wie ein gewaltiger Leviathan, der aus dem Meer gekrochen war.

Bald darauf bog Diego auf eine schmale Schotterstraße ab, die sie dichter ans Ufer brachte. Sie näherten sich dem

Schloss über eine weite, leere Fläche, auf der kein Baum stand und auch kein anderes Hindernis. Es war nichts zu sehen bis auf hohes Gras, felsigen Boden und das Meer, und sie war sicher, dass das kein Zufall war.

Sie fuhren auf eine Reihe gewöhnlich wirkender Garagentore zu, die in die Schlossmauer eingelassen waren, und hielten an. Tess hatte gerade genug Zeit, um die Sicherheitskameras zu bemerken, da schob sich das Metalltor auch schon nach oben und klaffte auf wie ein riesiges Maul.

Diego fuhr hinein, und Evenfall verschlang sie mit Haut und Haar.

Kapitel 14

HINTER DEM TOR befand sich eine ganz gewöhnliche unterirdische Parkgarage. Nachdem sie ein Sicherheitstor passiert hatten, fuhr Diego eine Rampe hinunter und auf einen Parkplatz, der als RESERVIERT gekennzeichnet war.

Als er den Motor ausstellte, bat ihn Xavier: „Bring bitte unser Gepäck in meine Räumlichkeiten, und warte dort auf weitere Anweisungen."

Tess zog ihre Hand aus seiner, als Diego sich umwandte und sie beide finster anstarrte.

„Du willst, dass ich einfach nur dort oben warte?"

„Du bist als Verstärkung hier", erklärte Xavier. „Wenn ich dazu gezwungen sein sollte, mich allein um etwas zu kümmern, oder etwas Unvorhergesehenes geschehen sollte, bist du für Tess' Sicherheit verantwortlich. Wir sind wegen einer Angelegenheit hier, die sehr … unvorhersehbar verlaufen könnte. Und falls wir länger hierbleiben als eine Nacht, werde ich Blut benötigen."

„Also", sagte Diego ausdruckslos, „bin ich als Babysitter hier und als Bar."

Xaviers Gesichtsausdruck glättete sich. „Das", antwortete er in vollendet höflichem Tonfall, „ist genau die Unterstützung, die ich derzeit von dir benötige, ja."

Nach einer kurzen Pause sagte Diego: „Ich wollte es nur

abklären, Boss. Hey, zumindest tut es gut, ab und zu mal aus dem Haus rauszukommen."

Er sprach leichthin, aber es klang in Tess' Ohren unaufrichtig. Sie stützte den Kopf in die Hände und rieb sich die schmerzenden Schläfen. Angesichts der Tatsache, dass sie nur allzu bald Malphas gegenüberstehen würde, hatte sie keinerlei Kapazitäten mehr für die Frage übrig, welche Laus Diego über die Leber gelaufen sein mochte.

Xavier berührte sie am Oberschenkel. „Bist du so weit?"

Nein. Nein.

Sie hob den Kopf und straffte die Schultern. „Ja."

„Komm mit."

Sie folgte seinem Beispiel und stieg aus dem SUV, und er trat an ihre Seite und begleitete sie durch eine verstärkte Sicherheitsstahltür in ein Treppenhaus aus Beton, das bald von gemauerten Wänden und steinernen Stufen abgelöst wurde. Während sie die Treppe hinaufstieg, war ihr zumute, als würde sie von der Gegenwart in ein längst vergangenes Jahrhundert hinüberwechseln.

„Warum eigentlich?", murmelte sie. Sie hatte mit sich selbst geredet, aber Xavier, der voranging und ihr um eine Stufe voraus war, drehte sich zu ihr um, hob eine Braue und warf ihr einen fragenden Blick zu. Sie fragte ihn: „Warum ein Schloss?"

„Dem Reich der Nachtwesen gehören einige sehr alte Vampyre an, die über ungeheuren persönlichen und finanziellen Einfluss verfügen. Damals waren Julian und seine Meisterin Carling der Ansicht, dass ein derart imposantes und repräsentatives Gebäude diesen Vampyren den angemessenen Eindruck von Macht und Autorität vermitteln würde. Außerdem ist es ausgesprochen gut zu verteidigen, einige Räume im Innern haben nicht einmal Fenster. Das gesamte

Schloss ist von Korridoren und Geheimgängen durchzogen und kann sehr verwirrend sein, wenn man sich hier nicht auskennt. Ich lege dir nah, dich nicht zu verirren und nicht auf eigene Faust loszuziehen."

„Darüber musst du dir keine Sorgen machen", murmelte sie leise, obwohl sie wusste, dass er sie klar und deutlich hören konnte.

Sie stiegen weiter hinauf und liefen durch mehrere Korridore, die zusehends größer und belebter wurden. Vampyre musterten sie im Vorbeigehen, ihre Blicke blieben neugierig an Tess hängen.

Sie stellte fest, dass sie auch für sie keine Kapazitäten übrig hatte. An Xaviers Seite fühlte sie sich so sicher, als wanderten sie am Strand auf seinem Landsitz entlang.

Möglicherweise war das einer dieser positiven Gedanken, oder vielleicht wusste sie einfach tief in ihrem Inneren, dass er gefährlicher war als irgendeine der Personen, denen sie begegneten, und er war auf ihrer Seite.

Du hast mir dein Blut gegeben, hatte er gesagt. *Es ist meine Pflicht, dich zu beschützen.*

Und sie vertraute ihm.

Sie erreichten eine massive Doppeltür aus Mahagoni, die von zwei Vampyren bewacht wurde, einem Mann und einer Frau in modern geschnittenen dunkelgrauen Anzügen. Der Mann hatte ein sehr durchschnittliches Alltagsgesicht und rötliches Haar, aber die große, sportliche Frau mit ihrer dunkelbraunen Haut und dem seidig glänzenden schwarzen Haar, das ihr wie eine Kappe am Kopf anlag, war auffallend attraktiv. Als sich Xavier näherte, sagte sie: „Gehen Sie direkt rein, Sir. Er erwartet Sie."

„Ausgezeichnet. Danke, Yolanthe." Die beiden traten beiseite, Xavier nickte dem Mann zu und führte Tess in die privaten Räume des Nachtwesenkönigs.

Julian stand vor einem großen Kamin aus Granit, in dem ein Feuer loderte. Der König der Nachtwesen hatte die Arme vor der Brust verschränkt und sprach in ein Bluetooth-Headset. Er trug verblichene Jeans, alte, abgenutzte Cowboystiefel und ein schwarzes T-Shirt, das sich über der breiten, muskulösen Brust spannte. Während der teure, elegante Abendanzug, den er auf dem Vampyrball getragen hatte, sein markantes Aussehen betont hatte, passte dieses Outfit wirklich perfekt zu ihm.

Bei ihrem Eintreten schaute Julian auf. Ohne sich zu unterbrechen, hob er einen Finger, und Xavier nickte.

Während sie darauf warteten, dass er sein Telefonat beendete, sah sich Tess neugierig um. Was immer sie auch erwartet hatte, Julians private Räumlichkeiten entsprachen diesen Erwartungen nicht. Sie waren eher spartanisch eingerichtet, es gab kaum einen Hinweis darauf, wie wohlhabend und mächtig er sein musste.

Vor dem Kamin standen schwarze Ledersofas, dazwischen lag ein dicker, schwerer Wollteppich. Schlichte, robuste Tische und ein dazu passender Schrank, mehr Mobiliar gab es nicht. Die einzige extravagante Note war ein riesiges Landschaftsgemälde, das eine der steinernen Wände beherrschte. Es stellte eine sonnendurchflutete Gegend dar, die italienisch oder zumindest europäisch anmutete.

Ein Laptop und ein Stapel Papier lagen am Ende des Couchtisches. Julian beendete das Gespräch, tippte auf das Headset an seinem Ohr, riss es sich vom Kopf und warf es auf den Tisch.

„Melly geht nicht ans Telefon", sagte er zu Xavier. „Ihr Pressesprecher behauptet, sie sei bei einem neuen Dreh. Und Tatiana ist nicht geneigt, die Zeit der Hellen Fae zu verschwenden und einen neuen Repräsentanten zu schicken, damit er Angelegenheiten regelt, die bereits geregelt wurden. Gottverdammt."

„Gib mir eine Minute." Xavier holte sein Telefon heraus, wählte eine Nummer und sagte gleich darauf: „Hi, Melly, wie geht es dir?" Er schwieg kurz und warf Julian einen ironischen Blick zu. „Wie schön. Ski-Urlaub in Aspen klingt großartig."

Julians Gesichtszüge verfinsterten sich vor Zorn. Mit ausgestreckter Hand ging er auf Xavier zu und verlangte wortlos das Telefon. Xavier wich zurück und schüttelte warnend den Kopf.

„Hör zu", sagte er ins Telefon, „ich möchte dich um einen Gefallen bitten. Ja, es hat etwas mit den Angelegenheiten zu tun, derentwegen Julian ständig angerufen und Nachrichten hinterlassen hat. Nein, ich verspreche dir, es wird nicht nötig sein, dass du deshalb nach Evenfall zurückkommst. Alles, worum ich dich bitte, ist, dass du sagst: *Julian, ich stimme allen Vereinbarungen zu, die Xavier und ich in New York besprochen haben.* Dann wird Julian sagen: *Melisande, ich stimme allen Vereinbarungen zu, die du mit Xavier in New York besprochen hast.* Ihr müsst nicht mal wirklich miteinander reden, sag einfach nur diesen Satz. Ich schalte den Lautsprecher ein und nehme es auf, in Ordnung? … Dank dir."

Fasziniert beobachtete Tess, wie Julians Augen rot aufflammten. Die Lippen zogen sich zu einem stummen Fauchen zurück, er hob die Hände, krümmte die Finger und tat, als würde er eine unsichtbare Person erwürgen, die vor ihm stand.

Xavier überprüfte etwas auf dem Display. „Melly, der Lautsprecher ist eingeschaltet. Kannst du mich hören?"

„Natürlich." Die warme Stimme der Fae-Prinzessin war klar und deutlich zu verstehen.

„Okay." Xavier strich mit dem Daumen über das Display. „Ich nehme jetzt auf. Los."

„Julian", sagte Melisande, „ich stimme allen Vereinbarungen zu, die Xavier und ich in New York besprochen haben."

Xavier zeigte auf Julian. „Melisande", knurrte der König der Nachtwesen, „ich stimme allen Vereinbarungen zu, die du mit Xavier in New York besprochen hast. Und hätte es dich umgebracht, wenigstens einen verdammten Anruf anzunehmen?"

„Man weiß nie", erwiderte Melisande. „Vielleicht."

„Wenn ich dich je wieder in die Finger kriege", schnauzte er sie an, „erwürge ich dich mit meinen eigenen Händen."

„Träum weiter", spottete sie. „Du wünschst dir doch nur, noch einmal Hand an all diese Herrlichkeit legen zu können, und ich kann dir eins versprechen: Das wird niemals geschehen."

„Okay", sagte Xavier rasch, „vielen Dank."

Melisandes Stimme veränderte sich dramatisch, und mit offenkundiger Zuneigung antwortete sie: „Jederzeit, mein Lieber. Bis dann."

Xavier legte auf. Er und Julian musterten einander eine ganze Weile, und trotz des Ausmaßes ihrer eigenen Probleme kostete es Tess große Mühe, nicht zu lachen. Sie kämpfte um einen unbeteiligten Gesichtsausdruck und legte eine Hand über ihren Mund.

„Weder schön noch besonders würdevoll", sagte Xavier schließlich. „Aber es ist eine Aufnahme einer Vereinbarung zwischen euch beiden. Vielleicht wird es ausreichen, um Justine loszuwerden, denn wie du weißt, werden die anderen Ratsmitglieder es nicht gut aufnehmen, wegen einer juristischen Spitzfindigkeit in einer eigentlich längst geklärten

Angelegenheit noch einmal tagen zu müssen."

„Ja, ist gekauft", sagte Julian. „Es wird ausreichen, um Justine aus dem Schloss zu werfen, wenigstens bis zur nächsten Ratsversammlung im kommenden Jahr."

Xavier überlegte kurz. „Vielleicht kann Gavin den letzten Teil rausschneiden, falls du es bevorzugst, dass dieser Teil der Unterhaltung privat bleibt."

„Bestens. Lass mir die gekürzte Version zukommen, sobald du kannst. So, nun zu deinem Anliegen, das du nicht am Telefon besprechen konntest." Als Julian Tess ansah, schwand das rote Glühen aus seinen Augen. „Ich erinnere mich an dich. Du hast auf dem Vampyrball ein Gespräch mit Xavier geführt. Du bist diejenige, die eine E-Mail an alle Mitglieder des Evenfall-Servers geschickt hat. Mich eingeschlossen."

Ihre Belustigung erstarb, und sie nickte nervös.

Eine Weile betrachtete Julian sie mit derselben klinischen Sachlichkeit wie auf dem Ball, dann wandte er sich an Xavier. „Erzähl mir, was los ist."

„Hast du schon mal von einem ausgestoßenen Dschinn namens Malphas gehört?", erkundigte sich Xavier.

Julian kniff die Augen zusammen. „Der aus Las Vegas. Eigentümer eines der größten Kasinos. Was ist mit ihm?"

„Wir haben Grund zu der Annahme", sagte Xavier, „dass Malphas in Florida den Sohn von Senator Jackson ermordet hat."

Das Desinteresse in Julians Gesicht verschwand abrupt. „Warum glaubst du das? Überzeug mich."

Als Xavier Tess einen Blick zuwarf, nickte sie, und er begann zu erzählen. Julians Augenbrauen senkten sich und verfinsterten seinen Blick, während er zuhörte. Nachdem Xavier seinen Bericht beendet hatte, sah der König der

Nachtwesen Tess an. Zuvor hatte er leidenschaftslos gewirkt, aber jetzt war sein finsterer Blick kalt.

„Du bist die einzige Person auf der Welt, die diese Anschuldigung erhebt", sagte er.

Es war unmöglich, zu sagen, was er damit meinte, aber Xavier wirkte noch immer ruhig und gelassen und lächelte ihr aufmunternd zu. Sie schluckte hart. „Ich schätze, das bin ich."

„Ich möchte hören, wie du es sagst", sagte Julian. „Sag mir, dass du es für die Wahrheit hältst."

Sie erwiderte den durchdringenden Blick des Nachtwesenkönigs und sagte klar und ruhig: „Ich war im Kasino, als das alles begonnen hat. Ich habe beobachtet, wie Eathan sich mit dem Glücksspiel immer übler in Schwierigkeiten gebracht hat, und ich habe gesehen, wie Malphas ihn dazu verleitet hat. Ich habe in Senator Jacksons Büro angerufen und mich durch alle Instanzen gekämpft, bis ich ihn persönlich am Apparat hatte, und ich habe ihm mitgeteilt, dass Eathan in Schwierigkeiten steckt. Ich habe Senator Jackson und seine Leibwächter im Kasino eintreffen sehen, und kurz darauf sind sie mit Eathan wieder aufgebrochen." Sie schwieg kurz. „Ich glaube, dass Malphas Eathan getötet hat."

Julians Gesichtsausdruck hatte sich nicht verändert. „Jacksons Junge ist auf dem Meer gestorben. Selbst wenn man die exakte Position ausfindig machen könnte, an der es ihn erwischt hat – was höchst unwahrscheinlich ist –, ist es zu spät, um das Gebiet von einem kriminaltechnologisch ausgebildeten Magier untersuchen zu lassen. Du kannst nichts beweisen."

Ihr sank der Mut. Nach einem erneuten Seitenblick auf Xavier gab sie zu: „Nein, Sir, ich befürchte, das kann ich nicht. Aber in meinen Augen sind der Zeitpunkt und die Umstände von Eathans Tod allzu passend."

Julian setzte sich aufs Sofa, legte die bestiefelten Füße auf den Tisch und verschränkte die Arme. „Ich höre die Überzeugung in deiner Stimme, aber es interessiert niemanden, ob du es allzu passend findest und glaubst, dass es so war. Es handelt sich um eine sehr schwerwiegende Anschuldigung, und es gibt keinerlei Beweise. Ich weiß auch nicht, wie glaubwürdig du als Zeugin bist. Es wäre genauso gut möglich, dass du auch glaubst, Alufolie hielte Aliens davon ab, deine Gedanken zu kontrollieren."

Xavier regte sich. „Julian."

Der König der Nachtwesen machte eine ungeduldige Geste. „Ist so. Letzten Endes lässt es sich darauf herunterbrechen, dass dein Wort gegen das eines Dschinns der ersten Generation steht."

Wenn Malphas dafür sorgte, dass sie verschwand, nicht einmal das.

Verzweiflung drohte sie zu überwältigen. Mit geschlossenen Augen kämpfte sie sie nieder. „Ich weiß", flüsterte sie.

Etwas legte sich auf ihre Schultern. Überrascht öffnete sie die Augen und sah, dass Xavier neben sie getreten war und den Arm um sie geschlungen hatte. Trost schlich sich in ihr erstarrtes Herz. Nicht in der Lage, zu widerstehen, schlang sie den Arm um seine Taille, während Julian sie mit diesem finsteren, durchdringenden Blick beobachtete.

„Soweit es Jacksons Jungen betrifft", sagte Xavier, „steht dein Wort gegen seins, aber in Bezug auf die anderen, bei denen du beobachtet hast, wie Malphas sie in die Falle lockt, liegt der Fall anders."

Julian hörte auf, sich auf dem Sofa zu fläzen, und beugte sich vor.

Xaviers klare, graugrüne Augen waren klug und warm. Er

lächelte ihr zu. „Du hast gesehen, wie sich Leute tief verschuldet haben, und hast einiges von dem belauscht, was sie sagten. Erinnerst du dich an ein paar Namen?"

Sie blinzelte rasch. „Ja."

„Was ist mit dem Mann und seiner Frau? Der, der sagte, es würde nie ein Ende haben?"

„Ich erinnere mich", sagte sie nickend. „Sie hatten eine Adresse in Minnesota."

Julian nahm einen Schreibblock und einen Stift vom Tisch, kam herüber und drückte ihr beides in die Hand. „Schreib eine Liste mit allen Namen, an die du dich erinnerst."

Sie setzte sich auf ein Ledersofa und fing an zu schreiben.

Aus dem Augenwinkel sah sie, wie Julian zum Schrank ging und eine Flasche herausholte, offensichtlich mit Blutwein gefüllt. Xavier trat zu ihm, und Julian schenkte zwei Gläser voll mit der rubinroten Flüssigkeit.

Er bot Xavier eins der Gläser an, aber der schüttelte den Kopf. Schulterzuckend warf Julian den Kopf in den Nacken und stürzte den Inhalt seines Glases in einem Zug hinunter.

„Worum geht es dir bei dieser Sache?", fragte Julian Xavier. „Die Informationen lassen sich nicht als politisches Druckmittel verwenden. Mit Dschinn ist grundsätzlich kaum zu verhandeln, und Ausgestoßene werden für gewöhnlich ohnehin ihr Wort nicht halten. Wenn es ein direkter Angriff gewesen wäre, könnte ich ihn dafür eine Weile festnageln, aber nicht lange. Wenn wir uns dafür entscheiden, ihn festzunageln, müssen wir ihn töten. Dafür bräuchten wir verdammt viel Unterstützung, und ich glaube nicht, dass irgendeiner deiner Verbündeten gewillt wäre, den erheblichen Schaden in Kauf zu nehmen, den ein Kampf mit einem mächtigen Dschinn mit sich bringen würde."

Auch wenn Julian ganz offensichtlich nicht mit ihr sprach, machte er sich nicht die Mühe, seine Stimme zu dämpfen, und Xavier tat es ebenfalls nicht.

„Das Einzige, wofür ich ein ausreichendes Druckmittel benötige, ist Sicherheit", sagte Xavier.

„Was für eine Sicherheit?"

„Ich möchte, dass meine Leute ohne Furcht vor Vergeltungsmaßnahmen oder Angriffen leben können. Ich möchte, dass Tess frei ist, zu tun, was immer sie tun will. Solange Malphas glaubt, sie sei die Einzige, die Bescheid weiß, ist sie in Lebensgefahr, aber wenn es nur das wäre, müssten wir nicht mehr tun, als mit unserem Verdacht an die Öffentlichkeit zu treten. Wir müssen einen Schritt weiter gehen, damit ausgeschlossen ist, dass er Rache an ihr übt – oder an irgendjemand anderem –, wie er es bei Jacksons Sohn getan hat."

Als sie begriff, was er gerade gesagt hatte, stockte ihr der Atem. Sie wusste nicht, was sie tun oder mit dem Gehörten anfangen sollte.

Xavier arbeitete nicht nur mit ihr zusammen, um ein bedrohliches Problem aus der Welt zu schaffen. Er setzte sich aktiv für sie ein.

Niemand hatte sich bisher je für sie eingesetzt. Niemand, aus keinem Grund. Ihre Pflegeeltern hatten es nicht getan, keiner von ihnen – und ganz sicher nicht der Bastard, der Kinder so gern mit einem Gürtel schlug –, und keins der anderen Kinder, mit denen sie in denselben Pflegefamilien gewesen war.

Tess war immer jene gewesen, die stark war und für andere eintrat. Vielleicht war das der Grund, weshalb die Sache mit Eathan ihr überhaupt so nahegegangen war. Er hatte Hilfe gebraucht, also hatte sie sich darum gekümmert.

Während sie noch versuchte, das alles zu verdauen, füllte Julian sein leeres Glas wieder auf. „Ich hätte wissen sollen, dass du den ganzen Wirbel für einen deiner Diener veranstaltest.“

Sein Tonfall war unmöglich zu deuten, und sie versuchte es nicht einmal. Es war Xavier, für den sie sich interessierte, und sie beobachtete ihn verstohlen.

„Sie ist nicht mehr meine Dienerin.“

Nur vom Kaminfeuer und von wenigen verborgenen Lichtquellen erleuchtet, versank der Raum in Schatten, und sie sah Xavier nur im Profil. Er war kleiner als der breit gebaute, große Julian, und eleganter, aber ebenso männlich.

Wenn Julian eine Streitaxt war oder vielleicht ein Katapult, fürs Zuschlagen und für den Einsatz roher Gewalt konzipiert, war Xavier ein Rapier, elegant und tödlich im Kampf Mann gegen Mann. Mit einem einzigen, gut gezielten Stoß konnte er das Herz durchbohren, während der restliche Körper und die Seele vor Verblüffung starr wurden und starben.

Das Herz durchbohren. Sie dachte darüber nach.

Ja. Genau so fühlte sie sich, wenn sie ihn anschaute und hörte, was er sagte.

Julian warf ihr einen raschen, finsteren Blick zu. Sie zog den Kopf ein und widmete sich wieder dem Blatt Papier, das vor ihr lag.

„Die Dschinn“, sagte Julian, „sind recht zurückhaltend, wenn es darum geht, Ausgestoßene zu überwachen. Ich denke, am besten spreche ich mit Soren. Ich telefoniere nebenan mit ihm.“

Tess kannte sich nicht gut mit den wichtigen Persönlichkeiten der Alten Völker aus, aber Sorens Name war selbst ihr bekannt. Er war der Vorstand des Rats der Alten

Völker und wie Malphas ein Dschinn der ersten Generation, einer der Mächtigsten seines Volkes.

Xavier nickte, und als Julian das Zimmer verließ, kam er zum Sofa und setzte sich neben sie. Sie legte den Block mit der beschriebenen Seite nach unten auf den Tisch, den Stift daneben und drehte sich zu ihm.

„Hast du alle Namen aufgeschrieben, die dir einfallen?“, fragte er.

„Ja.“ Sie hinterfragte ihren Impuls nicht, sondern beugte sich einfach vor, warf ihm die Arme um den Hals und drückte ihn an sich. „Ich danke dir so sehr für alles.“

Er erstarrte, sein schlanker, kraftvoller Körper war plötzlich wie aus Stein.

Ihr wurde bewusst, was sie tat. Sie trat den Rückzug an. „Es tut mir leid. Ich habe nur …“

Der steinerne Mann in ihren Armen taute auf, legte die Arme um sie und hielt sie fest. „Was ist los?“, fragte er leise an ihrem Ohr.

„Ich weiß es nicht“, antwortete sie leise. „Ich weiß nur, dass sich bisher niemals jemand für mich eingesetzt hat.“

Er umarmte sie fester und legte eine Hand an ihren Hinterkopf. „Das ist ihr Pech, denn du bist es wert, das zu tun.“

Sie schüttelte den Kopf. „Das glaube ich nicht“, flüsterte sie, „aber ich bin dir trotzdem dankbar. Du hast das alles für mich getan, obwohl wir nicht einmal darüber gesprochen haben, ob ich weiterhin deine Dienerin sein werde.“

Er zog sich aus der Umarmung zurück, um sie anzusehen. Aus dieser Nähe sah sie, wie ungeheuer wach und klar seine graugrünen Augen waren. „Lass mich eins klarstellen, Tess. Ich werde dich nicht wieder als eine meiner Angestellten auf dem Landsitz aufnehmen.“

Nachdem sich gerade so viele Türen in ihr geöffnet hatten, traf die Enttäuschung sie jetzt bis ins Mark. Gegen ihren Willen zuckte sie zusammen und versuchte, es mit einem Nicken zu tarnen. „Ich verstehe", sagte sie fest. „Ich habe zu viele gefährliche Informationen zurückgehal…"

Mit langen, kühlen Fingern umschloss er ihr Kinn, neigte ihren Kopf zur Seite und küsste sie.

Der Schreck durchfuhr sie wie ein Stromstoß. Es war, als würde ihr Tequila direkt ins Blut injiziert. Seine Lippen waren fest und erstaunlich sinnlich. Sie erstarrte, und ihr Verstand raste. Er legte den Kopf schräg, um ihren Mund ganz mit dem seinen zu bedecken, teilte ihre Lippen und drang zu einer kurzen, intimen Erforschung vor.

Als er sich aufrichtete, vergaß sie, den Mund zu schließen. Sie starrte ihn an.

„Ich würde nie einen meiner Diener küssen", sagte er. „Das weißt du."

„Nie würdest … du würdest nicht …", sagte sie. „Ich … Äh …"

Mit einer Hand umfasste er ihr Gesicht und strich mit dem Daumen über ihre feuchten Lippen. „Ich habe hier und jetzt nur eine einzige Frage an dich."

„Klar", murmelte sie schwach. Ihr Verstand war noch immer wie erstarrt, seit dem Augenblick, da seine Lippen ihre berührt hatten. „Schieß los."

Er küsste sie auf die Stirn und auf die Wange. „Du hast keine Angst mehr vor mir, oder?"

„Was?", fragte sie. „*Pfft*, nein."

In seinem Blick schimmerten die erstaunlichsten Gefühle auf, allen voran Erleichterung und Freude. Wieder durchfuhr die Überraschung sie mit einem Ruck, als ihr klar wurde, dass ihm wirklich wichtig war, was sie von ihm hielt.

„Gut", flüsterte er. „Ich danke dir."

Ihr Blick wanderte zu seinen fein gezeichneten, sinnlichen Lippen. Sie war viel zu erschüttert gewesen, um richtig darauf zu achten, wie sich sein Mund auf ihrem anfühlte. Voller Verlangen, herauszufinden, was all das bedeutete, und um es noch einmal zu erleben, küsste sie ihn.

Sie spürte, wie er sich bewegte und tief Luft holte. Aber er musste nicht atmen. Es war unnötig, es galt nur ihr. Ihre Lippen passten zusammen, als wären sie füreinander geschaffen.

Wenn das nicht alles schlägt, dachte sie. *Ich erlebe den erotischsten Kuss meines Lebens.*

Mit einem Vampyr.

Aber nicht irgendeinem Vampyr.

Ich erlebe den erotischsten Kuss meines Lebens mit dem wunderbarsten Mann, den ich mir vorstellen kann.

✧   ✧   ✧

TESS' LIPPEN AN seinen waren warm, so warm, und sie waren so weich wie im Mondlicht gesponnene Seide. Mit den Fingerspitzen fuhr er den aristokratischen Bogen ihres Wangenknochens entlang, während sich ihre Zungen behutsam berührten, und ein Bruchstück eines uralten Textes kam ihm in den Sinn.

Schön bist du, meine Freundin, ja, du bist schön.

Er musste atmen. Er musste es einfach. Es war ein Instinkt, mächtiger und älter als der Tod. Er nahm einen tiefen, körperlich vollkommen überflüssigen Atemzug, nur um den Duft ihres Haars zu riechen, und dachte: *Ich stecke in ernstlichen Schwierigkeiten.*

Eine Woge von Macht wallte auf und erweckte seine

Aufmerksamkeit. Es kam von nebenan, wo Julian verschwunden war. Gleich darauf hörte er, wie Julian und Soren miteinander sprachen. Ihre Stimmen näherten sich, und ihm blieb gerade genug Zeit, Tess sanft auf ihren Platz zurückzuschieben, da öffnete sich auch schon die Tür, und die beiden Männer kamen herein.

Wie immer musste sich Xavier innerlich gegen die schiere Gewalt von Sorens Präsenz wappnen. Geboren zu Anbeginn der Welt, war Soren einer der Uralten, ein Dschinn der ersten Generation, und seine Macht war so überwältigend, dass er für das mentale Auge zu brennen schien. Die körperliche Erscheinung, die er gewählt hatte, war die eines großen, kräftig gebauten Mannes mit schroffen Gesichtszügen, weißem Haar und weißen Augen, die wie Sterne leuchteten.

Neben Xavier richtete sich Tess kerzengerade auf. Ihr Blick war wachsam und voller Faszination.

Soren ignorierte sie und nickte Xavier zu. Seine Stimme war tief und befehlsgewohnt. „Del Torro, ich habe mir angehört, was Julian zu sagen hatte, und um ganz deutlich zu sein: Die Dschinn werden wegen dieser Angelegenheit nicht gegen Malphas in den Krieg ziehen. Falls er den Sohn des Senators ermordet hat, gibt es dafür keinerlei Beweise, und wenn sich Menschen beim Spiel so tief verschuldet haben, dass sie nicht in der Lage sind, zu zahlen, dann haben sie gegen die Bedingungen eines Handels verstoßen und nach dem Gesetz der Dschinn jedes Anrecht auf Schutz verloren." Er zuckte mit den Schultern. „Wenn irgendwer in der Lage ist, Malphas für irgendetwas, das er getan hat, vor ein menschliches Gericht zu bringen, dann soll es so sein."

Die Dschinn und ihre verdammten Handel. Auch wenn ihn nichts von dem, was Soren sagte, überraschte, loderte heiße Wut in ihm auf. „Das wäre natürlich praktisch", sagte er, „wenn sich jemand anders um Malphas kümmern würde, ohne die Dschinn mit hineinzuziehen, nicht wahr?"

Soren hob die Augenbrauen. „Natürlich."

Bevor er darauf etwas erwidern konnte, mischte sich Tess ein.

„Ich bitte um Entschuldigung, Mister Soren", sagte sie. In ihren Augen leuchtete ein Ausdruck, der Xavier allmählich nur allzu vertraut wurde. „Ich weiß, ich bin nur ein unbedeutender Mensch, und als solchem steht mir weder zu, Ihnen vernünftig vorgestellt zu werden, noch kann ich erwarten, dass Sie das Wort an mich richten. Mein Name ist übrigens Tess."

Sorens leuchtende Sternenaugen erfassten Tess, während Julian neben ihm den Kopf wandte und Xavier anstarrte, der sich zurücklehnte und lächelte.

„Sprich weiter", sagte Soren eisig.

Tess hob den Notizblock hoch, riss eine Seite ab und faltete sie zusammen. „Haben Sie eine Ahnung, was auf dieser Seite geschrieben steht?"

„Nein", sagte der tödliche Vorstand des Rats der Alten Völker. „Gibt es einen Grund, weshalb ich es wissen sollte?"

Was tut sie da?, fragte Julian in Xaviers Kopf.

Ich habe nicht die geringste Ahnung, antwortete Xavier. *Aber ich schätze, es wird interessant, das herauszufinden.*

„Ich denke nicht", erwiderte Tess. „Wissen Sie, wer ebenfalls nicht weiß, was auf diesem Zettel steht? Malphas. Tatsächlich bin ich mir inmitten dieses Fiaskos nur einer Sache wirklich sicher: Er weiß nicht, was ich weiß. Das ist nur logisch, oder nicht? Ansonsten hätte er mich aufgehalten, bevor ich Eathans Vater alarmieren konnte. Er hätte mich aufgehalten, bevor ich fliehen konnte. Und er hätte mich inzwischen längst aufgespürt. Sie wissen, worauf ich hinauswill, richtig?"

„Ich denke, das tue ich", sagte Soren. Sein schroffes Gesicht war so unbewegt, dass es wie eine Maske aussah … was es ja tatsächlich auch war.

„Noch etwas, das mir aufgefallen ist", sagte sie. Vor Anspannung zeichnete sich der feine Knochenbau ihres Gesichts deutlich ab, und in ihren Augen stand ein gehetzter Ausdruck. „Jeder weiß, dass sich Malphas nicht unbedingt an einen Handel hält, wenn er nicht gerade glaubt, dass es ihm nützlich sein wird. Aber auf Sie trifft das nicht zu. Wenn Sie einen Handel vereinbaren, dann halten Sie sich daran, ist es nicht so?"

„Unbedingt."

„Würden Sie einen Handel mit mir abschließen, Mister Soren?"

Der Dschinn legte den Kopf schief. „Vielleicht."

„Würden Sie mit mir einen Handel abschließen", fragte Tess, „vor Malphas' Augen?"

Kapitel 15

„TESS, NEIN", SAGTE Xavier. „*Nein.*"

Sie sah ihn nicht an und reagierte auch ansonsten nicht auf seinen Protest. All ihre Aufmerksamkeit war auf den Dschinn konzentriert. Ihre Hand krampfte sich noch immer um den zusammengefalteten Zettel.

„Ich denke schon, dass ich das tun würde", erwiderte Soren. „Vorausgesetzt, natürlich, die Bedingungen sind akzeptabel."

„Gottverdammt." Xavier wechselte ins Spanische und spie eine ganze Flut an Flüchen aus.

Julian sah ihn seltsam an. „Ich bin geneigt, ihr zuzustimmen, Xavier. Sie hat das Ganze in Gang gesetzt. Sie kann es auch beenden – oder es zumindest versuchen."

Das, was er damit zwischen den Zeilen sagte, war für alle offensichtlich.

„Eins möchte ich klarstellen." Tess' Stimme klang fest. „*Ich* war es ganz sicher nicht, die das Ganze in Gang gesetzt hat."

Julians Gesicht wurde kühl, aber er sagte: „Punkt für dich."

„Soll ich Malphas hierherrufen?", erkundigte sich Soren. „Oder bevorzugst du einen anderen Ort?"

Julian rieb sich den Nacken. „Ich würde es lieber hier in meinen Privaträumen erledigen, wo es niemand mitbekommt.“

„Also gut.“ Soren sah Tess an. „Bist du so weit?“

„Fast“, sagte Tess. „Ich brauche einen Umschlag.“

„Gut.“ Julian wirkte deutlich entnervt, als er aus dem Zimmer ging.

Als Tess aufstand, tat Xavier es ihr gleich. Er hatte die Hände zu Fäusten geballt. Ohne Soren zu beachten, sagte er telepathisch: *Tess, tu das nicht.*

Sie schüttelte den Kopf und wirkte entschlossener, als er sie je zuvor gesehen hatte. *Ich muss.*

Du hast nicht einmal erklärt, was du eigentlich vorhast, fuhr er sie an. *Wir haben noch keinerlei andere Möglichkeiten durchgesprochen.*

Julian und Soren haben deutlich klargestellt, dass es keine andere Möglichkeit gibt.

Julian kam mit einem Papierumschlag zurück. Er gab ihn Tess, und sie schob den zusammengefalteten Zettel hinein und klebte den Umschlag zu.

Xavier hielt es nicht mehr aus. Ohne sich um Julian und Soren zu scheren, die danebenstanden und zusahen, packte er Tess an den Schultern. *Es ist meine Pflicht, dich zu beschützen. Was ist daraus geworden?*

In den letzten sechs Wochen habe ich mich verändert. Tess legte ihm die Hand auf die Brust. *Ich habe verinnerlicht, was ihr mir beigebracht habt, du und Raoul, und die Denkmuster in meinem Kopf haben sich wirklich verändert. Ich bin dir dafür dankbar, dass du mich beschützen willst. Es bedeutet mir so viel – sehr viel mehr, als du auch nur ahnen kannst. Aber ich werde mich jetzt selbst beschützen. Ich muss das tun, Xavier, und das aus vielen Gründen. Malphas muss wissen, dass ich dafür verantwortlich bin.*

Sie griff nach seinen Handgelenken und zog sanft seine Hände von ihren Schultern. Dann sagte sie laut zu Soren: „Ich bin so weit.“

Sorens Stimme hallte vor Macht wider. „Malphas.“

Hätte Xavier diesen Namen aus der Luft reißen können, er hätte es sofort getan. Schweigen füllte den Raum, so tief, dass man es fast hören konnte.

Ein Mahlstrom erfüllte jeden Winkel des Zimmers wie ein aus heiterem Himmel zuschlagender Tornado. Er verdichtete sich zu der Gestalt eines gut aussehenden Mannes mit goldenem Haar, in dessen Augen eine Macht glomm, die der von Soren ebenbürtig war.

Der schimmernde Blick des attraktiven Mannes glitt durch den Raum, registrierte alle Anwesenden und blieb zuletzt an Tess hängen. Zorn verzerrte seine Gesichtszüge. Er wirkte so feindselig, dass Xavier instinktiv vor sie trat. Möglich, dass sie nicht wollte, dass er sie beschützte, aber bei Gott, er würde es trotzdem tun.

Als Malphas das Wort ergriff, klang er so angriffslustig, als würde er in die Luft beißen. „Nun, das ist eine interessante Zusammenkunft. Sowohl der König der Nachtwesen als auch der Vorstand des Tribunals der Alten Völker. Tess, du warst offenbar erstaunlich erfolgreich dabei, neue Verbündete zu gewinnen.“

„Ich habe hart daran gearbeitet“, brachte sie zwischen den Zähnen hervor.

Malphas ballte die Fäuste und lockerte sie wieder, und Xavier senkte den Blick und beobachtete diese Bewegungen genau. „Soren“, zischte Malphas. „Was hast du mit meiner ehemaligen Angestellten zu schaffen?“

„Ich rede nicht mit Ausgestoßenen.“ War Sorens Stimme vorher bereits kühl gewesen, war sie nun wie ein Stachel aus tödlich kaltem Eis.

„Das erscheint mir widersprüchlich, denn immerhin warst du es, der mich gerufen hat. Was auch immer dieser Mensch dir für Geschichten aufgetischt hat, sie haben nichts mit dem Gesetz der Dschinn zu tun. Aber das weißt du bereits, denn sonst wären bei diesem Treffen mehr Dschinn anwesend."

Malphas trat einen Schritt vor und richtete die Aufmerksamkeit wieder auf Tess. Die menschliche Fassade verblasste, und einige Teile seiner Gestalt lösten sich voneinander. Noch immer hatte er zwei Augen, eine Nase, Wangenknochen und eine Kieferlinie, aber all das bildete kein zusammenhängendes Gesicht mehr, und pure Macht entströmte ihm wie Licht einer Laterne.

„Sag mir, Tess", sagte er. „Wie haben dir die Träume gefallen, die ich dir geschickt habe?"

Sie war schon vorher blass gewesen vor lauter Anspannung, jetzt wurde sie kalkweiß. „Sie waren ausgesprochen spannend", flüsterte sie.

„Du weißt, dass sie nur ein Vorgeschmack dessen waren, was ich mit dir tun werde, wenn du mir ernsthaft Probleme bereitest. Sag mir, dass du mich nicht hintergehen wolltest, und du kannst deinen alten Job wiederhaben. Es ist alles noch da und wartet auf dich: das sechsstellige Einkommen, deine nette Wohnung und all deine schönen Dinge. Die schlimmen Träume werden aufhören. Alles wird vergeben und vergessen sein." Malphas verzog die Lippen zu einem Lächeln und riss die Augen weit auf. „Ich verspreche es."

Xavier trat direkt zwischen Tess und Malphas und wandte sich mit roten Augen und voll ausgefahrenen Fangzähnen dem Dschinn zu. Alle Instinkte drängten ihn zum Angriff, und er musste hart dagegen ankämpfen.

„Der Vampyr scheint zu glauben, er könnte mich aufhalten." Malphas warf Xavier einen bösartigen Blick zu. „Was für eine fatale Fehleinschätzung. Meinst du, ich sollte es ihn versuchen lassen, damit er sich männlicher fühlt, oder pfähle ich ihn lieber gleich und bringe es hinter mich?“

So schnell, dass das Auge der Bewegung nicht folgen konnte, glitt Julian an Xaviers Seite. Auch der König der Nachtwesen hatte die Zähne ausgefahren. „Einen meiner Untertanen anzugreifen kommt einer Kriegserklärung an das gesamte Nachtwesenreich gleich.“

„Wenn du darauf bestehst“, fuhr der Dschinn ihn an, „kann ich dich gleich miterledigen.“

„Weißt du, was, Malphas?“, sagte Tess plötzlich. „Ich bin so derart fertig mit dir. Hörst du? Ich habe genug von dir. Ich habe genug von deiner Arroganz, deinen Bosheiten und Drohungen und dieser hartnäckigen Überzeugung, du wärest unantastbar. Ich habe genug davon, dich zu fürchten. Ich habe genug davon, dir Platz in meinen Gedanken einzuräumen. Ich werde dich aus meinem Leben entfernen und dich in der Vergangenheit begraben, wo du hingehörst.“

Sie trat zu Soren und hielt ihm den verschlossenen Umschlag hin.

„Was ist das?“, fragte Malphas. Die offen gezeigte Bösartigkeit in seinem Gesicht verblasste und machte einer anderen Art Anspannung Platz.

Tess beachtete ihn nicht. „Wären Sie bereit, einen Handel mit mir einzugehen?“, fragte sie Soren.

Nach einem langen Blick auf Malphas lächelte Soren. „Natürlich, Menschenfrau, ich denke, das wäre ich wohl. Welcher Handel schwebt dir vor?“

„Ich möchte, dass Sie diesen Umschlag an sich nehmen und ihn sicher verwahren“, sagte Tess. „Ich möchte, dass Sie mir versprechen, dass er verschlossen und der Inhalt ungelesen bleibt, solange Malphas nichts unternimmt, um mir oder irgendjemandem sonst im Nachtwesenreich Schaden zuzufügen. Aber wenn mir oder irgendwem, den ich je gekannt habe oder an dem mir je etwas lag, etwas passiert, möchte ich, dass Sie Kopien des Umschlaginhalts an Senator Jackson schicken, an das Tribunal der Alten Völker, den Nachtwesenkönig, den Verwaltungsrat der Dschinn und sämtliche Aufsichtsbehörden für Glücksspiel in der ganzen Welt. Zudem möchte ich, dass er an sämtliche Zeitungen der Alten Völker und der Menschen geht. Wären Sie bereit, das zu tun?"

„Diese Bedingungen sind leicht zu erfüllen", sagte Soren. „Ich stimme zu. Was bietest du mir im Gegenzug an?"

Tess' Blick blieb vollkommen ruhig. Fest sagte sie: „Darüber habe ich noch gar nicht nachgedacht. Was immer Sie wünschen."

„Nein!", fuhr Xavier dazwischen. Einen solchen Blanko-Handel mit einem Dschinn einzugehen war unaussprechlich dumm. Sie warf damit ihr Leben weg, sie wäre praktisch Sorens Eigentum.

Julian hielt ihn am Arm fest, um ihn daran zu hindern, vorwärtszustürzen.

Soren schaute zu den Vampyren und wieder zu Malphas, der vor ohnmächtigem Zorn vibrierte. Er wandte sich wieder an Tess. „Was meine Seite der Vereinbarung betrifft: Solange Malphas nichts unternimmt, um dir oder jemandem in deinem Leben Schaden zuzufügen, wirst du niemandem gegenüber etwas vom Inhalt dieses Umschlags enthüllen." Er machte eine Pause und hob eine weiße Augenbraue. „Vorsichtig, Menschenfrau. Dieser Handel ist verbindlich. Du darfst nie wieder darüber sprechen."

Die entsetzliche Anspannung wich aus Tess' Schultern, sie holte zitternd Luft, und Xavier wusste, ihr war klar, dass Soren sie wissentlich verschont hatte. „Ich stimme zu."

„Dann haben wir eine Vereinbarung", sagte Soren. Er

nahm den Umschlag an sich und streckte seine Hand aus. Tess schüttelte sie. Er wandte sich an Julian. „Ich bin hier fertig."

„Danke, dass du gekommen bist", erwiderte Julian.

Soren nickte und verschwand.

Julian richtete seinen rot glühenden Blick auf Malphas. „Raus hier", grollte er.

Ohne ihn zu beachten, schlenderte Malphas zu Tess hinüber. Sie wich nicht zurück. Eigenartigerweise schien der Zorn des Ausgestoßenen verraucht zu sein, stattdessen wirkte er fasziniert. „Du hast immer behauptet, keine Spielerin zu sein, aber gerade hast du alles, was du hast, darauf gesetzt, dass Soren sein Wort hält. Was war in dem Umschlag, Tess?"

„Ich werde es niemals sagen."

„Was auch immer es sein mag, du hältst es für wertvoll genug, um es weltweit an jede Aufsichtsbehörde für Glücksspiel schicken zu lassen?" Sein Blick glich einem Zwillingslaserstrahl.

„Malphas, ich weiß mit Sicherheit eines: Wenn die Aufsichtsbehörden wüssten, was du alles treibst, würde dir nie wieder gestattet werden, ein Kasino zu führen." Sie beugte sich vor. „Das würde dich nicht davon abhalten, irgendwo zu spielen, aber es würde deinen Handlungsspielraum doch ernstlich einschränken."

Nach einer langen Pause sagte er: „Gut. Ich gehe davon aus, dass ich nie wieder etwas von dir höre oder sehe."

Sie hob das Kinn. „Und ich nicht von dir."

Er betrachtete sie, ohne dabei auch nur einmal zu blinzeln, dann warf er Xavier und Julian einen abfälligen Blick zu. Ohne ein weiteres Wort verschwand er.

„So, in Ordnung", flüsterte sie. „Das wäre also erledigt."

Xavier spürte, wie sich seine Fangzähne wieder

zurückzogen, seine Wut jedoch verrauchte nicht. Er trat zu Tess und starrte sie an. „*Estúpida*", zischte er.

Sie zuckte mit den Schultern und presste die Lippen aufeinander. Jetzt erst bemerkte er, dass sie am ganzen Leib bebte. Nicht gerade sanft packte er sie und zog sie in seine Arme. Sie lehnte die Stirn gegen seine Brust und atmete lang und zitternd aus.

Er grub das Gesicht in ihr Haar und hielt sie fest. Nach einer Weile flüsterte er: „Ich wusste nicht, dass er dir Träume schickt. Wusstest du es?"

„Ich dachte, es wären nur Albträume." Als sie den Kopf hob, glitzerte es verdächtig in ihren Augen, aber sie wirkte ruhiger. Sie ging zum Sofa, drehte den verkehrt herum liegenden Notizblock um und hob ihn hoch, um Xavier und Julian die oberste Seite zu zeigen.

Zwölf Namen standen darauf, und neben jedem Namen stand eine Anmerkung.

Xavier starrte den Zettel an, dann sie. Er nahm den Notizblock und blätterte ihn durch. Die zweite Seite war herausgerissen worden, in der Bindung hing noch ein kleiner, gezackter Überrest. „Du hast ein leeres Blatt in den Umschlag gelegt, richtig?"

Ihre Schultern hoben sich ein wenig, ohne dass sie den Blick ihrer dunklen Augen von ihm abwandte. „Du weißt, dass ich nicht über das reden darf, was ich in den Umschlag gesteckt habe. Ich habe soeben einen Handel mit dem mächtigsten Dschinn der Welt abgeschlossen und versprochen, es nicht zu tun."

Während Xavier das erste Blatt mit äußerster Sorgfalt vom Block löste, es zusammenfaltete und in die Tasche steckte, ging Julian zum Schrank hinüber und goss sich ein weiteres Glas Blutwein ein. Er sagte in Xaviers Kopf: *Ich weiß nicht, was zum Teufel du mit ihr anfangen wirst, aber vorausgesetzt, dass du sie behalten willst … kannst du sie keinesfalls für Aufträge losschicken. Sie … fällt viel zu sehr auf.*

Ich weiß, erwiderte Xavier.

✧ ✧ ✧

WENIGE MINUTEN SPÄTER verließen sie Julians Räume.

Tess lief kleinlaut an Xaviers Seite. Sie gingen den Korridor entlang, kamen an einer Reihe unterschiedlicher Wesen vorbei, die meisten davon Vampyre, manche aber auch Menschen, einige Ghule und sogar ein Troll.

Telepathisch fragte sie Xavier: *Können wir mit diesen Namen irgendetwas anfangen?*

Vielleicht, antwortete er, ohne sie anzusehen. *Vielleicht auch nicht. Womöglich kann eine unabhängige Instanz unter einem anderen Gesichtspunkt ermitteln, aber wir müssen größte Vorsicht walten lassen, damit nichts davon sich zu dir oder uns zurückverfolgen lässt. Die Pattsituation, die du mit deinem Handel erreicht hast, taugt nur so lange etwas, wie Malphas glaubt, dass er sich deines Schweigens sicher sein kann.*

Ich verstehe.

Gewaltige, brüllende Leere erfüllte ihren Kopf, und ihr wurde bewusst, wie viel Platz die Angst in ihrem Leben eingenommen hatte. Ohne sie fühlte sie sich eigenartig, wie losgelöst, haltlos.

Ich bin frei, dachte sie. *Wirklich frei.*

Ich kann auf meine Konten zugreifen. Meine Möbel herholen lassen. Ich kann hingehen, wo immer ich hingehen will, tun, was immer ich will.

Von dem Gedanken wurde ihr schwindelig. Jetzt musste sie nur noch entscheiden, was sie tun wollte. Wo sie hingehen wollte.

Sie warf einen verstohlenen Blick auf Xaviers Profil.

Er wirkte ruhig, aber das tat er eigentlich immer. Nicht wie der rotäugige Vampyr mit den Fangzähnen, der sie so erbittert beschützt hatte.

Nein, dies hier war der gebieterische Aristokrat, und auch wenn sie ihn ebenso sexy fand wie den einfühlsamen Mann, der sie mit so sinnlichem Nachdruck geküsst hatte ... diese Seite Xaviers war extrem unberechenbar.

War er noch wütend auf sie? Es war unmöglich zu sagen.

Bereute er es, sie geküsst zu haben?

Als sie den Blick abwandte, sah sie einen Vampyr, der sie aus zusammengekniffenen Augen anstarrte, voller Neugier und Hunger. Sein Blick war so unverfroren, dass sie irritiert zurückstarrte.

Ich habe einem Monster gegenübergestanden, das weitaus gefährlicher ist als du, und habe überlebt, dachte sie. *Ich habe mich meinem größten Albtraum gestellt, und du spielst nicht mal ansatzweise in seiner Liga.*

Ihr Herz schlug gleichmäßig weiter, und sie blieb völlig ruhig.

Offensichtlich hatte sie endlich den positiven Gedanken gefunden, nach dem sie gesucht hatte.

Nach einem kurzen Blickduell lächelte der Vampyr ihr leicht zu und wandte sich ab.

Bald darauf erreichten sie und Xavier das Ende des Korridors, wo die Türen sehr viel schlichter wirkten als jene, die zum Bereich des Nachtwesenkönigs führten. Xavier gab einen Code in ein hochmodernes Tastenfeld ein, öffnete die Tür und blieb stehen, um ihr den Vortritt zu lassen.

Als sie eingetreten waren, schloss er die Tür hinter ihnen ab und verriegelte sie zusätzlich, während sich Tess umschaute. Die Unterkunft war fast ebenso spartanisch eingerichtet wie die von Julian, wirkte aber dennoch wärmer und eleganter. In einem tiefen, satten Goldton gepolsterte Ohrensessel und ein dazu passendes Sofa standen vor dem Kamin, in dem derzeit kein Feuer brannte. Auf der einen Seite des Raums sah sie einen dunklen Gang, auf der anderen eine geschlossene Tür.

Wie bei Julian gab es auch hier keine Fenster. Etliche von verborgenen Lampen angestrahlte Gemälde an der Wand erleuchteten das Zimmer und verliehen ihm Tiefe und Farbe. Die Bilder sahen europäisch aus und waren unverwechselbar. Eins hielt sie für einen Gauguin, ein anderes schien ein Renoir zu sein, und sie zweifelte nicht daran, dass es sich ausnahmslos um Originale handelte. Zwischen den Bildern standen Bücherregale, und wie in seinem Arbeitszimmer auf dem Landsitz waren sie mit alten und neuen Büchern gefüllt.

Die antike Uhr über dem Kamin zeigte kurz nach vier. Sie konnte es nicht recht glauben. Die Ereignisse der letzten Stunden schienen Tage gedauert zu haben.

Auf einem Tisch nah bei der Tür lag eine Notiz. Von dort aus, wo sie stand, konnte sie sie leicht lesen. *Ich habe Tess' Gepäck ins Zimmer neben dem Bad gebracht und ihr etwas zu essen auf den Nachttisch gestellt. Weck mich, falls du etwas brauchst. D.*

Xavier warf einen Blick auf die Notiz. „Es ist sehr spät", sagte er, immer noch ohne sie direkt anzusehen, „und du hattest einen außerordentlich langen Tag. Du bist sicher müde."

Seinem Gesicht war nicht anzusehen, was in ihm vorging. Sie dachte daran, wie sehr seine vollkommen unergründliche Miene sie bei der ersten Begegnung verängstigt hatte. Seit dieser Nacht hatte sich für sie so vieles verändert.

Sie zog eine Schulter hoch und musterte ihn von der Seite. „Ich schätze schon."

Ein Muskel in seiner Wange zuckte. „Es befinden sich

zwei Schlafzimmer für Diener am Ende des Gangs, wo du auch das einzige Bad der Unterkunft findest." Mit dem Kinn deutete er zur Tür auf der anderen Seite des Raums. „Mein Schlafzimmer ist dort drüben. Ich befürchte, wir alle müssen uns ein Bad teilen. Evenfall zu modernisieren ist ein logistischer Albtraum, und bei den Renovierungsarbeiten war nicht mehr möglich als das hier."

„Bist du wütend auf mich?" Sie suchte sein Gesicht nach Hinweisen darauf ab, was er empfand oder dachte.

Die Frage hatte einen Effekt, als hätte sie ein brennendes Streichholz an trockenen Zunder gehalten.

Er fuhr zu ihr herum und explodierte mit einer solchen stillen Heftigkeit, dass sie zurückfuhr. „Himmel noch mal, ja, allerdings bin ich wütend. Was du riskiert hast … *Du hast beiden Dschinn gegenüber geblufft.*" Wieder wechselte er in rasches, kraftvolles Spanisch.

Mit eingezogenem Kopf betrachtete sie ihre Schuhe und wartete das Ende der unverständlichen Tirade ab, nickte nur gelegentlich, um zu signalisieren, dass sie noch immer zuhörte.

War das so eine Macho-Sache? Immerhin war er ursprünglich, trotz allem, ein Spanier aus dem Mittelalter. Tatsächlich war er, auch wenn er von Natur aus ein sanftes Wesen haben mochte, sogar ein *adliger* Spanier aus dem Mittelalter, und er wirkte ausgesprochen männlich.

Versuchsweise sagte sie: „Ich weiß. Ich hätte dich alles so handhaben lassen sollen, wie du es für richtig gehalten hast. Stimmt's?"

Als er innehielt, schaute sie auf und sah, wie er sie anstarrte. Er wirkte verblüfft und verärgert, und seine Körperhaltung war voller Spannung.

„Du weißt", sagte sie, „dass nichts von allem ohne dich hätte stattfinden können. Wenn du mir nicht den Weg geebnet hättest, dann hätten Julian oder Soren mich niemals angehört."

Erneut aufflammender Zorn verdunkelte sein Gesicht. „Wenn du glaubst, dass es mir um Anerkennung geht und ich deshalb wütend bin, kennst du mich nicht im Geringsten."

Augenblicklich zerknirscht flüsterte sie: „Entschuldige bitte. Das habe ich nicht gemeint." Ängstlich betrachtete sie ihn. „Tut es dir leid, dass du mich geküsst hast?"

Sein Gesichtsausdruck veränderte sich. Es war die einzige Vorwarnung, bevor er sich auf sie stürzte.

Er war so schnell. Ehe sie auch nur begriff, wie ihr geschah, presste er sie schon gegen die Wand. Zielstrebig umfasste er ihr Kinn, drückte ihr den Kopf in den Nacken und eroberte ihren Mund.

Dies war keine sinnliche, zärtliche Erkundung wie beim ersten Kuss. Seine Lippen waren fest und fordernd, und er drang mit seiner Zunge tief ein.

Eine Feuerzunge schoss ihr durch sämtliche Nervenenden, und ihr Körper stand in Flammen.

Er war wirklich in ihrem Mund.

Er drängte sich wirklich gegen sie, schob ein Knie zwischen ihre Beine, sein ganzer Körper hart wie Stahl.

Sie lehnte sich gegen die Wand und hielt sich an ihm fest. Sie wusste kaum, was sie tat, als sie das schlichte Lederband packte, mit dem er sein Haar zurückgebunden hatte, und es herauszog.

Dunkel fiel ihm das kastanienbraune Haar auf die Schultern und veränderte seine Erscheinung dramatisch. Verschwunden war der zuvorkommende, zurückhaltende Mann, und statt seiner stand ein bestürzend sinnlicher Fremder mit hartem Gesicht vor ihr, in dessen funkelnden Augen grüne Flammen loderten.

Voller Verlangen grub sie beide Hände in die dunkle Fülle seines Haars, warf alle Zurückhaltung über Bord und erwiderte seinen Kuss.

Er packte sie im Nacken, und etwas Hartes drückte sich gegen ihre Hüfte. Als ihr klar wurde, was sie da spürte, schoss Erregung durch ihren Unterleib, und sie wurde feucht.

Als er innehielt, um auf sie hinunterzustarren, atmete er schnell und heftig.

Ihre Blicke verfingen sich ineinander. Er schob eine Hand zwischen ihre Körper und legte sie auf sie. Der stetige Druck, den er ausübte, entlockte ihr ein Stöhnen.

„Nein, Tess", sagte der sinnliche, schillernde Fremde sehr leise. „Ich bereue es nicht im Geringsten, dich geküsst zu haben, und ich habe die Absicht, es wieder zu tun. Sehr oft."

„Ich verstehe", flüsterte sie zitternd und beglückt und völlig neben sich. Sie drückte sich gegen seine Hand, aber er stand unverrückbar da wie ein Fels. „Sag mir, dass du jetzt nicht einfach aufhören wirst."

„Das hängt ganz davon ab." Eine Hand noch immer zwischen ihren Beinen, schloss er die andere um ihr Kinn und strich mit dem Daumen über ihre Lippen. Sie waren noch immer feucht von seinem Kuss.

„Wovon?" Sie versuchte wieder, sich gegen ihn zu pressen. Sie wollte nichts anderes, als sich an ihm zu reiben wie eine rollige Katze, aber er hatte sie nicht nur sicher im Griff, er war auch ungeheuer stark.

Er neigte den Kopf und biss ihr leicht in die Lippen, während er zugleich mit den Fingerspitzen über die Naht ihrer Jeans strich. Zwischen ihren Beinen. Selbst durch den festen Stoff entfachte seine Berührung ein sengendes Feuer.

Die Stirn gegen ihre gelehnt, sah er ihr tief in die Augen. Sein Gesichtsausdruck war ernst. „Davon, wo du morgen früh sein wirst."

Sie hielt ganz still und erwiderte seinen Blick. Seit sie ihre Vorurteile hinter sich gelassen hatte, wuchs die Faszination, die er auf sie ausübte, schwindelerregend schnell. Fast war sie versucht, ihn zu beschuldigen, er würde sie hypnotisieren, aber das konnte sie weder ihm noch sich antun. Sie würde nicht leugnen, wie sehr sie sich zu ihm hingezogen fühlte, und sie durfte seine Integrität nicht anzweifeln, nicht einmal in Gedanken.

„Ich … ich weiß nicht, wo ich morgen sein werde. Ich verstehe nicht, was du meinst."

Er strich ihr das Haar aus dem Gesicht. „Ich will dich." Seine Stimme war leise, nur für ihre Ohren bestimmt. Er sprach bedacht und voller Nachdruck. „Ich will dich schon lange, aber es war nicht angemessen, und deshalb war es nicht möglich."

Natürlich hatte er sich zurückgehalten. Er hatte seinen Ehrenkodex und lebte danach. Sein Charakter war so gerade und aufrecht wie gehärteter Stahl.

„Ich arbeite nicht mehr für dich", sagte sie. „Du kannst nicht mehr über mich verfügen."

Nur dass er es doch konnte. Er konnte es.

„Das stimmt, das kann ich nicht." Er küsste sie auf die Stirn. „Im Grunde können wir tun, was immer wir wollen, aber es ist noch nicht lange her, dass du dich zutiefst vor mir gefürchtet hast. Jetzt hast du eine Pattsituation zwischen dir und Malphas erzwungen und kannst hingehen, wo immer du hingehen willst. Ich freue mich sehr darüber, aber ich möchte dich nicht zu schnell in etwas hineinziehen oder in der Hitze des Augenblicks mit dir schlafen, nur um kurz darauf zuzusehen, wie du fortgehst. Verstehst du? Ich möchte das nicht, denn ich will *dich*."

Mit geschlossenen Augen atmete sie tief ein und dann ganz langsam wieder aus. Ihr fieberheißes Blut kühlte um eine Winzigkeit ab und wurde zu etwas, das sie ein wenig besser handhaben konnte.

Er hatte recht. Sie hatte hunderttausend Dollar auf dem Konto, und alle Wege standen ihr offen.

„Ich hätte das vielleicht gemacht", gab sie zu. „Ich weiß es nicht."

Prüfend schaute er ihr ins Gesicht. „Würdest du mir etwas versprechen?"

Sie konzentrierte sich ganz auf einen seiner Hemdknöpfe. „Vielleicht."

„Versprich mir, dass du nicht einfach verschwindest. Versprich mir, dass du wenigstens lange genug bleibst, um mit mir zu besprechen, was du als Nächstes vorhast."

Es war an der Zeit für ein Geständnis.

„Ich möchte gar nicht fortgehen", murmelte sie. „Ich … liebe den Landsitz. Ich liebe den Frieden und das Meer, und ich hatte vor, dich zu fragen, ob ich einige der Bücher aus deiner Bibliothek ausleihen darf. Raoul und ich sind bei meinem Training an einem Punkt angelangt, wo es interessant wird, und ich würde gern sehen, was als Nächstes kommt. Und ich habe das Kleid, das du mir gekauft hast, angezogen, weil ich wirklich wissen wollte, ob du und ich noch einmal neunzig Sekunden lang Walzer tanzen können, ohne dass ich dir auf die Füße trample." Sie schaute auf und begegnete seinem eindringlichen Blick. „Aber ich kann nicht wieder eine deiner Angestellten sein."

Er zog die Hand zwischen ihren Beinen hervor und nahm sie in die Arme, zog sie ganz dicht an sich. Er war immer noch sexy, sogar sehr, aber dass er sie so liebevoll im Arm hielt, traf sie mit großer Wucht. Durchdrang ihr Herz. Wieder einmal.

Er strich ihr übers Haar und murmelte: „Wir haben uns ganz schön in die Ecke manövriert, hm?"

„Wäre es besser", zwang sie sich zu sagen, „wenn ich gehe?"

„Ich würde dir folgen." Seine Finger glitten unter ihr Kinn, und er nötigte sie, zu ihm hochzuschauen. Als sie es tat, küsste er sie erneut, langsam und lange. An ihren Lippen sagte er es noch einmal: „Tess, ich würde dir folgen."

Freude durchströmte sie. „Oh, gut", seufzte sie und erwiderte seinen Kuss.

Lange hielten sie einander umschlungen. Wieder und immer wieder strich er mit seinen Lippen über die ihren und knabberte sanft an ihr mit seinen weißen, ebenmäßigen Zähnen. Es machte sie kein bisschen nervös, sie befürchtete nicht, dass er sich vergessen könnte, die Kontrolle verlor und sie ernstlich biss. Es war ganz offenkundig, was er da tat.

Es war ein Liebesspiel, und er war erfahren und sehr, sehr gut darin. Sie spürte, wie sich seine Erektion gegen sie drückte.

Er versuchte nicht, zu verbergen, wie sehr er sie begehrte. Die Muskelspannung seines Körpers und seine behutsamen Hände sagten ihr, wie sehr. Er zeigte es ihr mit seinen Fingerspitzen, die sie streichelten, und der Zunge, die ihre Zunge berührte. Und sie war vollkommen sicher, dass er sofort innegehalten hätte, wenn sie Nein gesagt oder ihn gebeten hätte, aufzuhören.

Ein ganz neues Vertrauen erblühte wie eine scheue, seltene Orchidee, die nur gedieh, wenn ganz bestimmte Bedingungen erfüllt waren.

Sie hatte vermutet, dass er sie verändern würde, zu einer Zeit, da nichts anderes wichtig gewesen war als das nackte Überleben. Aber Veränderung konnte auch eine gute

Erfahrung sein, eine, die das Leben besser machte, und ihr wurde klar, dass sie sich selbst vielleicht lieber mochte, das Leben lieber mochte, als sie es je für möglich gehalten hätte.

„Xavier", flüsterte sie.

Er hörte damit auf, die Linie ihres Kiefers mit Küssen zu bedecken, und schaute sie an.

Jetzt war sie es, die ihm übers Haar strich, das ihm voll und glänzend bis auf die Schultern fiel. Die Länge hätte feminin wirken können, tat es aber nicht. Es war atemberaubend wundervoll und unglaublich sinnlich und stand ihm perfekt.

„Ich laufe nicht davon, versprochen", versicherte sie ihm. „Ich bin zu sehr … fasziniert."

Langsam breitete sich ein Lächeln auf seinem Gesicht aus. „Sehr gut. Alles andere werden wir schon klären, hm? All die Definitionen – wer du sein willst und musst, wer ich sein will und muss. Wer wir gemeinsam sind. Kommst du mit mir nach Hause?"

Sie zögerte. Sie hatte versprochen, nicht fortzulaufen, aber das hieß nicht, dass sie sich damit wohlfühlte, einen Schritt vorwärts zu tun. „Ich weiß es noch nicht."

Seine Freude schwand, sein Blick wurde finster. „Warum nicht?"

„Ich passe nicht dort hinein. Alle werden davon ausgehen, dass ich weiterhin deine Angestellte bin und im Dienstbotenhaus wohne."

„Pah." Er fegte ihre Bedenken mit einer Handbewegung fort. „Sie werden mit allem klarkommen, was wir ihnen mitzuteilen beschließen."

Sie dachte an Diegos Unzufriedenheit. „Vielleicht wird es nicht ganz so einfach", sagte sie zweifelnd.

„Du wirst im Gästehaus wohnen", schlug er ihr vor.

„Raoul wird dein Training fortsetzen, und ich bringe dir bei, Walzer zu tanzen, bei Gott, und wenn es das Letzte ist, was ich tu."

„Hey", sagte sie, gefangen von dem grimmigen Blick, mit dem er das sagte. „*So* schlimm war es nun auch wieder nicht."

Seine Augen funkelten amüsiert. „Worauf ich hinauswill: Wir müssen nicht jetzt sofort entscheiden, was das hier eigentlich ist oder werden soll. Wir können sehen, was sich daraus entwickelt. Was meinst du?"

Sie wusste nicht, was sich daraus entwickeln würde, aber dies hier war auf jeden Fall ein Schritt in die richtige Richtung.

Sie atmete tief durch. „In Ordnung."

Sein Gesicht wurde ernst, und er löste sich von der Wand. Ohne sein Gewicht, das sie an Ort und Stelle festhielt, musste sie ihre zittrigen Gliedmaßen dazu zwingen, sie zu tragen.

Leicht strich er ihren Arm entlang und nahm ihre Hand.

„Komm, lass uns ins Bett gehen", sagte er.

Es war so typisch für ihn. Nachdem er sich Zeit dafür genommen hatte, zwischen ihnen alles zu klären, und dafür gesorgt hatte, dass sie sich sicher fühlte, war er jetzt so direkt, von solch schlichter Eleganz.

Sie erwiderte den Druck seiner Hand. „Ja."

Kapitel 16

IHRE ANTWORT ERFÜLLTE Xavier mit Freude und innerem Frieden.

Er hob ihre Hand und küsste ihre Finger, und sie strich ihm über den Mundwinkel. In ihren dunklen Augen stand Staunen, und sie wirkte viel verletzlicher, als er sie je zuvor gesehen hatte.

In seinem Blut brüllte Verlangen auf, machtvoll, unwiderstehlich, aber er würde ihm nicht nachgeben. Noch nicht. Er legte einen Arm um ihren schlanken Leib, ging mit ihr auf sein Schlafzimmer zu und öffnete die Tür.

Drinnen war alles noch genau so, wie er es zurückgelassen hatte, auch das Himmelbett mit der aufwendig bestickten Tagesdecke aus dem 18. Jahrhundert. Er sah, dass Diego seine Tasche ausgepackt und sie ordentlich auf den Stuhl in der Zimmerecke gestellt hatte, dann vergaß er alles bis auf Tess.

Als sie durch die Tür traten, zog sie an seinem Arm. Ihre Körpersprache verriet ihr plötzliches Zögern, und ihm wurde klar, dass er vergessen hatte, die Lampen einzuschalten. Er drückte auf den Schalter, und sanftes, indirektes Licht flutete das Zimmer.

„Entschuldige bitte", sagte er leise.

Die Spannung wich aus ihrem Körper. Statt einer Antwort schloss sie die Tür, wandte sich um und legte ihm die Arme um den Hals.

Eine deutlichere Einladung war nicht nötig. Hart und hungrig küsste er sie und spürte, wie sie am ganzen Leib erbebte. Ihre Lippen schmiegten sich an seine, und sie erwiderte seinen Kuss mit solchem Hunger, dass Xavier schier in Flammen stand.

In seinem jahrhundertelangen Leben hatte er so viel gesehen – Wunder und Tragödien und Rätsel, die nicht zu erklären waren. Er hatte aufmerksame, humorvolle Geliebte gehabt und sich an jeder von ihnen erfreut.

Doch nichts war mit dem Wunder vergleichbar, Tess in den Armen zu halten. Die vollkommene Furchtlosigkeit in ihrem schmalen Gesicht zu sehen, in dem zuvor solche Angst gestanden hatte.

Zu erkennen, dass die Leidenschaft, die in ihren schönen Augen leuchtete, nur ihm galt.

„Süßer als Wein ist deine Liebe", flüsterte er an ihrem weichen, sinnlichen Mund.

Süßer als Wein.

Er strich über ihre Lippen und über ihre Wange, die klare, anmutige Linie ihres Kiefers entlang und küsste ihren schlanken Hals. Ihre Haut. Bei Gott, gab es auf der Welt etwas Vollkommeneres als ihre Haut?

Sie umfasste seinen Kopf mit beiden Händen, er hörte ihren raschen Atem an seinem Ohr. „Was hast du da eben gesagt? War das ein Zitat?"

„Liebeslyrik", murmelte er, folgte mit seinen Küssen dem Verlauf ihres Schlüsselbeins und schob die Hand unter den Saum ihres Pullovers. „Aus dem Hohelied Salomos."

Ein Lachen, fast nur ein Ausatmen. „Du bist ein Romantiker?"

„Früher einmal war ich einer", gab er zu und legte die Hand an ihren schmalen Brustkorb. Ihre Körper fügten sich so vollkommen aneinander. „Gelegentlich bin ich es immer noch. Wenn das Leben es zulässt."

„Ich bin keine Romantikerin", gestand sie, rieb ihr Gesicht an seiner Wange und schob ihm das Jackett von den Schultern. Er schüttelte es ab, und es fiel zu Boden.

„Ich vergebe dir", teilte er ihr grinsend mit.

Ein weiteres Lachen tanzte kaum sichtbar über ihr Gesicht. „Zitier mir noch etwas anderes."

Als er ihren Pullover hochschob, hob sie die Arme. Er zog ihn ihr aus und ließ ihn ebenfalls zu Boden fallen. Darunter trug sie einen schlichten schwarzen BH ohne jede Verzierung, der aber die Rundung ihrer Brüste in aufsehenerregend weiblicher Weise betonte.

Er berührte ihre Schläfen. „*Zwei Tauben sind deine Augen*", sagte er sanft.

Ihr Gesicht leuchtete auf. Ihr Strahlen – es galt nur ihm.

Es durchdrang ihn, bis es jeden Winkel seiner Seele wärmte und aus ihm heraus auf sie zurückstrahlte. „Natürlich gibt es auch diese Stelle: *Mit der Stute an Pharaos Wagen vergleiche ich dich, meine Freundin.*"

Sie lachte auf. „Was um alles in der Welt soll das bedeuten?"

„Ich habe keine Ahnung." Lächelnd strich er über ihre anmutigen Schultern, während sie sein Hemd aufknöpfte.

„Wie viel davon kannst du auswendig?"

„Ich war ein junger Mann mit einem normalen Sexualtrieb, der angehalten wurde, die Bibel zu studieren", sagte er. „Ich habe mir *alles* eingeprägt." Er strich über ihren Mund. „*Rote Bänder sind deine Lippen, lieblich ist dein Mund ... Verzaubert hast du mich.*"

Betroffenheit verbannte das Lachen aus ihren Augen. „Ja", flüsterte sie. „Genau so fühlt es sich an."

Alle Wörter gingen in Flammen auf, stumm stand er da, ohne Sprache und ohne Schutz, und hielt sich an ihrer nackten, warmen Taille fest. Ihm war zumute, als würde er ertrinken, wenn er sie losließ. Vielleicht würde er ohnehin ertrinken, aber wenn er es tat, dann mit ihr gemeinsam.

Er schüttelte das Hemd ab, warf es beiseite und ging vor ihr auf die Knie. Knöpfte ihr die Jeans auf, öffnete den Reißverschluss und streifte ihr Hose und Unterhose über die Hüften, während sie sich ihres BHs entledigte. Als sie nackt vor ihm stand, setzte er sich auf seine Fersen und genoss ihren Anblick.

Sie war geschmeidig wie ein Panther, ihre Muskeln straff, die Taille schmal, der Bauch flach, was die weibliche Rundung ihrer Hüften betonte, und *Dios*, diese vollen, runden Brüste. Das dunkle Rosa ihrer Brustspitzen war die perfekte Krönung für diese sanft gerundeten Schönheiten, und das seidige Haar zwischen ihren Beinen lockte ihn so unwiderstehlich wie das Lied einer Sirene.

Er schlang die Arme um ihre schlanken Oberschenkel und rieb seine Wange an ihr, sog ihren Duft ein und lauschte ihrem rasenden Herzschlag. Es war gut, so gut, ihre Erregung zu riechen und zu wissen, dass ihr Herz um seinetwillen raste.

Er war schon seit einer Weile steif, aber jetzt wurde seine Erektion noch härter, bis er es fast nicht mehr ertragen konnte. Verlangen mochte ein alter Freund sein, den er bereits oft getroffen hatte, aber das Verlangen nach ihr verlieh diesem alten Freund ein neues Gesicht, leuchtend und voller Freude.

Er spürte, wie das Blut durch ihre Adern floss, ein so unvorstellbar kostbarer Schatz in diesem Tempel, der ihr Körper war, und ihre Finger strichen durch sein Haar. Sanft zog sie daran, bis er den Kopf in den Nacken legte und zu ihr emporschaute.

„Lass mich zu dir nach unten kommen."

Es dauerte einen Augenblick, bis er verstand, was sie meinte. Sein Griff um ihre Oberschenkel löste sich, und sie kniete sich ebenfalls hin.

„Nein", sagte er, stand auf und zog sie auf die Füße. „Ich werde dich nicht auf dem kalten Boden nehmen, nicht, wenn uns so ein großes, bequemes Lager zur Verfügung steht."

Er zog sie mit sich zum Bett, legte sie behutsam darauf nieder und beugte sich über sie. Voller Verlangen nach dem köstlichen Geschmack ihrer Lippen küsste er sie wieder und streichelte sie zwischen den Beinen, erkundete sie.

Feuer loderte in ihren Augen, sie rang nach Atem. Während sie an seinem Gürtel herumtastete, formten ihre bebenden Lippen an seinem Mund Worte: „Ich halte das nicht mehr aus."

Ihre Ungeduld – sie galt ihm. Der Ausdruck ihrer Augen. Das Verlangen, das er in ihr spürte. Alles galt ihm.

So herrlich ihr Körper auch war, es war ihre leidenschaftliche Seele, die ihn erst belebte, und das war unaussprechlich herrlich. Von all dieser Schönheit berauscht leckte er ihr über die Lippen. „Du kannst so viel mehr aushalten, als du ahnst."

Behutsam teilte er ihre zarten Falten, bis er das Zentrum ihrer Lust fand, das er zu erkunden begann und um das er mit dem Zeigefinger Kreise zog. Tess gab ein unartikuliertes, drängendes Geräusch von sich und wölbte sich ihm entgegen.

Er wollte sie.

Er *brauchte* sie.

„Berühr mich", sagte er an ihrem Mund.

Sie stieß ein weiteres kleines Geräusch aus, einen Laut zwischen Knurren und Wimmern, und schlang ein Bein um seine Taille, während ihre Hände rasch und begierig seinen

Rücken hinabglitten. Sie tastete sich an seinem Hosenbund entlang nach vorn und kämpfte mit dem Verschluss.

Etwas dröhnte in seinen Ohren. Überrascht stellte er fest, dass es sein eigener hastiger Atem war. Als sie ihm die Hose öffnete, drängte sich sein schmerzhaft harter Penis gegen ihre Hände.

Sie schloss die Finger darum, und er warf mit verzerrtem Gesicht den Kopf in den Nacken. Mit dem Daumen strich sie über die breite, feuchte Spitze, und es fühlte sich so gut an, dass es einer Qual gleichkam.

„O verdammt", murmelte sie, griff nach seinem Handgelenk, presste seine Hand gegen sich und zitterte dabei wie im Fieber.

Das brachte ihn wieder in die Gegenwart zurück. Er starrte auf sie hinunter, während sie kam und rhythmisch unter seinen Fingern erbebte. Es war so plötzlich und überraschend, es durfte nicht so schnell vorbei sein. Er glitt an ihrem Körper hinab, spreizte ihre Beine und senkte die Lippen auf sie.

Ihr Kopf zuckte gegen die Matratze, und sie presste sich eine Hand auf den Mund, um ihren Schrei zu ersticken.

Ihr Geschmack, die Empfindung solch samtiger Weichheit an seinen Lippen … Er ließ seiner Selbstbeherrschung die Zügel schießen und labte sich an ihr, leckte und saugte, während sie sich unter ihm aufbäumte und wand. Seine Aufmerksamkeit konzentrierte sich auf zweierlei: seine gewaltige und schmerzhafte Erektion und die kleine Perle, die er mit solcher Behutsamkeit zwischen den Zähnen hielt.

Inzwischen schluchzte sie und fluchte zugleich wie ein Kesselflicker. Er hätte lachen müssen, wenn er sich noch daran erinnert hätte, was Humor war.

Stattdessen bewegte er seine Zunge schneller und fester.

Er konnte nicht mit dem Schwanz in sie eindringen und sie zugleich lecken, ganz gleich, wie sehr er sich danach sehnte, also schob er wenigstens zwei Finger in sie.

Die Muskeln in ihrem Innern zogen sich zusammen, und sie war so eng und unermesslich weich, so feucht, dass er nicht anders konnte, als mit diesen zwei Fingern tief und rhythmisch in sie hineinzustoßen. Vor Hitze und Fleischeslust war er kaum noch bei Sinnen, sein Verstand schaltete sich ab, bis nur noch das Verlangen blieb und sich zu lustvoller Qual steigerte.

Tief und zitternd entrang sich ihr ein Stöhnen, ihr Körper erbebte. Er spürte ihren Höhepunkt, innen und außen.

Während er die Zunge ganz still hielt, um ihr hindurchzuhelfen, dachte er: *Leg mich wie ein Siegel auf dein Herz, wie ein Siegel an deinen Arm! Stark wie der Tod ist die Liebe, die Leidenschaft ist hart wie die Unterwelt. Ihre Gluten sind Feuergluten, gewaltige Flammen.*

Nein. Der schon so lange tote Autor dieser Zeilen hatte es falsch verstanden.

Liebe ist unberechenbar und trifft mitunter das älteste, des Lebens überdrüssigste Herz ohne Vorwarnung.

Liebe ist so viel stärker als der Tod.

✧   ✧   ✧

DIE HEFTIGKEIT IHRES zweiten Höhepunkts übertraf alles. Sie stand innerlich vollständig in Flammen, badete im süßesten, köstlichsten Feuer ihres Lebens.

Es war nicht so, dass sie noch nie zuvor einen Orgasmus erlebt hatte. Sie mochte Sex und war schon oft gekommen, mit einem Partner oder durch die eigene Hand. Höhepunkte zählten zu den Dingen im Leben, die sie am meisten schätzte.

Aber sie hatte noch nie zuvor einen mit Xavier erlebt.

Der Schock, ihn zwischen ihren Beinen zu sehen, war nur mit der Erschütterung zu vergleichen, die sie empfand, als sich sein Mund auf sie senkte und sie spürte, wie seine Finger tief in sie eindrangen.

Ihr Höhepunkt war nie zuvor von so tiefen Gefühlen begleitet worden.

Er hatte sie aus ihrer Festung gelockt, bis sie ungeschützt im Freien stand und die Lust sie erfasste wie ein Tsunami. Schluchzend rang sie nach Luft und klammerte sich an seiner Schulter fest, während ihr Tränen aus den Augenwinkeln rannen. Er war das einzige Stück Welt, das ihr verlässlich genug zu sein schien, um sich in einem solchen Sturm daran festzuhalten.

Als die Wogen der Lust langsam verebbten, hob Xavier den Kopf und schaute sie an. Sein Gesicht war ernst. In seinen Augen stand eine solche Klarheit, als hätte er noch sehr viel besser verstanden als sie, was gerade zwischen ihnen geschehen war.

In seinen Armen spielten die Muskeln, als er sich erhob und sich über sie schob. Eine Spur aus feinen, dunklen Haaren lief mittig über seine Brust, fächerte aus bis zu den beiden flachen, kleinen Brustwarzen und setzte sich fort bis zu seinem erigierten Penis, der aus der geöffneten Hose ragte.

Er hatte einen herrlichen, sehr männlichen Körper, aber es war nur ein nackter Körper. Der Anblick sollte sie nicht so tief berühren. Allerdings wollte sie sich auch nicht selbst belügen — er tat es.

Nach zwei Höhepunkten sollte sie sich satt und befriedigt fühlen, aber es war nicht so. Nichts war, wie sie es erwartet hätte. Ihr Körper schmerzte vor Leere.

Sie schaute hoch in seine Augen und schloss die Finger

um seinen Schwanz. Er war heiß und hart, die Haut spannte sich seidenglatt darüber. Als sie fester zudrückte, stieß er zwischen den Zähnen die Luft aus und zuckte in ihrer Hand.

Unwiderstehlicher Hunger erfasste sie. Sie hob ihm das Becken entgegen und führte ihn, als er das Gewicht auf sie senkte. Sie starrten sich an, ihre Gesichter nur wenige Zentimeter voneinander entfernt. Die Intensität war so spürbar und sengend, als spannte sich zwischen ihren Körpern ein Bogen aus reiner Elektrizität.

Seine Eichel berührte ihr überempfindliches, geschwollenes Fleisch. Er stützte sich auf die Hände und schob sich in sie. Lang, dick und hart.

Behutsam bewegte er sich, damit sie ihn ganz aufnehmen konnte. Sie war so feucht und bereit für ihn, dass er bis zum Anschlag vorstoßen konnte.

Ihr Hunger spiegelte sich in seinen Gesichtszügen, und seine Augen leuchteten in blankem Staunen.

„Sag mir, dass es okay ist, wenn ich mich in dich verliebe." Die Worte kamen ihr über die zitternden Lippen, ehe sie darüber nachdachte, und als sie es sich sagen hörte, zuckte sie zusammen, fast erschlagen von ihrer eigenen Beschämung.

Sie hatte das nicht sagen wollen. Um Himmels willen, dies war das erste Mal, dass sie zusammen waren, und ungeachtet ihres Gesprächs vorhin gab es keine Garantie dafür, dass es noch einmal dazu kommen würde. Wie oft sagten Menschen in der Hitze des Gefechts dummes Zeug?

Hatte sie vorher schon geglaubt, seine Augen würden leuchten, so war es nichts gewesen, verglichen mit der Hitze und dem Licht, die jetzt darin aufflammten. Er sah so lebendig aus, so auf sie konzentriert und so bewegt, dass sie es nicht fertigbrachte, ihre Worte stammelnd zurückzunehmen.

Seine Augenlider senkten sich, sein Blick war schwer und sinnlich. Er beugte den Kopf und presste seine Lippen zu einer leichten Liebkosung auf ihre. Leise sagte er: „Es wäre mir eine Ehre."

Es war in Ordnung. Er hatte dafür gesorgt, dass es mehr als nur in Ordnung war. Er hieß sie willkommen.

Als er sich bewegte, schlang sie die Beine um seine Mitte und die Arme um seinen Hals und hielt ihn mit dem ganzen Körper fest.

Er nahm einen behutsamen Rhythmus auf, glitt ganz hinein und zog sich dann wieder zurück, bis er sie nur noch mit der Spitze seines Penis berührte. Auf einen Ellbogen gestützt streichelte er ihr Gesicht, ihr Haar, strich mit den Fingerspitzen leicht ihren Hals hinab und legte die Hand um ihre Brust. Er drückte und rollte die Spitze zwischen den Fingern, sah ihr tief in die Augen. „Du bist schön", murmelte er. „So schön. Du bist so heiß und feucht. Gott, ich brenne."

Sie konnte nicht mehr still liegen. Sie musste sich mit ihm gemeinsam bewegen. Seine Haut war ihr immer kühl erschienen, aber jetzt strahlte er Hitze aus. Als er die Hüften vorschob, bog sich sein ganzer Körper, und sie erinnerte sich an die Eleganz, mit der er sich bei ihrer ersten Begegnung bewegt hatte. Ihn jetzt so zu sehen war unglaublich erregend.

Sein dichtes, dunkles, kastanienbraunes Haar fiel ihm ins Gesicht, seine Augen lagen im Schatten. Als sie sich an ihn schmiegte, wurde er schneller, nahm sie härter.

Sie spannte die Muskeln in ihrem Innern an, umschloss seinen Schwanz so fest, wie sie konnte, und zog die gekrümmten Finger über seinen Rücken. Er warf den Kopf zurück und zischte, während er in sie stieß.

Seine Augen flammten rot auf, und die Fangzähne schossen heraus. Der Anblick hätte sie nicht überraschen oder erschüttern sollen, aber, o Gott, er hatte es doch. Er sah wild aus, raubtierhaft. Genau so, wie er ausgesehen hatte, als er sich zwischen sie und Malphas gestellt hatte, um sie zu beschützen, gegen ein so übermächtiges Wesen, dass er, wenn es zu einem Kampf gekommen wäre, mit an Sicherheit grenzender Wahrscheinlichkeit getötet worden wäre.

„Xavier", flüsterte sie.

Sie berührte sein Gesicht. Es kam ihr nicht einmal in den Sinn, sich vor ihm zu fürchten. Dieses erstaunliche Geschöpf hatte ihr Verse vorgetragen. Dieses erstaunliche Geschöpf war Xavier.

Er schloss die so wild aussehenden Augen und küsste ihre Finger.

Sie presste sich fester an ihn und hob ihm die Hüften entgegen, damit er tiefer kommen konnte. Er beugte sich über sie, wurde schneller, nahm sie härter, bis er etwas Unverständliches hervorstieß – sie musste wirklich unbedingt Spanisch lernen – und sich sein ganzer Körper straffte.

Tief in ihrem Inneren spürte sie ihn pulsieren. Sanft bewegte er sich in ihr.

Mit geschlossenen Augen küsste sie ihm die Wange und rieb seinen Rücken. Oh, vielleicht wusste sie nicht viel über diese seltsame Reise, auf der sie sich befand, wusste nicht, wie all die aneinandergereihten Entscheidungen, Entwicklungen und Ereignisse sie hierhergebracht hatten. Aber sie war so glücklich, hier zu sein.

Eine Zeit lang presste er seine Hüften an ihre, dann rührte er sich wieder und knabberte behutsam an ihren Lippen. Als er den Kuss vertiefte, bemerkte sie, dass sich seine Fangzähne wieder zurückgezogen hatten. Seine Zunge spielte mit ihrer, während er ihren Oberschenkel streichelte.

„Ich spüre, dass bald die Sonne aufgehen wird", flüsterte

er.

Mit gespreizten Fingern fuhr sie ihm durchs Haar. „Da du dieses automatische Verdunklungssystem in deinem Haus hast, kann ich wohl davon ausgehen, dass du nicht plötzlich in irgendein gruseliges, todesähnliches Koma fällst?"

Er lachte in sich hinein. „Ja, davon kannst du mit Sicherheit ausgehen."

„Gut, denn sonst hätte ich dir sagen müssen, dass du rasch von mir runtermusst, ehe du mich für zehn Stunden hier festnagelst." Er lachte auf, und sie grinste. „Kleiner Scherz. Ich schätze, ich könnte dich auf den Fußboden rollen."

„Glücklicherweise wird das nicht nötig sein." Als er sich erhob, glitt sein langsam erschlaffender Penis aus ihr heraus, und sie seufzte bedauernd. Es war zu schön gewesen, ihn in sich zu spüren. Sie vermisste es jetzt schon, mit ihm vereinigt zu sein, wollte ihn schon jetzt erneut in sich spüren.

Er verließ das Bett und kam mit seinem Hemd zurück, das er dazu benutzte, die Innenseiten ihrer Schenkel abzuwischen. Er zog die Sache etwas in die Länge und ließ die Fingerspitzen über ihre empfindliche Haut gleiten, und sie räkelte sich schläfrig unter der Liebkosung.

„Ich möchte, dass du bei mir bleibst", sagte er.

Sie zögerte, ehe sie antwortete, und dachte an Diego, der drüben in einem der anderen Zimmer schlief. Er konnte jederzeit eine E-Mail oder eine SMS schreiben oder auch jemanden auf dem Landsitz anrufen, und dann wäre das, was zwischen ihr und Xavier war, nicht mehr ihr Geheimnis.

Auch wenn sie nicht vorhatte, irgendetwas zu verheimlichen, war sie sich doch noch nicht sicher, was genau sie sich vorstellte. Außerdem war das, was gerade geschehen war, so machtvoll. Sie fühlte sich verletzlich und aufgewühlt.

Sie hatte zwar versprochen, nicht fortzulaufen, aber das

bedeutete nicht, dass sie nicht den strategischen Rückzug antreten durfte. Es war so viel geschehen, sie brauchte ein wenig Zeit, um über alles nachzudenken.

Rasch küsste sie ihn. „Ich würde sehr gern bei dir schlafen, aber diesmal lieber noch nicht. Ich will nichts geheim halten, aber ich würde es bevorzugen, wenn Diego und die anderen es nicht auf diese Weise erfahren würden."

An seinem Stirnrunzeln sah sie, dass es ihm nicht gefiel, aber er erhob keine Einwände. „Na gut", sagte er. „Diesmal lasse ich dich gehen. Nächstes Mal nicht."

Sie lächelte. „Abgemacht."

Er sammelte ihre Kleider auf, vollkommen nackt und dennoch völlig selbstsicher, und sie konnte den Blick nicht von ihm lösen. An Rücken, Armen und Beinen spielten schlanke Muskeln, und ihm zuzuschauen war ein Hochgenuss. Aus einem großen Schrank aus Walnussholz holte er einen Morgenrock aus schwarzer Seide hervor und bot ihn ihr an.

Mit einem kurzen, dankbaren Lächeln schlüpfte sie hinein. Er war ihr zu groß, aber auf angenehme Weise. Der Saum streifte ihre nackten Füße, und die Ärmel reichten ihr bis zu den Fingerspitzen. Auf seine Aufforderung hin streckte sie erst einen Arm aus, dann den anderen. Sie schaute zu, wie er die Ärmel bis zu ihren Handgelenken aufkrempelte, dann reichte er ihr das Bündel mit ihrer Kleidung und den Schuhen.

Verlegenheit und Zweifel versuchten sich einen Weg in ihre Gedanken zu bahnen. Auch diesmal verscheuchte sie sie.

Er schob die Finger unter ihr Kinn und hob ihren Kopf an. Wie immer war sein Blick allzu scharfsichtig. „Ich fühle mich nur wohl damit, dich gehen zu lassen, wenn du mir sagst, dass es dir mit dem, was gerade passiert ist, gut geht."

Sie holte tief Luft. Sie würde sich jetzt nicht eigenartig benehmen. Sie hatten sich geliebt, sie hatte es gewollt, und es war ein ganz besonderes, wunderbares Erlebnis gewesen.

„Ich würde nicht sagen, dass *gut gehen* richtig beschreibt, wie ich mich fühle", erklärte sie ihm ehrlich. „Obwohl ich so … glücklich bin, bin ich zugleich auch völlig durcheinander. Aber das heißt nicht, dass ich nicht klarkomme oder dass ich mein Wort brechen und fortgehen werde." Kurz lächelte sie ihm zu. „Reicht das?"

Der Muskel an seinem Kiefer zuckte, ein weiterer kleiner, verräterischer Hinweis auf seine Gefühle. „Es widerspricht all meinen Instinkten, dich fortzulassen, selbst wenn du nur in ein anderes Zimmer gehst. Aber du hast recht. Diego einfach über uns beide gemeinsam stolpern zu lassen ist nicht der richtige Weg, den anderen die Neuigkeiten mitzuteilen." Rasch küsste er sie. „Am besten ist es, du gehst, bevor ich es mir anders überlege."

Sie nickte, und bevor sie selbst ihre Meinung ändern konnte, küsste sie ihn noch einmal und eilte zur Tür. Seltsam. Jetzt, da sie wirklich ging – und obwohl sie wusste, dass es richtig war –, musste sie den Drang niederkämpfen, wieder umzukehren und zu bleiben.

Sie lief bis in den kurzen Gang und schaute sich um. Er hatte die Tür zu seinem Zimmer halb offen stehen lassen. Als sie zögerte, sagte er telepathisch: *Falls du deine Meinung änderst.*

Ihr wurde warm vor Freude. *Das werde ich nicht, aber ich danke dir.*

Träum etwas Schönes.

Du auch.

Vom Gang gingen vier Türen ab. Zwei standen offen, eine davon führte ins Bad, in dem eine antike Badewanne mit Klauenfüßen stand. Hinter der anderen fand sie ein leeres Schlafzimmer. Am Fußende des Doppelbetts stand ihre Tasche auf dem Boden, und wie versprochen hatte Diego einen Teller mit Crackern, Früchten und unterschiedlichen Sorten Käse auf den Nachttisch gestellt.

Als sie sich fürs Bett fertig machte, zog Erschöpfung bleischwer an ihren Gliedern. Der Tag hatte sich so lang angefühlt wie eine ganze Woche, und sie war noch nicht daran gewöhnt, eher tagsüber zu schlafen als nachts.

Sie huschte ins Bad hinüber und putzte sich die Zähne. So gern sie auch ein Bad genommen oder geduscht hätte, sie konnte sich kaum aufrecht halten, also wusch sie sich nur rasch am Waschbecken. Zurück im Schlafzimmer, schloss sie die Tür und kroch zwischen die Decken.

Sie schaffte es nicht mehr, das Nachtlicht auszuschalten. Sobald ihr Kopf das Kissen berührte, wurde die Welt schwarz.

Unbestimmte Zeit später wurde sie wach, aber nicht sanft oder langsam, sondern urplötzlich. Es dauerte eine Weile, bis sie begriff, wo sie war, und sie starrte blind in den fremden, fensterlosen Raum.

Die Erinnerung kam zurück. Die Begegnung mit Malphas. Das, was danach geschehen war.

All das, was Xavier und sie zueinander gesagt hatten, das, was er mit ihr gemacht hatte, wie kenntnisreich er seine Zunge benutzt hatte, bis in ihr hell und heiß ein unentrinnbares Feuer brannte. Wie er sich bewegt hatte, auf ihr, in ihr. Die wilde Veränderung seines Gesichts und die Behutsamkeit seiner Hände und Lippen.

Es war mindestens ein Jahr her, dass sie einen Geliebten gehabt hatte, und als sie rastlos die Beine bewegte, schmerzten ihre Muskeln. Mit dem Schmerz flammte auch ein Funken des begierigen Hungers wieder auf. Sie schob eine Hand zwischen die Beine, da bemerkte sie, dass sie nicht einmal den Morgenrock ausgezogen hatte. Der weiche Stoff hatte sich fest um sie gewickelt.

Sie konnte nicht nach draußen sehen, deshalb war es ihr ohne Uhr oder andere Hinweise nicht möglich, die Tageszeit zu bestimmen, und sie war noch immer sehr müde. Was hatte sie geweckt? Sie hatte nicht von Malphas geträumt, Gott sei Dank. Vielleicht war sie aufgewacht, weil das Bett ihr fremd war.

Schwach drangen Männerstimmen durch die geschlossene Tür. Auch wenn sie sie kaum hörte und kein Wort verstand, klangen sie angespannt, sogar wütend in ihren Ohren.

O Gott, was war jetzt schon wieder los?

Sie warf die Decke zurück, ordnete den Morgenrock und schlüpfte hinaus.

Die Tür zu Diegos Schlafzimmer stand offen, der Raum war leer. Die Stimmen kamen aus dem Wohnzimmer.

Als sie unentschlossen zögerte, hörte sie Diego sagen: „Es sind jetzt drei Jahre, ohne dass ich mal rausgekommen wäre. Ich mache den Pool sauber, halte die Fahrzeuge instand und reinige die Waffen, und das ist mein ganzes Leben. Melisandes und Justines Besuch? Das war das Interessanteste, was ich in einer verflucht langen Zeitspanne erlebt habe. Sogar die Fahrt hierher war regelrecht aufsehenerregend anders, aber alles, was ich hier getan habe, war, ins Bett zu gehen.“

Sie grub beide Hände in ihr Haar und hielt sich den Kopf. *Was, wenn es um mich geht? Was dann? Ich möchte das nicht hören.*

„Auch wenn ich verstehe, was du meinst, ändert es nichts an meiner Entscheidung.“

Xaviers Stimme löste eine heftige Reaktion bei ihr aus. Ihre Haut kribbelte, sie erbebte und hüllte sich fester in den Morgenrock.

Sein Mund auf ihr. Sein Mund auf ihr.

Himmel.

Ruhig und freundlich fuhr Xavier fort. „Ich habe dich aus

mehreren guten Gründen aus dem Feld genommen, und daran wird sich nichts ändern. Bei deinem letzten Einsatz ist deine Deckung derart gründlich aufgeflogen, dass du ein toter Mann wärst, würde ich dich wieder losschicken. Es hat sich erledigt, Diego. Es hat sich schon lange erledigt, und daran wird sich nie wieder etwas ändern. Es tut mir leid, aber diese Entscheidung ist endgültig."

Xavier hatte Diego aus einem Feld genommen?

Vor ihrem geistigen Auge erstand ein Bild von Diego, wie er auf einer üppigen Weide graste. Es war derart albern, dass sich der letzte schläfrige Nebel verflüchtigte und sie endlich richtig wach wurde.

Er hatte Diego aus dem aktiven Dienst zurückgezogen.

Wie ein Wollknäuel spulten sich die Erinnerungen an alles ab, was sie in den letzten Wochen bemerkt hatte.

Wie sie mehrfach gespürt hatte, dass irgendetwas nicht ganz in Ordnung war. Wie manchmal die Gespräche verstummt waren, wenn sie den Raum betreten hatte.

Wie beklemmend gut sich Raoul mit dem Töten auskannte. Einmal hatte sie sogar gedacht, er würde einen hervorragenden Killer abgeben.

War dies hier … ein bisschen wie James Bond?

Mit Vampyren?

Sie war nicht sicher, ob die Idee sie so sehr begeistern sollte, wie sie es tat, oder ob sie stattdessen lieber beschämt sein sollte, weil sie erst jetzt zwei und zwei zusammenzählte.

Bevor sie sich zusammenreißen konnte, erhob Diego wieder die Stimme. Er klang ausdruckslos und endgültig. „Du hast recht, Xavier. Es hat sich erledigt. Ich kündige."

Kapitel 17

S CHWEIGEN.

„Ich gehe davon aus", sagte Xavier, „dass du das nicht sagen würdest, wenn du es nicht ernst meintest. Weißt du schon, was du tun wirst?"

„Noch nicht. Ich schätze, es wird am besten sein, wenn ich nicht mit dir und Tess zum Anwesen zurückkehre. Wäre es vielleicht denkbar, dass du mich nach Sonnenuntergang in die Stadt mitnimmst? Wenn du hier alles erledigt hast, meine ich."

„Ja, ich kann dich fahren. Wo möchtest du hin?"

„Ich dachte mir, ich würde gern erst einmal in ein nettes Hotel gehen, vielleicht das Vier Jahreszeiten, und über die Möglichkeiten nachdenken, die infrage kommen. Ich habe in den letzten drei Jahren nichts anderes getan, als Geld zu sparen – ich kann genauso gut ein paar Tage lang etwas davon zu meinem Vergnügen ausgeben. Meine Sachen kann ich später abholen lassen." Jemand lief auf und ab, wahrscheinlich Diego. „Es ist nichts Persönliches, Xavier. Ich möchte, dass du das weißt. Nichts davon ist persönlich."

„Ich verstehe."

Sie blieb nicht, um weiter zuzuhören, sondern glitt zurück in den Gang und in ihr Schlafzimmer. Leise schloss sie die Tür. Verstand und Gefühle waren in Aufruhr, und sie tigerte durch den Raum. Sie war nicht wie Xavier, sie konnte ihre

Gefühle nicht bezähmen, wenn sie sich nicht bewegte.

Auch wenn das Zimmer ebenso geschmackvoll eingerichtet war wie das gesamte Apartment, fand sie die Fensterlosigkeit zunehmend schwer zu ertragen. Es verlangte sie nach frischer Luft und einem Spaziergang am Meer. So still es auch war, sie fand hier keine Ruhe.

Was sie gehört hatte, musste nicht unbedingt etwas ändern, nur dass es eben doch etwas änderte. Sie dachte an das zurück, was sie zuvor zu Xavier gesagt hatte, und lachte in sich hinein. Es fühlte sich bitter an und ohne einen Funken Humor.

Leise klopfte jemand an ihre Tür. „Ich bin beschäftigt“, sagte sie.

Die Tür öffnete sich, und Xavier kam herein.

Er war wieder vollkommen schwarz gekleidet, trug eine klassisch schlichte Hose und ein maßgeschneidertes Hemd, das die strenge Eleganz von Händen und Gesicht unterstrich. Das Haar hatte er straff zurückgebunden. Es gab keine Spur mehr von dem wilden, sinnlichen Geschöpf, das sie so hingebungsvoll geliebt hatte. Er sah aus, wie er meistens aussah, gelassen und selbstbeherrscht.

Sein Anblick machte sie ziemlich verrückt, obwohl alles in ihr in Aufruhr war.

„Ich habe gesagt, ich bin beschäftigt“, fuhr sie ihn an.

Er hob die Brauen. „Ich habe dich ausgezeichnet verstanden. Ich habe auch gehört, wie du herumläufst, und ich habe dich davor gehört, als du den Gang entlanggekommen bist und vor dem Wohnzimmer stehen geblieben bist.“ Er musterte sie eindringlich. „Du hast Diegos und meine Unterhaltung belauscht, und nun bist du aus irgendeinem Grund verärgert. Weshalb?“

„Nur dass wir miteinander geschlafen haben – ein Mal –,

bedeutet nicht, dass du die von mir gezogenen Grenzen ignorieren darfst", teilte sie ihm wütend mit.

„Ich bitte um Entschuldigung. Natürlich hast du recht." So sanft sagte er es, allzu ruhig, und als er sich gegen die geschlossene Tür lehnte, glich sein Gesicht einer fein gearbeiteten Maske.

Zum ersten Mal, seit sie ihn kannte, verabscheute sie ihn für seine verdammte Gelassenheit. Sie starrte ihn an. „Du treibst mich absichtlich in die Enge. Behaupte nicht, es wäre nicht so. Du kannst ruhig aufhören, so verdammt höflich zu sein."

Er zupfte eine seiner Manschetten zurecht. „Höflichkeit ist das Rückgrat der Zivilisation. Davon abgesehen, was genau erwartest du? Bis ich weiß, was los ist, kann ich dir nicht antworten." Er blickte auf und durchbohrte sie mit einem scharfen Blick. „Lass mich raten: Du hast anhand des Gesprächs zwischen Diego und mir begriffen, was ich mache. Ist es das?"

Unbeherrscht warf sie eine Hand in die Luft. Trotz allem, was passiert war, kam es ihr vor, als sei sie einmal im Kreis gelaufen und wieder in der Nacht des Vampyrballs angelangt. Nichts, was er tat, wirkte deplatziert oder unbedacht, hingegen erschien ihr alles, was sie tat, übertrieben und völlig aus dem Gleichgewicht geraten.

„Es war wirklich kaum möglich, es nicht zu begreifen", sagte sie. „Auch wenn ich all die anderen Hinweise darauf in den letzten sechs Wochen gründlich übersehen habe."

„Und das macht dich wütend." Mit schief gelegtem Kopf betrachtete er sie wie eine Fremde.

Wo war seine Wärme geblieben, die Leidenschaft und Offenheit von vorhin? War alles nur gespielt gewesen?

Sie wandte sich von ihm ab, schlang die Arme um sich

und zog die Schultern hoch. „Ja. Nein. Ich weiß nicht."

Hände senkten sich auf ihre Schultern, und sie schrak auf. „Na", sagte er an ihrem Ohr, „das ist auf jeden Fall eine ziemlich große Bandbreite an Reaktionen, das muss ich zugeben."

Wieder reagierte ihr Körper auf seine Stimme, die so nah war. Ihr war zumute, als hätte er eben gerade erst mit der Hand über ihren nackten Rücken gestrichen, und sie erzitterte.

Sein Griff wurde fester. „Möchtest du mir nicht einfach sagen, was dir gerade durch den Kopf geht?", fragte er, noch sanfter als zuvor. „Ich habe nämlich wirklich keinen blassen Schimmer."

Er klang so geduldig und liebenswürdig, dieser jahrhundertealte Vampyr, der einst ein Priester gewesen war.

Der Klavier spielte, es liebte, Walzer zu tanzen, philosophische Abhandlungen las und Liebesverse rezitierte.

Und einen Spionagering leitete.

Sie schloss die Augen. *Ich bin niemand*, dachte sie. *Ich bin nicht mal dreißig Jahre alt. Ich war niemals an interessanten Orten und habe nie etwas Nützliches getan. Ich bin nur ein Pflegekind, eine Göre, die zu gierig und anmaßend war und aus einer komplizierten Situation nur knapp mit dem Leben davongekommen ist.*

„Ich versuche, fortzulaufen", flüsterte sie. „In meinem Kopf."

„Du hast versprochen, das nicht zu tun. Und ich habe dir gesagt, was passieren würde, wenn du es doch versuchst." Hauchzart berührte er mit den Lippen ihre empfindsame Ohrmuschel, und sie erschauerte. „Ich würde dir folgen."

Was, wenn sie die Augen einfach geschlossen hielt und sich fallen ließ, im Vertrauen darauf, dass er sie auffing?

Versuchsweise lehnte sie sich an ihn.

Er schloss sie in die Arme und zog sie an seine Brust, hielt sie fest. „Hör nicht auf zu reden", bat er sie ganz leise. „Zeig mir, wo du bist, damit ich dich finden kann."

„Ich fühle mich dumm", gestand sie ihm. „Ich habe die Hinweise gesehen, aber ich habe nichts davon miteinander in Zusammenhang gebracht."

„Weshalb hättest du das auch tun sollen? Weshalb würde ein normaler Mensch all das in Zusammenhang bringen?" Er küsste sie auf die Schläfe. „Ist es so wichtig für dich, was ich mache?"

„Ganz ehrlich? Nein, ist es nicht."

Er lachte ein wenig, kaum mehr als ein Ausatmen. „Jetzt tappe ich wieder völlig im Dunkeln."

Sie schüttelte den Kopf. „Ich habe mich nicht richtig ausgedrückt. Natürlich ist es wichtig, was du tust. Eigentlich fasziniert es mich. Aber als ich dich reden hörte und alles plötzlich einen Sinn ergab, da hat mich erschüttert, dass … Wir haben uns geliebt. Ich habe mit dir geschlafen."

„Ich erinnere mich sehr gut daran." Er legte den Kopf auf ihre Schulter und wiegte sie in seinen Armen. „Ich kann nicht aufhören, daran zu denken."

Sie umklammerte seinen Unterarm. „In dem Moment kam es mir wahrhaftig vor, als wüsste ich, was ich tue, als hätte ich nicht bloß unüberlegt gehandelt, aber weißt du, was? Ich *habe* unüberlegt gehandelt, und ich *kenne* dich nicht wirklich. Das ist es, was ich begriffen habe, als ich dich und Diego reden hörte. Und du hast recht. Wenn du es früher erwähnt hättest … ich bin ja kaum darüber hinweg, dass du ein Vampyr bist. Wir kennen uns erst seit sechs Wochen, wir haben eine Nacht zusammen verbracht, und …" Der wachsende Kloß in ihrer Kehle ließ sie verstummen.

„Tess", flüsterte er und vergrub das Gesicht in ihrem

zerzausten Haar. „Ich weiß, es ist alles noch sehr früh, und wir haben noch so viel übereinander zu lernen. Aber es ist in Ordnung, wenn du dich in mich verliebst. Ich würde mich so geehrt fühlen, wenn du es tätest, und ich würde niemals deine Gefühle verletzen. Ich werde niemals dein Vertrauen missbrauchen. Ich schwöre es.“

Sie lehnte den Kopf gegen seine Schulter, wandte ihm das Gesicht zu, und er bog sie zurück und küsste sie, und die Sache war die, dass sie ihm glaubte.

Sie glaubte ihm wirklich.

An seinem Mund sagte sie: „Es ist schwierig, loszulassen und irgendwo zu bleiben.“

„Ich habe dich niemals vor deiner Angst fortlaufen sehen, und ich habe dich bereits sehr verängstigt erlebt.“ Seine Lippen verzogen sich zu einem Lächeln. Er küsste sie auf die Nasenspitze. „Du bist so mutig. Das ist eines der Dinge, die ich mit am meisten an dir bewundere.“

Sie wandte sich ganz zu ihm um, schlang ihm einen Arm um den Hals und erwiderte den Kuss. Heiß und drängend stieg Hitze zwischen ihnen auf. Sie krallte die Hände in sein Hemd. Schon wieder begehrte sie ihn so sehr, dass sie am ganzen Leib zitterte.

Auf irgendeine Weise und nach allem, was er erlebt und was er getan hatte, hatte er ein Licht in sich bewahrt, nach dem sie sich verzehrte. Wenn sie nicht bei ihm war, kam ihr die Welt dunkler und kälter vor. Sie konnte sich nicht vorstellen, jemals genug von ihm zu bekommen, und das machte ihr von allem am meisten Angst.

Er presste den Mund gegen ihren, die Lippen hart und fordernd. Erschauernd und ohne jede Zurückhaltung erwiderte sie den Kuss. Er grub eine Hand in ihr Haar, am Hinterkopf, und hielt sie, während er mit der anderen Hand ihre Brust durch den weichen, dünnen Stoff des Morgenrocks umfasste und massierte.

Nach einer Weile zog er sich mit offenkundigem Bedauern zurück. „So gern ich dich wieder ins Bett mitnehmen und weitermachen würde, wo wir aufgehört haben – ich habe Diego versprochen, ihn in die Stadt zu fahren."

Mit äußerster Willensanstrengung versuchte sie, die Wahnsinnige in ihrem Innern zu bezwingen, die alle Vernunft fahren lassen und ihm die Kleider vom Leib reißen wollte. Sie beugte sich gerade weit genug zurück, um ihm in die Augen zu sehen. „Nimmst du es ihm übel, dass er fortgeht?"

„Ich bin enttäuscht, aber nicht überrascht." Er schüttelte den Kopf. „Auf dem Anwesen lebt man in einer sehr kleinen, sehr eigenen Welt."

„Ich liebe das Anwesen", sagte sie leise.

Ein Lächeln erhellte sein Gesicht. „Ich ebenfalls, aber ich weiß auch, dass nicht jeder für diese Art Dasein gemacht ist. Sosehr sich Melisande auch über die Schlangengrube Los Angeles beklagt, sie könnte niemals dort weggehen." Sein Lächeln schwand. „Ich habe ihm einfach nichts anderes zu bieten. Ich habe ihm zwar vorgeschlagen, mit Julian zu reden und zu schauen, ob sich ein Job auf Evenfall finden lässt, aber er ist entschlossen, sein ganzes Leben zu ändern."

Sie drückte den Rücken durch und zwang sich, sein Hemd loszulassen. „Soll ich hierbleiben, während du ihn fährst?"

„Zum Teufel, nein", brach es aus ihm heraus. Er rieb sich das Gesicht und fuhr in normalerem Ton fort: „Ich werde dich nicht allein auf Evenfall zurücklassen. Ganz besonders nicht dann, wenn sich Justine hier aufhält."

Ihr Gesicht wurde ernst. „Ich müsste dann eben die Tür abschließen."

„Das reicht mir nicht. Schlösser sind nicht genug. Du bleibst nicht hier." Er betrachtete sie. „Komm mit, wenn ich Diego in die Stadt bringe. Wir können ein, zwei Tage in meinem Stadthaus bleiben, und du kannst meine anderen Angestellten kennenlernen."

Zögernd dachte sie darüber nach. Sosehr sie den Landsitz auch liebte, sie hatte ihre gesamte Zeit dort in Angst vor Malphas gelebt. Der Gedanke, ein bisschen Zeit in der Stadt zu verbringen, reizte sie durchaus.

San Francisco mochte seine gefährlichen Ecken haben, vor allem für jemanden ohne einen Cent in der Tasche und auf der Flucht, aber diesmal würde es ganz anders sein. Vielleicht konnte sie sogar einige neue Klamotten kaufen, die ihr richtig passten.

Außerdem wusste sie zwar noch nicht, was aus ihr und Xavier werden würde, aber wenn sich herausstellte, dass sie länger zusammenblieben, wäre es gut, mit seinen Angestellten in der Stadt vertraut zu sein.

„Das würde mir gefallen", sagte sie.

Sein Gesicht hellte sich auf. „Das freut mich. Wir haben noch ein paar Stunden bis Sonnenuntergang." Leise fügte er hinzu: „Ich kann an nichts anderes denken als an das, was ich gern mit dir tun würde, während wir warten, aber ich fürchte, ich muss mich noch um einiges kümmern, bevor wir aufbrechen."

Ihr Blick fiel auf die Knöpfe seines Hemds, und sie lächelte ihn an. „Kann das nicht warten?"

Auch wenn es kein Sex war, so war es doch ungemein befriedigend, wie tief er Luft holte. „Ich würde nichts lieber tun", knurrte er, „aber ich muss mit Gavin sprechen, um zu schauen, ob er die Aufnahme von Julians und Melisandes Gespräch bearbeiten kann, das ich mit dem Handy aufgenommen habe." Er hielt inne, und als er weitersprach, klang er sehr ernst. „Und vor einigen Stunden habe ich erfahren, dass einer meiner Agenten vermisst wird."

Ihre Verspieltheit war verschwunden. „O Gott, das tut mir leid. Du musst sehr besorgt sein."

„Das bin ich."

Sie war nicht sicher, ob sie fragen sollte – sie kannte die Spielregeln in dieser neuen Welt noch nicht, die sich zwischen ihnen aufgetan hatte –, aber sie fragte trotzdem. „Ist es … jemand, den ich kenne?"

Sein Gesicht verfinsterte sich. „Ich fürchte ja. Es ist Marc."

Der Schreck fuhr ihr tief in die Knochen. Sie hatte nicht erwartet, dass er ihr so direkt antworten würde oder dass sie den verschwundenen Angestellten kannte. „Aber er ist doch gerade erst aufgebrochen."

„Ich weiß." Plötzlich rührte er sich, eine scharfe, schnelle Bewegung, die er sofort abbrach, aber es war ein weiteres Zeichen dafür, wie besorgt er war.

Ein tiefes Bedürfnis stieg in ihr auf. Sie wollte ihm so dringend helfen, dass es schmerzte, aber es gab nichts, was sie tun konnte.

Außer einer Sache: Sie konnte ihn unterstützen.

Sie trat einen Schritt zurück. „Geh. Tu, was zu tun ist."

Er zögerte, und die Zärtlichkeit, mit der er sie betrachtete, war alles wert, was sie in den vergangenen zwei Monaten durchgemacht hatte. „Und du?"

„Ich lege mich vielleicht ein bisschen hin. Auf jeden Fall werde ich gründlich duschen und den Imbiss essen, den Diego mir hingestellt hat." Sie lächelte. „Und ich werde dich vermissen."

Er griff nach ihrer Hand, hob sie, drehte sie um und

drückte die Lippen auf die Innenseite ihres Handgelenks.

Wie sehr sechs Wochen alles ändern konnten. Als er das zum ersten Mal getan hatte, war sie vor Angst wie erstarrt gewesen. Jetzt erfüllte Wärme sie.

„Bis nachher", sagte er dicht an ihrer Haut.

Sie berührte ihn an der Schläfe und strich ihm übers Haar.

Er richtete sich auf, und nach einem letzten festen Kuss ging er.

Ohne seine Gegenwart erschien ihr das Zimmer kalt und leer, und ihre Füße waren eisig. Rasch schlüpfte sie in ihre Schuhe und schaute sich um. Xavier war bereits fort, das Apartment kam ihr still und verlassen vor. Diegos Zimmertür war geschlossen.

Nachdenklich starrte sie darauf und war versucht, zu klopfen und zu fragen, wie es ihm ging, aber auch wenn sie sich ein paarmal unterhalten hatten, standen sie sich nicht nah, und sie war nicht seine Vertraute.

Schließlich beschloss sie, die stillschweigende Botschaft der geschlossenen Tür zu respektieren, aß alles auf, was sich auf dem Teller auf ihrem Nachttisch befand, schnappte sich ihren Kulturbeutel und saubere Sachen und ging unter die Dusche.

So altmodisch Evenfall auch war, immerhin gab es heißes Wasser.

✧　✧　✧

JE WEITER SICH Xavier von Tess entfernte, desto mehr verdüsterte sich seine Stimmung. Auf dem Weg den Gang hinunter schaute er nach seinen Nachrichten. Die einzige neuere stammte von Raoul und war bereits einige Stunden alt:

M hat sich nicht gemeldet. Anweisungen?

Und seine knappe Antwort: **Warten. Sag Bescheid, wenn du etwas von ihm hörst.**

Marc war der beste seiner neuen Rekruten. Er war nicht nur klug und kompetent, sondern hatte sich auch als verlässlich erwiesen. Xavier hatte ihm Justine als Ziel zugewiesen, unter strikter Anweisung, sich bedeckt zu halten, niemanden wissen zu lassen, wer er war, ausnehmend vorsichtig vorzugehen und jede direkte Konfrontation zu vermeiden.

Aber als die Zeit verging, ohne dass sie etwas von ihm hörten, wurde es immer wahrscheinlicher, dass Marc etwas zugestoßen war. Als Xavier in der IT-Abteilung von Evenfall ankam, die in einem mit Beton verstärkten Bereich in der Nähe der Garage untergebracht war, schaute er finster drein.

Er hatte Gavin bereits mitgeteilt, dass er vorbeikommen würde, und der jüngere Vampyr erwartete ihn. Gavin war fast zweihundert Jahre alt, aber er war verwandelt worden, als er kaum dem Teenageralter entwachsen war. Seine Stupsnase, das rote Haar und die Sommersprossen, die nie verblasst waren, hatten ihm unter seinen Kollegen den Spitznamen „Opie" eingebracht, eine Anspielung auf Opie Taylor, den Jungen aus der *Andy Griffith Show*.

Xavier reichte ihm sein Handy, und Gavin machte sich an die Arbeit.

„Übrigens habe ich gehört, dass du einen neuen Diener mitgebracht hast", sagte Gavin. „Eine Frau. Das ist diejenige, welche, oder?"

„Ja, ist sie." Xavier lehnte sich gegen einen Tisch und sah zu, wie Gavin die Aufnahme herunterlud.

„Bringst du sie mal mit nach unten, damit ich sie kennenlernen kann?"

Xavier schmunzelte. Gavin hatte Tess noch nie getroffen,

aber er hatte offenbar jetzt schon eine Schwäche für sie. „Ich fürchte, diesmal haben wir dafür keine Zeit. Aber nächstes Mal stelle ich sie dir vor."

„Wie ist sie so?" Gavin klang betont beiläufig.

Eigensinnig. Undurchschaubar.

Wunderbar.

Nichts davon sprach er laut aus. Stattdessen schwieg er so lange, bis Gavin den Kopf hob und ihn neugierig musterte. „Unvergesslich", sagte Xavier endlich.

Der andere Vampyr hob die Augenbrauen. „Wenn ich es nicht besser wüsste, würde ich behaupten, du bist dabei, dich in sie zu verlieben."

Xavier verlagerte das Gewicht. „Woher weißt du es denn besser?"

„Xavier, in all der Zeit, seit ich dich kenne, hattest du ungefähr drei Beziehungen, und alle waren oberflächlich und schon nach wenigen Monaten wieder vorbei." Der jüngere Vampyr warf ihm einen neugierigen Seitenblick zu. „Verdammt noch mal. Du bist *tatsächlich* in sie verliebt, stimmt's?"

Er hätte nicht antworten müssen, aber er tat es trotzdem. „Bin ich."

Gavin machte große Augen. Dann grinste er. „Sehr schön."

Nachdem er die Daten auf seinen Computer heruntergeladen hatte, hörten sie sich die Aufnahme gemeinsam an. „Schneide alles raus bis auf ihre Absprache", sagte Xavier. „Und schick die fertige Datei so schnell wie möglich an Julian."

„Alles klar."

Auch wenn Xavier erledigt hatte, weshalb er hergekommen war, zögerte er und wandte seine Aufmerksamkeit der

Wand voller Bildschirme am anderen Ende des Raums zu, die von zwei Vampyren im Auge behalten wurden. Sie sahen sich das Bildmaterial der Sicherheitskameras an, die an strategisch sinnvollen Punkten über ganz Evenfall verteilt waren.

„Tu mir einen Gefallen“, bat er, „und lass überprüfen, wo sich Justine in den letzten vierundzwanzig Stunden aufgehalten hat.“

„Alles klar.“ Gavin ging zu einem anderen Computer, setzte sich und ließ die Hände über die Tastatur fliegen. „Kannst du mir sagen, wonach ich Ausschau halten soll?“

Xavier, der ihm zuschaute, verschränkte die Arme vor der Brust und schüttelte den Kopf. „Ich weiß es nicht. Auf jeden Fall möchte ich Beweise dafür, dass sie immer noch hier ist. Ich habe sie seit meiner Ankunft noch nicht gesehen. Ich habe nur gehört, wie Julian sie erwähnt hat.“

„Na, das sollte leicht machbar sein.“

Fünfzehn Minuten später schaute sich Xavier den eindeutigen Beweis an. Justine hatte sich mindestens die letzten vierundzwanzig Stunden auf Evenfall aufgehalten. Er studierte einige Aufnahmen, auf denen sie in verschiedenen öffentlichen Bereichen zu sehen war. Zwei der Aufnahmen zeigten sie im Gespräch mit Julian. Beide trugen kühle Mienen zur Schau, ihre Körpersprache wirkte wütend. Es gab keine Tonspur, aber jetzt gerade interessierte er sich auch nicht dafür, die Gespräche mitzuhören.

Frustriert rieb er sich übers Gesicht. Auch wenn sie eindeutig hier war, bedeutete das nicht, dass Marc weniger in Gefahr war. Sie hatte jede Menge Angestellte, die sie nicht hierher begleitet hatten.

„Hast du gefunden, wonach du gesucht hast?“, erkundigte sich Gavin.

„Sicher“, sagte Xavier seufzend. „Danke.“

„Kein Problem."

Während sie gearbeitet hatten, war die Nacht hereingebrochen. Xavier spürte es, die kühle, willkommene Dunkelheit, die sich wie ein Schleier über das Land legte. Er verabschiedete sich von Gavin, steckte das Telefon ein und machte sich auf den Weg zu seinem Apartment.

Dort fand er Tess, die sich auf seinem Bett ausgestreckt hatte und ein Taschenbuch las. Er spürte Diegos Anwesenheit in einem der anderen Zimmer, aber hier und jetzt konzentrierte er sich ganz auf Tess.

Sie hatte geduscht und trug saubere Jeans und ein dunkelrotes, langärmliges Oberteil. Die Farbe stand ihr ebenso gut wie das dunkle Blau des Ballkleids, und bei ihrem Anblick verzogen sich seine Lippen erfreut.

Als sie ihn in der Tür bemerkte, lächelte sie ihm verlegen zu. „Ich hoffe, es macht dir nichts aus, dass ich hier bin. Ich dachte mir, wenn du in mein Schlafzimmer einfallen darfst – zwei Mal –, dann kann ich dasselbe auch bei dir tun."

Für einen kurzen Moment vergaß er seine Sorgen und lachte. „Du bist jederzeit willkommen. Du kannst in mein Schlafzimmer einfallen, wann immer du willst." Er stützte ein Knie auf dem Rand der Matratze ab und beugte sich für einen tiefen, langen Kuss zu ihr.

Danach zog er sich zurück. Forschend betrachtete sie sein Gesicht. „Irgendwas Neues von Marc?"

Er schüttelte den Kopf. „Die Sonne ist untergegangen, wir müssen aufbrechen. Ich weiß, dass wir etwas anderes geplant hatten, aber ich werde dich an meinem Stadthaus absetzen und dich eine Zeit lang allein lassen müssen. Ich muss herausfinden, wo er steckt."

Sie rollte sich vom Bett und zog ihre Schuhe an. „Natürlich."

Er ging zu Diegos Zimmer, klopfte an und öffnete die Tür. Auch Diego las, aber bei Xaviers Erscheinen legte er seinen E-Book-Reader beiseite. „Brechen wir auf?", fragte er.

„Ja."

Kurz betrachtete Xavier ihn und überlegte, Diego den Auftrag anzubieten, nach Marcs Verbleib zu forschen. Der Impuls erlosch rasch. Nicht nur war das eine Angelegenheit, um die er sich persönlich kümmern musste, aus Diegos verschlossener Miene schlussfolgerte er auch, dass sich der junge Mann innerlich schon verabschiedet hatte.

Er hatte es bereits gesagt: Es hatte sich erledigt, und es gab keinen Weg zurück.

Zurück im Schlafzimmer brauchte er nur wenige Minuten, um seine Sachen zusammenzusuchen und die Reisetasche zu packen. Als er fertig war, brachen sie auf.

Auf dem Weg durch Evenfalls Korridore streckte er die Hand nach Tess aus. Es kümmerte ihn nicht mehr, wie Diego davon erfuhr. Mit Raoul und den anderen würde er sehr bald reden. Außerdem wollte er sie jetzt ganz einfach berühren.

Sie zögerte nur kurz, ehe sie ihre Finger mit seinen verflocht. Als Diegos Blick auf ihre ineinandergelegten Hände fiel, weiteten sich kurz seine Augen, aber dann wurde sein Blick wieder gleichgültig, und er schaute weg.

Diesmal geleitete Xavier Tess zum Beifahrersitz und fuhr selbst, während Diego auf dem Rücksitz Platz nahm.

Sie legten fast die ganze Strecke über die Golden Gate Bridge schweigend zurück. Die Nacht war klar und ungewöhnlich warm, und aus der Bucht wehte ein unsteter Wind.

Tess spielte mit ihrer Unterlippe und starrte aus dem Fenster, offenbar tief in Gedanken versunken. Diego beschäftigte sich mit seinem Handy und sagte nur einmal etwas. „Weißt du, du musst mich nicht ganz bis zum Hotel bringen. Du kannst mich irgendwo absetzen, und ich rufe mir ein Taxi."

Das Vier Jahreszeiten lag südlich von Chinatown und südöstlich von Nob Hill, wo sich Xaviers Stadthaus befand. „Bis zum Vier Jahreszeiten ist es nicht weit, Diego", sagte Xavier leise. „Es macht wirklich keine Umstände."

Mit unbehaglichem Gesicht verfiel Diego wieder in Schweigen.

Auf der Hauptstraße herrschte starker Verkehr. Dort, wo der Presidio Parkway zur Lombard Street wurde, setzte sich ein riesiger Müllwagen hinter sie.

Über den Seitenspiegel beobachtete Xavier ihn. Er sah ganz gewöhnlich aus, und einige Müllabfuhr-Firmen beschäftigten Nachtwesen und fuhren deshalb auch nach Anbruch der Dunkelheit. Aber auch wenn er die Gefahr, dass etwas nicht stimmte, als minimal einschätzte, bog er den Standardvorsichtsmaßnahmen folgend auf eine Nebenstraße ab.

Der Wagen folgte ihnen.

Jetzt hatte er seine volle Aufmerksamkeit.

Er gab Gas, und der SUV schoss just in dem Moment vorwärts, als von der nächsten Kreuzung ein weiterer Müllwagen auf ihre Straße einbog und direkt auf sie zuhielt.

Diego fluchte.

In San Francisco gab es einige der teuersten Wohngegenden der Welt, und in manchen gab es keine kleinen Seitengassen, aber hier in dieser Straße gab es welche.

Rasch überprüfte Xavier, ob Tess angeschnallt war, dann riss er das Lenkrad herum. Mit quietschenden Bremsen raste der SUV in die Gasse.

Vor ihnen kam ein weiterer Müllwagen zum Stehen und

versperrte ihnen den Weg. Xavier trat auf die Bremse.

Der Müllwagen stand mit der Beifahrerseite in ihre Richtung. Die Tür öffnete sich, und jemand dort drinnen warf ein rundes Etwas ungefähr von der Größe einer Bowlingkugel heraus. Es prallte auf und rollte die Straße hinunter auf sie zu.

Es war Marcs abgetrennter Kopf.

Kapitel 18

„O MEIN GOTT", sagte Tess. Ihr Gesicht wurde blass. Dunkle Gestalten schwärmten aus dem Müllwagen vor ihnen.

Xavier packte sie, zog sie zur Seite und nach unten, fort von der Windschutzscheibe. „Lass den Kopf unten", wies er sie an.

Gleichzeitig löste er seinen Gurt, öffnete das Handschuhfach und griff nach der Glock, die darin lag.

Schüsse trafen den SUV. Sämtliche Fahrzeuge in Xaviers Besitz waren mit Notlaufreifen, kugelsicherem Glas und in die Karosserie eingelassener Fahrzeugpanzerung ausgestattet, aber auch diese Vorsichtsmaßnahmen würden einem konzentrierten, ernsthaften Angriff nicht lange standhalten. Sie würden ihnen nur ein wenig Zeit erkaufen.

Xavier warf einen raschen Blick auf den Rücksitz. Noch immer fluchend, hatte sich Diego ebenfalls vom Gurt befreit und kroch nach hinten, wo in einem Fach im Boden einige Waffen und gepanzerte Schutzkleidung versteckt waren.

Hinter dem SUV tauchten weitere dunkle Gestalten auf.

Niemand hätte Xavier auf diese Weise angegriffen, wenn er allein gewesen wäre, weil es nicht funktioniert hätte. Er hätte sich freikämpfen oder ein Gebäude hinaufklettern können. Aber jetzt, da er mit Tess und Diego unterwegs war, war dieser Angriff eine entsetzlich effektive Möglichkeit, sie an Ort und Stelle festzunageln.

Er konnte sie nicht beide hier rausbringen oder sie mitnehmen, wenn er ein Gebäude erklomm, und zurücklassen würde er sie niemals.

„Ich zähle bis fünfzehn", sagte er.

„Verstanden." Diego warf ihm eine Kevlar-Weste zu.

Er fing sie auf und breitete sie über Tess aus. „Zieh das an."

Sie löste ihren Gurt, schob ihren Sitz so weit wie möglich zurück und schlängelte sich in die Weste. Diego warf ihm eine zweite Weste zu, und er wand sich, um sie in der Enge überzuziehen.

Erneut ertönten Schüsse. Spinnennetzartige Risse durchzogen das Glas der Front- und Heckscheibe, aber noch hielten sie stand.

„Ich brauche Waffen", knurrte Tess. „Jede Menge Waffen."

In den kleinen Zwischenraum zwischen Sitz und Armaturenbrett gekauert, sah sie verängstigt aus, klang aber wutentbrannt. Trotz der gefährlichen Lage hätte Xavier fast gelächelt. Er beugte sich über sie, hob ihr Gesicht an und flüsterte: „Sag mir, dass es okay ist, wenn ich mich in dich verliebe."

Aus weit aufgerissenen Augen starrte sie ihn an. Ihre Lippen waren blutleer. „Das würde ich dir jedenfalls raten. Ich habe nicht vor, mich ganz allein zu verlieben."

Er küsste sie, schnell und fest. Etwas Hartes ruckte gegen seine Schulter. Es war Diego, der ihn mit dem Griff eines Sturmgewehrs anstieß.

Er griff danach, stieß die Fahrertür auf und rollte ab, um beide Seiten der Gasse mit Schüssen einzudecken. Einige der Angreifer erwischte er, andere gingen rechtzeitig in Deckung.

Die, die er traf, stürzten zu Boden und versuchten hektisch, sich in Sicherheit zu bringen.

All ihre Angreifer waren Vampyre. Solange er ihnen nicht in den Kopf schoss, waren die Treffer schmerzhaft und schwächten sie, aber sie waren nicht tödlich.

„Bleib im Wagen", sagte er zu Diego, „bleib in Deckung, so lange du kannst."

„Ja, okay." Diego kroch nach vorn und gab Tess eine Pistole und ein weiteres Gewehr. Er sah wirklich schlecht aus. „Xavier, das alles ist meine Schuld. Es tut mir so schrecklich leid."

Xavier hielt nur für einen Sekundenbruchteil inne. „Das wirst du mir später erklären müssen, wenn wir Zeit dafür haben."

„Was tust du da?", fragte Tess und streckte eine Hand nach ihm aus. „Schaff deinen Hintern wieder ins Auto!"

„Dann kommen wir hier nicht lebend raus", erwiderte Xavier. Er drückte ihr sein Handy in die Hand. „Ruf Raoul und Julian an."

Ihre Finger schlossen sich um das Telefon.

„Gib mir Deckung", sagte er zu Diego. Angespannt nickte der junge Mann.

Es war Zeit, sich an die Arbeit zu machen.

✧ ✧ ✧

NACHDEM SIE DIE zitternden Finger um sein Handy geschlossen hatte, sah Tess, wie sich Xavier ihren Angreifern zuwandte, und sein Gesichtsausdruck veränderte sich.

All das Licht, das in ihm leuchtete, seine Sanftheit, seine Sinnlichkeit, Wärme und Lachen, schwand vollständig dahin, und das, was an seine Stelle trat, ließ sie noch stärker erzittern.

Sie hatte immer geglaubt, der Tod sei ein vollkommen gleichgültiger, unentrinnbarer Moloch, weil er früher oder später in jedes Leben trat. In Form von Unfällen, durch Krieg und manchmal auch durch Krankheit streckte er am Ende sogar die langlebigen Angehörigen der Alten Völker nieder.

Aber der Tod, den Xavier verkörperte, war wie eine lodernde, leidenschaftliche Flamme.

Diesen Tod, den sie in seinen Augen sah, ließ das Ende eines Unschuldigen nicht kalt, er konnte nicht tatenlos danebenstehen, wenn ein Unrecht geschah. Ihn interessierten die Gedanken, die hinter jeder Handlung steckten, und ihn interessierten die Gründe für einen Krieg.

Er würde niemals rasten noch ruhen, ehe nicht die Gefahr gebannt oder das Unrecht gesühnt worden war.

Ihre menschlichen Augen waren nicht in der Lage, dem Geschehen zu folgen. Er ließ sie einfach zurück auf dieser schweren, festen Erde und begab sich woandershin, schoss durch die Luft wie ein Pfeil, ausgesandt von Gott.

Im nächsten Augenblick erklangen die ersten Schreie.

Noch mehr Gewehrfeuer ertönte in kurzen, scharfen Salven. Vom Rücksitz aus stieß Diego eine Tür auf der Fahrerseite auf und lehnte sich hinaus, um die Angreifer hinter ihnen unter Beschuss zu nehmen.

Tess blieb in Deckung und tippte sich durch Xaviers Telefon, um seine Favoritenliste aufzurufen. Endlich fand sie Raouls Nummer und rief ihn an.

Er antwortete sofort. „Gibt's irgendwas Neues?"

„Hier ist Tess", erklärte sie ihm. „Wir sind in der Stadt. Sie haben uns festgenagelt und greifen uns an. Marc ist tot. Sie haben ihm den Kopf abgeschnitten! Wer immer sie auch sind."

Raouls Stimme klang plötzlich ganz anders. „Wo seid

ihr?"

„Ich weiß es nicht. Ich war erst ein Mal in San Francisco." Als sie aufsah, sackte Diego gegen die Seite des Fahrzeugs. Fast sofort hob er wieder das Gewehr, aber sie wusste, dass er getroffen war. „Wir sind über die Golden Gate Bridge gekommen", sagte sie schnell, „und Richtung Hotel Vier Jahreszeiten gefahren. Jetzt sind wir in einer Nebenstraße. Finde raus, wo wir sind."

„Lass das Telefon eingeschaltet", sagte Raoul. „Ich orte euch, Tess. Hörst du mich? Ich orte euch."

„Beeil dich, verdammt noch mal", presste sie zwischen zusammengebissenen Zähnen hervor.

Natürlich würde er es nicht rechtzeitig schaffen. Selbst wenn sie Julian anrief und er Leute von Evenfall herschickte oder auch irgendwen aus der Stadt, niemand würde sie rechtzeitig erreichen. Sie steckte das Telefon in die Hosentasche und krabbelte auf den Fahrersitz hinüber, wo Xavier die Tür offen gelassen hatte.

Die offen stehenden Türen des SUV boten ihr auf beiden Seiten Deckung, zumindest so halbwegs.

Diego hatte auch ihr eine Glock gegeben wie die, die sich im Handschuhfach befunden hatte. Unter allen Waffen, mit denen sie bisher trainiert hatte, war es ihre Lieblingswaffe. Sie sah sich das Sturmgewehr an. Es war ein SCAR, ein für den Kampfeinsatz von Sondereinsatzkommandos konzipiertes Sturmgewehr, so wie auch jenes, das er Xavier gegeben hatte. Auch wenn sie es nicht besonders mochte, wusste sie immerhin damit umzugehen.

„Jetzt ist der Zeitpunkt, um zu zeigen, was du alles gelernt hast", sagte Diego von hinten durch die offene Tür. Er klang, als bekäme er schlecht Luft, und sein Gewehr war wieder nach unten gesunken. „Schau nach oben, *chica*. Mach schnell."

In der Deckung der offenen Tür streckte sie den Kopf hinaus und warf einen Blick auf die Silhouette der Dächer, die sich gegen den Nachthimmel abzeichnete.

Dort. Die Mündung eines Raketenwerfers richtete sich auf den SUV, der Schütze kauerte dahinter.

Sie nahm sich keine Zeit, um nachzudenken.

Stattdessen riss sie das SCAR hoch und schoss. Die Gestalt mit dem Raketenwerfer zuckte und verschwand.

Wenn das ein Vampyr gewesen war, würde er in wenigen Augenblicken wieder auftauchen und es erneut versuchen. „Wir können hier nicht bleiben", sagte sie zu Diego. „Wie schlimm hat es dich erwischt?"

„Weißt du, ich hatte schon bessere Tage", antwortete er. „Du musst hier raus. Zum Hauseingang … fünfzehn Meter … zurück. Geh … drinnen … in Deckung."

Sie rührte sich nicht. Stattdessen beobachtete sie das Dach und wartete darauf, dass der Raketenwerfer wieder auftauchte. „Du klingst nicht wirklich gut."

Die Mündung des Raketenwerfers erschien. Ihr Herz machte einen Satz. Sie senkte das SCAR ein wenig und gab eine Salve ab. Zu ihrer gewaltigen Überraschung explodierte der Raketenwerfer. Ein gleißender Feuerball erhellte die Nacht, und sie fluchte.

Diego lachte auf und bekam einen krampfartigen Hustenanfall. Von dort aus, wo sie kauerte, hörte sie, wie schwer sein Atem ging. Als sie es riskierte, an der Tür vorbeizuspähen, sah sie, dass sich niemand in unmittelbarer Nähe des SUV befand.

Neben dem Müllwagen, der sie von hinten blockierte, fand ein schrecklicher, wirbelwindschneller Kampf statt. Sie sah nicht genau, was geschah – sie alle bewegten sich zu schnell für sie –, aber sie nahm wahr, dass mehrere Gestalten beteiligt waren.

Noch während sie hinschaute, lösten sich zwei der Gestalten in Staub auf. O Gott.

Aber der Kampf ging weiter, also musste Xavier noch am Leben sein.

„Los, Diego", sagte sie. „Wir schaffen es zusammen bis zum Hauseingang."

„Tut mir leid. Geht nicht." Seine Stimme klang hörbar schwächer. „Sag Xavier … Ich will, dass du ihm sagst …"

Vor Zorn und Entsetzen traten ihr Tränen in die Augen, und sie blinzelte sie fort. Sie konnte es sich nicht leisten zu weinen. Sie brauchte ihre volle Sehkraft. Am anderen Ende der Gasse, nicht an dem, wo der Kampf tobte, schlichen zwei Gestalten hinter dem Müllwagen hervor. Sie zielte sorgfältig und schoss, und einer von ihnen löste sich in eine Staubwolke auf. Als der andere in die Deckung zurückhechtete, schnellte sie hoch und hastete um die Hecktür herum zu Diego.

Er saß auf dem Boden, den Rücken gegen das Trittbrett des Wagens gelehnt. Als sie neben ihm niederkniete, hob er den Kopf, um sie anzusehen. Sie lehnte das SCAR neben ihm an den Wagen und berührte ihn prüfend an der Brust. Er hatte Zeit gehabt, seine Weste anzuziehen, so wie sie und Xavier auch. Wo war er getroffen worden?

Er griff nach ihrer Hand und führte sie zu seiner Schulter, und da sah sie es: Dunkel sickerte Blut unter der Weste hervor, nah bei seiner Achselhöhle. „Zufallstreffer", keuchte er. „Mein verdammtes Glück immer. Das Scheißding ist an der Seite rein. Lunge."

Aus dem Augenwinkel sah sie, wie sich ein Ende des Müllwagens hinter dem SUV in die Luft erhob. Mit dem ohrenbetäubenden Aufschrei sich verbiegenden Metalls segelte das ganze Ding auf die kämpfenden Vampyre zu, die hastig auseinanderstoben. Der Müllwagen krachte in die Ecke des Gebäudes.

Heilige Scheiße, irgendwer hatte gerade den Müllwagen hochgehoben und geworfen.

Es war ein Troll, massig und steingrau. Er stampfte auf einen der Vampyre zu – verspätet erkannte sie Xavier –, der losschoss, nicht fort, sondern auf den Troll zu.

Um Himmels willen, hatte er denn vor gar nichts Angst? Mit unfassbarer Geschwindigkeit landete er auf der gewaltigen Schulter des Trolls, setzte ihm die Glock ans Auge und gab einen Schuss ab. Als der Troll wankte, sprang Xavier bereits wieder fort.

Sie wandte ihre Aufmerksamkeit wieder Diego zu, der ebenfalls zugesehen hatte. Schief lächelnd schaute er zu ihr hoch und sagte telepathisch: *Er erinnert einen ein bisschen ans Jüngste Gericht, nicht wahr? Sag ihm … es tut mir leid. Ich sollte dafür sorgen, dass er in die Stadt fährt … Weil Justine in Evenfall ist, dachte ich, es ginge ihr darum, dort etwas anzustellen … etwas gegen Julian zu unternehmen …*

Sie starrte ihn an. „Du arbeitest für Justine? Seit wann?"

Seit sie mit Melisande zu Besuch kam. Sie hat mir ein Angebot gemacht … Sein Kopf sank herab. *Ich dachte, sie wolle Xavier aus dem Weg haben … ich hätte es nie getan, wenn ich gewusst hätte …*

„Um Gottes willen, warum?"

Im Halbdunkel konnte sie sein schwaches Schulterzucken nicht sehen. Sie hätte es nicht bemerkt, wenn sie die Bewegung nicht unter ihren Fingerspitzen gespürt hätte.

Ein Tausender im Monat als Gehalt, chica. *Ganz gleich, wie viel du davon zurücklegst, es reicht nicht, um sich zur Ruhe zu setzen.*

Seine ironische Stimme in ihrem Kopf verklang, und seine Augen schlossen sich.

Ihr rannen Tränen aus den Augenwinkeln. „Du dummer,

gieriger Scheißkerl“, flüsterte sie.

Eine Hand senkte sich auf ihre Schulter. Unwillkürlich schrie sie auf. Sie wich aus und drehte sich zur Seite weg, riss die Glock hoch …

Xavier packte sie am Handgelenk und drückte ihre Hand beiseite. Sie brachte es fertig, nicht abzudrücken, obwohl die Mündung der Glock jetzt ohnehin harmlos auf das Gebäude gerichtet war. Rasch befreite sie ihren Arm, sicherte die Waffe und schob sie sich hinten in den Bund ihrer Jeans.

Xavier ließ sich neben sie auf ein Knie sinken und bedachte Diego mit einem langen, finsteren Blick. Er war blutbedeckt, die Weste voller Einschusslöcher. Mehrere Schüsse hatten ihn getroffen. Vielleicht auch Messer. Vor lauter Erleichterung, ihn zu sehen, schlang sie ihm die Arme um den Hals und drückte ihn fest an sich.

Einen Arm um ihre Taille geschlungen, schob er sich vorsichtig bis zum nahen Gebäude zurück, lehnte sich mit dem Rücken dagegen und ließ sich in eine sitzende Position gleiten.

„Was tust du da?“, presste sie zwischen den Zähnen hervor. „Du kannst dich nicht hinsetzen. Wir müssen in Bewegung bleiben, falls sie zurückkommen und uns wieder angreifen.“

„Das werden sie nicht. Sie haben erledigt, was sie vorhatten.“

„Wovon sprichst du?“ Sie ließ ihn los und studierte besorgt sein Gesicht.

Er öffnete seine freie Hand und zeigte ihr eine leere Spritze.

In den letzten Tagen hatte sie so viel Angst ausgestanden, aber der Anblick dessen, was er da in der Hand hielt, übertraf alles. Blankes Entsetzen durchzuckte sie wie ein Blitz.

„Mehrere von ihnen haben mich erwischt", sagte er zu ihr. „Ich habe keine Ahnung, wie viel ich davon abbekommen habe."

In ihrem Kopf erklang Raouls Stimme, als würde er genau in diesem Augenblick seine Worte wiederholen.

Es gibt mehr als eine Methode, einen Vampyr zu töten.

Brodifacoum. Ein hochgradig tödliches, blutgerinnungshemmendes Gift.

Sie verbluten. Ich habe es gesehen. Es ist ein grauenhafter Tod.

„Nein, nein, nein, nein, nein", sagte sie.

„Es tut mir leid, Tess." Er wischte sich mit dem Handrücken über das Gesicht. Ein blutiges Rinnsal sickerte ihm aus einem Augenwinkel, und Raouls neutral klingende Stimme in ihrem Kopf fuhr fort: *Es greift die Blutgefäße des Vampyrs an und führt zu inneren Blutungen, Schock, Krämpfen, Bewusstlosigkeit und schließlich zum Tod.*

„Du stirbst nicht." Sie wurde sehr ruhig. „Ich lasse es nicht zu. Raoul hat mir davon erzählt. Wir müssen dich ausbluten lassen und dir über eine Infusion eine enorme Menge sauberes Blut zukommen lassen, so schnell es nur geht. Ich brauche ein Messer."

So ruhig sie auch klang, ihre Hände zitterten, als sie rasend schnell seine Taschen abtastete. Kein Messer. Sie wirbelte auf den Knien herum, um Diegos Leiche zu durchsuchen.

Komm schon. Komm schon. Es konnten schließlich nicht alles nur Kugeln gewesen sein und Trolle, die mit Müllautos warfen. Nach diesem nächtlichen Gemetzel musste doch irgendwo ein scharfes Objekt aufzutreiben sein.

In der Ferne ertönten Sirenen. Mit dumpfem Unglauben machte sie sich klar, dass die ganze Angelegenheit keine zehn Minuten gedauert haben konnte. Vermutlich war es sogar sehr viel schneller gegangen.

„Schau hinten im Wagen nach, im Waffenfach." Xavier klang ebenfalls ruhig und sah auch so aus, vom Blut abgesehen, das ihm aus den Augen lief. „Dort müssten einige Messer sein, zumindest aber ein Kurzschwert."

Sie sprang auf den Rücksitz und stürzte nach hinten. Diego hatte das Fach offen gelassen, und dort waren einige Messer mittels Klettverschluss am Deckel befestigt. Sie schnappte sich eins davon und hastete zurück zu Xavier. „Was genau muss ich tun?"

„Wir müssen schnell arbeiten. Das Gift ist schon seit einigen Minuten in meinem Blut." Er streckte beide Arme aus, die Handflächen nach oben. „Schneide in beide Handgelenke. Tief."

Sie zögerte. „Was ist mit deinen Sehnen?"

„Kümmer dich nicht darum", sagte er. „Wenn ich durchkomme, werden sie heilen."

„Du wirst durchkommen", fauchte sie ihn an. Ihr Entsetzen war nicht geringer als zuvor, nicht im Mindesten. Es trieb sie an, als säße ihr der Teufel im Nacken, peitschte sie von einer Handlung zur nächsten und zur nächsten.

Sie benutzte das Entsetzen, um das Messer zu führen. Als die Spitze der Klinge tief in seinem Fleisch versank, straffte er sich und holte tief Luft. Blut ergoss sich in einem erschreckend heftigen Strom aus dem Schnitt.

Er hielt ihr das zweite Handgelenk entgegen. „Noch mal."

Sie konnte kaum sehen, was sie tat, und merkte erst daran, dass sie weinte. Wieder fügte sie ihm einen tiefen Schnitt zu, und sein Blut floss reichlich, und es gab nicht genug Alkohol auf der Welt und nicht genug Therapiestunden, um jemals mit dem Anblick fertigzuwerden, wie er blutüberströmt vor ihr saß und sich vor Schmerz krümmte.

Sein Gesicht verzerrte sich, und er beugte sich abrupt nach vorne, fiel auf die Seite.

Sie ging mit ihm zu Boden und sog alles in sich auf, jeden blutigen, wunderbaren Millimeter Xavier.

„Wag es nicht, aufzugeben. Du bist hier noch nicht fertig." Sie hob ihn ein wenig an, packte seinen Kopf und führte ihn zu der Mulde an ihrem Hals. „Komm schon, beiß."

Tess. Seine Lippen bewegten sich.

Er hatte sie gerade geküsst. Sie wusste, welche Schmerzen er litt, weil sie die Anspannung seines starken Körpers spürte, und mitten in all diesem Schmerz küsste er sie.

„Xavier", schluchzte sie, „wenn du mich nicht beißt, werde ich dich verprügeln. Nein, das werde ich nicht tun, ich schneide mir selbst mit dem Messer den Hals auf. Ich weigere mich, dich gehen zu lassen. *Glaubst du etwa, es macht mir noch das Allergeringste aus? TU ES!"*

Kurzer, scharfer Schmerz durchstieß ihre Haut, dann verspürte sie Wärme, wo sein Mund auf ihr ruhte. Sie spürte, wie ihr Blut floss und wie er es trank. Wie ungemütlich es auch auf dem Boden war, wie sehr sie auch fürchtete, ihn nach alldem doch noch zu verlieren, ihn zu nähren fühlte sich so gut an. So gut.

Du schönste der Frauen, flüsterte er in ihrem Kopf. *Meiner Geliebten gehöre ich, mir gehört die Geliebte.*

Ohne auf das Blaulicht am Ende der Gasse zu achten, zog sie ihn so dicht an sich, wie es nur ging.

Auch wenn die Zeit, die sie miteinander verbracht hatten, nur in Stunden gezählt werden konnte, nicht in Tagen, hatten sie schon jetzt zu viel miteinander erlebt, als dass es einfach so zu Ende gehen durfte.

Es war zu stark, zu überraschend und zu schön.

Zu unverzichtbar.

Kapitel 19

DAS BLAULICHT KAM näher, und Menschen rannten auf sie zu. Sie griff nach der Waffe in ihrem Hosenbund, schloss die Hand darum und beobachtete die Näherkommenden scharf, auf der Suche nach Hinweisen, dass sie nicht waren, wer sie zu sein vorgaben.

Xavier hatte aufgehört zu trinken. Voller Furcht, er könne nicht genug Blut zu sich genommen haben, umklammerte sie ihn fester. Er spannte sich an und erschauerte. Die Krämpfe setzten ein.

„Ma'am?" Eine uniformierte Polizistin näherte sich ihnen vorsichtig. „Ma'am, können Sie mich hören? Ich bin hier, um Ihnen zu helfen." Lauter rief sie: „Diese beiden sind am Leben! Ich brauche hier Sanitäter!"

Mehr Leute rannten herbei, zwei davon mit einer Trage, und ein Sanitäter ging neben ihnen auf die Knie.

Tess nahm die Hand von der Waffe. „Dies hier ist Xavier del Torro. Wissen Sie, wer er ist?"

Die flinken, intelligenten Augen des Sanitäters sahen auf und begegneten ihrem Blick. „Ja."

„Er wurde vergiftet, und er stirbt." Die Wucht ihrer Gefühle ließ die Worte klingen wie einen Peitschenschlag. „Er braucht jetzt sofort frisches Blut. Eine ganze Menge davon."

„Ich brauche hier mehr Hilfe", brüllte der Mann. „Sofort."

Andere rannten herbei, einige direkt auf sie zu, während die beiden Sanitäter ihr Xavier aus den Armen nahmen und ihn auf den Rücken drehten.

Sie strich ihm das Haar aus der Stirn und suchte in seinem Gesicht nach irgendwelchen Anzeichen dafür, dass er bei Bewusstsein war. Inzwischen blutete er nicht nur aus den Augen, sondern auch aus der Nase.

Stirb nicht. Bitte stirb nicht.

Einer der Sanitäter streifte sich den Ärmel hoch und versuchte Xavier sein Blut anzubieten, aber er reagierte nicht. „Er nimmt es nicht an", sagte der Sanitäter. „Wir brauchen eine Transfusion."

Sein Kollege packte die Ausrüstung aus, riss Verpackungen auf und legte eine direkte Transfusion von dem anderen Sanitäter zu Xavier, verband sie mit Nadeln, die er in ihre Unterarme stach. Es wäre nicht möglich gewesen, so vorzugehen, wenn Xavier noch ein Mensch gewesen wäre.

Ringsum redeten andere Leute, ihre Worte spülten über Tess hinweg.

„… seine Handgelenke heilen. Wir müssen die Schnitte wieder öffnen."

„Es ist nicht genug Zeit, um ihn ins Krankenhaus zu bringen. Wir holen ihn vom Boden weg, auf die Trage … Wer spendet noch Blut?"

Sie stand ebenfalls auf, als sie Xavier hochhoben und ihn seitlich auf die niedrige Trage legten, sodass ein Arm schlaff auf den Boden hing. Ein Sanitäter hockte sich hin und öffnete die Wunde im Handgelenk wieder, nutzte die Schwerkraft aus, um das vergiftete Blut herauszuholen, während der andere den nächsten Spender vorbereitete. Es war die Polizistin, die als Erste bei ihnen gewesen war.

„Wie viel Gift hat er abbekommen?", fragte irgendwer.

Tess schüttelte den Kopf, ihre Stimme klang erstickt von den Tränen, die ihr unablässig aus den Augen liefen. „Ich weiß es nicht. Viel."

Vage nahm sie wahr, wie die Zeit verging, ein Spender nach dem anderen ersetzte den vorigen. Am Rande ihres Bewusstseins nahm sie wahr, wie Polizisten die Umgebung unter die Lupe nahmen. Einer von ihnen näherte sich Tess. „Wir müssen Ihre Aussage über die Geschehnisse zu Protokoll nehmen."

„Später", sagte sie. Sie kniete an der Kopfseite der Trage neben Xavier und streichelte ihm noch immer das Haar, nur für den Fall, dass ein Teil seines Bewusstseins ihre Gegenwart wahrnahm. Er konnte jede Sekunde verschwinden, sich einfach in Staub auflösen. Es war unvorstellbar – dass er im einen Augenblick noch da sein konnte und im nächsten vollkommen verschwunden.

„Ma'am, Sie können im Augenblick nichts für ihn tun. Er wird bestmöglich versorgt. Bitte kommen Sie mit, und beantworten Sie mir einige Fragen."

Auch wenn der ahnungslose Polizeibeamte nicht einmal unbedingt unfreundlich klang, konnte sie den Impuls, einfach die Glock zu ziehen und ihn zu erschießen, kaum bezähmen.

Oh, ihr Leben hatte sich wirklich gründlich verändert, jetzt, da sie eine Waffe hatte und wusste, wie man damit umging.

Sie hob den Kopf und sah ihn an, dann sagte sie sanft: „Gehen Sie mir aus den Augen."

Irgendetwas in ihrem Blick veranlasste ihn, rasch zurückzuweichen. „Sie sind verständlicherweise sehr aufgewühlt. Ich komme später noch einmal wieder."

Sobald er aus ihrem Blickfeld verschwunden war, vergaß sie, dass er existierte. „Woher wissen wir, wie es ihm geht?", fragte sie einen der Sanitäter.

„Ich hatte noch nie mit einer Brodifacoum-Vergiftung zu tun, aber man sagt, das Überleben entscheidet sich innerhalb der sogenannten magischen Stunde." Der Sanitäter klang zugleich forsch und mitfühlend. „Wenn er eine volle Stunde übersteht, dann überlebt er." Er lächelte ihr aufmunternd zu. „Wenn Sie nicht so rasch gehandelt hätten, hätte er es gar nicht so lange geschafft."

Sie wischte sich das Gesicht an der Schulter ab und nickte. „Wie viel Zeit ist vergangen?"

„Einundzwanzig Minuten."

Es fühlte sich jetzt schon an wie ein ganzes Leben.

Nur noch neununddreißig Minuten in der Hölle, die sie überstehen musste.

Raoul und Julian erschienen und mit ihnen eine Menge weiterer schwer bewaffneter Vampyre, die durch die Gasse spülten wie eine Springflut. Raoul lief auf die Trage zu, und als sie den Ausdruck in seinem Gesicht sah, schossen ihr noch mehr Tränen in die Augen.

Nachdem er Xaviers zusammengerollte Gestalt betrachtet hatte, fasste Raoul sie an der Schulter und nahm sie näher in Augenschein. „Du siehst aus, als hättest du in Blut gebadet. Bist du verletzt?"

Sie blinzelte heftig. „Nein."

Hast du zu irgendwem etwas über das gesagt, was hier passiert ist?, fragte er telepathisch.

Sie schüttelte den Kopf

Gute Arbeit.

Es war keine Absicht. Ich hatte zu viel zu tun. Sie berührte Xaviers Schläfe.

Raouls Augen folgten ihrer Bewegung und weiteten sich. Bevor er etwas sagen konnte, stieß Julian zu ihnen. Die harschen Gesichtszüge des Nachtwesenkönigs waren wutverzerrt.

Sag mir, was passiert ist, befahl er.

Sie konnte Julian nicht zurückweisen wie den Polizisten. Widerwillig wandte sie ihm ihre Aufmerksamkeit zu. *Es war Justine. Diego konnte mir vor seinem Tod nicht mehr viel erzählen, aber nach dem, was er gesagt hat, hat Justine ihn bestochen, damit er Xavier dazu bringt, in die Stadt zu fahren. Er dachte …* Sie schluckte. Auch wenn sie nichts mit der Verschwörung zu tun hatte, fiel es ihr überraschend schwer, die nächsten Worte auszusprechen, während sie direkt in Julians Gesicht schaute. *Diego sagte, er habe geglaubt, Justine würde direkt in Evenfall zuschlagen. Stattdessen hatte sie es auf Xavier abgesehen. Er war ihr Ziel.*

Der Blick des Nachtwesenkönigs bohrte sich in ihren. *Wie hast du überlebt?*

Sie schüttelte den Kopf. *Reines Glück. Ich habe ein paar von ihnen erschossen, aber Xavier hat fast alle getötet, die uns angegriffen haben. Falls irgendeiner von ihnen überlebt hat, dann nur, weil derjenige geflohen ist. Sie hatten eindeutig vor, uns alle zu töten — fast hätten sie einen Raketenwerfer auf den SUV abgefeuert.*

Mit reinem Glück hatte das nichts zu tun, erklärte Julian ihr. *Er hat dein Leben gerettet. Er hätte dich und Diego jederzeit zurücklassen können. Stattdessen ist er hiergeblieben und hat gekämpft. Sie haben gewusst, dass er das tun würde, und so haben sie ihn erwischt. Wenn es geklappt hätte wie geplant, wäre keiner von euch noch da, um zu berichten, was passiert ist.*

Sie hatte keine Zeit, um es richtig sacken zu lassen, aber in dem Augenblick, als sie es hörte, wusste sie, dass es die Wahrheit war. Überwältigt schaute sie auf Xaviers regloses Gesicht hinunter.

Ich habe nicht geahnt, dass er mir je so viel bedeuten würde.

Das hatte sie nicht sagen wollen. Und von allen Leuten auf der Welt hatte sie es mit Sicherheit nicht ausgerechnet dem König der Nachtwesen gestehen wollen.

Er ist der beste Mann, den ich kenne, sagte Julian. *Ich würde niemand anderen seine Arbeit erledigen lassen oder jemandem Entscheidungen von der Art anvertrauen, wie er sie jeden Tag treffen muss. In all den Jahren, seit ich ihn kenne, hat er nicht ein Mal gegen seine innere Überzeugung verstoßen.* Ein Schatten legte sich über sein raues Gesicht. *Nicht wie so viele von uns anderen es von Zeit zu Zeit getan haben.*

Von seiner Offenheit überrascht, starrte Tess ihn an. Er hatte Xavier aufrichtig und zutiefst gern, und man sah es seinem angespannten, besorgten Gesicht an. Irgendwo in der Gasse rief jemand nach ihm, und er entfernte sich mit schnellen Schritten.

„Nur noch ein paar Minuten", sagte der Sanitäter. „Ich brauche einen neuen Spender. Sagt mir nicht, wir haben schon alle aufgebraucht."

„Ich bin neu." Raoul streckte den Arm aus. „Nehmen Sie mich."

Xavier bewegte sich unter Tess' Hand und flüsterte: „*Querida.*"

Noch nie hatte Erleichterung sie derart überwältigt. Sie fiel auf die Knie, legte den Kopf neben ihm auf die Trage, ihr Gesicht dem seinen zugewandt, und flüsterte: „Ich bin hier."

Er wirkte benommen, sein sonst so scharfer, klarer Blick war umnebelt. „Du stehst auf dem Kopf."

„Ich weiß." Sie schaute auf und begegnete Raouls erstauntem Blick. „Schau, Raoul ist hier."

Xavier versuchte, den Kopf zu drehen, um zu Raoul hochzuschauen, der sich über ihn beugte und eine Hand an seinen Hinterkopf legte. Mit einer Stimme, die so vorsichtig klang, wie sein Gesicht aussah, fragte ihn Raoul: „Hast du sie gerade *querida* genannt?"

„Wir wollten es dir sagen, sobald wir zurück sind", sagte Xavier. Er tastete nach Tess' Hand, und sie nahm seine. „Tess ist keine meiner Angestellten mehr." Nach einer kurzen Pause fügte er mit nachdenklichem Erstaunen hinzu: „Ich schätze, wir haben etwas miteinander."

„Die Zeit ist um." In der Stimme des Sanitäters klang Triumph mit. „Wir haben es geschafft."

Die magische Stunde war verstrichen.

✧　✧　✧

JULIAN KAM ZUR Trage zurück, um nach Xavier zu sehen. Als er bemerkte, dass Xavier die Augen geöffnet hatte, hellte sich sein wilder Blick deutlich auf. Er ging neben der Trage in die Hocke, um sein Gesicht auf gleiche Höhe mit Xaviers zu bringen. „Du hast mir da gerade einen ziemlichen Schrecken eingejagt", sagte er.

Xavier spannte sich an, als eine neue Schmerzwelle über ihn hinwegbrandete. „Das war nicht meine Absicht."

„Ich bin noch nicht bereit, in einer Welt zu leben, in der es dich nicht gibt", erklärte Julian leise. Er streckte die Hand aus, und Xavier ergriff sie.

„Das musst du auch nicht. Ich gehe nirgendwohin."

In seinem Kopf sagte Julian: *Ich habe einigermaßen ironische Neuigkeiten. Möchtest du sie hören?*

Xavier konnte die Augen nicht länger aufhalten, also machte er sie zu. *Erzähl.*

Gavin hat mir die bearbeitete Aufnahme geschickt. Ein paar Stunden zuvor hatte ich sie Justine vorgespielt und sie damit wie geplant dazu gebracht, sich erst einmal zurückzuziehen. Sie hat Evenfall etwa zur selben Zeit verlassen wie du, kurz nach Sonnenuntergang. Wenn ich sie erst später damit konfrontiert hätte, wäre sie womöglich immer noch im Schloss.

Xavier bezweifelte das. Sobald Justine etwas von dem missglückten Anschlag zu Ohren gekommen wäre, hätte sie Evenfall ohnehin unter irgendeinem Vorwand verlassen. Als die Überreste des Gifts seine Muskeln sich verkrampfen ließen, biss er die Zähne zusammen.

Sobald ich wieder auf den Beinen bin, versprach er, *spüre ich sie auf.*

Nein, das wirst du nicht tun, knurrte Julian. *Diesmal nicht. Ich habe dich in all den Jahren auf unzählige Jagden geschickt, aber Justine ist mein Problem, und ich werde mich selbst darum kümmern. Niemand überlebt es, meinen Zögling anzugreifen.*

Als Julian sich erhob, öffnete Xavier die Augen. Er sah seinen Meister und König an und wünschte: *Erfolgreiche Jagd.*

Julian berührte ihn an der Schulter. *Gute Besserung. Und pass auf dich auf.*

Das tu ich immer.

Zehn Minuten später erklärten die Sanitäter Xavier für stabil genug, um transportiert zu werden. Er hatte noch immer Schmerzen, aber er weigerte sich, ins Krankenhaus zu gehen. Jetzt, da er die magische Stunde überstanden hatte, gab es nichts, was man dort noch für ihn tun konnte, außer ihm frisches Blut anzubieten, und das stand ihm auch in der Behaglichkeit seines eigenen Heims zur Verfügung.

Sie brachten ihn mit dem Krankenwagen zu seinem Stadthaus. Er weigerte sich, Tess' Hand loszulassen, also fuhr sie mit. Sie sah schrecklich aus, blutüberströmt, das Gesicht angespannt und bleich vor Erschöpfung. Unter ihren Augen lagen tiefe Schatten.

Er hatte noch nie etwas oder jemanden so Schönes

gesehen.

Ihm mussten die Lider zugefallen sein, und offenbar hatte er eine Weile gedöst, denn mit einem Mal zogen die Sanitäter die Trage aus dem Krankenwagen. Tess blieb an seiner Seite, während sie ihn hineinbrachten und die Treppe hinunter zu seinen Räumen trugen, die sich unter dem Haus befanden.

Weil Raoul nicht da war, bekam er nicht viel von dem mit, was geschah – aber dann, auf einmal, tauchte Raoul doch noch auf.

„Sie müssen es einige Wochen ruhig angehen lassen", erklärte einer der Sanitäter. „Sie haben überlebt, aber das bedeutet nicht, dass sich kein Gift mehr in Ihrem Körper befindet. Es wird einige Tage dauern, bis es vollständig aus Ihrem Blut ausgeschwemmt wurde. Sie brauchen viel Flüssigkeit, das ist das Wichtigste."

„Verstanden", sagte Xavier.

Raoul schob ihm einen Arm unter die Schulter und half ihm von der Trage hinunter. Als er Anstalten machte, ihm auf sein Doppelbett zu helfen, sträubte sich Xavier. „Nein. Ich will ins Bad."

„Xavier, es spielt gerade keine Rolle, ob du sauber bist oder nicht."

„Für mich spielt es eine Rolle, verdammt." Er sah sich nach Tess um, die sich besorgt ganz in der Nähe aufhielt. „Hilfst du mir unter die Dusche?"

Sie kam rasch zu ihm und legte ihm einen Arm um die Taille. „Natürlich."

Gemeinsam mit ihr humpelte er ins Badezimmer.

Er schätzte Annehmlichkeiten, und sein Badezimmer spiegelte das wider. Es war großzügig geschnitten und mit einer geräumigen Dusche ausgestattet sowie mit einer in den Boden eingelassenen großen Wanne samt Jacuzzi-Düsen.

Nach einem kurzen Rundumblick sagte Tess: „Ich glaube, wir sollten das mit der Dusche nicht ausprobieren."

Er widersprach ihr nicht. Selbst wenn er sich auf sie stützte, war er wacklig auf den Beinen, und die Muskelkrämpfe kamen plötzlich und unerwartet.

Sie half ihm in die Wanne, und er schälte sich aus seinen besudelten, blutgetränkten Sachen, während sie Wasser einließ, die Temperatur überprüfte und nachregulierte. „Komm", sagte er. „Du auch."

Er erwartete, dass sie widersprechen würde, aber das tat sie nicht. Sie streifte ihre schmutzige Kleidung ab, warf sie zu seiner auf den Haufen und stieg in die Wanne. Für eine Weile saßen sie einfach nur da, und das warme Wasser linderte seine Muskelkrämpfe. Es ging ihm immer besser.

Er streichelte ihren Rücken, folgte mit den Fingern dem grazilen Schwung ihres Rückgrats. Gott, er liebte ihren Körper, ihre glatte Haut, diese fantastischen Beine, die sanfte Wölbung ihrer Brüste mit den rosa Spitzen. Er liebte den unleidlichen, verletzlichen Ausdruck in ihren Augen.

Er schöpfte eine Handvoll Wasser und wischte ihr das streifige Gesicht ab. „Du hast mir das Leben gerettet", sagte er leise. „Danke."

In ihrem Gesicht regte sich etwas. Sie griff nach seinen Unterarmen und warf einen prüfenden Blick auf die Wunden an seinen Handgelenken. Sie hatten sich fast geschlossen, aber die Male dort, wo sie in sein Fleisch geschnitten hatte, waren noch immer lang und rot und sahen übel aus. Sie strich mit dem Zeigefinger eins davon entlang. „Du hast auch mir das Leben gerettet."

„Wir haben uns gegenseitig gerettet." Von Erleichterung überwältigt zog er sie in die Arme. Sie erwiderte seine Umarmung fest, und gemeinsam ruhten sie sich aus.

Er driftete wieder fort und wachte davon auf, dass sie das rostbraune Wasser abließ und frisches nachlaufen ließ. Ganz selbstverständlich goss sie sich Shampoo in eine Hand und arbeitete es in sein Haar ein. Als ihre schlanken Finger seine Kopfhaut massierten, gab er einen leisen wohligen Laut von sich, und die Entspannung vertiefte sich, bis ihm zumute war, als würde er schweben.

Duftender Schaum ergoss sich über seine Brust und die Schultern und bedeckte die Wasseroberfläche.

Er schöpfte eine Handvoll nach der anderen davon und wusch sie gründlich, genoss das Gefühl ihrer seidigen, nassen Haut unter seinen Fingern. Ihre Brüste füllten seine Hände genau aus. Besessen von dem Verlangen, sie zu berühren, massierte er sie und strich mit den Daumen über ihre Brustwarzen, sah zu, wie sie sich unter seiner Berührung aufrichteten. Sie hörte auf, ihm die Haare zu waschen, und drückte seine Hände an ihren Körper, während sich ihre Lider langsam senkten.

Er war erregt – wie sollte es auch anders sein? Sie war zu lebendig, zu sexy, und er begehrte sie zu sehr. Sein harter Schwanz strich an ihrem Schenkel entlang. Er achtete nicht darauf. Stattdessen verflocht er seine Finger mit ihren.

Sie öffnete die Augen. Als sie seinen Gesichtsausdruck sah, fragte sie behutsam: „Was ist los?"

Er schaute sie an. „Hat Diego vor seinem Tod noch irgendetwas zu dir gesagt?", fragte er ernst.

Sie presste die Lippen zusammen. „Ja. Er hat mit Justine zusammengearbeitet. Er sagte, er hätte gedacht, sie wolle dich in der Stadt wissen, weil sie etwas auf Evenfall vorhätte. Er sagte, er hätte es nicht getan, wenn er gewusst hätte, dass sie uns angreifen würden. Und dass es ihm leidtut."

Seine Augen wurden feucht.

Die Müdigkeit in ihrem Gesicht verflog, und sie rückte näher und schlang so heftig die Arme um ihn, dass er seine um sie legte und sie festhielt.

Er presste das Gesicht an sie. „Mir war schon eine Weile klar, dass er nicht glücklich war. Ich hätte mich früher darum kümmern müssen. Ich hätte mit ihm reden sollen.“

„Wag es nicht, dir die Schuld zu geben an dem, was passiert ist“, flüsterte sie.

„Aber zum Teil ist es meine Schuld, *querida*“, sagte er. „Ich hätte es vorhersehen müssen.“

„Nein. Das stimmt nicht.“ Sie schüttelte den Kopf und fuhr fast barsch fort: „Jede Menge Leute sind ruhelos und nicht ganz zufrieden mit ihrem Leben, aber das bedeutet nicht, dass sie einfach so losgehen und jemanden verraten oder in Gefahr bringen. Sie werden mit ihren Problemen fertig. Das ist es, was Erwachsene tun. Diego wusste, dass Justine gefährlich ist, aber er hat sich trotzdem auf einen Deal mit ihr eingelassen. Er war bei bester Gesundheit, stark und klug. Er hätte überall hingehen und alles Mögliche tun können, oder er hätte einfach bleiben und sich an seinem leichten Job und dem Sonnenschein erfreuen können. Aber statt sich klarzumachen, wie gut er es eigentlich hatte, war er gierig, faul und selbstsüchtig.“

Als sie verstummte, sagte er an ihrem Kinn: „Ich habe den Eindruck, du hegst ziemlich heftige Gefühle, was das angeht.“

„Und ich habe den Eindruck, du hast recht“, murmelte sie. „Es tut mir leid, aber wenn er nicht schon tot wäre, würde ich ihn wahrscheinlich selbst erschießen.“

Er wollte nicht lächeln, aber er tat es trotzdem. Sie war blutrünstig, seine Tess, und er stellte fest, dass er das sehr an ihr mochte.

„Danke", sagte er, jetzt ernsthafter. „Deine Worte bedeuten mir mehr, als ich sagen kann. Ich muss darüber nachdenken. Es wird vermutlich eine Weile dauern, bis ich mit dem, was passiert ist, meinen Frieden gemacht habe."

„Das ist so, weil du so gern über alles nachdenkst." Sie schaute ihn finster an. „Was mich betrifft, ich mag Zahlen. Sie sind so viel leichter zu verstehen als Menschen."

Sie sah so hinreißend aus, dass er sie küssen musste. Als er es tat, fühlten sich ihre Lippen so wundervoll an, dass er den Kuss vertiefen musste. Er legte den Mund über ihren, wieder und wieder, zehrte von ihr wie ein Verhungernder, dem ein Festmahl dargeboten wird.

Während des gesamten Kampfes hatte er gewusst, wo Tess war. Ganz gleich, wie weit er sich entfernt hatte – viele Meter weit fort, in beide Richtungen der Gasse –, hatte er wie besessen auf jede ihrer Bewegungen geachtet.

Er hatte es bemerkt, als sie aus dem SUV herausgekommen war und sich im begrenzten Schutz der beiden geöffneten Türen zusammengekauert hatte. Er hatte es jedes Mal gespürt, wenn sie das Gewehr gehoben und einen Schuss abgegeben hatte, und es war ihm sehr deutlich bewusst gewesen, als sie beschlossen hatte, um die hintere Tür herum zu Diego zu schlüpfen, weil sie dort keine Deckung mehr gegen einen Angreifer hinter dem SUV gehabt hatte.

Er hatte seine Kampfstrategie auf ihre Position abgestimmt und sich den Angreifern zugewandt, die von der Heckseite des SUV kamen, weil keiner dieser Bastarde ihr zu nah kommen durfte. Nicht, wenn er da war und in dieser Angelegenheit ein Wörtchen mitzureden hatte.

Und er hatte es gewusst, als Diego angeschossen wurde. Selbst mitten im Feuergefecht und inmitten des Kampflärms, dank seines außergewöhnlichen Gehörs – und wegen der

Verbundenheit zwischen Meister und Diener –, hatte er nur allzu deutlich gespürt, wie Diego in diesen letzten Augenblicken seines Lebens um Luft gerungen hatte.

Vielleicht hätte er den SUV rechtzeitig erreichen können, um Diego zu retten. Die reichliche Zufuhr von Vampyrblut hätte vielleicht die inneren Blutungen gestillt. Vielleicht hätten sie die Angreifer allein durch reine Feuerkraft in Schach halten können.

Es war eine Ermessensfrage gewesen. In einem Kampf waren alle Entscheidungen eine Ermessensfrage.

Aber in den flüchtigen Sekundenbruchteilen, die ihm zur Verfügung standen, hatte er sich dagegen entschieden. Er hatte die Möglichkeit, dass Diego überlebte, gegen Tess' Sicherheit eingetauscht.

Und wenn er es noch einmal tun müsste, würde er sich wieder so entscheiden. In den geheimsten Kammern seiner Seele, tief unten, wo niemand ihn hören konnte, hatte jener Teil seiner selbst, der seit Hunderten von Jahren Entscheidungen über Leben und Tod traf, ihr Leben in die Waagschale gelegt und gegen alles andere abgewogen.

Und von hier an war alles ganz einfach geworden, denn Tess' Tod war undenkbar. Ganz gleich, wer sonst starb oder welchen Schaden er der Welt ringsum zufügen musste – Tess musste am Leben bleiben.

„Na komm", flüsterte sie an seinem Mund. „Du gehörst ins Bett."

„Und du auch", murmelte er. Seine Hand grub sich in ihr feuchtes Haar und ballte sich zur Faust. „Diesmal lasse ich dich nicht gehen."

Sie protestierte nicht dagegen, dass er sie so besitzergreifend festhielt. Stattdessen lächelte sie. „Ist mir recht."

Sie erhob sich aus der Wanne, ging zum Schrank und

holte einen kleinen Stapel Handtücher hervor. Als er ebenfalls aus der Wanne stieg, blieb sie in Reichweite, um nach seinem Arm greifen zu können, aber er stützte sich auf das nahe Waschbecken und winkte sie weg.

Er trocknete sich ab, und als sie zu ihm kam, legte er ihr einen Arm um die Schultern und stützte sich auf dem Weg ins Schlafzimmer auf sie. Sie schlug die Decken zurück, und er sank dankbar auf die Matratze. Als sie zu ihm kam, legte er die Arme um sie und zog sie ganz nah an sich heran.

Ihre Beine verschlangen sich miteinander. Ihren nackten Körper an seinem zu spüren war beseligender als alles, was er je zuvor erlebt hatte.

Er strich mit den Fingerspitzen über die Linie ihres Schlüsselbeins. „Du hast mir noch gar nicht gesagt, wie es dir geht."

„Ich bin okay. Nur müde." Die seidigen, feuchten Haarspitzen klebten ihr an der Haut, als sie unvermittelt den Kopf schüttelte. „Ich bin nicht okay – kein bisschen. Verdammt, Xavier, ich habe eine höllische Stunde damit verbracht, darauf zu warten, ob du dich jede Sekunde in Staub auflöst und verschwindest. Ich habe deinen Kopf in meinen Händen gehalten, und ich konnte an nichts anderes denken als daran, dass du gleich fort sein könntest. Ich glaube, in meinem Kopf schreie ich immer noch."

Als sich ihr Gesicht verzerrte, zog er sie an sich und hielt sie ganz fest. „Es tut mir leid", flüsterte er. „Jetzt ist alles gut. Ich komme wieder ganz in Ordnung."

„Das weiß ich", fauchte sie, während ihr Tränen übers Gesicht liefen. „Ich muss jetzt nicht rational sein und mich im Griff haben."

„Natürlich musst du das nicht." Er streichelte ihr Haar, ihre Schultern, die wunderschöne Kurve ihres Rückens.

Sie presste den Mund auf seinen, aber ihre innere Not war zu offenkundig, als dass er über den Mangel an Raffinesse hätte lächeln können. Stattdessen gab er einen leisen, beruhigenden Laut von sich und wiegte sie in seinen Armen.

„Vor zwei Monaten habe ich dich nicht einmal gekannt. Als ich dich auf dem Vampyrball zum ersten Mal getroffen habe, habe ich an nichts anderes denken können als daran, wie leicht es für dich wäre, mich zu vergewaltigen und mir bis zum letzten Tropfen das Blut auszusaugen."

Er drückte die Lippen auf den köstlichen, lebendigen Pulsschlag an ihrem Hals. „Nicht leicht", murmelte er. „Unmöglich."

„Als ich zum ersten Mal in dein Arbeitszimmer kam, hatte ich solche Angst." Ihre Augen, die voller Tränen standen, nahmen einen ungläubigen Ausdruck an. „Und jetzt kann ich mir nicht vorstellen, was ich täte, wenn du nicht auf irgendeine Weise Teil meines Lebens wärst."

Ein besitzergreifender Impuls regte sich in ihm. Er packte sie an den Hüften und drückte seine Erektion an sie. „Ich bin nicht auf irgendeine Weise Teil deines Lebens", knurrte er. „Ich bin sehr viel mehr als nur irgendwie Teil deines Lebens. Du bist in meinem Bett. Du hast den Weg in mein Herz gefunden, und ich den Weg in deins. Gib es zu."

Ihre Augen wurden groß, und unerklärlicherweise beruhigte sie sich. „Ich schätze", murmelte sie, „man weiß nie, wann der spanische Adlige aus dem Mittelalter zum Vorschein kommt."

„Er ist immer da", teilte Xavier ihr mit. „Und er hat sich in dich verliebt." Fast unhörbar, den Mund dicht an ihrer Haut, flüsterte er: „Und er wartet darauf, dass du dich ihm anschließt."

Sie antwortete sofort und voller Leidenschaft. „Das habe

ich bereits. Ich bin hier."

Das war alles, was er hören musste. Er zog sie zu sich herab und nahm ihren Mund in Besitz. Verlangen erfüllte ihn. Er wollte in ihr sein, und er stieß die Zunge tief in ihren Mund. Ein unartikuliertes Stöhnen entrang sich ihrer Brust. Er hörte die verzweifelte Bedrängnis darin, und sein Instinkt, sie in ihrer Verletzlichkeit gegen die Welt abzuschirmen, übernahm die Kontrolle.

Er rollte mit ihr herum, bis er sie unter sich hatte, und sie spreizte bereitwillig die Beine und umschlang ihn mit ihren kraftvollen, schlanken Schenkeln.

Plötzlich fiel ihm etwas anderes ein. Überrascht hob er den Kopf. „Ich habe dich gebissen."

Sie blinzelte, und durch die Erregung, die ihr das Blut in die Wangen getrieben hatte, schimmerte eine leichte Verlegenheit. Ein Mundwinkel hob sich zu einem ungewohnt schüchternen Lächeln. „Ja, das hast du getan."

Während er ihr über den Oberkörper strich, von der Brust bis zur Hüfte, untersuchte er ihren Hals. Sein Biss hatte ihre Heilung beschleunigt, und die kleinen Wunden waren kaum mehr zu sehen. „Wie geht es dir damit?", fragte er.

Sie zögerte, dachte nach, wandte schließlich den Kopf und küsste ihn auf den Bizeps. „Es kann sich wie eine Droge auswirken, richtig?"

„Ja", sagte er wachsam. „Das kann passieren. Manche werden danach süchtig."

Ihr Blick richtete sich auf ihn. „Ich würde niemals zulassen, dass jemand anderes das mit mir macht", sagte sie sehr bestimmt. „Ich würde niemandem erlauben, mir auf diese Weise Blut zu entnehmen, oder mir selbst gestatten, diese … gefährliche, bedeutungslose Euphorie zu empfinden. Ich würde niemandem diese Macht über mich verleihen."

Er biss die Zähne zusammen. Nichts davon konnte er ihr zum Vorwurf machen. „Ich verstehe", sagte er. „Es tut mir leid, dass du es auf diese Weise hast tun müssen, und ich bin dir dankbar dafür, dass du dazu bereit warst, um mir das Leben zu retten."

Zwischen ihren fein gezeichneten Augenbrauen runzelte sich die Stirn, während sie ihn betrachtete. Ein Mundwinkel hob sich. „Du hast gehört, was ich gesagt habe, oder? Ich würde mich von *niemand anderem* beißen lassen. Aber du … Xavier, ich fand es wunderbar. Ich vertraue dir, und es hat mich sehr glücklich gemacht, etwas so Wichtiges für dich tun zu können."

Das unsichtbare Band, das sich um seine Brust geschnürt hatte, lockerte sich, und Wärme, Hitze und Licht stiegen in ihm auf. Er liebkoste die zarte Haut ihrer Schläfe mit den Lippen. „Danke", flüsterte er, „dass du es für mich getan hast."

Ihr Gesicht wurde weich. „Selbst als es dir so elend ging, hast du mich nur widerwillig gebissen und fast sofort wieder mit dem Trinken aufgehört." Nach einem kurzen Zögern murmelte sie: „Würdest du es noch einmal tun – jetzt, wo wir in Sicherheit sind?"

Beim Gedanken daran, etwas so Gewaltiges mit ihr zu teilen, schloss er die Augen. Als das Verlangen seinen ganzen Körper erfasste, presste er die Stirn an ihre Schulter. „Das könnte ich tun", sagte er leise. Falls überhaupt möglich, wurde seine Erektion noch härter, ihm war, als stünde er in Flammen. Unwillkürlich fuhren seine Fangzähne aus. Er brachte es fertig, mehr oder weniger verständlich hinzuzufügen: „Ich müsste dabei nicht noch mehr Blut trinken."

Sie hob den Kopf und flüsterte in sein Ohr: „Also dann. Beiß mich."

Sie benutzte absichtlich dieselben Worte wie beim ersten Mal, aber damals war sie aufsässig und ängstlich gewesen. Diesmal sagte sie es sanft, als sinnliche Einladung, und ihre Worte reichten bis tief in seine Seele und entfachten dort ein Feuer.

Aus seiner Brust drang ein Knurren, er knabberte an ihrer Schulter, und seine Fangzähne stießen durch ihre Haut. Nur ganz leicht – er würde nicht tief beißen –, aber es reichte aus, damit ein winziges Rinnsal auf seine Zunge floss.

Die schiere Kraft ihres Bluts brandete durch ihn hindurch. So kostbare, wunderschöne Lebendigkeit. Es war ein Blutpakt, wie er ihn noch nie zuvor erlebt hatte, von einer Liebenden dem Liebenden dargeboten.

Ihren geöffneten Lippen entrang sich ein zitterndes Stöhnen. Sie drängte ihm entgegen. „O mein Gott", flüsterte sie. „Mein Gott."

Ein Dämon ergriff von ihm Besitz. *Du wirst das mit niemand anderem tun*, befahl er ihr in ihren Gedanken. *Niemals mit jemand anderem als mit mir.*

Das hatte sie ihm bereits gesagt, aber so lächerlich der Impuls auch sein mochte, er musste es verlangen.

„Niemals", keuchte sie.

Ich will dich so sehr, dass es mich fast umbringt. Er strich über ihren ganzen Körper, voller Gier, alles auf einmal in sich aufzunehmen.

„Was?" Sie drehte den Kopf auf dem Kissen, die Augen verwirrt und glasig. „Ich verstehe nicht, was du sagst."

Benommen wurde ihm klar, dass er in seine Muttersprache verfallen war, aber er war so zum Bersten voll mit Verlangen, dass er nicht wieder ins Englische zurückfand.

Er gab es auf und pries die Zartheit ihrer Haut, die Vollkommenheit ihrer von den Küssen feuchten und geschwollenen Lippen.

Den Geschmack ihrer Haut, die Weichheit ihrer Brüste.

Die Schönheit ihrer Augen. Die Kraft ihrer Seele.

Er glitt an ihr hinab und widmete all seine Aufmerksamkeit ihren Brüsten. Ihre Brustwarzen richteten sich auf, als er daran saugte. Er saugte fester, zog die Fingernägel leicht über ihre Schenkel, bis sie die Beine weit spreizte und ihn in die unglaubliche Weichheit ihres Innern eintauchen ließ.

Sie war so feucht, so feucht.

Sie griff in sein Haar und zog seinen Kopf hoch zu ihrem Gesicht. An seinem Mund sagte sie: „Ich muss wirklich unbedingt Spanisch lernen."

Als sie seinen Schwanz umfasste, erzitterte er am ganzen Leib. Ihrem stummen Drängen gehorchend, ließ er sich in die Kissen fallen, und sie setzte sich auf ihn. Er nahm ihre Brüste in die Hände, während sie ihn zwischen ihre Beine führte und seine Erektion an sich rieb.

Dann senkte sie sich auf ihn herab, nahm ihn in sich auf, und es fühlte sich so gut an, so absolut rundum vollkommen, dass er sich ihr entgegenwölbte und so tief in sie hineinstieß, wie es nur möglich war.

Sie warf den Kopf in den Nacken, stützte sich mit beiden Händen auf seiner Brust ab und bog den Oberkörper durch. Ihr Gesicht war gerötet, die Augen geschlossen. Sie verlor sich ganz im Augenblick.

Diese Hingabe lenkte ihn von seiner eigenen Verzückung ab. Er beobachtete sie, gebannt von ihrem Anblick. Ihr Haar war zerzaust, sein Mund hatte rosige Flecken auf ihrer Haut hinterlassen.

Er hatte sie gezeichnet, *er*. Niemand würde ihr Blut trinken außer ihm. Sie verlor sich in der Lust, die er ihr schenkte.

Licht erfüllte seine Seele. Niemand vermochte zu hören, was er dort im Verborgenen dachte, niemand wusste, wie sorgsam er seine Entscheidungen abwog, aber sie hatte sich zu ihm gesellt. Sie war bei ihm, und er war nicht mehr allein.

Mit gespreizten Fingern legte er die Hände weit oben an ihre Oberschenkel, stützte sie, während sie ihn ritt, und strich mit den Daumen über die Stelle, wo sich ihre Körper vereinigten und er in sie eindrang. Als er ihre Klitoris berührte, verzerrte sich ihr Gesicht in lustvoller Qual. Nach Atem ringend, ritt sie ihn noch härter.

Ihr beim Höhepunkt zuzuschauen erfüllte ihn mit tiefstem Glück. Er flüsterte ihr liebevolle Nichtigkeiten zu, und als ihr eine Träne übers Gesicht rann, wischte er sie fort.

Als es vorbei war, sah sie auf ihn nieder, und in ihren Augen stand Entschlossenheit.

Dann beugte sie sich herab und biss ihm in die Lippe, und er verlor fast den Verstand. Knurrend presste er sie an sich, einen Arm um ihre Taille geschlungen. Mit der anderen Hand packte er sie am Hinterkopf, und er stieß in sie hinein, und sie war so eng, so eng.

Es war kaum zu ertragen, er war kaum mehr bei Sinnen. „Du gehörst so verdammt noch mal mir", keuchte er ihr ins Ohr.

Überrascht hob sie den Kopf. „Das hast du auf Englisch gesagt."

Er hielt inne, nur für einen Moment, und tauchte kurz aus dem Nebel seines Verlangens auf. „Nun", sagte er und hörte nicht auf, sich in ihr zu bewegen, „du musst es eben unbedingt wissen."

Auf ihrem Gesicht breitete sich ein wunderschönes Leuchten aus. „Ich liebe dich."

Dieses Geschenk hatte er nicht kommen sehen. Er stieß noch einmal zu, zweimal, dreimal, gab ihr alles, was er hatte. Er rollte heftig über ihn hinweg, dieser Höhepunkt, und unter seiner schieren Wucht erbebte er.

Sein Gesicht streichelnd, passte sie sich seinen Bewegungen an, bis es vorbei war.

„*Me encantas*", flüsterte er und küsste ihre Schläfe. „*Te amo, querida. Te amo.*"

Sie streckte sich auf ihm aus und legte mit einem so tiefen Seufzen, dass es ihren ganzen Körper erschütterte, den Kopf an seine Schulter. Er verflocht seine Finger mit ihren, vergrub das Gesicht in ihrem wirren Haar und versank in von Frieden erfülltem Schweigen.

Er spürte es genau, als sie einschlief. Es passierte sehr plötzlich, und ihr Körper erschlaffte. Aber er konnte ihr nicht gleich in den Schlaf folgen. Als die Erregung abklang, kehrte der vom Gift hervorgerufene dumpfe, anhaltende Schmerz zurück und ließ ihn nicht zur Ruhe kommen.

Es machte ihm nichts aus. Er war zu dankbar dafür, noch am Leben zu sein, einen Körper zu besitzen und sich so innig mit ihr vereinigen zu können. Statt dagegen anzukämpfen, gab er sich der Empfindung hin, trieb auf den Schmerzen dahin und genoss jeden Augenblick in ihrer Nähe.

Sie hatten überlebt. Er würde sie mit nach Hause nehmen. Sie würden sich gemeinsam etwas aufbauen. Er wusste nicht, was genau es sein würde, und machte sich darum auch keine Gedanken. Es würde funktionieren, wie immer sie es nannten.

Sie würden ein Bett teilen. Sie konnten auf der Veranda sitzen und zuhören, wie der Wind in den Mammutbäumen spielte.

Und sie würden Walzer tanzen. Ja, irgendwie würden sie Walzer tanzen. Und vielleicht mochte sie ihm hin und wieder im Arbeitszimmer Gesellschaft leisten.

Er dachte an das Buch, das er gelesen hatte, als sie zum ersten Mal sein Arbeitszimmer betreten hatte, seinen alten Freund – René Descartes: *Meditationen über die Grundlagen der Philosophie.*

In seinen *Meditationen* hatte Descartes einen der berühmtesten Lehrsätze moderner westlicher Philosophie geschrieben.

Cogito ergo sum.

Ich denke, also bin ich.

Er verehrte Descartes bereits seit langer Zeit, aber während er die Finger durch Tess' Haar gleiten ließ und geduldig die Strähnen entwirrte, spürte Xavier, wie dieser Satz sich in ihm unumkehrbar in etwas grundlegend anderes verwandelte.

Ich liebe, dachte er. *Also lebe ich wirklich.*

Dann ließ er alles los und glitt endlich selbst in einen tiefen, traumlosen Schlaf.

Kapitel 20

TESS SCHLIEF ÜBER dreißig Stunden lang. Als sie aufwachte, fühlte sie sich unglaublich gut. Die unzähligen Wehwehchen und Schmerzen, die sich in den letzten Wochen angesammelt hatten, waren spurlos verschwunden. Sie fühlte sich gesund, kräftig, fit und energiegeladen.

Wow.

Als sie sich herumrollte, fand sie den fest schlafenden Xavier bäuchlings ausgestreckt neben sich liegend. Irgendwie hatte er es fertiggebracht, fast das gesamte Bett für sich zu beanspruchen, während sie ganz am Rand der Matratze lag.

Bei dieser Feststellung breitete sich ein Lächeln über ihr Gesicht. Mit stiller Freude betrachtete sie ihn – es war das erste Mal, dass sie ihn schlafend sah.

Sein Haar lag um Kopf und Schultern ausgebreitet, die dunklen, glänzenden Strähnen warfen Schatten auf sein Gesicht. Die Natur hatte ihn mit diesem Geschenk gesegnet, das manchen Männern zuteilwurde: lächerlich üppigen, langen Wimpern, die seine Haut streiften. Seine elegante, schlanke Gestalt täuschte darüber hinweg, wie ausgeprägt seine Muskulatur war. Jetzt, da sie ihn nackt vor sich sah, war unübersehbar, wie viel Arbeit hinter der Stärke seines Rückens und seiner Schultern steckte. Ein Arm lag ausgestreckt auf dem Bett, als hätte er im Schlaf nach ihr getastet.

Das furchterregende Monster, das sie beim Vampyrball auf der Empore gesehen hatte, war in ihren Augen inzwischen wunderschön. Sie konnte sich nicht mehr in den Menschen hineinversetzen, der sie damals gewesen war, und sie wollte es auch gar nicht.

Sie war versucht, nach seiner Hand zu greifen, widerstand aber. Zwar hätte sie ihn gern berührt, wollte ihn aber nicht stören. Stattdessen glitt sie aus dem Bett und erkundete seinen begehbaren Kleiderschrank, wo sie einen Morgenrock aus Frottee entdeckte. Sie schlüpfte hinein und machte sich auf die Suche nach etwas Essbarem.

Nach dem Prinzip von Versuch und Irrtum fand sie schließlich die Küche, wo sie auf Raoul stieß, der mit mehreren Fremden an einem großen, rustikalen Tisch saß. Jenseits der zwei großen Fenster fiel das Licht der späten Nachmittagssonne in einen gut gepflegten, farbenprächtigen Garten.

Plötzlich verunsichert, wollte sie sich zurückziehen, aber es war zu spät. Sie hatten sie bereits gesehen.

Stühle scharrten über den Boden, als alle zugleich aufsprangen. Raoul war am schnellsten. Er eilte zu ihr, packte sie an den Schultern und schloss sie in die Arme. Zutiefst berührt und etwas unbehaglich klopfte sie ihm unbeholfen auf den Rücken.

Mit angespannter Miene richtete er sich auf. „Was ist mit ihm? Ist er okay?"

„Er ist wunderbar", sagte sie.

Als sie ihre eigenen Worte hörte, lief sie tiefrot an, aber niemand ließ ihr Zeit dafür, verlegen zu werden. Sie waren viel zu erleichtert und lachten, all diese Fremden, die sich um ihren Xavier so sehr sorgten, also entspannte sie sich, ließ sich von Raoul zum Tisch führen und setzte sich zu den anderen.

Eduardo, der Koch, stellte einen riesigen Teller mit köstlichen Meeresfrüchte-Crêpes vor ihr ab. Sie wurde allen acht Angestellten von Xavier vorgestellt, die in San Francisco wohnten: Foster, der Xaviers Sekretär war, Russell, dem Hausverwalter, Sergio, Jaime, Sydney, Ciaran und Mika.

„Ich kann mir bestimmt nicht merken, welcher Name zu welchem Gesicht gehört", sagte sie, den Mund voll cremigem Hummer. „Tut mir leid."

„Das ist okay", beruhigte Raoul sie, „das erwartet auch niemand. Du wirst noch genug Zeit haben, um alle kennenzulernen."

Er scheuchte die anderen aus der Küche, und widerwillig gingen sie, nur Eduardo bestand darauf, dass er bleiben müsse, falls sie noch mehr Hunger bekam. Als die anderen fort waren, lockerten sich Tess' angespannte Schultern ein wenig.

„Besser?", fragte Raoul.

„Ja." Dankbar lächelte sie ihm zu.

Er lehnte sich in seinem Stuhl zurück. Sie hatte erwartet, er würde sie mit Fragen löchern, aber das tat er nicht. Stattdessen sah er schweigend zu, wie sie den Teller leer aß.

Heute sah er zwar immer noch nicht annähernd wie siebzig aus, aber dennoch konnte man sein Alter besser als sonst erahnen. Das einfallende Licht hob die feinen Linien in seiner Haut hervor und betonte das fast weiße Haar seiner Schläfen.

Langsam tat die Stille in der Küche ihre Wirkung, und Tess seufzte. Als sie den leeren Teller fortschob, deutete Raoul mit einem Nicken darauf. „Möchtest du Nachschlag?"

„Danke, aber ich bin komplett satt." Sie zog ihren Kaffeebecher heran und legte die Hände darum, um die Wärme zu genießen.

„Ich habe dir Kleidung zum Wechseln mitgebracht“, bemerkte er.

„Danke“, sagte sie noch einmal und betrachtete sein Gesicht. „Ist zwischen uns … alles okay?“

„Meinst du dich und mich?“, fragte er.

Sie nickte.

Er lächelte, und die Falten in Mund- und Augenwinkeln vertieften sich. „Es ist viel mehr als nur okay. Ich bin sehr stolz auf dich, Tess. Du hast dich so viel besser gemacht, als ich erwartet hätte. Danke, dass du dich um ihn gekümmert und ihm das Leben gerettet hast.“

So, in Ordnung. Das wäre also erledigt.

Endlich hatte sie Raouls Anerkennung errungen, als sie es gar nicht mehr versucht hatte.

Sie konnte das Lächeln, das sich auf ihrem Gesicht ausbreitete, nicht unterdrücken, aber es verwandelte sich in eine unbekümmerte Miene. „Na, ich hab's nicht für dich getan“, sagte sie.

Aus seinem Lächeln wurde ein Grinsen. „Ich bin trotzdem kein bisschen weniger dankbar.“

Sie nickte und hatte plötzlich das Bedürfnis, sich eingehend mit dem Inhalt ihres Kaffeebechers zu beschäftigen. „Ich habe mich irgendwie in ihn verliebt. Ich möchte nicht darüber reden.“

Er lachte auf. „Vertrau mir, es ist in Ordnung.“

„Wir werden herausfinden, was das zwischen uns eigentlich ist. Zusammen.“ Sie musterte ihn von der Seite und sah seinen Blick. „Ja, ich weiß auch nicht genau, was das heißt.“

Er legte den Kopf schief. „Ich dachte, du willst nicht darüber reden.“

Sie zog die Schultern hoch. „Ich meine ja nur. Wir haben

uns geeinigt, dass ich mitkomme, zurück zum Landsitz, und mein Training bei dir fortsetze. Mehr weiß ich auch nicht."

„Du hast das Blutopfer vollzogen, oder?"

Die Erinnerung daran, wie Xavier sie gebissen hatte, während sie im Bett miteinander verschlungen gewesen waren, versengte ihr fast den Verstand. Rasch wandte sie das Gesicht ab, um zu verbergen, dass ihr das Blut in die Wangen schoss. Sie nickte.

Er lachte wieder leise. „Sehr gut. Und ich kann es kaum erwarten, zu sehen, wie du dich jetzt beim Training schlägst. Du wirst so viel schneller sein. Ich werde dir einiges beibringen."

„Darauf freue ich mich schon." Sie schaute ihn wieder an und grinste. „Jetzt habe ich wohl eine reelle Chance, dich eines Tages zu schlagen."

„Na, das wird noch dauern", sagte er freundlich. „Aber du bist herzlich eingeladen, es zu versuchen."

Sie wurde ernst. „Gibt es etwas Neues über … tja, irgendwas?"

Er beugte sich vor und stützte die Ellbogen auf den Tisch, jetzt ebenfalls ernst. „Julian hat sich an Justines Verfolgung gemacht, und Evenfall ist abgeriegelt. Keiner geht rein, keiner kommt raus. Im ganzen Reich wurde das Kriegsrecht ausgerufen, was im Wesentlichen bedeutet, dass es keinem Vorstand eines Vampyrhaushalts unter Androhung der Todesstrafe gestattet ist, sich weiter als fünfzehn Kilometer von seinem Grundstück zu entfernen. Das gilt auch für Justine."

Sie spürte, wie sie die Augen aufriss. „Wie lange gilt das Kriegsrecht?"

„Höchstens ein oder zwei Wochen." Sein Gesichtsausdruck war düster. „Mit dem Angriff auf einen von Julians

Zöglingen, der zudem ein hochrangiges Mitglied der Nachtwesen-Regierung ist, kann Julian derzeit die Ausrufung des Kriegsrechts rechtfertigen, aber nicht für lange. Die Vampyrältesten werden sich fügen, aber nur bis zu einem gewissen Punkt. Im Augenblick läuft eine Kriminelle frei herum, aber wenn Julian Justine nicht bald findet und die Vampyrältesten revoltieren, gibt es einen Bürgerkrieg."

Von der Tür her sagte Xavier: „Lass uns den Dingen nicht vorgreifen."

Raoul und Tess sprangen auf. Xavier war legerer gekleidet, als sie ihn je zuvor gesehen hatte. Er trug Jeans und ein hellgraues Baumwollhemd, das Haar hatte er gekämmt und zurückgebunden.

Als Raoul auf ihn zuging, um ihn heftig zu umarmen, hielt sie sich zurück. Nachdem Xavier die Umarmung erwidert hatte, kam er zu ihr herüber. Besorgt sah sie, wie steif er sich bewegte, ganz ohne seine übliche Eleganz, aber sein Mund auf ihren Lippen war fest und warm.

Als er sie losließ, hielt er inne und schaute sie an, ein liebevoller, intimer Blick. Sie erwiderte ihn und erkannte in seinen Augen, wie sehr ihm bewusst war, was zwischen ihnen war und was sie getan hatten, und in ihr glühte es heiß auf.

Er wandte sich an Raoul. „Schließ das Stadthaus bis auf Weiteres. Es ist nur eine Vorsichtsmaßnahme, aber ich fühle mich besser, wenn wir es tun, wenigstens bis sich alles etwas beruhigt hat. Alle, die hier wohnen, können entweder einen Monat Urlaub nehmen – unter der Bedingung, dass sie das Land solange verlassen –, oder sie kommen mit uns zum Landsitz. Seit die fünf Rekruten unterwegs sind, haben wir reichlich Platz." Er erwähnte Marc nicht, ebenso wenig wie Raoul oder Tess es taten. „Wir können auch die Schlafzimmer im Haupthaus belegen und natürlich das Gästehaus.

Außerdem Tess' Zimmer im Dienstbotenhaus." Er sah sie an. „Du bleibst bei mir."

Vielleicht hätte sie sich verbitten sollen, dass er ihr vorschrieb, was sie tun sollte, aber sie war so froh, zu sehen, wie er auf seinen eigenen Füßen stand und Entscheidungen traf, und außerdem wies er sie an, genau das zu tun, was sie ohnehin am liebsten wollte, also schwieg sie und nickte nur.

„Das wird vielleicht ein bisschen arg kuschelig auf dem Landsitz mit so vielen Leuten." Raouls Schulterzucken wirkte ausgesprochen französisch, und er zwinkerte Tess zu. „Aber es wird sich niemand dran stören. Immerhin sind wir eine Familie."

Familie.

Das Wort wärmte sie, während sie die Tasche nahm, die Raoul für sie mitgebracht hatte, und sich zurückzog, um zu duschen und sich anzuziehen. Bis auf eine Ausnahme beschlossen alle Angestellten aus San Francisco, zum Landsitz mitzukommen, und mehrere Stunden lang herrschte hektisches Treiben, während alle packten und das Haus zusperrten und verriegelten. Am Ende wurden die Metall-Rollläden heruntergelassen, sodass das Haus fest verschlossen war.

Tess sprang ein, wo immer sie gebraucht wurde. Dabei bekam sie einige Eindrücke vom Stadthaus, das sie als ebenso elegant und schön empfand wie den Landsitz. Mit seinen drei Stockwerken, dazu dem Untergeschoss, in dem sich Xaviers Privaträume und ein großzügiger Weinkeller befanden, war das Haus eine richtige Villa.

Jeder war entgegenkommend und freundlich zu ihr, aber es war trotzdem sehr viel Neues auf einmal, und sie musste daran denken, wie überwältigend es damals gewesen war, als sie im Kasino angefangen hatte.

Hier war es so viel schöner. Um Welten. Sie würde sich daran gewöhnen und mit der Zeit alle kennenlernen.

Xavier verschwand in einem Büro und erschien erst wieder, als die Nacht angebrochen war und alle ihre Habseligkeiten in die Kolonne aus vier SUVs gepackt hatten.

Als er wieder auftauchte, bewegte er sich noch immer steif, aber er sah viel besser aus als zuvor. Während Tess still dastand und ihn anschaute, stiegen heftige Gefühle in ihr auf und nahmen sie völlig gefangen.

„Ist alles in Ordnung?" Fragend hob er eine Augenbraue.

Sie konnte nicht laut aussprechen, was sie empfand. *Ich weiß*, sagte sie telepathisch, *dass du womöglich mehr Blut brauchst, als ich dir geben kann, aber lass uns eins ganz klarstellen: Du wirst niemals eine junge, attraktive Frau beißen. Nie wieder.*

Tiefe Freude erhellte sein Gesicht.

Vielleicht auch ein wenig Belustigung, aber sie beschloss, sich auf die Freude zu konzentrieren.

Ich verspreche es dir, querida, murmelte er mit leiser, dunkler Stimme, besser als sämtliche Schokolade auf der ganzen Welt und aller Brandy noch dazu. *Nie wieder.*

Als sie den angehaltenen Atem ausstieß, zog er sie an sich und wiegte sie kaum merklich in seinen Armen. Aus dem Augenwinkel sah sie, wie Eduardo und Foster einander angrinsten, aber sie schloss einfach die Augen und barg das Gesicht an Xaviers Hals.

Vielleicht war es falsch, so glücklich zu sein, wenn das gesamte Nachtwesenreich in Aufruhr war, aber was sollte sie machen? Sie konnte ihre Gefühle nicht leugnen. Sie waren zu neu, zu überraschend und zu wunderbar.

Zu unverzichtbar.

Sie brachen alle gemeinsam auf, und die Fahrt zum Landsitz verlief ereignislos. Tess und Xavier fuhren mit Raoul, der am Steuer saß. „Gibt es irgendwas Neues?", erkundigte sich Raoul unterwegs.

„Nein, nichts von Bedeutung. Diego hat am Tag nach Melisandes und Justines Besuch auf dem Landsitz eine Überweisung in Höhe von fünfhunderttausend Dollar erhalten. Die Rückverfolgung des Geldes ergab, dass die Überweisung über eine ausländische Bank erfolgte."

Raoul fluchte gedämpft, und Tess wusste, wie er sich fühlte. Auch wenn sie bereits gewusst hatte, dass sich Diego hatte kaufen lassen, war es doch erschreckend, den genauen Betrag zu erfahren, für den er sich hergegeben hatte.

„Nichts Neues von Julian?", fragte sie.

Xavier rieb sich über das Gesicht. „Nichts. Er meldet sich, sobald er kann. Im Moment gibt es für uns nichts anderes zu tun, als abzuwarten."

Die restliche Fahrt über schwiegen sie. Als sie auf den letzten Abschnitt der Wegstrecke einbogen, die Straße, die zwischen Küste und Wald entlangführte, schien alles ringsum von überirdischer Schönheit erfüllt. Mondlicht erhellte den gesamten Nachthimmel, und der dunkle, schimmernde Ozean erstreckte sich bis in die Unendlichkeit.

Als sich die Tore des Landsitzes öffneten und Raoul hindurchfuhr, füllten sich Tess' Augen mit Tränen.

Sie hatte in vielen Häusern gelebt, gemeinsam mit Familien, zu denen sie nicht gehörte, aber jetzt, zum ersten Mal in ihrem Leben, kam sie nach Hause.

Sie parkten, alle strömten aus den Wagen, und die Leute, die auf dem Landsitz gewartet hatten – Jordan, Peter, Angelica und Enrique –, kamen heraus, um die Neuankömmlinge mit Umarmungen zu begrüßen.

Xavier stand im Mittelpunkt der Aufmerksamkeit. Tess lächelte, als sie sah, wie erleichtert und froh die anderen waren, ihn zu sehen.

Es überraschte und berührte sie sehr, dass sich Angelica zu ihr umwandte und sie umarmte. „Raoul hat uns alles erzählt“, sagte Angelica leise nah an ihrem Ohr. „Ich habe doch gesagt, du bist ein liebes Mädchen. Ich bin froh, dass du heil und gesund wieder zurück bist.“

„Danke.“ Tess erwiderte die Umarmung. „Es ist schön, wieder hier zu sein.“

Als sich der erste Wirbel gelegt hatte, zeigte Raoul mit dem Finger auf Xavier. „Du bist fertig für heute. Geh ins Bett. Ärztliche Anweisung.“

Xavier musterte ihn unter zusammengezogenen Brauen, und für einen Moment stand in seinen Augen der Blick des gebieterischen Aristokraten. Aber er sah blass und müde aus.

Tess legte ihm eine Hand auf den Arm. „Bitte“, sagte sie.

Da gab er nach. „Na schön.“

Er nahm ihre Hand und zog sie mit sich. Neben ihm lief sie durchs Haus, wo sie einen Blick in den Speisesaal erhaschte, wo noch immer die Tischgedecke standen, und daneben lagen die Bücher, die Xavier ihr zu lesen gegeben hatte. Und dort, am Ende des Gangs, war das Prunkstück des wunderschönen Hauses, der im Halbdunkel liegende leere Ballsaal, der darauf wartete, dass er von Lachen und Musik erfüllt wurde.

Sie hatte nur einen Blick in die Richtung geworfen, weil sie glaubte, sie würden nach oben in Xaviers Privaträume gehen, aber zu ihrer Überraschung strebte Xavier von der Treppe weg und zog sie zum Ballsaal.

„Was hast du vor?“, fragte sie.

„Ich konnte nicht widerstehen“, gestand er. „Ich habe darauf gewartet, hierher zurückzukommen, seit wir aufgebrochen sind.“

„Ich auch.“

Er breitete die Arme aus, und sie begab sich hinein und seufzte, als er sie an sich zog. Er legte die Wange an ihr Haar, und sie schmiegte das Gesicht an seinen Hals.

Ich habe mich verliebt, dachte sie.

In einen Vampyr.

Das warf Fragen und Probleme auf – mein Gott, und wie das Fragen und Probleme aufwarf.

Ganz abgesehen von der politischen Unruhe und den Mordanschlägen musste sie nur über den Altersunterschied nachdenken, und ihr wurde schwindelig.

Xavier würde niemals altern, während sie es tat, und ihr war völlig klar, dass sich daran eines Tages etwas ändern musste. Und auch wenn der spanische Adlige aus dem Mittelalter, der in ihm steckte, unglaublich anziehend war, hatte sie bereits die Klingen mit ihm gekreuzt und würde es wieder tun.

Sie versuchte sich zu fürchten, aber sie brachte es nicht fertig. Er fühlte sich zu stark an in ihren Armen, zu wirklich. Wenn es je einen Zeitpunkt in ihrem Leben gegeben hatte, da sie freiwillig auf etwas gewettet hätte, dann jetzt. Auf Xavier.

Auf sie beide.

Er brachte den Mund ganz nah an ihr Ohr und flüsterte: „Du versuchst nicht zufällig wieder, in deinem Kopf fortzulaufen, oder? Denn wenn du das tust … Du weißt, was dann passiert."

„Du würdest mir folgen", flüsterte sie zurück.

„Ich werde dir immer folgen." Er umarmte sie fester. „Es hat gerade erst angefangen, und es wartet zu viel Schönes auf uns."

„Es schüchtert mich alles ein bisschen ein", gestand sie. „Aber ich gehe nirgendwohin."

Sie hörte das Lächeln in seiner Stimme. „Weil du niemals aus Angst fortläufst."

„Verdammt richtig." Trotz ihrer starken Worte verspannten sich ihre Schultern. Beim Gedanken an Malphas fügte sie hinzu: „Es sei denn, es ist das Klügste, was ich tun kann."

„Schsch, *querida.*" Er streichelte ihren Rücken. „Hör zu."

Zuerst glaubte sie, er wolle etwas sagen, und wartete darauf, dass er zu sprechen anfing, aber er schwieg.

Dann wurde sie sich der Geräusche aus einem anderen Bereich des Hauses bewusst. Stimmen, Gespräche, jemand lachte laut. Sie sah andere draußen vorbeilaufen, die Gepäck zum Dienstbotenhaus trugen, und ihr wurde klar, wie stark das Zusammengehörigkeitsgefühl in der Gemeinschaft war, die sie umgab.

„Hörst du es?", fragte er leise.

„Ja." Sie rieb die Wange am weichen Baumwollstoff seines Hemds.

„Ich glaube daran, dass sich alles zum Guten wendet", sagte er. „Ich mag dereinst einmal ein gebrochener Mann gewesen sein, aber den Glauben daran habe ich nie verloren."

Sie hob den Kopf und begegnete seinem Blick. Seine Augen waren dunkel. „Ich glaube dir."

Er neigte den Kopf und lächelte sie an. „Bevor wir nach oben gehen … Wollen wir versuchen, neunzig Sekunden lang Walzer zu tanzen?"

In ihr sprudelte etwas auf, leicht und heiter. „Oh, warum zum Teufel eigentlich nicht?"

Inzwischen sah er sehr müde aus, wirkte aber ausgesprochen zufrieden mit sich selbst. Sie nahmen die richtige Position ein, mit dem korrekten Abstand. Sie fasste seine Hand und legte die Fingerspitzen auf seine Schulter.

Kaum hörbar sagte er: „Eins-zwei-drei, eins-zwei-drei …"

Als er ihr zunickte, machte sie einen Schritt rückwärts.

Epilog

ALS MELISANDE IHREN Wohnsitz in Malibu erreichte, versank die südkalifornische Sonne gerade im Meer und warf spektakuläre Lichtstreifen und Farben über den Himmel. Mit steifen Bewegungen stieg Melly aus dem schwarzen Lincoln, während der Fahrer den Kofferraum öffnete und ihr Gepäck herausholte.

Sie hatte schlechte Laune, ihr Bein und die Hüfte schmerzten abscheulich. Der Ski-Ausflug hatte Spaß gemacht, aber sie hatte gewusst, dass sie die letzte Abfahrt nicht hätte nehmen sollen. Nur hatte der Schnee so verdammt makellos ausgesehen – das, was man Champagner-Powder nannte –, also hatte sie, obwohl sie schon erschöpft gewesen war, gedacht, ach, zum Teufel damit. Noch eine letzte Abfahrt zum Abschied.

Berühmte letzte Worte.

Abwärts war sie allerdings gefahren. Sie hatte einen unter dem Schnee verborgenen Felsen getroffen und war auf dem Hintern die Abfahrt hinuntergeschlittert, auf dem Bauch, in jeder denkbaren Position außer der aufrechten.

Auch wenn sie sich glücklich schätzen konnte, dass nichts gebrochen war, tat ihr alles weh. Am schlimmsten war, dass ihr Kopf so bestialisch schmerzte. Morgen früh erwartete man sie für den Drehbeginn ihres neuen Films am Set, und sie musste sich noch ihren Text einprägen.

Sie schloss die Haustür auf. „Stellen Sie einfach alles im Eingangsbereich ab", wies sie den Fahrer an. „Vielen Dank."

„Gern." Er platzierte ihre Louis-Vuitton-Koffer neben der Tür und lächelte sie mit leuchtenden Augen an. „Ms Aindris, ich bin so ein großer Fan von Ihnen. Würde es Ihnen etwas ausmachen ... Könnte ich vielleicht ein Autogramm bekommen?"

Sie schob ihre Gedanken beiseite und lächelte dem nervösen Mann zu. „Es wäre mir ein Vergnügen."

Sie unterschrieb auf der Rückseite seiner Visitenkarte, gab ihm ein großzügiges Trinkgeld und seufzte vor Erleichterung, als er fort war und sie zwischen sich und dem Rest der Welt die Tür schließen konnte. Während der letzte Schimmer Tageslicht schwand, humpelte sie durchs Erdgeschoss und knipste überall das Licht an.

Auch wenn sie ein Handy besaß, gab es noch einen Festnetzanschluss, und im Vorbeikommen schaltete sie den Anrufbeantworter ein.

Julians raue, tiefe Stimme erfüllte das Zimmer. „Melly, nimm ab. Ich weiß, du gehst mir aus dem Weg ... Es ist wichtig, verdammt noch mal."

Ihr Magen zog sich schmerzhaft zusammen, fast hätte sie abgehoben. Gerade noch rechtzeitig erinnerte sie sich daran, dass sie nicht mit ihm redete, außerdem war die Nachricht schon älter. Es ging um das blöde Abkommen, und Xavier hatte sich bereits um alles gekümmert.

„Ach, verdammt", murmelte sie dumpf.

Sie spielte die Nachricht noch einmal ab, nur um den Klang seiner Stimme zu hören, diese raue, tiefe Stimme, die wie Samt über ihre Haut strich ...

Wie viele Jahre war es her, dass sie einander umschlungen hatten, sich leidenschaftlich und hemmungslos geliebt hatten?

Wie erbärmlich war sie eigentlich?

Es war gut, dass sie ihn nicht mehr ertragen konnte.

Sie drückte heftig auf die Löschtaste und stoppte die Ansage der folgenden Nachrichten, für den Fall, dass es noch eine weitere von ihm gab.

Dann ging sie zum Barschrank.

Wodka. Wodka Wodka Wodka.

Es klingelte an der Tür. Fast hätte sie es ignoriert, aber sie lebte in einer bewachten Wohnsiedlung, und es gab nicht viele Leute, die einfach an ihrer Haustür auftauchen konnten.

Seufzend änderte sie die Richtung und ging zur Tür, um zu öffnen.

Draußen stand Justine, ein warmes Lächeln im schönen Gesicht. „Hi, Melly. Ich hoffe, ich störe dich nicht mit meinem unangemeldeten Besuch.“

„Justine, was um alles in der Welt tust du in Malibu?“

„Ich bin nach Los Angeles runtergekommen, um mit deiner Mutter zu reden, und ich musste einfach den Umweg nehmen und dir kurz Hallo sagen.“ Justine breitete die Arme aus.

Melly trat über die Schwelle, um sie zu umarmen.

Als sie sich wieder lösen wollte, wurde Justines Griff eisern. „Es tut mir wirklich leid, Liebes“, hörte sie Justine dicht an ihrem Ohr sagen. „Deine Mutter und ich kennen einander schon so lange, und ich genieße deine Gesellschaft wirklich. Aber in letzter Zeit lief es für mich nicht so gut, und du bist als Druckmittel zu wertvoll, um das nicht auszunutzen.“

Wie sehr sie auch kämpfte, Melly konnte Justines Umklammerung nicht entkommen. Die Vampyrin war zu alt, zu mächtig.

Justine packte sie am Kinn und zwang sie, ihr in die Augen zu schauen. Melly konnte den Blick nicht abwenden.

Die Welt wurde dunkel.

Über die Autorin

Thea Harrison lebt in Colorado. Ihr erstes Buch, einen Liebesroman, schrieb sie mit neunzehn, anschließend veröffentlichte sie sechzehn Liebesromane unter dem Namen Amanda Carpenter.

Dann machte sie eine Pause vom Schreiben, um sich ein paar Hochschulabschlüsse und ein erwachsenes Kind zuzulegen. Die Abschlüsse erwarb sie in Philantropic Studies und Bibliothekswissenschaft, aber ihre wahre Liebe galt immer dem Schreiben. Jetzt ist sie mit ihrer Romanreihe über die Alten Völker wieder da.

Mehr über Thea erfahren Sie auf ihrer Website unter www.theaharrison.com, bei Twitter @TheaHarrison und bei Facebook unter facebook.com/TheaHarrison.

Für Theas Newsletter anmelden können Sie sich unter theaharrison.com/contact-requests.

Wenn Ihnen dieses Buch gefallen hat, freue ich mich, wenn Sie eine Rezension verfassen und sie auf Ihrem Blog oder einer der großen Verkaufsplattformen hinterlassen.

Der Kuss Der Hellen Fae

Nach dem Ende ihrer leidenschaftlichen Liebesaffäre vor vielen Jahren herrscht zwischen Julian, dem König der Nachtwesen, und Melisande, Thronerbin der Hellen Fae, erbitterte Feindschaft. Doch als Melly von Justine, einer mächtigen Vampyrin und Julians erklärter Feindin, entführt wird, bietet sich der Vampyrkönig im Tausch für die Frau an, die er einfach nicht vergessen kann.

Gefangen in Justines Netz aus Intrigen und Verrat müssen die beiden ehemaligen Liebenden zusammenarbeiten, um das Schlimmste zu verhindern. Schnell lodert die Leidenschaft zwischen ihnen wieder auf, aber ihre komplizierte Vergangenheit scheint eine gemeinsame Zukunft unmöglich zu machen.

Doch ist die Kluft, die sie trennt, wirklich zu groß, oder wird es den beiden inmitten des gefährlichen Machtkampfes der Nachtwesen gelingen, ihre Liebe zueinander wiederzufinden …

Lesen Sie auch diese Titel von Thea Harrison

Die Romane der Alten Völker – Romane in voller Länge

Im Bann des Drachen

Gebieter des Sturms

Der Kuss der Schlange

Das Feuer des Dämons

Das Versprechen des Blutes

Das Lied der Harpyie

Die Versuchung des Vampyrs

Der Kuss Der Hellen Fae

Novellen der Alten Völker

Der Kuss des Wolfes

Die Stimme der Jägerin

Die Augen der Medusa

Die Verlockung der Assassine

Nachtschwingen

Dragos macht Urlaub

Pia rettet die Lage

Peanut kommt in die Schule

Rising-Darkness-Reihe

Rising Darkness – Schattenrätsel

Rising Darkness – Schicksalsstunde